【臺灣現當代作家
研究資料彙編】109

辛　鬱

國立台灣文學館
出版

部長序

　　文化是一群人思想言行的沉澱，臺灣文化是共同活在這塊土地上所有人的記憶，臺灣文學更是寫作者、評論者、閱讀者經驗交流的最具體且明顯的印記。

　　在不很久之前的 2018 年 1 月，國立臺灣文學館才舉辦「臺灣現當代作家研究資料彙編計畫」第七階段成果發表會，作家、家屬、學者齊聚，見證累積百冊的成果已成當代文學界彙集經典與志業的盛事。

　　時序來到歲末年終，文學館接力推出第八階段的出版成果，也就是林語堂、洪炎秋、李曼瑰、王詩琅、李榮春、吳瀛濤、王藍、郭良蕙、辛鬱、黃娟十位重要作家的研究彙編，為叢書再疊上一批穩固的基石。

　　記憶是土壤，會隨著時代的震盪而流失，甚至整個族群忘卻事情的始末，成為無根的人群。這時候就需要作家的心、文學的筆，將生命體驗以千折百轉的方式描摹、留存到未來。如此說來，文學就是為國家的記憶鎖住養分，留待適當的時機按圖索驥，找出時空的所有樣貌。

　　作家所見所思、所想所感，於不同世代影響時代的認識，因此我們談文學、讀作品，不可能躍過作家。「臺灣現當代作家研究資料彙編計

「畫」的精神恰與文化部近來致力推動「重建臺灣藝術史計畫」的核心想法不謀而合，也就是從檔案史料中提煉出最能彰顯臺灣文化多元性的在地史觀，為 21 世紀臺灣文化認同找到最紮實的記憶路徑。這套叢書透過回顧作家生平經歷、查找他們的文學互動軌跡，加上諸多研究者的評述，讀者不僅與作家的文學腳蹤同行，也由此進入臺灣特有的文學世界。

十分欣見臺文館將第八階段的編選成果呈現在面前。這個計畫從 2010 年開展，完成了 110 位臺灣現當代重要作家的研究資料彙編。這份長長的名單裡，雖不乏許多讀者耳熟能詳的文學大家，但也有許多逐漸為讀者或研究者都忘的好手。這個百餘冊的彙編，就是倒入臺灣文化記憶土壤的養分。漸漸離開前臺的前輩作家，再度重新被閱讀、被重視、被討論，這是推展臺灣文學的價值。

這一套兼具深度與廣度的臺灣文學工具書，不只提供國內外關心、研究臺灣文學的用戶參考，並期待持續點亮臺灣文學的光芒。

文化部部長　

館長序

　　以文字方式留存的臺灣文學，至少已有三百餘年歷史，若再加計原住民節奏韻味的口傳文化，絕對是至足以聚攏一整個社會的集體記憶。相對於文學創作的不屈不撓，臺灣文學的「研究」，則因為政治情境所迫，而遲至 1990 年代才能在臺灣的大學科系成立，因此有必要加緊步履「文學史」的補課工作。

　　國立臺灣文學館，當然必須分擔這個責任。文學，是人類使用符號而互動的最高級表現，作家透過作品與讀者進行思想的美好交鋒，是複雜的社會共感歷程。其中，探討作家的作品，固是文學研究的明確入口，然而讀者的回應甚至反擊，更是不遑多讓的迷人素材。臺灣文學館在 2010 年開啟《臺灣現當代作家研究資料彙編》的編纂計畫，委託臺灣文學發展基金會執行，以「現當代」文學作家為界，蒐羅散落各地、視角多元的研究評論資料，期能更有效率勾勒臺灣文學的標竿圖像。

　　《臺灣現當代作家研究資料彙編》，由最早預定三個階段出版50 冊的計畫，因各界的期許而延續擴編，至今已是第八階段，累積出版已達 110 冊。當然，臺灣文學作家的意義，遠遠大於現當代的範圍，彙編選擇的作家對象，也不可能窮盡，更無位階排名之意。

現當代的範圍始自 1920 年代賴和的世代至今，相對接近我們所處
的社會，也更能捕捉臺灣文化史的雜揉情境。當然部落社會的無名
遊吟者、清末古典文學的漢詩人，曾在各個時代留下痕跡的文學家
們，亦為高度值得尊崇的文學瑰寶。第八階段彙編計畫包含林語
堂、洪炎秋、李曼瑰、王詩琅、李榮春、吳瀛濤、王藍、郭良蕙、
辛鬱、黃娟共十位作家，顧及並體現了臺灣文學跨越族群、性別、
世代、階級的共同歷程，而各冊收錄的研究評論，也提供我們理解
臺灣文學特殊面向的不同視野。期待彙編資料真能開啟一個窗口，
以看見臺灣短短歷史撞擊出的這麼多類屬各異的文學互動。

國立臺灣文學館館長

編序

緣起

　　1995 年 10 月 25 日，在臺灣師範大學教育大樓的 201 室，一場以
「面對臺灣文學」為題的座談會，在座諸位學者分別就臺灣文學的定義、
發展、研究，以及文學史的寫法等，提出宏文高論，而時任國家圖書館編
纂張錦郎的「臺灣文學需要什麼樣的工具書」，輕鬆幽默的言詞，鞭辟入
裡的思維，更贏得在座者的共鳴。

　　張先生以一個圖書館工作人員自謙，認真專業地為臺灣這幾十年來究
竟出版了多少有關臺灣文學的工具書，做地毯式的調查和多方面的訪問。
同時條理分明地針對研究者、學生，列出了十項工具書的類型，哪些是現
在亟需的，哪些是現在就可以做的，哪些是未來一步一步累積可以達成
的，分別做了專業的建議及討論。

　　當時的文建會二處科長游淑靜，參與了整個座談會，會後她劍及履及
的開始了文學工具書的委託工作，從 1996 年的《臺灣文學年鑑》起始，一
年一本的編下去，一直到現在，保存延續了臺灣文學發展的基本樣貌。接
著是《中華民國作家作品目錄》的新編，《臺灣文壇大事紀要》的續編，
補助國家圖書館「當代文學史料影像全文系統」的建置，這些工具書、資
料庫的接續完成，至少在當時對臺灣文學的研究，做到一些輔助的功能。

　　2003 年 10 月，籌備多年的「臺灣文學館」正式開幕運轉。同年五月
《文訊》改隸「財團法人台灣文學發展基金會」，為了發揮更大的動能，開

始更積極、更有效率地將過去累積至今持續在做的文學史料整理出來，讓豐厚的文藝資源與更多人共享。

於是再次的請教張錦郎先生，張先生認為文學書目、作家作品目錄、文學年鑑、文學辭典皆已完成或正在進行，現在重點應該放在有關「臺灣現當代作家評論資料目錄」的編輯工作上。

很幸運的，這個計畫的發想得到當時臺灣文學館林瑞明館長的支持，於是緊鑼密鼓的展開一切準備工作：籌組編輯團隊、召開顧問會議、擬定工作手冊、撰寫計畫書等等。

張錦郎先生花了許多時間編訂工作手冊，每一位作家的評論資料目錄分為：

（一）生平資料：可分作者自述，旁人論述及訪談，文學獎的紀錄。

（二）作品評論資料：可分作品綜論，單行本作品評論，其他作品（包括單篇作品）評論，與其他作家比較等。

此外，對重要評論加以摘要解說，譬如專書、專輯、學術會議論文集或學位論文等，凡臺灣以外地區之報刊及出版社，於書名或報刊後加註，如中國大陸、香港、新加坡等。此外，資料蒐集範圍除臺灣外，也兼及中國大陸、香港、新加坡、日本、韓國及歐美等地資料，除利用國內蒐集管道外，同時委託當地學者或研究者，擔任資料蒐集工作。

清楚記得，時任顧問的學者專家們，都十分高興這個專案的啟動，但確定收錄哪些作家名單時，也有不同的思考及看法。經過充分的討論後，終於取得基本的共識：除以一般的「文學成就」為觀察及考量作家的標準外，並以研究的迫切性與資料獲得之難易度為綜合考量。譬如說，在第一階段時，作家的選擇除文學成就外，先考量迫切性及研究性，迫切性是指已故又是日治時期臺籍作家為優先，研究性是指作品已出土或已譯成中文為優先。若是作品不少而評論少，或作品評論皆少，可暫時不考慮。此外，還要稍微顧及文類的均衡等等。基本的共識達成後，顧問群共同挑選出 310 位作家，從鄭坤五、賴和、陳虛谷以降，一直到吳錦發、陳黎、蘇

偉貞，共分三個階段進行。

　　「臺灣現當代作家評論資料目錄」專案計畫，自 2004 年 4 月開始，至 2009 年 10 月結束，分三個階段歷時五年六個月，共發現、搜尋、記錄了十餘萬筆作家評論資料。共經歷了三位專職研究助理，近三十位兼任研究助理。這些研究助理從開始熟悉體例，到學習如何尋找資料，是一條漫長卻實用的學習過程。

接續

　　「臺灣現當代作家評論資料目錄」的專案完成，當代重要作家的研究，更可以在這個基礎上，開出亮麗的花朵。於是就有了「臺灣現當代作家研究資料彙編暨資料庫建置計畫」的誕生。為了便於查詢與應用，資料庫的完成勢在必行，而除了資料庫的建置外，這個計畫再從 310 位作家中精選 50 位，每人彙編一本研究資料，內容有作家圖片集，包括生平重要影像、文學活動照片、手稿及文物，小傳、作品目錄及提要、文學年表。另外每本書分別聘請一位最適當的學者或研究者負責編選，除了負責撰寫八千至一萬字的作家研究綜述外，再從龐雜的評論資料中挑選具有代表性的評論文章，平均 12～14 萬字，最後再附該作家的評論資料目錄，以期完整呈現該作家的生平、創作、研究概況，其歷史地位與影響。

　　第一部分除資料庫的建置外，50 位作家 50 本資料彙編（平均頁數 400～500 頁），分三個階段完成，自 2010 年 3 月開始至 2013 年 12 月，共費時 3 年 9 個月。因為內容充實，體例完整，各界反應俱佳，第二部分的 50 位作家，分四階段進行，自 2014 年 1 月開始至 2017 年 12 月，共費時 4 年，並於 2017 年 12 月出版《百冊提要》，摘要百冊精華，也讓研究者有清晰的索引可循。2018 年 1 月，舉行百冊成果發表會，長年的灌溉結果獲文化部支持，得以延續百冊碩果，於 2018 年 1 月啟動第三部分 20 位作家的資料彙編。

成果

　　雖然過程是如此艱辛，如此一言難盡，可是終究看到豐美的成果。每位編選者雖然忙碌，但面對自己負責的作家資料彙編，卻是一貫地認真堅持。他們每人必須面對上千或數百筆作家評論資料，挑選重要或關鍵性的評論文章，全面閱讀，然後依照編選原則，挑選評論文章。助理們此時不僅提供老師們所需要的支援，統計字數，最重要的是得找到各篇選文作者，取得同意轉載的授權。在起初進度流程初估時，我們錯估了此項工作的難度，因為許多評論文章，發表至今已有數十年的光景，部分作者行蹤難查，還得輾轉透過出版社、學校、服務單位，尋得蛛絲馬跡，再鍥而不捨地追蹤。有了前面的血淚教訓，日後關於授權方面，我們更是如臨深淵、如履薄冰，希望不要重蹈覆轍，在面對授權作業時更是戰戰兢兢，不敢懈怠。

　　除了挑選評論文章煞費苦心外，每個作家生平重要照片，我們也是採高標準的方式去蒐集，過世作家家屬、友人、研究者或是當初出版著作的出版社，都是我們徵詢的對象。認真誠懇而禮貌的態度，讓我們獲得許多從未出土的資料及照片，也贏得了許多珍貴的友誼。許多作家都協助提供照片手稿等相關資料，已不在世的作家，其家屬及友人在編輯過程中，也給予我們許多協助及鼓勵，藉由這個機會，與他們一起回憶、欣賞他們親人或父祖、前輩，可敬可愛的文學人生。此外，還有許多作家及研究者，熱心地幫忙我們尋找難以聯繫的授權者，辨識因年代久遠而難以記錄年代、地點、事件的作家照片，釐清文學年表資料及作家作品的版本問題，我們從他們身上學習到更多史料研究可貴的精神及經驗。

　　但如何在規定的時間內，完成每個階段資料彙編的編輯出版工作，對工作小組來說，確實是一大考驗。每一冊的主編老師，都是目前國內現當代臺灣文學教學及研究的重要人物，因此都十分忙碌。每一本的責任編輯，必須在這一年的時間內，與他們所負責資料彙編的主角——傳主及主編老師，共生共榮。從作家作品的收集及整理開始，必須要掌握該作家所

有出版的作品，以及盡量收集不同出版社的版本；整理作家年表，除了作家、研究者已撰述好的年表外，也必須再從訪談、自傳、評論目錄，從作品出版等線索，再作比對及增刪。再來就是緊盯每位把「研究綜述」放在所有進度最後一關的主編們，每隔一段時間提醒他們，或順便把新增的評論目錄寄給他們（每隔一段時間就有新的相關論文或學位論文出現），讓他們隨時與他們所主編的這本書，產生聯想，希望有助於「研究綜述」撰寫的進度。

在每個艱辛漫長的歲月中，因等待、因其他人力無法抗拒的因素，衍伸出來的問題，層出不窮，更有許多是始料未及的。譬如，每本書的選文，主編老師本來已經選好了，也經過授權了，為了抓緊時間，負責編輯的助理們甚至連順序、頁碼都排好了，就等主編老師的大作了，這時主編突然發現有新的文章、新的資料產生：再增加兩三篇選文吧！為了達到更好更完備的目標，工作小組當然全力以赴，聯絡，授權，打字，校對，重編順序等等工作，再度展開。

此次第三部分第一階段共需完成的 10 位作家研究資料彙編，年齡層與活動地區分布較廣，跨越 19 世紀末至 1930 年代出生的作者，步履遍布海內外各地。出生年代較早的作者，在年表事件的求證以及早年著作的取得上，饒有難度，也考驗團隊史料採集與判讀的功力。以出生年代較近的作者而言，許多疑難雜症不刃而解，有些連主編或研究者都不太清楚的部分，譬如年表中的某一件事、某一個年代、某一篇文章、某一個得獎記錄，作家本人及家屬絕對是一個最好的諮詢對象，對解決某些問題來說，這是一個好的線索，但既然看了，關心了，參與了，就可能有不同的看法，選文、年表、照片，甚至是我們整本書的體例，於是又是一場翻天覆地的大更動，對整本書的品質來說，應該是好的，但對經過多次琢磨、修改已進入完稿階段的編輯團隊來說，這不啻是一大挑戰。

1990 年開始，各地縣市文化中心（文化局），對在地作家作品集的整理出版，以及臺灣文學館成立後對日治時期作家以迄當代重要作家全集的

編纂，對臺灣文學之作家研究，也有了很好的促進作用。如《楊逵全集》、《林亨泰全集》、《鍾肇政全集》、《張文環全集》、《呂赫若日記》、《張秀亞全集》、《葉石濤全集》、《龍瑛宗全集》、《葉笛全集》、《鍾理和全集》、《錦連全集》、《楊雲萍全集》、《鍾鐵民全集》等，如雨後春筍般持續展開。

經過近二十年的努力，臺灣文學的研究與出版，也到了可以驗收或檢討成果的階段。這個說法，當然不是要停下腳步，而是可以從「臺灣現當代作家評論資料目錄」所呈現的 310 位作家、10 萬筆資料中去檢視。檢視的標的，除了從作家作品的質量、時代意義及代表性去衡量外、也可以從作家的世代、性別、文類中，去挖掘有待開墾及努力之處。因此這套「臺灣現當代作家研究資料彙編」，大部分的編選者除了概述作家的研究面向外，均有些觀察與建議。希望就已然的研究成果中，去發現不足與缺憾，研究者可以在這些不足與缺憾之處下功夫，而盡量避免在相同議題上重複。當然這都需要經過一段時間去發現、去彌補、去重建，因此，有關臺灣文學的調查、研究與論述，就格外顯得重要了。

期待

感謝臺灣文學館持續推動這兩個專案的進行。「臺灣現當代作家評論資料目錄」的完成，呈現的是臺灣文學研究的總體成果；「臺灣現當代作家研究資料彙編」的出版，則是呈現成果中最精華最優質的一面，同時對未來臺灣文學的研究面向與路徑，作最好的建議。我們可以很清楚的體會，這是一條綿長優美的臺灣文學接力賽，經過長時間的耕耘、灌溉，風搖雨濡、燭影幽轉，百年臺灣文學大樹卓然而立，跨越時代並馳而行，百冊作家研究資料彙編得千位作家及學者之力，我們十分榮幸能參與其中，更珍惜在傳承接力的過程，與我們相遇的每一個人，每一件讓我們真心感動的事。我們更期待這個接力賽，能有更多人加入。誠如張恆豪所說「從高音獨唱到多元交響」，這是每一個人所期待的。

編輯體例

一、本書編選之目的，為呈現辛鬱生平、著作及研究成果，以作為臺灣文學相關研究、教學之參考資料。

二、全書共五輯，各輯內容及體例說明如下：

　　輯一：圖片集。選刊作家各個時期的生活或參與文學活動的照片、著作書影、手稿（包括創作、日記、書信）、文物。

　　輯二：生平及作品，包括三部分：

　　　　1.小傳：主要內容包括作家本名、重要筆名，生卒年月日，籍貫，及創作風格、文學成就等。

　　　　2.作品目錄及提要：依照作品文類（論述、詩、散文、小說、劇本、報導文學、傳記、日記、書信、兒童文學、合集）及出版順序，並撰寫提要。不收錄作家翻譯或編選之作品。

　　　　3.文學年表：考訂作家生平所進行的文學創作、文學活動相關之記要，依年月順序繫之。

　　輯三：研究綜述。綜論作家作品研究的概況，並展現研究成果與價值的論文。

　　輯四：重要文章選刊。選收作家自述、訪談紀錄以及國內外具代表性的相關研究論文及報導。

　　輯五：研究評論資料目錄。收錄至 2018 年 11 月底止，有關研究、論述臺灣現當代作家生平和作品評論文獻。語文以中文為主，兼及日文和英文資料。所收文獻資料，以臺灣出版為主，酌收中國大陸、香港、日本和歐美國家的出版品。內容包含三部分：

　　　　1.「作家生平、作品評論專書與學位論文」下分為專書與學位論文。

　　　　2.「作家生平資料篇目」下分為「自述」、「他述」、「訪談」、「年表」、「其他」。

　　　　3.「作品評論篇目」下分為「綜論」、「分論」、「作品評論目錄、索引」、「其他」。

目次

輯一◎圖片集

影像◎手稿◎文物

1957年7月11日，金門戰地詩人合影。前排左起：魯蛟、沙牧、梅新；
後排左起：莊文貴、辛鬱、戰鴻、一夫。（張孝惠提供）

1959年，金門八二三砲戰後，辛鬱、吳永生（右）與至前線勞軍的紀
弦（中）小飲高粱。（張孝惠提供）

1960年，經八二三砲戰洗禮，詩風轉變、創作力旺盛的辛鬱。（張孝惠提供）

1961年9月，辛鬱與文友送古貝退伍，合影於金門。前排右起：辛鬱、古貝、周治平、管管；後排右起：張性善、丁文智、大荒、佚名。（張孝惠提供）

1963年夏，辛鬱與許世旭（中）於林口楚戈（右）住處合影。（張孝惠提供）

1965年5月，辛鬱籌辦「第一屆現代藝術季」，與參展人合影於中美文經協會。右起：張默、辛鬱、秦松、李錫奇、景翔。（張孝惠提供）

1966年5月，辛鬱籌辦「第二屆現代藝術季」，與參展人合影於耕莘文教院。前排左起：辛鬱、碧果、黃德偉；後排左起：張拓蕪、林綠、傅神父、羊令野、張默、秦松、舒凡。（張孝惠提供）

1968年，辛鬱獲頒第四屆國軍文藝金像獎長詩銀像獎。（張孝惠提供）

1970年夏，辛鬱與文友聚於李錫奇家，劉菲變魔術，逗樂一群人。左起：梅新、辛鬱、劉菲、羅行。（張孝惠提供）

1970年10月31日，辛鬱與妻子張孝惠（左）結婚照，攝於臺北。（張孝惠提供）

1973年，辛鬱與詩友合影於葉維廉、楊牧返臺之聚會。前排右起：商禽、楊牧、羊令野、彭邦楨；後排右起：辛鬱、碧果、瘂弦、葉維廉、張默、羅門、洛夫。（創世紀詩雜誌社提供）

1974年6月23日，辛鬱主持「第一屆中國現代詩獎」頒獎典禮，攝於臺北中山堂。前排右起：紀弦、葉公超、羅家猷、羊令野；後排右起：辛鬱、余光中、白萩、商禽、洛夫、蓉子、羅門、瘂弦、張默、林亨泰。（創世紀詩雜誌社提供）

1970年代中期，辛鬱參加文友聚會。右起：張默、辛鬱、羅門、徐訏、朱嘉惠（前）、洛夫、瘂弦。（張孝惠提供）

1976年，辛鬱與眾詩人參訪板門店38度線。右起：商禽、辛鬱、羊令野、楚戈、方心豫、梅新、菩提、張默、許世旭、洛夫、美軍少尉、羅門。（創世紀詩雜誌社提供）

約1980年，辛鬱與文友於松山機場，為學成回韓的許世旭送行。左起：辛鬱、楚戈、許世旭、陳守美、古月、蓉子、張孝惠、李錫奇、羅門。（張孝惠提供）

1981年，攝於中央廣播電臺。前排左起：羊令野、瘂弦、向明；後排左起：管管、辛鬱、張默。（張孝惠提供）

1983年，辛鬱於五更鼓茶藝館創作詩畫。（國立臺灣文學館）

1984年5月，辛鬱參加丁雄泉來臺之聚會。前排左起：辛鬱、洛夫、丁雄泉、瘂弦、商禽；後排左起：張漢良、管管、李錫奇、朱沉冬、碧果、張堃、張默。（張孝惠提供）

1988年9月17日，辛鬱與《創世紀》同仁合影於北京故宮。右起：辛鬱、張默、洛夫、張堃、碧果、管管。（張孝惠提供）

1992年3月6日，於聯合報「南園」留影。左起：張默、辛鬱、彭歌、陳慧樺。（張孝惠提供）

1992年9月12日，眾文友於雄獅畫廊為陳庭詩（右前一）畫作配詩。右起：辛鬱、碧果、張默、周夢蝶（前坐者）、管管、周鼎、向明、洛夫。（張孝惠提供）

1997年11月15日，辛鬱留影於帝門藝術中心「東方現代備忘錄──穿越彩色防空洞」畫展。（張孝惠提供）

2001年5月16日，辛鬱與妻子張孝惠（右）至夏威夷
參加兒子宓秉中（中）的畢業典禮。（張孝惠提供）

1999年9月7日，辛鬱與妻子張孝惠（左）合影於湖
南張家界。（張孝惠提供）

2003年，辛鬱七十大壽，「三公」合影。右起：
「冷公」辛鬱、「歪公」商禽、「溫公」楚戈。
（張孝惠提供）

2004年，創世紀詩社50週年慶，同仁合影。前排右
起：辛鬱、碧果、張默、丁文智；後排右起：張國
治、辛牧、落蒂。（創世紀詩雜誌社提供）

2009年9月5日，臺北市科學出版事業基金會董事會會議後合影。前排右起：趙丰、劉源俊、黃榮村、劉廣定；後排右起：辛鬱、高涌泉、王文竹、林基興、陳建邦。（劉源俊提供）

2012年7月19日，辛鬱出席於紀州庵文學森林舉辦之《我們這一伙人》新書發表會。左起：封德屏、辛鬱、古月、尉天驄、顏艾琳。（文訊文藝資料中心提供）

2015年4月26日，小孫子週歲慶生，一家人合影於寓所。左起：兒子宓秉中（手抱小孫子宓承翰）、辛鬱、妻子張孝惠（手抱大孫子宓承澔）、兒媳許郁璇。（張孝惠提供）

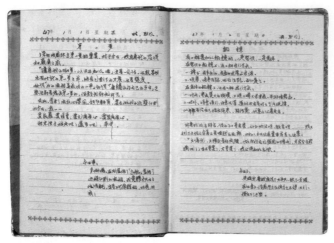

1958年1月1～2日，辛鬱於金門前線所寫之日記。（國立臺灣文學館）

1960年2月24日，辛鬱隨筆，記述對生活與創作的思索。（國立臺灣文學館）

從生活出發

——淺談向明的詩

「讓生活存詩的礦深，」向明如是說，或許有些詩人不盡同意，讓李詩還有超越生活的更高層次呈現，本質上我視生命的本體的探索。直通生命而以生命志詩的礦深，如字宙與生命的探索是息息相關的。

同為生活是生命的體現，境域廣遠，對人來說，不可或缺。詩是想像的文學，而生活，則有著不同條件異的不同條件的限制。因此，個人兩美的不同條件是衣住行的外在形式而已，詩越能在作品中顯出意象，越發得得多采多姿，越人交雜不同的感受。

1983年8月，辛鬱發表於《文訊》第2期〈從生活出發——淺談向明的《青春的臉》〉手稿。（文訊文藝資料中心提供）

停雲　辛鬱

只是一朵小小的停雲
一無牽掛的　我俯身探看

窗台上有飄忽的歌
不知是那個
戀愛中的女孩
如此大意的　切斷了繫着的索

啊　春天
一切都是這樣潦草的

1988年，辛鬱手抄舊詩作〈停雲〉，楚戈配上插畫。（國立臺灣文學館）

記者編號NO.　_____　　　　　　傳真稿紙NO.　_____

一、〔照片待辨認〕

兩場婚禮　　辛鬱

能娶張幸惠小姐為妻，是我前世修來的福

氣。我倆的結婚日很容易記住：十月三十一日，只因為

。這倒不是有意挑選這麼一個好日子，只因為

那天是星期天，便於朋友們來喝喜酒。

婚禮在公賣局大禮堂舉行，擺了四十二桌。

雙方的客人各作半數，我的客人多半是詩人

、遠家、小說家和軍中的老友，她的客人除了

父母的親友，還有師大音樂系四年級的全班同

學與我往昔的師長。進場二群賓客，場面的熱鬧可

想而知。

我那天有職業的洞洞，好在義務出往遞費（？）

我不致失態。我在台灣孤身一人，由於請一位

詩友的媽媽王老太太作我的主婚人，便

太挺力了點。健，不能在礼堂站，就改請賈先

我的長官也是我的媒人的趙玉明（一夫）先生

代表。雙方的介紹人是胡玉衡（無詩人女士）。

結婚那天的天氣，氣象預報是陰偶多雲

1992年3月，辛鬱發表於《文訊》第77期「結婚照」專欄〈兩場婚禮〉手稿。
（文訊文藝資料中心提供）

李國鼎通俗科學寫作獎

（手稿）百來顆子彈的旅程　辛鬱
　　　美國康州－學校槍殺事件

主辦單位：李國鼎科技發展基金會
台北市敦化南路110號
電話：(02)7377564

科學月刊社
台北市羅斯福路三段105號11樓之4
電話：(02)363-4910・363-5438　傳真：(02)363-5909

李國鼎通俗科學寫作獎

主辦單位：李國鼎科技發展基金會
台北市金華街110號
電話：(02)7377564

科學月刊社
台北市羅斯福路二段105號11樓之4
電話：(02)363-4910・363-5438　傳真：(02)363-5909

2013年1月，辛鬱發表於《文訊》第327期詩作〈百來顆子彈的旅程——美國康州一學校槍殺事件〉手稿。（文訊文藝資料中心提供）

2014年2月5～6日，「輕裝詩」〈念楚戈〉、〈路〉手稿。（張孝惠提供）

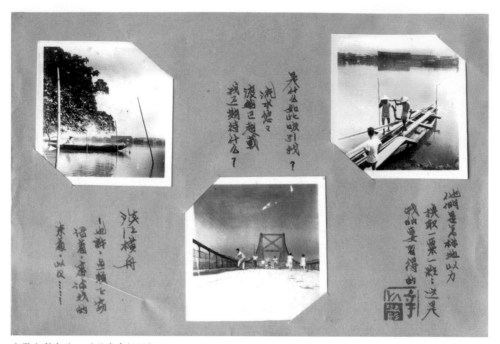

辛鬱自製卡片。（張孝惠提供）

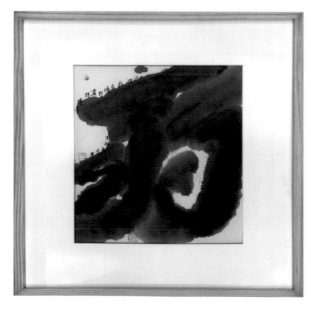

辛鬱為詩作〈豹〉所繪之彩墨畫。
（國立臺灣文學館）

輯二◎生平及作品

小傳◎作品◎年表

小傳

辛鬱（1933～2015）

　　辛鬱，男，本名宓世森，筆名雪舫、古渡、向邇、丁望、張經楓、盛乃承等，籍貫浙江慈谿，1933 年 8 月 4 日（農曆 6 月 13 日）生於浙江杭州，1950 年 6 月 18 日來臺，2015 年 4 月 29 日辭世，享年 82 歲。

　　上海錢業中學（今新中中學）肄業，1948 年加入中國國民黨青年軍，從軍二十一載，在軍中完成自我教育。曾任《前衛》雜誌編輯委員，《科學月刊》業務經理、社長、社務委員、顧問等職，以及《人與社會》執行編輯，《國中生》月刊社社長兼總編輯，臺北市科學出版事業基金會祕書，國軍新文藝詩歌研究會召集人，並先後任創世紀詩雜誌社社長、總編輯、顧問。1956 年加入紀弦發起的「現代派」，1961 年再加入創世紀詩社，為《創世紀》主將之一，對現代詩的推動不遺餘力。並因喜愛現代藝術而投身其中，與秦松等人於 1966、1967 年籌辦「第一屆現代藝術季」、「第二屆現代藝術季」，帶動臺灣現代藝術之發展。1968 年與大荒、羅行、王仙夫婦合辦十月出版社，從事現代主義文學之推廣。曾獲國軍文藝金像獎、中國文藝獎章新詩獎、中山文藝創作獎、中國文藝獎榮譽文藝獎章等。

　　辛鬱創作文類以詩為主，兼及評論、散文、小說、劇本。去國離鄉的早年經驗，與現代主義文學觀結合，形成辛鬱詩創作的底色，並因慣以冷澈深透的目光觀察自我與世界，而受詩壇譽為「冷公」。其詩依主題可分為「現實感」、「歷史責任感」、「理想色彩」三面向，「現實感」之作包括「老

兵」題材，如〈順興茶館所見〉、〈老兵的歌〉等，另有詩作如〈別了，順興茶館〉等，描摹工業文明擠壓下的現代人。「歷史責任感」之作，包括對戰爭的反省與人道關懷，如〈黑帖〉、〈不題〉等，以及抒發鄉愁、蘊含蒼涼歷史感的〈醉人的話題〉等。具「理想色彩」的詩作，則多在自我與命運的對話中，顯現不屈的姿態，以〈豹〉、〈捕虹浪子〉等為代表。

　　短篇小說方面，辛鬱擅於捕捉現代都市生活，以素樸筆法表現現代人存在的荒謬際遇，描寫社會底層、人間群像，對邊緣之人寄予關懷及同情，如〈我給那白痴一塊錢〉、〈縴夫阿德〉等。長篇小說《龍變》則將自身經歷作為藍本，以詩友們為人物原型，為軍中詩人間的友誼留下見證。辛鬱與現代詩人、藝術家的常相往來，也使其散文創作題材豐沛不絕，思故友、憶舊事，平實中尤見深刻。

　　洛夫形容：「辛鬱面冷而心熱，亦如他的詩，冷的是他的語言，熱的是他潛在生命的燃燒，他的詩堪稱為冰河下的暖流。」其「熱心」不只展露於作品，更在行動中體現。文藝活動的舉辦，有他登高一呼、周詳規劃；刊物的經營，賴他仗義相助、縝密執行。其一生恰如張默所言：「熱愛文學新詩藝術六十多年，無怨無悔，他把畢生都獻給了當代臺灣文學。」

作品目錄及提要

【詩】

軍曹手記

臺北：藍星詩社
1960 年 11 月，15×17.5 公分，84 頁

本書為作者第一本詩集，集結 1950 年代的詩作，在現代派影響下，以詩審視自我，觀照個體之內在風景。全書收錄〈啟幕者〉、〈午時的幻覺〉、〈山圖〉、〈因海之死〉、〈鷗和日出〉等 60首。正文後有辛鬱〈後記〉。

豹

臺北：漢光文化公司
1988 年 8 月，25 開，239 頁
漢光文庫 17
楚戈插畫

本書集結作者 1960 至 1980 年代發表的詩作，藉鳳凰與豹等託寓，詠物傷己，呈現由氣盛至落寞的心境，詩風轉趨成熟內斂。全書分「演出的我」、「豹」、「短歌行」、「紅塵」、「南韓行詩抄」、「觀山」、「同溫層」七輯，收錄〈第一齣〉、〈第二齣〉、〈第三齣〉、〈第四齣〉、〈第五齣〉等 93 首。正文前有洛夫〈冰河下的暖流──序辛鬱詩集《豹》〉，正文後有辛鬱〈後記〉、〈作者年表〉。

因海之死

臺北：尚書文化出版社
1990 年 4 月，25 開，255 頁
尚書詩典 5

本書精選《軍曹手記》與未集結之詩作，呈現作者的社會觀照與入世態度。全書分五輯，收錄〈風〉、〈參考資料〉、〈散戲〉、〈因海之死〉、〈幻〉等 88 首。正文前有辛鬱〈詩的表現（代序）〉，正文後有〈辛鬱寫作年表〉。

在那張冷臉背後

臺北：爾雅出版社
1995 年 5 月，32 開，183 頁
爾雅叢書 105

本書為 1990 年代發表的詩作集結，呈現作者對自我生存的思考與詰問。全書收錄〈在那張冷臉背後──給自己畫像〉、〈六十自吟──給影子〉、〈1991 年 8 月某日・莫斯科〉、〈向我的四件舊衣服道別〉等 47 首。正文內附錄梅新〈魚川讀詩〉，正文後有辛鬱〈後記〉、附錄張默〈評〈金甲蟲〉〉、章亞昕〈辛鬱：詩人的良知與夢想〉、李郁蕙〈在那張冷臉背後〉、〈辛鬱小傳〉、〈辛鬱寫作年表〉。

辛鬱・世紀詩選

臺北：爾雅出版社
2000 年 5 月，25 開，139 頁
爾雅叢書 507

本書選自《軍曹手記》、《辛鬱自選集》、《豹》、《因海之死》、《在那張冷臉背後》部分作品，並收錄未集結之詩作。全書分「《軍曹手記》」、「《辛鬱自選集》」、「《豹》」、「《因海之死》」、「《在那張冷臉背後》」、「未結集作品」六卷，收錄〈午時的幻覺〉、〈錯覺〉、〈觸及〉、〈海岸線〉、〈六月的睡姿〉等 59 首。正文前有〈辛鬱小傳〉、〈辛鬱詩話〉、〈辛鬱手稿〉、〈辛鬱詩觀〉、管管〈吾喜歡那一首一首像蔡文穎不銹鋼雕塑的詩──讀辛鬱的詩〉，正文後有〈辛鬱書目〉、〈辛鬱評論索引〉。

演出的我

臺北：文史哲出版社
2003 年 7 月，25 開，137 頁
辛鬱四書・文學叢刊 154

本書精選《軍曹手記》、《豹》、《因海之死》、《在那張冷臉背後》之詩作；《辛鬱・世紀詩選》已收之詩則不選錄。全書收錄〈演出的我〉、〈六十自吟──給影子〉、〈夢〉、〈景象──臺大醫院 729 病房所見〉等 40 首。正文前有辛鬱〈寫在前頭〉，正文後有〈辛鬱書目〉、〈辛鬱年表〉。

輕裝詩集

臺北：斑馬線文庫公司
2018 年 4 月，19×13 公分，223 頁

本書集結詩人於 2014 年 1 月 1 日至 6 月 18 日所寫，一天一首的「輕裝詩」，除了友情與親情題材，亦抒發對文藝、政治與社會現象的觀察。全書收錄〈辭歲〉、〈煙火夜〉、〈無聲的死亡──念故友大荒〉、〈歌聲送行・悼李泰祥〉、〈讀畫戲米羅〉等 168 首。正文前有魯蛟〈生活是詩的礦源──讀《輕裝詩集》兼談作者辛鬱〉，正文後有辛鬱〈後話幾句〉、〈附錄：辛鬱詩作精選〉、封德屏〈編後記〉、楊宗翰〈生活在詩方──辛鬱遺作《輕裝詩集》編後記〉。

【散文】

找鑰匙

臺北：文史哲出版社
2003 年 7 月，25 開，202 頁
辛鬱四書・文學叢刊 153

本書內容包括憶往文章、讀詩札記，以及對公共事務與文學之意見。全書收錄〈找鑰匙〉、〈小兵十七歲〉、〈插曲〉、〈我不說人生若夢〉、〈音符裂解〉等 59 篇。

神奇跑馬燈——科學月刊四十年人‧事流變

臺北：文史哲出版社
2009 年 5 月，25 開，70 頁

本書為作者投身《科學月刊》的歷程，記錄 40 年來的社務、人事交往，為《科學月刊》的流變與成長留下見證。

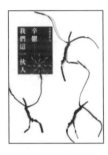

我們這一伙人

臺北：文訊雜誌社
2012 年 7 月，25 開，254 頁
文訊書系 5

本書集結《文訊》雜誌「我們這一伙人」專欄發表的散文，側寫 30 位作家，展現彼此之交誼，與文學上的切磋砥礪。全書收錄〈向晚時光亮燦燦——速寫詩人彭邦楨〉、〈那個「叫花的男人」——速寫已故詩人羊令野〉、〈刻烙我心的永在記憶——小說家尼洛造像〉、〈安貧守道，唯詩是從——略說我對彩羽的一點認識〉等 30 篇。正文前有封德屏〈交情老更親——序《我們這一伙人》〉，正文後有辛鬱〈我這個人——《我們這一伙人》後記〉。

【小說】

未終曲

臺北：臺灣商務印書館
1967 年 6 月，48 開，232 頁
人人文庫三三九‧三四〇

短篇小說集。本書以筆名「古渡」出版，全書收錄〈笑臉〉、〈變奏曲〉、〈老汪的哲學〉、〈輕羽〉、〈城中假期〉、〈小車站上〉、〈神界〉、〈紅塵〉、〈黑河上〉、〈日午〉、〈野生者〉、〈丁布先生〉、〈夜色深處〉、〈窄門〉、〈輕煙〉、〈他不會再來〉、〈透明的愛〉、〈插曲〉、〈困頓〉、〈未終曲〉共 20 篇。正文前有王雲五〈編印人人文庫序〉、辛鬱〈一點自白〉。

不是駝鳥

臺北：十月出版社
1968 年 10 月，32 開，176 頁
十月叢書 3

短篇小說集。全書收錄〈駝鳥駝鳥〉、〈不是駝鳥〉、〈家〉、〈青春的凱歌〉、〈在無花的日子〉、〈土〉、〈繭〉、〈異鄉的甜酒〉、〈劫後的書房〉、〈泥鰍〉、〈殺死那些夢〉、〈一飲者的夜歌〉、〈白髮騎士〉、〈鄰家一老人〉、〈三弦〉、〈背景〉共 16 篇。正文前有〈「十月叢書」前言〉，正文後有辛鬱〈後記〉。

地下火

臺北：陸軍出版社
1973 年 6 月，40 開，290 頁
陸軍出版社叢書 2—043

中篇小說集。本書以筆名「古渡」出版，小說內容描寫淪共地區青年、知識分子被迫害之經過，呈現作者之反共思想。全書收錄〈幻滅〉、〈地下火〉共二篇。

我給那白痴一塊錢

臺北：天華出版公司
1978 年 5 月，32 開，235 頁
天華文學叢刊之六

短篇小說集。本書多以小人物為主角，描寫退伍老兵、底層之人在社會邊緣的生活。全書收錄〈我給那白痴一塊錢〉、〈縴夫阿德〉、〈沉落〉、〈醉〉、〈月圓的時候〉、〈李甯〉、〈飄浮的明天〉、〈臉的變奏〉、〈酒徒〉、〈連清江的一家人〉、〈鏡子〉、〈漂〉、〈石培中的五十九歲〉、〈萬能博士〉、〈阿吉娘舅〉、〈王大個兒〉、〈外婆〉、〈老高這個人〉共 18 篇。

龍變

臺北：文史哲出版社
2003 年 7 月，25 開，317 頁
辛鬱四書・文學叢刊 151

長篇小說。全書共十章，以己身經驗為藍本，描寫小辛、呂牧
（詩人沙牧）與藝文圈友人的文學歷程，人物皆有所本，包括
楚戈、商禽、紀弦、周夢蝶等人，可視為作者的生命記事。正
文前有辛鬱〈寫在前頭〉，正文後有辛鬱〈後記〉、〈校對手
記〉。

鏡子

臺北：文史哲出版社
2003 年 7 月，25 開，194 頁
辛鬱四書・文學叢刊 152

短篇小說集。本書選自《我給那白痴一塊錢》部分作品，以及
未結集之小說。全書收錄〈我給那白痴一塊錢〉、〈縴夫阿德〉、
〈沉落〉、〈月圓的時候〉、〈臉的變奏〉、〈鏡子〉、〈漂〉、〈萬能
博士〉、〈外婆〉、〈老高〉、〈錢的種種〉、〈我的舅舅〉、〈佛事種
種〉、〈口琴與鏡子〉、〈兒子的畢業典禮〉、〈陪打乒乓球的傳令
兵〉共 16 篇。正文前有辛鬱〈寫在前頭〉。

【合集】

辛鬱自選集

臺北：黎明文化公司
1980 年 6 月，32 開，238 頁
中國新文學叢刊 92

本書為詩、小說、散文與雜文、文藝評論合集。全書分四卷，
「詩」收錄〈鷗和日出〉、〈感知〉、〈海岸線〉等 25 首；「小
說」收錄〈縴夫阿德〉、〈漂〉、〈我給那白痴一塊錢〉、〈佛事種
種〉、〈悟〉、〈蘿蔔絲餅〉共六篇；「散文・雜文」收錄〈沒有窗
的小屋〉、〈真實的啟示〉、〈兒歌兩則〉等 25 篇；「文藝論評」
收錄〈寫我們這時代的詩〉、〈藝術表現的兩極〉、〈一場夢魅〉
等四篇。正文前有素描、生活照片、手跡、〈年表〉、辛鬱〈關
於文學藝術的我見（代序）〉，正文後有辛鬱〈談自己的詩〉、
〈作品評論引得〉、〈作品書目〉。

文學年表

<table>
<tr><td>1933 年</td><td>8 月</td><td>4 日（農曆 6 月 13 日），生於浙江杭州，籍貫浙江慈谿。本名宓世森，父親宓維琮，母親陳香仙。家中排行第三，上有二兄，下有一弟一妹。</td></tr>
<tr><td></td><td>9 月</td><td>被送至慈谿與外婆陳虞氏同住。
於外婆家學習《三字經》、《千字文》等典籍。</td></tr>
<tr><td>1940 年</td><td>本年</td><td>搬至上海與父母、兄弟妹同住。後因服務於中央銀行的父親奉令西調重慶，隨母親遷居慈谿外婆家。就讀慈谿掌起橋陳家小學，唸到六年級上學期止。</td></tr>
<tr><td>1945 年</td><td>11 月</td><td>父親返上海，隨母親回到上海，一家團聚。</td></tr>
<tr><td>1946 年</td><td>本年</td><td>就讀基督教會小學，被編入五年級。</td></tr>
<tr><td>1947 年</td><td>本年</td><td>母親因肺癆過世，隔年父親續絃吳氏，全家遷入上海愚園路洋房。受二位兄長影響，開始閱讀胡適、郭沫若、何其芳、艾青、綠原等中國名家作品，以及高爾基、羅曼羅蘭、托爾斯泰、屠格涅夫、杜思妥也夫斯基等西洋名家作品。
就讀育仁中學，不久轉入弘毅中學（今清華中學），成為中國共產黨少年先鋒隊隊員。</td></tr>
<tr><td>1948 年</td><td>夏</td><td>初二上學期轉入錢業中學（今新中中學），成為中國共產黨黨員。為響應共產黨「到延安學習」，籌措經費未果遂自初中輟學。</td></tr>
<tr><td></td><td>9 月</td><td>不滿繼母苛待妹妹而起口角，遭到父親斥責，心生逃家之</td></tr>
</table>

念。於上海北火車站巧遇同學，七人齊赴「延安」，卻受中國國民黨青年軍招生宣傳「免費遊覽北平」吸引，入青年軍 208 師，分發至 623 團第三營第九連第一班，為一等兵，駐紮清華大學附近。

1949 年	1 月	在總司令傅作義與解放軍協議下，共產黨進占北平，故隨軍轉往天津、唐山，於塘沽搭船赴上海，而後前往浙東。
	2 月	抵達浙江舟山群島六橫島，多次換防，落腳登步島。
1950 年	6 月	18 日，隨軍抵達臺灣高雄港，並移至彰化溪湖糖廠。
	本年	軍隊於彰化和美整編，任排部士官。移駐沙鹿任職火車站安全守衛，後至溪州從事整治河川之兵工建設。
		返回沙鹿，常至沙鹿火車站閱讀《暢流》、《路工》、《中國勞工》等雜誌，重新接觸文學。
1951 年	2 月	詩作〈青春曲——四六四四突擊排〉以筆名「雪舫」發表於《野風》第 7 期。
	本年	結識任營部情報官的的詩人沙牧，向其學習寫詩。
1952 年	8 月	短篇小說〈人性的貶價〉發表於《海島文藝》第 2 期。
1953 年	5 月	詩作〈煉〉發表於《現代詩》第 2 期。
	7 月	詩作〈童歌〉發表於《野風》第 58 期。
	8 月	詩作〈無題〉發表於《現代詩》第 3 期。
	11 月	詩作〈水手〉發表於《現代詩》第 4 期。
1954 年	2 月	詩作〈愛〉發表於《現代詩》第 5 期。
	5 月	以「貝殼的啟示與白帆」為題，詩作〈貝殼的啟示〉、〈白帆〉發表於《現代詩》第 6 期。
	6 月	詩作〈曙〉發表於《幼獅文藝》第 4 期。
	10 月	詩作〈號訊及其他〉發表於《創世紀》第 1 期。
	秋	詩作〈影子〉發表於《現代詩》第 7 期。
	冬	以「有贈・外一首」為題，詩作〈有贈〉、〈致安徒生〉發

表於《現代詩》第 8 期。

本年　經沙牧介紹，至臺北訪紀弦。其後陸續認識覃子豪、彭邦楨、李莎、方思、羅行、楚戈、商禽、鄭愁予、許世旭等詩友。

1955 年　春　以「給贈三章」為題，詩作〈致柳笛〉、〈致婷婷〉、〈致來訪者〉發表於《現代詩》第 9 期。

6 月　詩作〈意境〉發表於《創世紀》第 3 期。

7 月　隨軍移至臺北六張犁。

夏　以「喇叭集」為題，詩作〈給一號手〉、〈給一歌手〉、〈給一槍手〉發表於《現代詩》第 10 期。

10 月　以「向陽輯」為題，詩作〈獻年輕同志〉、〈咒〉、〈最後的擁抱——給陣亡的伙伴〉發表於《創世紀》第 4 期。

秋　以「五月的雨後・外一首」為題，詩作〈五月的雨後〉、〈六月〉發表於《現代詩》第 11 期。

冬　以「笑者及其他」為題，詩作〈笑者〉、〈被圍〉、〈退卻〉、〈狂人小唱〉發表於《現代詩》第 12 期。

1956 年　1 月　加入紀弦發起的「現代派」，認識洛夫、瘂弦、秦松等詩友。

2 月　6 日，出席《創世紀》於左營第一中學（今左營高中）舉辦的「第一次讀作者聯誼會」，與會者有沙牧、墨人、葉笛、吹黑明、林宗源等。

以「海上詩・六章」為題，詩作〈鷗和日出〉、〈海的百合花〉、〈水手〉、〈燈塔〉、〈黃昏的港〉、〈海啊海啊我來了〉發表於《現代詩》第 13 期。

詩作〈犁的啟示〉發表於《中國勞工》第 127 期。

3 月　詩作〈蛇之什〉發表於《創世紀》第 5 期。

4 月　以「墓地三章」為題，詩作〈碑〉、〈死之探討〉、〈永恆〉

發表於《現代詩》第 14 期。

5 月　隨軍移至金門，經紀弦串連，先後認識一夫、梅新、魯蛟、戰鴻、莊文貴等詩友。

6 月　詩作〈無人地帶〉發表於《創世紀》第 6 期。

8 月　詩作〈工廠〉發表於《中國勞工》第 138 期。

9 月　以「巷居詩抄」為題，詩作〈煤烟與我〉、〈垃圾箱〉發表於《野風》第 96 期。

1957 年　2 月　8 日，以「有贈二章」為題，詩作〈裸立者——給德星〉、〈兀石——給王凝〉發表於《公論報・藍星週刊》第 135 期。

3 月　詩作〈等待〉發表於《現代詩》第 17 期。

　　　詩作〈春醒〉發表於《創世紀》第 8 期。

4 月　5 日，以「醒及其他」為題，詩作〈醒〉、〈妳別再說〉發表於《公論報・藍星週刊》第 143 期。

6 月　詩作〈新耕季〉發表於《創世紀》第 9 期。

11 月　15 日，詩作〈迷境〉發表於《公論報・藍星週刊》第 174 期。

12 月　20 日，以「陣中日記一輯」為題，詩作〈旱象〉、〈十二月一日〉、〈車轍〉、〈素描〉發表於《公論報・藍星週刊》第 179 期。

1958 年　1 月　31 日，以「歲末詩輯」為題，詩作〈聖日獻書〉、〈窗前〉、〈群像〉、〈四行〉發表於《公論報・藍星週刊》第 185 期。

2 月　28 日，以「未定稿」為題，詩作〈冬的感知〉、〈黃昏中〉、〈仲夏夢〉、〈夜曲〉發表於《公論報・藍星週刊》第 188 期。

　　　以「曖昧草」為題，詩作〈因海之死〉、〈獨唱〉、〈曖昧〉

發表於《文學雜誌》第 3 卷第 6 期。

3 月　6 日，詩作〈喜劇〉發表於《公論報・藍星週刊》第 189
期。

以「堡・又一題」為題，詩作〈堡〉、〈我終於來了〉發表
於《現代詩》第 21 期。

4 月　以「詠嘆調及其他」為題，詩作〈午時的幻覺〉、〈詠嘆
調〉發表於《文星雜誌》第 6 期。

以「佛心集」為題，詩作〈古剎〉、〈供桌素描〉、〈香客〉
發表於《創世紀》第 10 期。

5 月　4 日，以「近作輯」為題，詩作〈錯覺〉、〈霧中〉、〈失蹤
的海〉發表於《公論報・藍星週刊》第 197 期。

6 月　6 日，詩作〈春〉發表於《公論報・藍星週刊》第 201
期。

7 月　13 日，以「贈歌集」為題，詩作〈致青鳥〉、〈問鷗〉、〈主
題〉、〈再給柳笛〉、〈末題──擬給自己〉發表於《公論
報・藍星週刊》第 205 期。

8 月　23 日，參與金門八二三砲戰，後因功由上士升為准尉。

10 月　11 日，詩作〈歌〉發表於《聯合報・副刊》7 版。

16 日，詩作〈門正啟開〉發表於《自由青年》第 20 卷第
8 期。

12 月　以「陣中日記」為題，詩作〈主調〉、〈晨星〉發表於《海
洋生活》第 4 卷第 12 期。

詩作〈構圖〉發表於《現代詩》第 22 期。

1959 年　1 月　詩作〈海岸線〉、〈面具〉發表於《自由青年》第 21 卷第 1
期。

2 月　16 日，以「諾言・外一章」為題，詩作〈諾言〉、〈彼端〉
發表於《自由青年》第 21 卷第 4 期。

3 月　以「舊作三章」為題，詩作〈感知〉、〈渡口〉、〈異鄉人〉發表於《現代詩》第 23 期。

自金門返臺。

4 月　1 日，詩作〈啟幕者〉發表於《自由青年》第 21 卷第 7 期。

以「觸及‧外一章」為題，詩作〈觸及〉、〈失題〉發表於《文星雜誌》第 18 期。

5 月　16 日，以「詩二首」為題，詩作〈女像〉、〈你在那裡〉發表於《自由青年》第 21 卷第 10 期。

7 月　以「幻及不題兩則」為題，詩作〈幻〉、〈不題兩則〉發表於《文學雜誌》第 6 卷第 5 期。

8 月　以「菩提葉‧外一章」為題，詩作〈菩提葉〉、〈棚架下〉發表於《文星雜誌》第 22 期。

以「詩兩首」為題，詩作〈傀儡〉、〈六月的睡姿〉發表於《筆匯》革新號第 1 卷第 4 期。

9 月　詩作〈邊界上〉發表於《筆匯》革新號第 1 卷第 5 期。

10 月　詩作〈上帝的田畝〉發表於《文星雜誌》第 24 期。

詩作〈看虹的人〉、〈冥想〉、〈一幕〉發表於《創世紀》第 13 期。

11 月　以「三短章」為題，詩作〈灰色的尼庵〉、〈審判日〉、〈野宴〉發表於《筆匯》革新號第 1 卷第 7 期。

12 月　以「輓辭及其他」為題，詩作〈輓辭〉、〈絞刑架前〉、〈夏日主調〉、〈瘋狂祭〉、〈來自你的凝望中〉、〈尋〉、〈不題〉發表於《野風》第 135 期。

詩作〈幕中〉發表於《筆匯》革新號第 1 卷第 8 期。

1960 年　1 月　以「季候症‧外二章」為題，詩作〈季候症〉、〈鴿籠之歌〉、〈紅葉〉發表於《野風》第 136 期。

短篇小說〈魔〉以筆名「向邇」連載於《東方文藝》新 1
卷第 9～11 期，至 3 月止。

2 月　以「短燭及其他」為題，詩作〈漂木與鯨〉、〈短燭〉發表
於《筆匯》革新號第 1 卷第 10 期。

5 月　詩作〈軍曹手記〉發表於《創世紀》第 15 期。
調至林口心戰總隊，長官為小說家尼洛。與一夫、楚戈、
張拓蕪結為「林口四人幫」，於竹林山觀音寺附近租屋以
供寫作、會客之用，取名「同溫層」。

6 月　以「致海・外一首」為題，詩作〈致海〉、〈灘〉以筆名
「古渡」發表於《海洋生活》第 6 卷第 6 期。

7 月　以「六月手稿」為題，詩作〈生命〉、〈時間〉發表於《文
學雜誌》第 8 卷第 5 期。

8 月　詩作〈持燭的人〉發表於《筆匯》革新號第 2 卷第 1 期。

9 月　以「鴕鳥輯」為題，詩作〈射程之內〉、〈鴕鳥〉發表於
《筆匯》革新號第 2 卷第 2 期。

10 月　以「祭壇前・外一首」為題，詩作〈祭壇前〉、〈路程碑〉
發表於《幼獅文藝》第 72 期。

11 月　詩作〈向日葵——悼 C. M〉發表於《文星雜誌》第 37
期。
詩集《軍曹手記》由臺北藍星詩社出版。
再度奉調金門，與詩人丁文智、大荒、管管結成「金門四
人幫」。

12 月　詩作〈奏樂者——向卡沙斯致敬〉發表於《文星雜誌》第
38 期。
以「彩衣・外一首」為題，詩作〈彩衣〉、〈給自己的詩〉
發表於《亞洲文學》第 15 期。

1961 年　1 月　31 日，詩作〈午時的幻覺〉發表於《正氣中華日報》3

版。

2 月　以「墓誌七行及其他」為題，詩作〈墓誌七行〉、〈酒店〉、〈婚禮〉發表於《現代詩》第 33 期。

3 月　加入創世紀詩社。

6 月　17 日，詩作〈陣中日記〉發表於《正氣中華日報》3 版。

　　　詩作〈作品二首〉發表於《藍星季刊》第 1 期。

　　　詩作〈盲獵輯〉發表於《創世紀》第 16 期。

7 月　以「詩二首」為題，詩作〈販者之顏〉、〈第五季〉發表於《詩・散文・木刻》第 1 期。

8 月　27 日，詩作〈伊甸之西〉發表於《正氣中華日報》3 版。

9 月　3 日，詩作〈朝聖者〉以筆名「古渡」發表於《正氣中華日報》3 版。

　　　詩作〈浪子回家吧〉發表於《文星雜誌》第 47 期。

10 月　23 日，中篇小說〈黃昏客〉以筆名「古渡」連載於《正氣中華日報》3 版，至 11 月 1 日刊畢。

11 月　詩作〈第二主題〉發表於《詩・散文・木刻》第 2 期。

1962 年　3 月　23 日，〈黃連樹下〉以筆名「向邇」發表於《正氣中華日報》3 版。

4 月　16～25 日，中篇小說〈第四號據點〉以筆名「古渡」連載於《正氣中華日報》3 版。

6 月　11～13、15、17～18 日，中篇小說〈鳳子姑娘〉以筆名「向邇」連載於《正氣中華日報》3 版。

　　　詩作〈賦別〉發表於《華僑文藝》第 1 期。

　　　短篇小說〈微塵〉以筆名「丁望」發表於《野風》第 164 期。

7 月　19、22 日，〈插曲〉以筆名「向邇」發表於《正氣中華日報》3 版。

8 月　詩作〈在那夜裡〉、〈我的新娘〉發表於《創世紀》第 17 期。

11 月　詩作〈同溫層・續稿之三〉發表於《現代詩》第 40 期。

以「我的寓言・給美子」為題，詩作〈妳的名字〉、〈在雲上〉、〈我的酋長〉發表於《藍星季刊》第 4 期。

1963 年　2 月　自金門返臺。

5 月　染患肺結核，於林口營外租屋療養，替光華廣播電臺寫廣播稿以補貼生活費。

6 月　詩作〈第五季〉發表於《創世紀》第 18 期。

1964 年　1 月　詩作〈仰及〉,〈病中記事〉發表於《創世紀》第 19 期。

2 月　詩作〈景象——臺大醫院 729 病房所見〉發表於《文藝》第 7 期。

3 月　8 日，短篇小說〈插曲〉以筆名「丁望」發表於《正氣中華日報》3 版。

4 月　詩作〈渡口〉發表於《文藝》第 9 期。

6 月　詩作〈母親・母親〉發表於《創世紀》第 20 期。

本年　大病初癒，調至臺北「心廬」心戰工作組。

1965 年　4 月　6 日，短篇小說〈丁布先生〉以筆名「古渡」發表於《聯合報・副刊》7 版。

6 月　詩作〈無題二首〉發表於《創世紀》第 22 期。

7 月　詩作〈島之讚歌〉以筆名「古渡」發表於《海洋生活》第 11 卷第 7 期。

9 月　〈廣播劇的編撰及製作〉以筆名「丁望」連載於《心戰研究》第 68～69 期，至 10 月止。

10 月　4 日，短篇小說〈夜色深處〉以筆名「古渡」發表於《聯合報・副刊》7 版。

12 月　29～30 日，短篇小說〈老汪的哲學〉以筆名「古渡」連載

於《聯合報・副刊》7 版。

擔任《前衛》雜誌編輯委員。

1966 年　　1 月　詩作〈青色平原上的一個人〉,〈沈甸的天地〉發表於《創
世紀》第 23 期。

　　　　　4 月　16 日,短篇小說〈困頓〉以筆名「古渡」發表於《徵信新
聞報・人間副刊》7 版。

詩作〈垂死的鳳凰〉、〈歌〉,〈試論梅新的詩〉發表於《創
世紀》第 24 期。

　　　　　5 月　1～3 日,與秦松共同擔任籌備小組召集人,於中美文經協
會舉辦「第一屆中國現代藝術季」,為文學界、藝術界匯
流的大型活動,將臺灣現代派運動推向高峰,與會者有梅
新、陳庭詩、吳昊、景翔、施叔青等。

23 日,短篇小說〈小車站上〉以筆名「古渡」發表於《中
央日報・副刊》6 版。

　　　　　7 月　9 日,〈形向雕刻展觀後感〉發表於《徵信週刊・藝苑》5
版。

10 日,短篇小說〈透明的愛〉以筆名「古渡」發表於《中
央日報・副刊》6 版。

30 日,短篇小說〈變奏曲〉以筆名「古渡」發表於《徵信
新聞報・人間副刊》9 版。

　　　　　8 月　〈舒放與壓抑——試評顧重光與江賢二的畫〉發表於《現
代》第 4 期。

詩作〈捕虹浪子〉發表於《創世紀》第 25 期。

〈管管和他的詩〉連載於《創世紀》第 25～26 期,至
1967 年 3 月止。

　　　　　9 月　30 日,短篇小說〈他不會再來〉以筆名「古渡」連載於
《中央日報・副刊》6 版,至 10 月 1 日刊畢。

10 月　中篇小說〈幻滅〉獲第二屆國軍文藝金像獎佳作。

11 月　〈野生者〉發表於《現代》第 7 期。

12 月　7 日，出席《幼獅文藝》於中國大飯店舉辦的「新詩往何
　　　處去？──詩人談詩的座談會」，與會者有楚戈、商禽、
　　　余光中、許素汀、鄭愁予等。

　　　詩作〈同溫層──獻給母親〉發表於《幼獅文藝》第 156
　　　期。

1967 年　1 月　詩作〈原野哦〉發表於《幼獅文藝》第 157 期。

　　　2 月　4 日，與沈甸代表《創世紀》出席《新文藝》、《幼獅文
　　　藝》舉辦的「聯合・創造──文藝雜誌編輯人座談會」，
　　　與會者有林海音、尉天驄、陳映真、黃華成、趙天儀等。

　　　3 月　31 日～4 月 2 日，擔任總協調人於耕莘文教院舉辦「第二
　　　屆中國現代藝術季」，與會者有碧果、張默、舒凡、黃德
　　　偉、張拓蕪等。

　　　詩作〈致黃金歌手〉，短篇小說〈劫後的書房〉以筆名
　　　「古渡」發表於《幼獅文藝》第 159 期。

　　　詩作〈後窗下的人──致商禽並追念楊喚〉發表於《南北
　　　笛》第 1 期。

　　　詩作〈仰著的臉三重奏〉發表於《創世紀》第 26 期。

　　　4 月　16 日，詩作〈啊，我愛──贈商禽並追念楊喚〉發表於
　　　《自由青年》第 37 卷第 8 期。

　　　28～29 日，短篇小說〈不是駝鳥〉以筆名「古渡」連載於
　　　《徵信新聞報・人間副刊》9 版。

　　　詩作〈陌生的顏面〉、〈無調歌〉發表於《現代文學》第 31
　　　期。

　　　5 月　1 日，〈商禽的詩及其為人〉發表於《自由青年》第 37 卷
　　　第 9 期。

31 日，短篇小說〈短章〉以筆名「古渡」發表於《徵信新聞報・人間副刊》9 版。

〈「現代藝術季」之聲〉發表於《新文藝》第 134 期。

詩作〈同溫層續稿——獻給孕育我的歲月〉發表於《幼獅文藝》第 161 期。

加入中華民國新詩學會。

6 月　26 日，短篇小說〈家〉以筆名「古渡」發表於《徵信新聞報・人間副刊》9 版。

詩作〈天涯歌——給商禽〉,〈談詩的語言——兼談當前詩壇〉發表於《創世紀》第 27 期。

短篇小說集《未終曲》由臺北臺灣商務印書館出版。

7 月　中篇小說〈幻滅〉以筆名「古渡」發表於《新文藝》第 136 期。

10 月　〈剖析〈春之組曲〉〉發表於《新文藝》第 139 期。

11 月　〈沒有窗的小屋〉發表於《南北笛》第 3 期。

〈馬祖・出鞘的刀〉發表於《幼獅文藝》第 167 期。

〈剖析商禽詩作〈鴿子〉兼論當前詩壇〉,〈背景——寫給我的朋友們〉（筆名古渡）發表於《草原雜誌》第 1 期。

12 月　17 日，短篇小說〈飲者的夜歌〉以筆名「古渡」發表於《徵信新聞報・人間副刊》9 版。

本年　在詩人古貝協力下，負責《創世紀》第 26～27 期編務。

1968 年　1 月　14 日，短篇小說〈三弦〉以筆名「古渡」發表於《徵信新聞報・人間副刊》9 版。

2 月　詩作〈出鞘的刀——為馬祖列島而歌〉發表於《新文藝》第 143 期。

4 月　13 日，短篇小說〈繭〉以筆名「古渡」發表於《徵信新聞報・人間副刊》10 版。

5 月	詩作〈垂死的天鵝〉發表於《創世紀》第 28 期。
8 月	詩作〈土壤的歌〉發表於《幼獅文藝》第 176 期。
9 月	16 日，短篇小說〈鏡子〉以筆名「古渡」發表於《中國時報‧人間副刊》10 版。
10 月	詩作〈中華民國頌〉獲第四屆國軍文藝金像獎長詩銀像獎。 與大荒、羅行、王仙夫婦合辦「十月出版社」。 與朱西甯合編《碧野朱橋當日事——朱橋紀念文集》，由臺北十月出版社出版。 短篇小說集《不是駝鳥》由臺北十月出版社出版。
11 月	詩作〈致大陸同胞〉發表於《新文藝》第 152 期。 詩作〈遙夜——一個大陸青年的訴願〉發表於《幼獅文藝》第 179 期。
1969 年　1 月	〈「現代版畫會」簡介〉以筆名「向邇」發表於《幼獅文藝》第 181 期。 〈許世旭訪問記〉發表於《幼獅文藝》第 181 期。 詩作〈野岸〉發表於《創世紀》第 29 期。
2 月	詩作〈廣場〉發表於《大學雜誌》第 14 期。 〈滴血的海棠葉〉發表於《中央月刊》第 1 卷第 4 期。
3 月	〈藝術家的生涯——秦松繪畫的思想背景〉發表於《幼獅文藝》第 183 期。
4 月	中篇小說〈地下火〉以筆名「古渡」發表於《幼獅文藝》第 184 期。
5 月	加入中國文藝協會。
6 月	詩作〈樹葉的歌〉發表於《幼獅文藝》第 186 期。 自林口心戰總隊退役，搬至臺北市光復南路。
7 月	〈自我的塑造與自我的否定〉發表於《文藝月刊》第 1

期。

詩作〈青春行〉發表於《幼獅文藝》第 188 期。

8 月　7 日，短篇小說〈飄浮的明天〉發表於《中國時報‧人間副刊》11 版。

29 日，短篇小說〈沉落〉發表於《中國時報‧人間副刊》10 版。

以「短歌三題」為題，詩作〈夜歌〉、〈春歌〉、〈戰歌〉發表於《新文藝》第 161 期。

葛樂禮颱風致倉庫淹水，十月出版社被迫結束。先前出版的《沈從文自傳》、《死屋手記》被舉發為禁書，遭警總傳訊，由長官尼洛保出。

9 月　詩作〈月圓的時候〉發表於《純文學》第 33 期。

10 月　20 日，短篇小說〈我給那白痴一塊錢〉發表於《中國時報‧人間副刊》10 版。

短篇小說〈土〉發表於《新文藝》第 163 期。

詩作〈水——給大陸青年〉發表於《中央月刊》第 1 卷第 12 期。

詩作〈金夢謠——想必是大陸青年夜夜做著的〉發表於《文藝月刊》第 4 期。

11 月　15 日，短篇小說〈佛事種種〉發表於《中國時報‧人間副刊》10 版。

詩作〈金門頌〉發表於《新文藝》第 164 期。

詩作〈造光者——敬獻給國父〉發表於《中華文化復興月刊》第 20 期。

本年　與張拓蕪等人共同為中華電視公司編寫劇本《燕雙飛》、《男子漢》、《呂四娘》。

參與《科學月刊》創刊籌備工作。

1970 年　　1 月　〈咖啡屋裡的詩人〉發表於《幼獅文藝》第 193 期。

擔任《科學月刊》業務經理。

2 月　中篇小說〈過渡〉以筆名「古渡」發表於《文壇》第 116 期。

〈藝術表現的兩極——評李錫奇、楚戈聯合畫展〉發表於《幼獅文藝》第 194 期。

4 月　〈兒歌兩章〉發表於《幼獅文藝》第 196 期。

詩作〈臉的變奏〉、〈來自某地界的呼喚〉、〈春歌〉發表於《詩宗》第 1 期。

詩作〈鋼鐵之歌——敬獻給參與八二三戰役的將士們〉發表於《新文藝》第 169 期。

6 月　〈隨感兩則——文學的自由‧有朋自遠方來〉發表於《文壇》第 120 期。

短篇小說〈泥鰍與黑鯊〉以筆名「古渡」發表於《文壇》第 120 期。

〈王爾德及其唯美主義〉發表於《新文藝》第 171 期。

短篇小說〈半醉的兩個漢子〉發表於《文藝月刊》第 12 期。

詩作〈我們是——〉、〈杜貝之死〉發表於《詩宗》第 2 期。

7 月　〈六月詩壇〉發表於《文壇》第 121 期。

詩作〈幼獅頌〉發表於《幼獅文藝》第 199 期。

9 月　〈康丁法拉斯像他〉發表於《幼獅文藝》第 201 期。

10 月　31 日，與臺灣師範大學音樂系學生張孝惠結婚。

1971 年　　1 月　〈黃金族〉發表於《幼獅文藝》第 205 期。

擔任《科學月刊》社長。

2 月　〈吸塵器〉發表於《文藝月刊》第 20 期。

短篇小說〈徒勞的旅程〉發表於《新文藝》第 179 期。

詩作〈桑吉巴獅子〉發表於《詩宗》第 4 期。

3 月　短篇小說〈我們是山的兒子〉以筆名「古渡」發表於《中華文藝》第 1 期。

4 月　以「非金屬的輪唱」為題，詩作〈趙錢孫李如是觀〉、〈不題〉、〈都是一類〉、〈風花雪月〉、〈乾河〉發表於《藍星季刊》第 60 期。

6 月　短篇小說〈小圓鐵牌〉發表於《文藝月刊》第 24 期。

7 月　自《科學月刊》離職。

9 月　19 日，短篇小說〈萬能博士〉以筆名「古渡」發表於《中國時報・人間副刊》9 版。

26 日，詩作〈船歌〉發表於《中國時報・人間副刊》9 版。

10 月　〈靜夜的啟示〉發表於《文藝月刊》第 28 期。

短篇小說〈默契〉發表於《新文藝》第 187 期。

12 月　〈詩的考驗〉發表於《國魂》第 313 期。

1972 年　2 月　4 日，短篇小說〈縴夫阿德〉發表於《中國時報・人間副刊》9 版。

10～13 日，中篇小說〈五十九歲的石培中先生〉連載於《聯合報・副刊》9 版。

3 月　10 日，詩作〈晨間〉發表於《中國時報・人間副刊》9 版。

〈心岱和〈母親的畫像〉〉發表於《文藝月刊》第 34 期。

詩作〈豹〉發表於《現代文學》第 46 期。

詩作〈通化街之什〉、〈讀報之什〉發表於《詩宗》第 5 期。

4 月　9 日，詩作〈問鷗〉發表於《中國時報・人間副刊》12

版。

短篇小說〈漂浮的明天〉發表於《小說創作》第 95 期。

詩作〈歲暮詩抄三題〉發表於《純文學》第 62 期。

5 月　13 日，短篇小說〈漂〉發表於《聯合報・副刊》9 版。

詩作〈五月的禮讚〉發表於《文藝月刊》第 35 期。

6 月　短篇小說〈我的舅舅〉發表於《文藝月刊》第 36 期。

7 月　中篇小說〈巨流〉連載於《新文藝》第 196～197 期，至 8月止。

8 月　短篇小說〈走出幻覺〉發表於《小說創作》第 99 期。

9 月　詩作〈僵局——劇詩試作〉，〈詩的表現〉發表於《創世紀》第 30 期。

〈謙謙君子尼洛〉發表於《幼獅文藝》第 225 期。

10 月　13 日，出席創世紀詩社於耕莘文教院舉辦的「現代詩朗誦座談會」，擔任大會主持人，與會者有紀弦、十還素、古丁・陳明台、唐文標等。

11 月　12～13 日，短篇小說〈錢的種種〉連載於《中國時報・人間副刊》12 版。

13 日，短篇小說〈老高〉發表於《聯合報・副刊》12版。

20 日，短篇小說〈悟〉發表於《中華日報・副刊》9 版。

〈庫普林其人及其人道思想〉發表於《新文藝》第 200期。

12 月　3 日，詩作〈水的歲月〉發表於《中國時報・人間副刊》12 版。

15～16 日，短篇小說〈蘿蔔絲餅〉連載於《中國時報・人間副刊》12 版。

詩作〈青春的歌〉，〈我的自白〉發表於《創世紀》第 31

期。

以「自己的寫照‧外一首」為題，詩作〈自己的寫照〉、
〈秋的喪歌〉發表於《中外文學》第 1 卷第 7 期。

1973 年	1 月	〈寇斯特拉的醒覺〉發表於《文藝月刊》第 43 期。

1 月　〈寇斯特拉的醒覺〉發表於《文藝月刊》第 43 期。

詩作〈在歲月的烟流中——給我曾是詩人的大哥〉發表於
《新文藝》第 202 期。

2 月　〈覃子豪的生命與詩〉發表於《文藝月刊》第 44 期。

3 月　〈安德列‧紀德與白楊事件〉發表於《文藝月刊》第 45
期。

詩作〈戰爭印象〉發表於《創世紀》第 32 期。

4 月　〈美的探尋者王爾德〉發表於《文藝月刊》第 46 期。

短篇小說〈老店新開〉發表於《新文藝》第 205 期。

〈白先勇《臺北人》〉以筆名「盛乃承」發表於《人與社
會》第 1 卷第 1 期。

擔任《人與社會》執行編輯。

6 月　〈中國現代詩的潛在危機〉發表於《人與社會》第 1 卷第
2 期。

〈杜思妥也夫斯基〉發表於《文藝月刊》第 48 期。

詩作〈素描〉，〈淺論大荒的〈存愁〉〉發表於《創世紀》
第 33 期。

中篇小說集《地下火》由臺北陸軍出版社出版。

8 月　短篇小說〈永遠是一對一〉發表於《新文藝》第 209 期。

9 月　詩作〈西門町之什〉，〈話說管管〉發表於《創世紀》第 34
期。

10 月　詩作〈鐵鷹的歌〉發表於《幼獅文藝》第 238 期。

11 月　12 日，出席於臺北圓山飯店舉辦的「第二屆世界詩人大
會」，與會者有朱沉冬、洛夫、向明、蓉子、卜納德等。

詩作〈探〉發表於《創世紀》第 35 期。

擔任「第一屆中國現代詩獎」評審委員。

參加於歷史博物館舉辦的「中國現代詩畫聯展」，展出詩作〈變奏的臉〉，參展者另有周夢蝶、白萩、吳炫三、王藍、何懷碩等。

1974 年　1 月　〈請重視作家的成就〉發表於《幼獅文藝》第 241 期。

詩作〈失去的地平線〉發表於《創世紀》第 36 期。

2 月　〈中共之繼承問題〉以筆名「丁望」發表於《人與社會》第 1 卷第 6 期。

6 月　23 日，出席於臺北中山堂舉辦的「第一屆中國現代詩獎」頒獎典禮，擔任大會主持人，與會者有葉公超、紀弦、鍾鼎文、羅門、林亨泰等。

〈柔性的戰歌──談一首被忽略的詩〉發表於《中外文學》第 3 卷第 1 期。

7 月　短篇小說〈王大個兒〉以筆名「古渡」發表於《幼獅文藝》第 247 期。

〈內省及其他〉發表於《創世紀》第 37 期。

8 月　〈庫普林其人及其人道思想──兼介《亞瑪》〉發表於《人與社會》第 2 卷第 3 期。

9 月　4 日，詩作〈海獵〉發表於《中國時報‧人間副刊》12 版。

10 月　詩作〈演出的我──第一齣〉發表於《創世紀》第 38 期。

長子宓秉中出生。

1975 年　1 月　詩作〈演出的我──第二齣〉發表於《創世紀》第 39 期。

4 月　19 日，〈最真切的心願〉發表於《中央日報‧副刊》10

版。

詩作〈演出的我——第三齣〉,〈開放的心靈〉發表於《創世紀》第 40 期。

7月　詩作〈演出的我——第四齣〉發表於《創世紀》第 41 期。

8月　1 日,〈自由〉發表於《青年戰士報・副刊》8 版。

8 日,〈覃子豪的〈詩的播種者〉〉發表於《青年戰士報・副刊》8 版。

15 日,〈楊喚的〈垂滅的星〉〉發表於《青年戰士報・副刊》8 版。

9月　22 日,〈紀弦的〈狼之獨步〉〉發表於《青年戰士報・副刊》8 版。

10月　6 日,〈許世旭的〈外野手〉〉發表於《青年戰士報・副刊》8 版。

20 日,〈金軍的〈紅葉〉〉發表於《青年戰士報・副刊》8 版。

詩作〈時代進行曲〉獲第 11 屆國軍文藝金像獎長詩銀像獎。

〈我的藝術觀〉發表於《幼獅文藝》第 262 期。

12月　15 日,〈羅行的〈鏡子〉〉發表於《青年戰士報・副刊》8 版。

詩作〈我要飛上青天〉,〈給余光中先生的一封公開信〉發表於《創世紀》第 42 期。

1976 年　1月　26 日,〈鄭愁予的〈天窗〉〉發表於《青年戰士報・副刊》8 版。

2月　23 日,〈鍾鼎文的〈夜泊正陽關〉〉發表於《青年戰士報・副刊》8 版。

3 月　13 日，詩作〈車過坡心〉發表於《聯合報‧副刊》12
版。

22 日，〈商禽的〈咳嗽〉〉發表於《青年戰士報‧副刊》8
版。

詩作〈演出的我──第五齣〉發表於《創世紀》第 43
期。

4 月　3 日，詩作〈悼作家盧克彰〉發表於《聯合報‧副刊》12
版。

5 日，〈楚戈的〈碎笛〉〉發表於《青年戰士報‧副刊》8
版。

6 月　19 日，以「風馬二題──和商禽詩作」為題，詩作
〈風〉、〈馬〉發表於《聯合報‧副刊》12 版。

28 日，〈管管的〈水薑花〉〉發表於《青年戰上報‧副刊》
8 版。

與紀弦、羊令野、洛夫、瘂弦、大荒、商禽、梅新、羅
門、管管、張漢良、張默合編《八十年代詩選》，由臺北
濂美出版社出版。

7 月　12 日，〈瘂弦的〈一般之歌〉〉發表於《青年戰士報‧副
刊》8 版。

26 日，〈周鼎的〈秋〉〉發表於《青年戰士報‧副刊》8
版。

8 月　9 日，〈彭邦楨的〈草上之風〉〉發表於《青年戰士報‧副
刊》8 版。

9 月　詩作〈繫念之歌──詩呈雙親〉、〈演出的我──第六齣〉
發表於《創世紀》第 44 期。

10 月　〈詩人羊令野訪問記〉發表於《幼獅文藝》第 274 期。

11 月　22 日，〈蓉子的〈傘〉〉發表於《青年戰士報‧副刊》8

版。

25 日，應許世旭與韓國筆會之邀，與羊令野、洛夫、羅門、張默、楚戈、商禽、菩提、梅新、方心豫共十位詩人，至漢城（今首爾）訪問一週，並赴板門店 38 度線瞭望北韓。

〈一場夢魅——評〈冬祭〉〉發表於《中華文藝》第 69 期。

〈外婆〉發表於《幼獅文藝》第 275 期。

12 月　6 日，〈羅門的〈窗〉〉發表於《青年戰士報·副刊》8 版。

1977 年　1 月　18 日，詩作〈板門店望鄉〉發表於《聯合報·副刊》12 版。

〈烽火·流離·詩——讀張拓蕪及其《代馬輸卒手記》〉發表於《中華文藝》第 71 期。

3 月　詩作〈漢城詩抄〉發表於《幼獅文藝》第 279 期。

詩作〈高麗行〉發表於《創世紀》第 45 期。

4 月　〈韓國文壇印象記〉以本名「宓世森」發表於《幼獅文藝》第 280 期。

5 月　詩作〈苗·綠的號外啊〉發表於《詩潮》第 1 期。

6 月　詩作〈順興茶館所見〉發表於《文藝月刊》第 96 期。

詩作〈關渡渡口〉發表於《中華文藝》第 76 期。

〈創作「人性的文學」〉以筆名「張經楓」發表於《人與社會》第 5 卷第 2 期。

7 月　與管管、張漢良、張默、菩提合編《中國當代十大詩人選集》、《中國當代十大小說家選集》、《中國當代十大散文家選集》，由臺北源成文化圖書供應社出版。

9 月　〈《龍芋田畝》的社會功能〉發表於《中華文化復興月

刊》第 114 期。

〈略談小說的欣賞〉發表於《文藝月刊》第 99 期。

11 月　　〈關於詩的創作〉發表於《文藝月刊》第 101 期。

〈一片詩心繫國魂〉以本名「宓世森」發表於《幼獅文藝》第 287 期。

12 月　　〈藝術、社會與功利〉發表於《文藝月刊》第 102 期。

詩作〈白楊訴願〉發表於《創世紀》第 46 期。

1978 年　1 月　　7 日，詩作〈春醒——詩迎新歲〉發表於《聯合報・副刊》12 版。

詩作〈擦鞋的手〉，〈從「假鳳凰」談起〉發表於《文藝月刊》第 103 期。

2 月　　14 日，詩作〈奔馬〉發表於《聯合報・副刊》12 版。

〈在歲月的煙流中——給我鐵幕內求生的兄長〉發表於《中華文化復興月刊》第 119 期。

〈關於文學藝術的我見〉發表於《文藝月刊》第 104 期。

〈率真是美〉以筆名「盛乃承」發表於《人與社會》第 5 卷第 6 期。

3 月　　〈「國軍文藝大會」感言〉發表於《文藝月刊》第 105 期。

詩作〈斷頭烈士歌〉發表於《幼獅文藝》第 291 期。

4 月　　〈追求生命的真境〉發表於《文藝月刊》第 106 期。

5 月　　〈創作自由與自律〉發表於《文藝月刊》第 107 期。

詩作〈喜怒哀樂〉發表於《創世紀》第 47 期。

短篇小說集《我給那白痴一塊錢》由臺北天華出版公司出版。

6 月　　〈現代詩的社會性〉發表於《文藝月刊》第 108 期。

7 月　　〈人性探索與人物創造〉發表於《文藝月刊》第 109 期。

擔任《科學月刊》社務委員。

8 月　　25 日，〈未堂放浪世界旅，一身風塵翩然來〉發表於《中國時報・人間副刊》12 版。

〈索忍尼辛演講的啟示〉發表於《文藝月刊》第 110 期。

詩作〈各色人等的畫像〉發表於《創世紀》第 48 期。

9 月　　〈淺論商禽的詩〉發表於《文藝月刊》第 111 期。

10 月　　30 日，詩作〈夜市中的一男子〉發表於《中國時報・人間副刊》12 版。

〈韓國詩人徐廷柱的寶島行〉發表於《文藝月刊》第 112 期。

開始為《民族晚報・副刊》撰寫「三人行」專欄，持續七年之久。其餘作者為商禽、羊令野，後改為大荒、向明。

11 月　　26 日，詩作〈無題——遙寄詩人彭邦楨〉發表於《聯合報・副刊》12 版。

〈一個作家的成長〉發表於《文藝月刊》第 113 期。

12 月　　14 日，〈武陵之歌〉發表於《中華日報・副刊》11 版。

22 日，詩作〈達觀亭〉發表於《聯合報・副刊》12 版。

〈夜讀擷珍〉發表於《文藝月刊》第 114 期。

詩作〈失題〉發表於《創世紀》第 49 期。

1979 年　1 月　　4 日，詩作〈我們是同根的樹——寫給以自焚抗議美匪建交的喬兆印先生〉發表於《中國時報・人間副刊》12 版。

6 日，出席由創世紀詩社舉辦的「愛國自強朗誦詩大會」，於臺北新公園朗誦詩作。

〈梨山散記〉發表於《文藝月刊》第 115 期。

〈胡適得怪病後的醫學觀〉發表於《明通醫藥》第 25 期。

2 月　　13 日，詩作〈龍泉市場所見〉發表於《聯合報・副刊》12

版。

〈瑞穗夜想及其他〉發表於《文藝月刊》第 116 期。

詩作〈奮起吧！同胞〉發表於《新文藝》第 275 期。

3 月　　〈憶亡友克彰〉發表於《文藝月刊》第 117 期。

詩作〈歷史將記下你的名〉發表於《新文藝》第 276 期。

4 月　　5 日，詩作〈抗戰勝利——仰望您，如仰望湛湛青空〉發
　　　　表於《聯合報》14 版。

16 日，詩作〈遙念——獻給父親〉發表於《臺灣新聞報》
12 版。

〈對覃子豪先生的幾件回憶〉發表於《文藝月刊》第 118
期。

5 月　　30 日，詩作〈我的友伴〉發表於《聯合報・副刊》12
　　　　版、詩作〈這種天氣〉發表於《臺灣新聞報》12 版。

〈卡謬答客問〉發表於《文藝月刊》第 119 期。

詩作〈老花眼鏡組曲〉發表於《創世紀》第 50 期。

6 月　　以「無臉的幻影・外一題」為題，詩作〈無臉的幻影〉、
　　　　〈髮香與風〉發表於《中外文學》第 8 卷第 1 期。

〈讀韓湘寧的繪畫作品有感〉發表於《文藝月刊》第 120
期。

7 月　　23 日，詩作〈沒有水份的歲月〉發表於《臺灣新聞報》12
　　　　版。

〈對李抱忱先生的一些印象〉發表於《幼獅文藝》第 307
期。

出席韓國詩人趙炳華擔任總策劃、於漢城舉辦的「第四屆
世界詩人大會」，與會者有彭邦楨、梅茵、羊令野、林煥
彰、趙天儀等。

擔任《科學月刊》社務委員兼業務經理。

8 月	18 日，詩作〈心事十五行〉發表於《聯合報・副刊》8版。	
10 月	31 日，詩作〈灑滿星輝的軍帽〉發表於《聯合報・副刊》8 版。	
12 月	15 日，詩作〈生命的探索——為魏京生和他的伙伴而寫〉發表於《聯合報・副刊》8 版。	

1980 年　3 月　詩作〈輪盤賭〉,〈一件弄皺的衣衫——評白靈的〈黑洞〉〉發表於《創世紀》第 39 期。

　　　　5 月　21 日，短篇小說〈客人〉發表於《聯合報・副刊》8 版。

　　　　6 月　25 日,〈碧潭夜思——聯副「詩與歌之夜」追記〉發表於《聯合報・副刊》8 版。

　　　　　　　詩作〈同溫層〉發表於《創世紀》第 52 期。

　　　　　　　合集《辛鬱自選集》由臺北黎明文化公司出版。

　　　　7 月　24 日，短篇小說〈無題〉發表於《聯合報・副刊》8 版。

　　　　8 月　28 日，詩作〈起來，阿富汗的公民們〉發表於《中國時報・人間副刊》8 版。

　　　　9 月　詩作〈天涯歌〉發表於《創世紀》第 53 期。

　　　11 月　詩作〈蘭變〉發表於《中外文學》第 9 卷第 6 期。

　　　12 月　5 日，詩作〈秋末寫意〉發表於《聯合報・副刊》8 版。

　　　　　　　詩作〈戲正落幕〉發表於《創世紀》第 54 期。

1981 年　1 月　長篇小說〈龍變〉連載於《中華文藝》第 119～134 期，至 1982 年 4 月止。

　　　　3 月　詩作〈月圓十行七首〉發表於《創世紀》第 55 期。

　　　　4 月　3 日，詩作〈火〉發表於《臺灣日報》8 版。

　　　　　　　〈創作自由與自律〉發表於《人與社會》第 8 卷第 1 期。

　　　　5 月　9 日，詩作〈月圓十行之一〉、〈月圓十行之二〉發表於《臺灣新聞報》12 版。

24 日，以「時間之吟二題」為題，詩作〈金甲蟲〉、〈再生的汁〉發表於《聯合報・副刊》8 版。

6 月　6 日，〈個人詩朗誦要訣——試析怎樣朗誦〉發表於《聯合報・副刊》8 版。

詩作〈都市所見三題〉發表於《創世紀》第 56 期。

10 月　7 日，詩作〈巨石之詩——題柯錫杰作品〈金字塔〉〉發表於《中國時報・人間副刊》8 版。

11 月　5 日，〈我不說人生若夢〉發表於《聯合報・副刊》8 版。

以「掘一口井・外一首」為題，詩作〈掘一口井〉、〈鄉間的氣味〉發表於《中外文學》第 10 卷第 6 期。

12 月　詩作〈時間的精靈〉發表於《創世紀》第 57 期。

1982 年　1 月　15 日，與張默共同策畫、執行，於臺北國軍英雄館舉辦「中日韓現代詩人會議」，與會者有金光林、高橋喜久晴・巫永福、陳千武、陳秀喜等。

〈我的日記〉連載於《中華文藝》第 131～142 期，至 12 月止。

4 月　6 日，詩作〈清明之歌〉發表於《聯合報・副刊》8 版。

5 月　詩作〈春日放歌〉發表於《中外文學》第 10 卷第 12 期。

6 月　〈讀《今天走向你》有感〉發表於《中華文藝》第 136 期。

詩作〈轉捩點——歌頌東線鐵路光復隧道工程〉發表於《暢流》第 776 期。

詩作〈髮〉，〈詩與人生〉發表於《現代詩》復刊第 1 期。

詩作〈富斯底米爾之死〉發表於《創世紀》第 58 期。

9 月　詩作〈青春行〉發表於《中央月刊》第 14 卷第 11 期。

10 月　〈訪司馬中原談現代詩〉發表於《創世紀》第 59 期。

詩作〈黃菊〉、〈我——日本人的進出〉發表於《創世紀》

第 59 期。

12 月　8 日，以「人生放歌兩則」為題，詩作〈休說無奈〉、〈夜讀〉發表於《中國時報・人間副刊》8 版。

15 日，〈一個問號——讀《魯訊評傳》有感〉發表於《自立晚報・副刊》10 版。

1983 年　1 月　發表詩作〈石頭記事（一）——悲愴組曲〉、〈書簡〉於《創世紀》第 60 期。

4 月　4 日，詩作〈相片簿〉發表於《聯合報・副刊》8 版。

5 月　1 日，出席笠詩社、《自立晚報・副刊》於臺北四季餐廳舉辦的「藍星・創世紀詩刊・笠——三角討論會」，與會者有向張健、張堃、李魁賢、李敏勇、羅青等。

詩作〈石頭人語——給人〉、〈無調樂章——給神〉發表於《創世紀》第 61 期。

6 月　17 日，出席國軍詩歌研究會於臺北新公園舉辦的「詩與民歌之夜」，現場朗誦詩作，與會者有無名氏、淡瑩、趙衛民、向陽、陳明台等。

〈《創世紀》的發展軌跡〉發表於《笠》第 115 期。

詩作〈酒徒的時間觀〉發表於《臺灣詩季刊》第 1 期。

7 月　詩作〈焚詩記〉發表於《現代詩》復刊第 4 期。

擔任《國中生》月刊社長兼總編輯。

8 月　〈鐵刺網與野菊花——說說我的第一本詩集〉發表於《陽光小集》第 12 期。

〈從生活出發——淺談向明的《青春的臉》〉發表於《文訊》第 2 期。

10 月　詩作〈墓誌七行〉、〈石頭記事（三）——輓歌三唱〉，〈入土為安——詩人覃子豪骨灰安葬記〉發表於《創世紀》第 62 期。

1984 年	1 月	23 日，〈自由的濫用〉發表於《自立晚報・副刊》10 版。
	2 月	〈深沉與冷麗——古月作品筆談〉發表於《創世紀》第 63 期。
	3 月	擔任臺北市科學出版事業基金會祕書。
	6 月	詩作〈不題〉發表於《創世紀》第 64 期。
	7 月	7 日，詩作〈在歲月煙流中〉發表於《中央日報・副刊》12 版。
	9 月	12 日，詩作〈第十三塊石頭〉發表於《商工日報・春秋》12 版。
		與瘂弦、張默等合編《創世紀詩選》，由臺北爾雅出版社出版。
	10 月	6～14 日，與張默共同策劃，於國立中央圖書館（今國家圖書館）舉辦「中國現代詩三十年詩刊、詩集、詩人資料特展」。
		10 日，詩作〈雙十字頌——獻給我親愛的國家〉發表於《聯合報・副刊》8 版。
		〈迎十月「現代詩大展」〉發表於《新書月刊》第 13 期。
		詩作〈石頭記事（五）〉發表於《創世紀》第 65 期。
		搬至臺北瑞安街，生活趨於穩定。
1985 年	4 月	詩作〈金門頌〉發表於《創世紀》第 66 期。
	6 月	〈商禽的《夢或者黎明》〉發表於《文訊》第 18 期。
	10 月	11 日，詩作〈一指山寫意〉發表於《聯合報・副刊》8 版。
	12 月	詩作〈黑是來時路〉發表於《創世紀》第 67 期。
1986 年	4 月	〈從龍蛻變為泥鰍——以「沙牧年表」悼沙牧〉發表於《文訊》第 23 期。
	6 月	18 日，詩作〈歸航〉發表於《中國時報・人間副刊》8

版。

參加於環亞藝術中心舉辦的「視覺詩十人展」，參展者另有白萩、碧果、杜十三、洛夫、商禽、張默、楚戈、管管、瘂弦。

7 月　〈創作民族的與人的文學——編輯手記〉發表於《大學雜誌》第 195 期。

9 月　詩作〈對話錄〉、〈沙牧檔案〉,〈寫在沙牧記念專輯之前〉發表於《創世紀》第 68 期。

12 月　詩作〈觀山〉發表於《創世紀》第 69 期。

1987 年　1 月　1 日，詩作〈紅塵〉發表於《中國時報・人間副刊》8 版。

7 日，詩作〈體內的碑石〉發表於《聯合報・副刊》8 版。

2 月　1 日，出席千島詩社、辛墾文藝社、耕園文藝社、王國棟文藝基金會於馬尼拉舉辦之「菲華現代詩學會議」，與會者有洛夫、白萩、蕭蕭、許露麟、張香華等。

15 日，詩作〈偶拾〉發表於《中央日報・副刊》10 版。

〈許世旭的寫照〉發表於《文訊》第 28 期。

3 月　25 日，詩作〈旅菲詩抄〉發表於《中央日報・副刊》10 版。

4 月　以「旅菲詩抄二首」為題，詩作〈鞋子〉、〈落日大道〉，〈詩與工作〉發表於《創世紀》第 70 期。

5 月　31 日,〈感悟與感知〉發表於《中央日報・副刊》10 版。

6 月　擔任國軍新文藝詩歌研究會召集人。

7 月　27 日，詩作〈家書〉發表於《中國時報・人間副刊》8 版。

8 月　詩作〈牆角的那株蕨草與那隻蝸牛〉、〈剪刀〉、〈茶歌〉，

〈詩散文的定義〉發表於《創世紀》第 71 期。

11 月　28 日，詩作〈無題——訪馬尼拉美軍公園〉發表於《中央日報・副刊》10 版。

12 月　詩作〈不題——訪馬尼拉美軍公墓所感〉發表於《創世紀》第 72 期。

1988 年　1 月　7 日，短篇小說〈陪打乒乓球的傳令兵〉發表於《中央日報・副刊》18 版。

16 日，詩作〈攀登民主的高峰〉發表於《民生報・社會關懷》18 版。

6 月　24 日，詩作〈貝魯特變奏〉發表於《聯合報・副刊》21 版。

〈寂寞何物〉發表於《文訊》第 36 期。

8 月　26 日，〈代馬輸卒非敗兵〉發表於《中央日報・副刊》16 版。

〈一個假設與兩種實況——一個社會人對現代詩發展的觀察〉發表於《臺北評論》第 6 期。

詩作〈不題兩首〉、〈一個假設與兩種實況——一個社會人對現代詩發展的觀察〉、〈讀〈女媧六象〉〉發表於《創世紀》第 73、74 期。

詩集《豹》由臺北漢光文化公司出版。

9 月　與洛夫、管管、張默、張堃、碧果一同返鄉探親，並參訪復旦大學、北京大學、詩刊社等地，足跡遍至杭州、上海、北京、桂林、廣州、香港。

10 月　26 日，〈母親的嫁妝〉發表於《聯合報・副刊》21 版。

11 月　15 日，〈心酸——返鄉手記之一〉發表於《中央日報・副刊》16 版。

21 日，詩作〈西湖寫意〉發表於《聯合報・副刊》21

版。

28 日，詩作〈夢〉發表於《中國時報・人間副刊》23
版。

1989 年   2 月   搬至臺北木柵。

4 月   詩作〈鶴琴居老宅〉、〈上海印象〉發表於《創世紀》第 75
期。

擔任創世紀詩雜誌社社長。

6 月   5 日，詩作〈凌晨三點槍聲佔領了廣場〉發表於《中央日
報・副刊》16 版。

8 月   10 日，詩作〈臺北速寫〉發表於《中央日報・副刊》18
版。

詩作〈血崩〉發表於《創世紀》第 76 期。

11 月   2 日，以「即興兩題」為題，詩作〈醉〉、〈醒〉發表於
《聯合報・副刊》29 版。

〈〈豹〉變——談談我與《現代文學》的一段交往〉發表
於《文訊》第 49 期。

詩作〈金色光翼〉發表於《臺北畫刊》第 263 期。

詩作〈仲秋即興〉、〈隱藏的冷感——初探簡政珍的創作心
靈〉發表於《創世紀》第 77 期。

1990 年   3 月   22 日，詩作〈參考資料——為一篇寫不成的論文蒐集的〉
發表於《聯合報・副刊》29 版。

詩作〈風〉、〈散戲〉發表於《創世紀》第 78 期。

4 月   詩集《因海之死》由臺北尚書文化出版社出版。

6 月   2 日，〈在一片長黑之中〉發表於《中央日報・副刊》16
版。

7 月   1 日，〈憶沉冬〉發表於《中央日報・副刊》9 版。

詩作〈在全然的黑中〉、〈為詩奉獻一生〉發表於《創世

紀》第 79 期。

8 月　〈胡適與郭沫若〉發表於《文訊》第 58 期。

9 月　25 日,〈怪味雞與涼拌空心菜〉發表於《中央日報・副刊》16 版。

10 月　4 日,詩作〈無題〉發表於《聯合報・副刊》29 版。

1991 年　1 月　23 日,〈我看彭歌的小說〉發表於《中央日報・副刊》16版。

詩作〈滄浪之歌〉發表於《創世紀》第 82 期。

2 月　13 日,〈我的「年夜飯」小史〉發表於《中央口報・副刊》16 版。

3 月　25 日,詩作〈茫茫然垂向落日的臉——念沙牧〉發表於《聯合報・副刊》25 版。

6 月　16 日,〈說一說「蒼髮小聚」〉發表於《中央日報・副刊》9 版。

7 月　25 日,以「春申記事」為題,詩作〈昔日的霞飛路上〉、〈昔日的里弄人家〉、〈龍華漫步〉發表於《中央日報・副刊》16 版。

8 月　22 日,詩作〈觀畫——李錫奇〈遠古的記憶〉畫作讀後〉發表於《聯合報・副刊》25 版。

9 月　19 日,詩作〈1991 年 8 月某日,莫斯科〉發表於《中國時報・人間副刊》31 版。

10 月　8 日,〈通過自己——略說我對楚戈的認識〉發表於《中央日報・副刊》16 版。

卸任創世紀詩雜誌社社長,由張默接任。

11 月　11 日,〈音符裂解〉發表於《中央日報・副刊》16 版。

20 日,詩作〈此間的燈要到天亮時才放出光明〉發表於《聯合報・副刊》25 版。

〈關於臺灣現代詩〈豹〉的通信〉發表於《臺灣文學觀察雜誌》第 4 期。

12 月　〈簡介《一具空空的白》〉發表於《文訊》第 74 期。

1992 年　1 月　28 日,〈這個人就是朱橋〉發表於《聯合報・副刊》25 版。

3 月　12 日,詩作〈登泰山詩〉發表於《聯合報・副刊》25 版。

〈兩場婚禮〉發表於《文訊》第 77 期。

4 月　8 日,詩作〈謁泰山無字碑〉發表於《中國時報・人間副刊》31 版。

6 月　5 日,〈傷心豈獨寫詩人——詩集出版家訪談錄〉發表於《聯合報・副刊》39 版。

7 月　詩作〈上海手稿〉發表於《創世紀》第 89 期。

8 月　7 日,出席於誠品書店世貿店舉辦的「詩的星期五」首場活動,與洛夫擔綱朗誦、座談。

9 月　12 日,〈遙想「李大媽」當年〉發表於《中國時報・人間周刊》27 版。

10 月　24 日,以「近作一輯」為題,詩作〈秋扇〉、〈荷香〉、〈江南〉、〈山風〉、〈倘若〉發表於《中央日報・副刊》16 版。

11 月　14 日,〈返鄉記情〉發表於《聯合報・副刊》25 版。

27 日,詩作〈六十自吟——給影子〉發表於《中國時報・人間副刊》35 版。

12 月　22 日,詩作〈別了,順興茶館〉發表於《聯合報・副刊》25 版。

1993 年　1 月　16 日,〈十七歲小兵〉發表於《中國時報・人間周刊》27 版。

4 月　〈「科幻詩」初探〉發表於《創世紀》第 93 期。

5月 12 日，詩作〈向我的四件舊衣服道別〉發表於《聯合報‧副刊》35 版。

7月 15 日，以「散文三帖」為題，詩作〈「天街」上的微悟〉、〈小吃店〉、〈唱歌樂，樂如何〉發表於《中央日報‧副刊》16 版。

詩作〈老龍渡口的梢公〉發表於《創世紀》第94 期。

8月 26 日，〈「金門之虎」及其他〉發表於《中央日報‧副刊》16 版。

10月 10 日，〈向日葵——憶子豪先生〉發表於《中央日報‧副刊》15 版。

11月 25 日，詩作〈醉人的話題〉發表於《中國時報‧人間副刊》39 版。

12月 以「近作二首」為題，詩作〈湖畔感懷〉、〈握手以及——致劉登翰、袁和平〉發表於《創世紀》第 95、96 期。

1994 年 1月 10 日，〈孤峰頂上一健者〉發表於《中央日報‧副刊》16 版。

3月 以「十行兩題」為題，詩作〈布告牌〉、〈鑰匙〉發表於《創世紀》第 97、98 期。

5月 13 日，詩作〈臺北記事之一〉發表於《中國時報‧人間副刊》39 版。

獲第 35 屆中國文藝獎章新詩獎。

7月 8 日，以「臺北街頭三題」為題，詩作〈羅斯福路〉、〈白千層〉、〈公車即景〉發表於《中國時報‧人間副刊》39 版。

8月 與商禽、楊平等合編《創世紀詩選（第二集）》，由臺北爾雅出版社出版。

9月 24 日，詩作〈無題十四行〉發表於《中央日報‧副刊》16

版。

	11 月	22 日，詩作〈送別——悼詩人羊令野〉發表於《中央日報‧副刊》16 版、〈羊令野與《南北笛》〉發表於《聯合報‧副刊》37 版。
	12 月	22 日，詩作〈訪嚴子陵釣臺有歌〉發表於《聯合報‧副刊》37 版。
1995 年	1 月	7 日，〈辛鬱論辛鬱——在那張冷臉後面〉發表於《聯合報‧副刊》37 版。
	4 月	7 日，詩作〈在那張冷臉背後——給自己畫像〉發表於《中國時報‧人間副刊》39 版。
		16 日，以「短歌二題」為題，詩作〈廟口七行〉、〈家門七行〉發表於《聯合報‧副刊》37 版。
	5 月	詩集《在那張冷臉背後》由臺北爾雅出版社出版。
	6 月	17 日，以「曼谷詩稿四則」為題，詩作〈車入都城〉、〈耀華力街頭偶拾〉、〈鳳凰花〉、〈面對變性人〉發表於《聯合報‧副刊》37 版。
		28 日，以「疙瘩外二題」為題，詩作〈疙瘩〉、〈一片樹葉的一段故事〉、〈賞荷或者品蟬〉發表於《中國時報‧人間副刊》39 版。
	8 月	24 日，詩作〈破甕〉發表於《中國時報‧人間副刊》39 版。
	11 月	詩集《在那張冷臉背後》獲得中山文藝創作獎。
1996 年	3 月	詩作〈失題〉發表於《創世紀》第 106 期。
		擔任創世紀詩雜誌社總編輯。
	5 月	與白靈合編《八十四年詩選》，由臺北現代詩季刊社出版。
	7 月	11 日，詩作〈丟失又拾回的詩稿〉發表於《中央日報‧副

刊》18 版、〈遙遠的夢想——念詩人紀弦及沙牧〉發表於
《中華日報・副刊》14 版。

25 日,〈文化建設不能蹚混水〉發表於《中央日報・副
刊》18 版。

8月 　20 日,〈心事——悼故友老徐〉發表於《中央日報・副
刊》18 版。

9月 　23 日,以「黃山行腳三題」為題,詩作〈牌坊印象〉、〈纜
車印象〉、〈始信峰印象〉發表於《中央日報・副刊》18
版。

10月 　9 日,詩作〈關於三月〉發表於《聯合報・副刊》37 版。

12月 　以「八行詩一輯・外一首」為題,詩作〈不相干的閱
讀〉、〈請不要當真〉、〈酒後的夜晚〉、〈關於三月〉發表於
《創世紀》第 109 期。

1997年 　3月 　詩作〈糖〉發表於《創世紀》第 110 期。

4月 　23 日,詩作〈訪「萬興關」碑有感〉發表於《民生報・旅
遊專刊》37 版。

6月 　以「夢迴蘆溝——紀念『七七』60 周年・外兩題」為
題,詩作〈夢迴蘆溝——紀念「七七」60 周年〉、〈南投
行腳——訪「萬興關」碑有感〉、〈兀鷹訴願——觀「天葬
臺」照片有感〉發表於《創世紀》第 111 期。

9月 　30 日,以「三峽行腳」為題,詩作〈重慶速寫〉、〈酆都印
象〉、〈船過白帝城〉、〈雙龍鎮奇遇〉發表於《中華日報・
副刊》16 版。

10月 　12 日,〈老友,你好走!〉發表於《中央日報・副刊》18
版。

詩作〈不再抽搐的鼻子——悼至友梅新〉,〈專於用「情」
的古月〉發表於《創世紀》第 112 期。

11 月　　參加東方畫會於帝門藝術中心舉辦的「東方現代備忘錄──
　　　　穿越彩色防空洞」展覽，參展詩人另有洛夫、張默、商
　　　　禽、碧果、管管。

12 月　　10 日，〈此情可待──讀無名氏《宇宙投影》有感〉發表
　　　　於《中央日報・副刊》21 版。

　　　　〈試論梅新早期的詩〉發表於《臺灣詩學季刊》第 21
　　　　期。

1998 年　　1 月　　2 日，〈陌生的緣分──《未終曲》引起的……〉發表於
　　　　《中華日報・副刊》16 版。

　　　　12 日，以「懷遠行的友人」為題，詩作〈辭歲〉、〈尋人〉
　　　　發表於《中央日報・副刊》22 版。

　　6 月　　11 日，詩作〈飲者之歌──我友管管大喜日，詩呈紀弦老
　　　　師〉發表於《中國時報・人間副刊》37 版。

　　　　12 日，以「呼喚・外一題」為題，詩作〈呼喚〉、〈百年一
　　　　坐──詩寫一把骨董椅子〉發表於《聯合報・副刊》37
　　　　版。

　　　　詩作〈舞男──詩寫陳庭詩鐵雕作品〉發表於《創世紀》
　　　　第 115 期。

　　8 月　　詩作〈與天空一樣清香的日子〉發表於《國魂》第 633
　　　　期。

　　9 月　　詩作〈百年一坐──詩寫黃花梨木玫瑰椅〉、〈略說彩羽的
　　　　詩〉發表於《創世紀》第 116 期。

　10 月　　8 日，詩作〈心事速寫〉發表於《中央日報・副刊》22
　　　　版。

　　　　10 日，〈遙想當年〉發表於《聯合報・副刊》37 版。

　　　　16 日，詩作〈山景寂寂〉發表於《中華日報・副刊》16
　　　　版。

詩作〈慶雙十〉發表於《國魂》第 635 期。

11 月　26 日，詩作〈心事二寫〉發表於《聯合報・副刊》37 版。

12 月　〈我讀杜十三〉發表於《臺灣詩學季刊》第 25 期。

本年　與向明聯合發起，眾文友至臺北縣三峽「龍泉墓園」悼念前輩詩人覃子豪。

1999 年　1 月　5 日，以「1998 年歲末詩稿三題」為題，詩作〈潛在的音符〉、〈我很想安靜的躺下〉、〈碰頭──贈汪啟疆〉發表於《中國時報・人間副刊》37 版。

29 日，出席中華民國新詩學會於臺灣藝術教育館舉辦的「迎向八八詩歌朗誦會」，與會者有向陽、鍾鼎文、張香華、楊允達、林宗源等。

自《科學月刊》退休，改任顧問，並兼仟臺北市科學出版事業基金會祕書。

2 月　15 日，〈王家的年夜飯〉發表於《中央日報・副刊》22 版。

21 日，詩作〈夢遊富春江〉發表於《中華日報・副刊》16 版。

3 月　4 日，詩作〈石獅印象──河東堂獅子館所見〉發表於《聯合報・副刊》37 版。

詩作〈展開吧，生命〉發表於《國魂》第 640 期。

〈讓詩回歸本位〉發表於《創世紀》第 118 期。

擔任《創世紀》顧問。

4 月　14 日，詩作〈銅像兩寫〉發表於《中國時報・人間副刊》37 版。

6 月　11 日，詩作〈銅像續寫〉發表於《中國時報・人間副刊》37 版。

18 日，〈我的「詩」歷程〉發表於《中華日報・副刊》16
版。

詩作〈永恆的端午〉發表於《國魂》第 643 期。

詩作〈銅像四寫〉，〈「經典」疑惑〉發表於《創世紀》第
119 期。

7 月　9 日，〈以史為鑑——讀大荒〈臺灣縱走〉的詩〉發表於
《中華日報・副刊》16 版。

14 日，〈一根鉛絲火鉤親情無限〉發表於《中央日報・副
刊》18 版。

〈形式簡約，真情流露——梅新《梅新詩選》〉發表於
《文訊》第 165 期。

9 月　以「三訪奉化溪口鎮有歌」為題，詩作〈初訪（1988）〉、
〈再訪（1992）〉、〈三訪（1999）〉發表於《創世紀》第
120 期。

12 月　以「松潘高原所見・外一首」為題，詩作〈松潘高原所
見〉、〈嶽麓書院所見〉發表於《創世紀》第 121 期。

2000 年　1 月　25 日，詩作〈1999 餘稿兩帖〉發表於《聯合報・副刊》
37 版。

2 月　詩作〈歡樂龍年〉發表於《國魂》第 651 期。

3 月　8 日，詩作〈詩〉發表於《中央日報・副刊》22 版。

以「近作兩首」為題，詩作〈詩〉、〈寫詩〉發表於《創世
紀》第 122 期。

5 月　9 日，〈麵包與詩〉發表於《人間福報》11 版。

詩集《辛鬱・世紀詩選》由臺北爾雅出版社出版。

與張默、向明、余光中集議於新世紀之始，交棒「年度詩
選」主編工作予白靈、陳義芝、焦桐等中生代詩人。

6 月　〈永遠的向日葵——憶詩人覃子豪〉發表於《聯合文學》

第 188 期。

詩作〈生命探索〉發表於《國魂》第 655 期。

詩作〈時間三章〉發表於《創世紀》第 123 期。

8 月　16 日，詩作〈采風兩則〉發表於《中國時報・人間副刊》37 版。

9 月　〈「詩篇」生命探索〉發表於《國魂》第 655 期。

以「西安行吟」為題，詩作〈遊街〉、〈登樓〉發表於《創世紀》第 124 期。

10 月　與張默、林金悔、尹雪曼一同捐贈著作與相關文物予國立文化資產保存研究中心籌備處（今國立臺灣文學館），並舉辦捐贈文物展。

11 月　29 日，詩作〈柄靈寺石窟所見〉發表於《聯合報・副刊》37 版。

12 月　23 日，以「也是夜歌・外一首」為題，詩作〈也是夜歌〉、〈鄉音〉發表於《中央日報・副刊》20 版。

2001 年　1 月　19 日，詩作〈感謝狀——歲末兼向大家報平安〉發表於《中國時報・人間副刊》23 版。

2 月　與焦桐、白靈合編《九十年代詩選》，由臺北爾雅出版社出版。

3 月　詩作〈出格——寫某「人權鬥士」〉、〈時間殺手〉發表於《創世紀》第 126 期。

5 月　25 日，詩作〈景美溪寫真〉發表於《聯合報・副刊》37 版。

6 月　7 日，以「珍珠港行吟兩題」為題，詩作〈亞利桑那軍艦紀念堂〉、〈大兵布朗記事〉發表於《中國時報・人間副刊》23 版。

7 月　9 日，詩作〈秦嶺懸想〉發表於《中央日報》18 版。

11 月　22 日，詩作〈聾的藝術〉發表於《聯合報・副刊》37
版。

12 月　以「三種姿態──某次會議所見」為題，詩作〈端坐〉、
〈半閉的眼〉、〈聾的藝術〉發表於《創世紀》第 129 期。

2002 年　2 月　12 日，詩作〈歲序之唱──迎民國 91 年〉發表於《中央
日報》4 版。

3 月　以「與酒有約三題」為題，詩作〈被囚禁的二鍋頭〉、〈酒
價上漲聯想〉、〈酒是一種膠劑──懷念「酒黨」老友〉發
表於《創世紀》第 130 期。

4 月　2 日，詩作〈不一樣的戰爭──旅順所見〉發表於《中央
日報》18 版。

23 日，詩作〈古芝地道自白──越南戰場所見〉發表於
《聯合報・副刊》39 版。

5 月　3 日，詩作〈一顆子彈的制式歷程〉發表於《自由時報・
副刊》39 版。

6 月　27 日，詩作〈尋訪「沙包刑場」──西貢行有感〉發表於
《中央日報》14 版。

12 月　10 日，詩作〈初見殷墟〉發表於《聯合報・副刊》39
版。

27 日，詩作〈去動物園尋詩──追念老作家無名氏先生〉
發表於《自由時報・副刊》39 版。

以「函谷關寫意・外二首」為題，詩作〈函谷關寫意〉、
〈蓮城關廟尋刀〉、〈初見殷墟〉發表於《創世紀》第 133
期。

2003 年　1 月　6 日，詩作〈詩寫大象林旺〉發表於《中央日報》16 版。

3 月　26 日，詩作〈南京行腳〉發表於《聯合報・副刊》39
版。

以「南京行腳・外二首」為題，詩作〈南京行腳〉、〈淮南行〉、〈豆腐本紀——淮南行之二〉發表於《創世紀》第134 期。

6 月　詩作〈垃圾世家〉發表於《創世紀》第 135 期。

7 月　長篇小說《龍變》、短篇小說集《鏡子》、散文集《找鑰匙》、詩集《演出的我》由臺北文史哲出版社出版。

8 月　3 日，詩作〈母難日啟航——七十自勉〉發表於《中央日報》17 版。

9 月　〈仁性歌者——悼詩人大荒〉發表於《文訊雜誌》第 215 期。
詩作〈不是或會是的數學題——垃圾詩系列之二〉發表於《創世紀》第 136 期。

10 月　29 日，與張默應韓國文人協會之邀，出席第五屆海外文人文學講演會。

12 月　6～7 日，〈仁性詩者——念摯友大荒〉連載於《聯合報・副刊》E7 版。
詩作〈醇酒・權力——垃圾詩系列之三〉,〈韓國紀行〉發表於《創世紀》第 137 期。

2004 年　3 月　以「2003 歲末詩稿三題」為題，詩作〈淚——遙寄故友大荒〉、〈失憶——垃圾詩系列之四〉、〈算帳——垃圾詩系列之五〉發表於《創世紀》第 138 期。

4 月　1 日，詩作〈煙囪的自說自話〉發表於《聯合報・副刊》E7 版。
〈懷想朱橋——賀《幼獅文藝》五十歲〉發表於《幼獅文藝》第 604 期、《文訊》第 222 期。

6 月　以「煙囪的自語自話・外一首——垃圾詩系列之六」為題，詩作〈煙囪的自語自話〉、〈玉門關放眼〉，並有

〈詩，連接藍天與綠地——「鶴山」訪詩人愚溪〉發表於《創世紀》第 139 期。

10 月　18 日，詩作〈結繩，時間的延伸〉發表於《聯合報・副刊》E7 版。

以「近作一輯」為題，詩作〈老龍頭印象〉、〈永樂大鐘印象〉、〈三行二則〉、〈夢——垃圾詩系列之八〉發表於《創世紀》第 140、141 期。

與張默等合編《他們怎麼玩詩？——創世紀五十周年精選》，由臺北二魚文化公司出版。

2005 年　3 月　以「近作三題——垃圾詩系列之九」為題，詩作〈鈕扣與衣裳——迎新歲〉、〈海棠葉〉、〈聖誕紅〉，詩作〈攤張的手掌——讀鄭璟娟織物藝術〉發表於《創世紀》第 142 期。

6 月　4 日，詩作〈老來唱起的輕歌〉發表於《聯合報・副刊》E7 版。

詩作〈老來唱起的輕歌三則〉，〈「垃圾詩系列」自剖〉發表於《創世紀》第 143 期。

9 月　以「近作三題」為題，詩作〈毒蛛之吻〉、〈某個夏夜〉、〈讀詩——寄愁予〉，〈蛛吻——我的爬山經歷之一〉發表於《創世紀》第 144 期。

12 月　詩作〈和南寺隨想三則〉，〈閱讀朱為白〉發表於《創世紀》第 145 期。

2006 年　3 月　詩作〈臺北小小傳奇・食物篇——詩小說試寫〉發表於《創世紀》第 146 期。

5 月　10 日，詩作〈獄中詩——懷念一位朋友〉發表於《中國時報・人間副刊》E7 版。

25 日，詩作〈和南寺懸想二則〉發表於《聯合報・副刊》

E7 版。

6 月　詩作〈臺北小小傳奇‧人間劇場篇（一）——詩小說試寫〉、〈一堂紮實的人生大課〉發表於《創世紀》第 147 期。

9 月　以「近作一輯」為題，詩作〈獄中詩——懷念一位朋友〉、〈蒜香藤與妳——紀念孫桂芝及她的畫〉、〈遲暮〉、〈無題二行〉、〈懷故友彩羽〉發表於《創世紀》第 148 期。

10 月　20 日，〈悼念詩人胡品清〉發表於《中國時報‧人間副刊》E7 版。

12 月　10 日，以「魯南行腳三帖」為題，詩作〈「京福高速」偶拾〉、〈台兒莊偶拾〉、〈微山湖偶拾〉發表於《聯合報‧副刊》E7 版。

詩作〈秋深有痕〉、〈臺北小小傳奇‧人間劇場篇（二）——詩小說試寫〉、〈及人與及物的浪漫——敬悼詩人胡品清教授〉發表於《創世紀》第 149 期。

2007 年　1 月　2 日，詩作〈即將脫落的鈕扣——送歲〉發表於《中國時報‧人間副刊》E7 版。

〈站上起跑線——與張昭鼎先生的一段交誼〉發表於《文訊》第 255 期。

2 月　26 日，詩作〈雲和街寫意〉發表於《聯合報‧副刊》E7 版。

3 月　以「雲和街寫意‧外一首」為題，詩作〈雲和街寫意〉、〈即將脫落的鈕扣——送歲〉，並有〈酒瓶與越窯碎片——略談我的收藏品〉發表於《創世紀》第 150 期。

5 月　5 日，詩作〈悼秦松〉發表於《聯合報‧副刊》E3 版。

6 月　參加於臺北時空藝術會場舉辦的「往事堪回味」特展，展

出收藏之珍本書。

8 月	〈破格局，開新境——談張默《獨釣空濛》旅遊詩集〉發表於《文訊》第 262 期。
9 月	詩作〈九十拆〉，〈憶往事，悼秦松〉發表於《創世紀》第 152 期。
12 月	22 日，〈參天不移檸檬樹——詩生命力強的紀弦〉發表於《人間福報》8 版。
	25 日，詩作〈斷想〉發表於《聯合報・副刊》E7 版。
	詩作〈水做的美景——致某政界人士〉發表於《創世紀》第 153 期。
2008 年　3 月	〈那個「叫花的男人」——速寫已故詩人羊令野〉發表於《文訊》第 269 期。
	以「抒情四帖」為題，詩作〈斷想之一〉、〈斷想之二〉、〈斷想之三〉、〈斷想之四〉，並有〈綠意昂然的詩生命——略述詩人紀弦與他的回憶錄〉發表於《創世紀》第 154 期。
	開始為《文訊》撰寫「我們這一伙人」專欄。
4 月	〈載道與創新——略述摯友大荒〉發表於《文訊》第 270 期。
5 月	20 日，詩作〈這時刻——〉發表於《聯合報・副刊》E3 版。
	〈向晚時光亮燦燦——速寫詩人彭邦楨〉發表於《文訊》第 271 期。
	獲得第 49 屆中國文藝獎榮譽文藝獎章。
6 月	〈安貧守道，唯詩是從——略說我對彩羽的一點認識〉發表於《文訊》第 272 期。
8 月	〈刻烙我心的永在記憶——小說家尼洛造像〉發表於《文

訊》第 274 期。

9 月　6 日，以「現世兩題」為題，詩作〈藍變〉、〈綠變〉發表
於《聯合報・副刊》E3 版。

〈一生癆瘵皆為詩——略述我所知的詩人劉菲〉發表於
《文訊》第 275 期。

詩作〈家的多寶格〉發表於《創世紀》第 156 期。

10 月　〈現代詩畫雙棲的前行者——略說老友秦松〉發表於《文
訊》第 276 期。

11 月　〈從「魚川讀詩」說起——略憶知友梅新〉發表於《文
訊》第 277 期。

與張默、管管、碧果、辛牧、龔華、許水富、方明、李進
文合編《創世紀 1954～2008 圖像冊》，由臺北創世紀詩雜
誌社出版。

12 月　〈死不透的歌——遙念詩人沙牧〉發表於《文訊》第 278
期。

以「寫楚戈油畫新作四題」為題，詩作〈進入或者出
去〉、〈送您一輪月〉、〈山語〉、〈詩何時成詩〉發表於《創
世紀》第 157 期。

2009 年　1 月　〈帶我到舊書攤挖寶——懷念姜穆〉發表於《文訊》第
279 期。

2 月　〈從「在林口……」談起——簡寫趙玉明（一夫）〉發表
於《文訊》第 280 期。

3 月　〈把詩寫進咱的心坎——素描詩人丁文智〉發表於《文
訊》第 281 期。

〈有話要說〉發表於《創世紀》第 158 期。

4 月　〈應詩的召喚——速寫詩人方艮與他的詩〉發表於《文
訊》第 282 期。

5 月　17 日，出席國立臺灣文學館於臺北當代藝術館舉辦的「遇
　　　見臺灣詩人一百」詩人誦詩座談會，與會者有張默、周夢
　　　蝶、管管、朵思、麥穗等。
　　　《神奇跑馬燈——科學月刊四十年人・事流變》由臺北文
　　　史哲出版社出版。
　　　〈素描方明——他的人生歷程與他的詩〉發表於《文訊》
　　　第 283 期。

6 月　〈在自己的鏡頭之外——王璞其人其事〉發表於《文訊》
　　　第 284 期。
　　　〈從「真」到「妙」談白靈詩〉、〈空疏之必要——讀福建
　　　詩人大荒詩作有感〉發表於《創世紀》第 159 期。

7 月　〈素描辛牧——其人與其詩〉，短篇小說〈一步之遙〉（筆
　　　名古渡）發表於《文訊》第 285 期。

8 月　〈兩條軸線——略述魯蛟的生命歷程〉發表於《文訊》第
　　　286 期。

9 月　21 日，以「近作二題」為題，詩作〈一根白頭髮〉、〈二手
　　　鼓聲〉發表於《聯合報・副刊》D3 版。
　　　以「舊作新寫・一輯五題」為題，詩作〈一根白頭髮〉、
　　　〈二手鼓聲〉、〈三更夜歌〉、〈叫賣聲與鼾聲〉、〈虛幻的靴
　　　子〉，〈兩個質同而殊異的夢——試剖須文蔚的兩首詩〉發
　　　表於《創世紀》第 160 期。
　　　〈穿梭山林的尋詩者——麥穗〉發表於《文訊》第 287
　　　期。

10 月　〈予人以內心的率真——略說張堃〉發表於《文訊》第
　　　288 期。

11 月　〈人生路上永遠的老兵——簡述張拓蕪〉發表於《文訊》
　　　第 289 期。

12 月　〈遙遙詩路的跋涉者——略談碧果〉發表於《文訊》第
290 期。

詩作〈十月的無調樂章兩則〉發表於《創世紀》第 161
期。

2010 年　1 月　〈以生命本真書寫生命——略述商禽其人其詩〉發表於
《文訊》第 291 期。

2 月　〈掌聲終於響起——略述全才詩人管管〉發表於《文訊》
第 292 期。

3 月　〈率性與務實——為許世旭造像〉發表於《文訊》第 293
期。

以「短歌四題」為題,詩作〈日曆〉、〈尋人〉、〈賞荷或者
品蟬〉、〈一片樹葉的一個故事〉發表於《創世紀》第 162
期。

4 月　〈傳送「快樂」訊息的「不老頑童」——略述楚戈〉發表
於《文訊》第 294 期。

5 月　28 日,〈住院驚魂〉發表於《聯合報‧副刊》D3 版。

與魯蛟‧張默合編《文協 60 年實錄(1950～2010)》,由
臺北普音文化公司出版。

〈他為自己點起一盞長明燈——簡述向明〉發表於《文
訊》第 295 期。

6 月　30 日,詩作〈弔商禽〉發表於《聯合報‧副刊》D3 版。

〈如歌的行板——速寫瘂弦〉發表於《文訊》第 296 期。

以「詩四首」為題,詩作〈思緒國國王——寫楊柏林銅
塑之一〉、〈火焰之舞——寫楊柏林銅塑之二〉、〈日出東
方——寫楊柏林銅塑之三〉、〈奔向未來——寫楊柏林不鏽
鋼作品〉發表於《創世紀》第 163 期。

7 月　〈從時間長河中跨出來——速寫張默〉發表於《文訊》第

297 期。

8 月　詩作〈攜詩登上天國——痛悼至友許世旭〉,〈因為風的緣故——速寫洛夫〉發表於《文訊》第 298 期。

9 月　21 日,詩作〈出花入畫——遙寄畫家丁雄泉〉發表於《聯合報・副刊》D3 版。

〈我這個人——《我們這一伙人》後記〉發表於《文訊》第 299 期。

詩作〈出花入畫——懷念丁雄泉〉,以「近作兩題」為題,詩作〈六月十八日——寫我六十年前來臺那一天〉、〈隱題——寫一社會事件〉,〈就只差說「永別」二字——追懷許世旭最後一次臺灣行〉發表於《創世紀》第 164 期。

11 月　〈好個詩壇硬漢——送別周鼎〉發表於《文訊》第 301 期。

12 月　詩作〈詩十三行——懷念杜十三〉、短篇小說〈錢三枚的故事〉發表於《文訊》第 302 期。

〈懷商禽〉、〈老來生涯不落單〉發表於《創世紀》第 165 期。

2011 年　3 月　11 日,〈六十載情誼成記憶——楚戈二三事〉發表於《聯合報・副刊》D3 版。

5 月　〈「實在」・「有料」——讀洪書勤詩有得〉發表於《文訊》第 307期。

6 月　詩作〈龍騰十行——祭飛天而去的楚戈〉,〈一種建設之完成與喜悅——楚戈小評〉發表於《創世紀》第 167 期。

8 月　17 日,詩作〈偶拾〉發表於《中國時報・人間副刊》E4 版。

〈他終於化為「葉泥」——敬悼戴蘭村大哥〉發表於《文

訊》第 310 期。

9 月　詩作〈地址本〉發表於《創世紀》第 168 期。

12 月　詩作〈地址本續寫二則〉發表於《創世紀》第 169 期。

2012 年　1 月　16 日，詩作〈殘夢〉發表於《中國時報・人間副刊》E4 版。

〈事出有因——我寫「曾經文學過——科學人的一段美好回憶」緣起〉發表於《文訊》第 315 期。

3 月　〈悠遊詩原豈無夢——訪劉源俊教授〉、〈漫談楚戈——紀念他去世一年〉發表於《文訊》第 317 期。

以「短歌三唱」為題，詩作〈造空者——贈畫家朱為白〉、〈風貌〉、〈殘夢〉發表於《創世紀》第 170 期。

4 月　〈困於腿疾的行動派——陳國成教授的文學夢及其他〉發表於《文訊》第 318 期。

6 月　〈半世紀的化學人——劉廣定教授業餘的文史生涯〉發表於《文訊》第 320 期。

以「悲壯・外一首」為題，詩作〈悲壯〉、〈身分證〉發表於《創世紀》第 171 期。

7 月　16 日，詩作〈行過的時間〉發表於《中國時報・人間副刊》E4 版。

19 日，出席文訊雜誌社於紀州庵文學森林舉辦的「交情老更親，人間重晚晴——辛鬱《我們這一伙人》新書發表會」，與會者有尉天驄、趙天儀、顏艾琳、古月、張默、向明、碧果、辛牧等。

卸任臺北市科學出版事業基金會兼任祕書。

《我們這一伙人》由臺北文訊雜誌社出版。

8 月　〈離黃昏尚遠——速寫心理學者黃榮村〉發表於《文訊》第 322 期。

9 月	〈讀方秀雲詩集《以光年之速，你來》〉發表於《創世紀》第 172 期。
12 月	〈重返林口——記與羅時成教授一日遊〉發表於《文訊》第 326 期。
	詩作〈往事十行〉發表於《創世紀》第 173 期。

2013 年

1 月	詩作〈百來顆子彈的旅程——美國康州一學校槍殺事件〉發表於《文訊》第 327 期。
3 月	〈往事歷歷，感念沙牧〉發表於《文訊》第 329 期。
	詩作〈貓眼世界——題徐瑞「貓女的哲思」系列畫作〉、〈偶拾兩則〉發表於《創世紀》第 174 期。
4 月	〈猶待開發新生涯——化工博士林基興的藝文歷程〉發表於《文訊》第 330 期。
6 月	〈母親：文學閱讀的引路人——訪中央大學倪簡白教授〉發表於《文訊》第 332 期。
	詩作〈地址本續寫二則〉發表於《創世紀》第 175 期。
9 月	〈悼吾師紀弦，說幾許舊事〉發表於《文訊》第 335 期。
	詩作〈每個字長了翅膀——地址本詩輯之五‧給碧果〉發表於《創世紀》第 176 期。
10 月	6 日，詩作〈野鴿子——贈管管〉發表於《聯合報‧副刊》D3 版。
	發表詩作〈近作三題〉於《文訊》第 336 期。
12 月	詩作〈回望兩帖〉發表於《創世紀》第 177 期。

2014 年

1 月	1 日，開始創作取名「輕裝詩」之每日一詩，至 6 月 18 日止。
2 月	詩作〈歌聲送行——悼李泰祥〉發表於《文訊》第 340 期。
3 月	以「歌聲送行——悼李泰祥‧外一首」為題，詩作〈歌聲

送行——悼李泰祥〉、〈玩詩——又贈管管〉發表於《創世紀》第 178 期。

6 月　30 日，因氣喘胸悶入院，至年底前後四次進出醫院。

以「輕裝詩・八帖」為題，詩作〈夢中人語〉、〈讀自己畫像〉、〈抹藥〉、〈落葉——給大哥〉、〈毛背心〉、〈夢金陵〉、〈時光行〉、〈友情常青〉發表於《創世紀》第 179 期。

7 月　〈「關於小詩」的我見〉發表於《文訊》第 345 期。

9 月　以「近作詩一輯」為題，詩作〈上老人榜〉、〈不題——贈張堃〉、〈迷惘中自省〉發表於《創世紀》第 180 期。

10 月　〈我的《創世紀》歲月〉發表於《文訊》第 348 期。

2015 年　3 月　〈耒莊回憶——匕年前的……〉發表於《文訊》第 353 期。

4 月　7 日，〈病友〉發表於《聯合報・副刊》D3 版。

29 日，上午八時因肺炎併發心臟衰竭過世臺北家中，享年 82 歲。

5 月　1 日，詩作〈入病〉刊載於《文訊》第 355 期。

6 月　13 日，文訊雜誌社、創世紀詩雜誌社於紀州庵文學森林舉辦「冰河下的暖流——辛鬱追思紀念會暨文學展」。

《文訊》製作「懷念作家——紀念詩人辛鬱特輯」，古月〈冷公遠行——悼辛鬱〉、向明〈冷臉後面的那一把烈火——冷公辛鬱驟逝有感〉、洛夫〈懷念辛鬱〉、夏婉雲〈走入「背景」的辛鬱〉、張孝惠〈一本日記〉、張拓蕪〈同溫層與五公〉、張堃〈羽杯未空歌聲遠——悼詩人辛鬱〉、張默〈從一封信到歷歷在目的往事——悼念老友辛鬱瑣談〉、紫鵑〈無調之歌——悼辛鬱先生〉、須文蔚〈帶著詩穿越彩色防空洞——懷辛鬱老師〉、落蒂〈詩人已乘

黃鶴去〉、葉樹奎〈豹隱有聲——追懷詩人辛鬱〉、碧果詩
作〈永存吾心中之豹——弔至友辛鬱〉、管管〈他不該走
他提前仙了〉、趙玉明〈詩生命永不止息——送辛鬱老
弟〉、劉源俊〈他是《科學月刊》的保母與守護人——懷
念辛鬱〉、魯蛟〈四個字的震撼——懷辛鬱〉、蕭蕭〈詩的
大提琴裡不可或缺的一個低音——懷念詩人辛鬱〉、龔華
〈默然凝望——懷念詩人辛鬱老師〉刊載於《文訊》第
356 期。

《創世紀》製作「辛鬱紀念專輯」，蕭蕭〈他所招來的那
些落塵不該只是落塵——懷念詩人辛鬱〉、陳文發〈記寫
前輩詩人辛鬱，人生片段〉、李進文〈擁抱——送辛鬱老
師〉、張默詩作〈體內的碑石悄悄蠕動——悼老友辛鬱〉、
碧果詩作〈你乃飛行在心中的火焰——弔至友辛鬱〉、朵
思詩作〈揮別——悼辛鬱〉、馬驄詩作〈豹——悼辛鬱〉、
謝輝煌詩作〈送辛鬱〉、麥穗詩作〈悼念詩人辛鬱鄉兄〉
刊載於《創世紀》第 183 期。

2018 年	4 月	29 日，斑馬線文庫於紀州庵文學森林舉辦「四月，溫柔來襲——辛鬱《輕裝詩集》新書發表會」，與會者有古月、碧果、向明、辛牧、朵思、汪啟疆、楊允達、張國治等。

適逢逝世三週年，封德屏、楊宗翰主編詩集《輕裝詩
集》，收錄辛鬱 2014 年 1 月 1 日至 6 月 18 日所作之 168
首「輕裝詩」，由臺北斑馬線文庫公司出版。

《文訊》製作「辛鬱《輕裝詩集》特輯」，魯蛟〈生活是
詩的礦源——讀《輕裝詩集》兼談作者辛鬱〉、以「輕裝
詩十首」為題，詩作〈三讀米羅〉、〈墨色裡的精靈——寫
張默手抄詩集〉、〈寄情於雨後黃昏〉、〈無題〉、〈輕裝詩本
貌〉、〈這人——自我寫照〉、〈時間的另一面貌〉、〈迷惘中

的自省〉、〈飄忽的身影——與故友許世旭夢中相見〉、〈自
己的寫照（二）〉刊載於《文訊》第 390 期。

參考資料：

・〔辛鬱〕，〈年表〉，《辛鬱自選集》，臺北：黎明文化公司，1980 年 6 月，頁 1～4。

・〔辛鬱〕，〈作者年表〉，《豹》，臺北：漢光文化公司，1988 年 8 月，頁 238～239。

・〔辛鬱〕，〈辛鬱寫作年表〉，《因海之死》，臺北：尚書文化出版社，1990 年 4 月，
頁 253～255。

・〔辛鬱〕，〈辛鬱寫作年表〉，《在那張冷臉背後》，臺北：爾雅出版社，1995 年 5
月，頁 181～183。

・〔辛鬱〕，〈辛鬱小傳〉，《辛鬱・世紀詩選》，臺北：爾雅出版社，2000 年 5 月，頁 1
～2。

・〔辛鬱〕，〈辛鬱年表〉，《演出的我》，臺北：文史哲出版社，2003 年 7 月，頁 134～
137。

・文訊雜誌社，《光復後臺灣地區文壇大事紀要（增訂本）》，臺北：行政院文建會，
1985 年 6 月。

・辛鬱，《我們這一伙人》，臺北：文訊雜誌社，2012 年 7 月。

・辛鬱，〈關於我——聊作小傳〉，未發表，2014 年。

・南華大學翻譯出版中心，《臺灣地區文壇大事紀要（民國 81～84 年）》，臺北：行政院
文建會，1999 年 9 月。

・張默等主編，《創世紀 1954～2008 圖像冊》，臺北：創世紀詩雜誌社，2008 年 11 月。

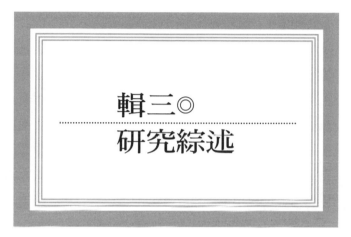

輯三◎
研究綜述

與命運對話的小說家詩人

辛鬱的風格成就

◎陳義芝

一、從「詩人小說家」說起

辛鬱是一位小說家詩人，或說是詩人小說家。雖然他的主要成就在詩，有關他作品的評論也多集中在詩。

臺灣跨文類創作者，不論詩人、小說家，多有兼長散文者，但小說與詩互跨者則罕見。辛鬱同一輩的詩人林亨泰、周夢蝶、余光中、洛夫、羅門、蓉子、向明、尚魯、瘂弦、楊牧、管管、白萩、林泠……，全無小說成果，唯獨辛鬱一人出了《末終曲》（1967 年）、《不是駝鳥》（1968年）、《地下火》（1973 年）、《我給那白痴一塊錢》（1978 年）、《鏡子》（2003 年）、《龍變》（2003 年）等多部短、中、長篇小說集。按辛鬱〈文學年表〉，他用過「雪舫」、「向邇」、「古渡」、「丁望」等筆名。詩作最初以「雪舫」之名發表，待發現與一位籃球國手「唐雪舫」同名而改用辛鬱；其他三個筆名都用來發表小說，特別愛用「古渡」，臺灣商務印書館的《未終曲》，及陸軍出版社的《地下火》結集時都用的這個筆名。由此觀察，在 1970 年代中期以前，辛鬱是有詩與小說雙軸心分頭表現的創作歷程。[1]

談起西方既寫詩又創作小說的典型，很容易想到的是英國的 D. H. 勞倫

---

[1] 早年辛鬱還為《民族晚報》、《文藝月刊》寫專欄，為《青年戰士報‧詩隊伍》介紹現代名詩。據其尚未發表的〈關於我——聊作小傳〉手稿（近兩萬字）:「文學寫作之外，寫得最多的是廣播稿，從 1800 字一篇到 3000 字一篇，從評論性質到對談性質都寫。歷時兩年多近三年，每日至少二篇。累結字數不下百萬字，現一無所存。」（見手寫稿，頁 46）

斯（D. H. Lawrence, 1885-1930）、美國的雷蒙・卡佛（Raymond Carver, 1938-1988）、加拿大的瑪格麗特・艾特伍（Margaret Atwood, 1939-）。小說家詩人寫的詩，敘事方式有何特色？是不是每一首詩都是一篇心靈故事？作為詩人小說家寫的小說又如何？

　　歷來評論辛鬱小說的篇章很少，除 1969 年《青年戰士報》有署名「唐代」之人撰文〈淺談辛鬱〈不是駝鳥〉〉[2]外，2002 年中國大陸學者陳祖君的〈詩人小說家的逍遙與拯救〉[3]，算是唯一一篇。該文因「詩人辛鬱的地位已有公論，小說家辛鬱尚少有評家論及」而作，他說辛鬱「把城市社會現實中的雜色人等收入觀照的視野，勾畫『痛苦』的現實面目，編織出一面面『百丑圖』，對現代人存在的荒謬際遇，表現出一種難能的終極關懷。」他以「邊緣人」定義辛鬱作品中的主人公，並說經歷戰亂背離故土的辛鬱，偏愛「苦難的人」、「苦痛的人」，自己就是一個文化的「邊緣人」，以一種邊緣人的視角關愛其他的諸「邊緣人」，使其在抑鬱、自棄中「振奮起來」。

　　陳祖君針對的文本是《我給那白痴一塊錢》，指出辛鬱「自我類比」的「自敘傳」小說（把自身遭遇當材料）含有「問題小說」的因素。這是讀辛鬱小說，很重要的觀點。此前辛鬱結集的《不是駝鳥》及 1981 年發表的《龍變》，也都可視為他生命中自我掙扎奮鬥的生活顯影、情景變形。作為集名的〈不是駝鳥〉中的「穿牆人」，就是他那一代人面對荒謬、人生錯置，在內心生出的幻象。問題是牆怎穿得過啊？以小說原理看辛鬱的小說，有的更像是動人的散文，例如陳祖君舉例的〈外婆〉，的確是。按辛鬱自云：「小說是人生的縮影」、「是作家所欲傾吐的真情實事」、「小說的題材，要從自己的生命歷程中發掘」、「我是盡力地要使自己的小說更接近真實」，不難查知辛鬱的小說筆路。[4]他同時強調小說家須重視題材選擇、情節

---

[2]唐代，〈淺談辛鬱〈不是駝鳥〉〉，《青年戰士報》，1969 年 6 月 22 日，7 版。

[3]陳祖君，〈詩人小說家的逍遙與拯救〉，《創世紀詩雜誌》第 133 期（2002 年 12 月），頁 129～133。

[4]引句摘自辛鬱，《中國當代十大小說家選集・序》（臺北：源成文化圖書供應社，1977 年），頁 1～8；及《不是駝鳥・後記》（臺北：十月出版社，1968 年），頁 175～176。

安排、人物刻畫、主題呈示與結構營造。[5]1978 年以後，辛鬱另有短篇小說〈客人〉、〈無題〉發表於《聯合報‧副刊》（1980 年 5 月 21 日、7 月 24 日），長篇小說《龍變》連載於《中華文藝》119～134 期。總共六本小說的全覽綜論，至今尚未得見，仍待研究者查其主題內涵、藝術手法加以補足。[6]本文以「小說家詩人」稱呼辛鬱，無意宣告單一文類寫作與跨文類寫作，其成品有何明顯差異，目的為提醒讀者，研究辛鬱尚有未經論定的部分。以下各節專談他的詩。

二、生命底色與寫作

辛鬱詩作感人者，多為人與命運的對話。如：〈墓誌七行〉、〈流浪者之歌〉（在《辛鬱‧世紀詩選》中題為〈歌〉）、〈來自某地界的呼喚〉、〈自己的寫照〉、〈豹〉、〈順興茶館所見〉、〈在一切物體中〉、〈貝魯特變奏〉、〈在那張冷臉背後〉、〈布告牌〉、〈老龍渡口的梢公〉、〈金甲蟲〉[7]，確如其自云：「用生命寫詩」[8]、「我常把痛苦作為一種享受，而親切地擁抱它」[9]、「人生是一面掛在一間蒸氣房中的鏡子，永遠擦拭不淨；而詩負有使這面鏡子清淨的責任」。[10]

本編選收辛鬱自述文稿多篇，供研究者察查他的心路歷程、文壇交遊、對文學的態度，以供詩學、詩藝研究參照。談「詩觀」，辛鬱排除「實用性」，致力於人性、事物真相的發掘；關於「傳統與反傳統」、「現實性與超越性」、「自我與群體」、「理念與感性」等諸多論題，他

[5]辛鬱，《中國當代十大小說家選集‧序》，頁 8。
[6]陳祖君論文說辛鬱「六十年代始作小說」，應更正為「始大量創作小說」，因 1952 年他即有〈人性的貶價〉一篇發表於《海島文藝》第 2 期；又說「第一部小說集出版於 1969 年」，應更正為 1967年。
[7]參見《辛鬱‧世紀詩選》（臺北：爾雅出版社，2000 年），頁 14～115，及《在那張冷臉背後》（臺北：爾雅出版社，1995 年），頁 104～107、142～143。
[8]辛鬱，《軍曹手記‧後記》（臺北：藍星詩社，1960 年），頁 83。
[9]辛鬱，〈談自己的詩〉，《辛鬱自選集》（臺北：黎明文化公司，1980 年），頁 235。
[10]辛鬱，〈辛鬱詩觀〉，《辛鬱‧世紀詩選》，頁 6。

一貫反對二分法，這些都顯示在〈關於文學藝術的我見〉一文中。[11]

　　寫於 1980 年的〈關於文學藝術的我見〉，還有若干精實看法，代表中年辛鬱創作實證心得，摘錄於下：

- 文學創作的民族性表現，應該本乎自然，不能強制。如果再把民族性狹義化，流於地域性，那就更要不得。
- 文學的世界性，應釋義為普遍人間性，也就是致力於創作空間的拓展與時間的延伸。
- 有些作品一看便懂，但所表現的意義浮淺粗鄙，毫無創造的意趣，更談不到對人生的啟迪，那才是晦澀的──因為它的曖昧，所以才晦澀。[12]

　　〈我如何創作現代詩〉及〈〈豹〉變〉二文，都談到 1972 年 3 月發表於《現代文學》的名篇〈豹〉，二文部分說法重複，前者對〈豹〉詩的分析可貴，後者呈現〈豹〉最初發表與四年後修正定稿的樣貌，就「文本發生學」可知妙手偶得或殫精苦思，在詩人都是可能的，塗抹修改求其更加錘鍊，雖未必然，但常是有收穫的，辛鬱〈豹〉詩的修改，可作例證。

　　有關〈豹〉的諸多評論文，稍後再敘。先從本編整理的〈文學年表〉，略窺瘂弦口中「痛苦與美的服役者」[13]辛鬱的生命底色、生活經歷：

- 14 歲（1947 年），母親因肺癆過世。閱讀文學作品。受共產黨吸收為少年先鋒隊員。
- 15 歲，輟學，不滿繼母而逃家。受國民黨青年軍招生宣傳「免費遊覽北平」吸引，入青年軍，為一等兵。

---

[11]辛鬱，《辛鬱自選集・代序》，頁 5～10。
[12]辛鬱，《辛鬱自選集・代序》，頁 5～10。
[13]瘂弦，〈痛苦與美的服役者：辛鬱〉，《新文藝》第 99 期（1964 年 6 月），頁 30。

- 16～17 歲，隨軍轉徙天津、唐山、舟山群島，抵臺。
- 18 歲，首度發表詩作於《野風》。
- 19 歲，首度發表小說於《海島文藝》。
- 23 歲，加入紀弦發起的「現代派」。隨軍至金門。
- 25 歲，參與金門八二三砲戰，軍階晉升為准尉。
- 30 歲，自金門返臺。染患肺結核，於臺北林口租屋療養。替光華廣播電臺寫廣播稿以補貼生活費。
- 33 歲，與畫家秦松共同籌畫舉辦「第一屆中國現代藝術季」。翌年，續辦第二屆。
- 35 歲，與大荒、羅行等人創辦「十月出版社」。
- 36 歲，退役。為華視編寫電視劇。
- 37 歲，擔任《科學月刊》業務經理。

　　早年，肺結核為致命疾病，辛鬱遵一中醫的治療方法，艱苦治好了病。[14]當年他發起的「藝術季」活動，第一屆參展畫家有：秦松、李錫奇、陳庭詩、吳昊、姚慶章、朱為白等人，詩人包括紀弦、商禽、辛鬱、梅新、羊令野、楚戈等。[15]第二屆由耕莘文教院青年寫作協會協辦，合作機構多，規模更盛大，參展人「包括繪畫、雕塑、小說、新詩、音樂、舞蹈各領域創作者共一百四十多位」。[16]在一個創作風氣保守的社會，辛鬱的思想是具先鋒性的；「十月出版社」的創辦——他口中所謂「一個幾近浪漫的荒唐成分居多的白日夢」[17]，也見證辛鬱傳播文學的理想。

　　上一代詩人群中，少有人與科學界人士來往，唯獨辛鬱是一例外。1969 年他參與《科學月刊》創刊籌備，籌備處即設在他的住所；1973 年復

---

[14]其治療方法，考驗病人的信心、恆心及毅力，一般人恐不耐其煩。詳見辛鬱手寫稿〈關於我——聊作小傳〉，頁 12。

[15]楚戈也以繪畫名家，堪稱畫家詩人或詩人畫家。

[16]辛鬱手寫稿〈關於我——聊作小傳〉，頁 18～19。

[17]辛鬱手寫稿〈關於我——聊作小傳〉，頁 23。

受邀擔任新創刊的《人與社會》雙月刊執編，該刊創辦人如張京育、劉源俊、潘家慶、張忠棟、趙守博、魏鏞等，皆各領域專業精英，辛鬱深受倚畀，實可見其知識涵養、社會形象。年少離家闖天下的勇氣、從軍的轉折經驗、青年時與惡疾纏鬥的意志、病癒後多元的工作磨練，必與其展現於詩中的思想視野有關。

封德屏對辛鬱有近身觀察，〈交情老更親〉說「辛鬱和一般純創作的作家不同，他關心社會現實，而且以滿腔熱情去實踐他的想法」、「多才多藝，個性開朗中不乏細緻」、「比起第一代來臺的資深作家，年齡是小了一截。但大時代的考驗，戰爭的洗禮，顛沛流離之苦，同樣的也毫無選擇的跟隨著他。」[18]研究辛鬱，不能不採「知人論世」的研究方法，只有體察到辛鬱血氣鮮明、立體浮凸的面貌，才不會錯過他作品中冷熱交煎之苦、之意義。

選收應鳳凰所寫〈辛鬱與十月出版社〉，是為展現辛鬱的閱讀眼界。辛鬱編的《現代小說論》，在當年是一本前衛的認識現代小說的理論書、導讀書；其他同時出版的創作或翻譯，也都屬「質」的挑選；已成絕響的《紀錄文學》，應鳳凰說「不論就內容，或就我國文學史料價值來看，是此批書中最重要的一本」。[19]我完全同意這看法！資訊碎片化的時代，訊息繁多而雜亂，「紀錄文學」的筆法變得鬆散化、粗糙化，不復 1960、70 年代的敬謹、精緻。

辛鬱過世，劉源俊以〈他是《科學月刊》的保母與守護人〉一文懷思，說他「是臺灣交往跨文藝界、自然科學界、社會科學界三界而都有深入接觸的唯一的人」，稱許他「生具傲然的風骨，蘊懷深邃的內涵」，數十年共事相知，是一篇感人的評述。[20]

---

[18]封德屏，〈交情老更親——序《我們這一伙人》〉，《我們這一伙人》（臺北：文訊雜誌社，2012年），頁 3～6。2018 年 2 月，封德屏與楊宗翰合編辛鬱《輕裝詩集》，撰〈編後記〉，對辛鬱2014 年 6 月發病後的寫作情形，留有簡要紀實。
[19]應鳳凰，〈辛鬱與十月出版社〉，《五〇年代文學出版顯影》（臺北：臺北縣文化局，2006 年），頁266～276。
[20]劉源俊，〈他是《科學月刊》的保母與守護人〉，《文訊》第 356 期（2015 年 6 月），頁 84～87。

三、中國大陸對辛鬱的評論

　　長達六十餘年創作生涯，辛鬱作品多發表於《文學雜誌》、《文星雜誌》、《筆匯》、《創世紀》、《聯合報・副刊》、《徵信新聞報・人間副刊》、《中央日報・副刊》、《幼獅文藝》、《現代文學》、《大學雜誌》、《中國時報・人間副刊》、《中外文學》、《文藝月刊》、《純文學》等各個年代重要的文學媒體，不間斷的追求使他在不同年代都有傑出詩篇的創作，但由於謙虛不爭的個性，（例如他寫過一些論畫的文章，卻自謙「以不知為知之」，「幾乎純以詩來透析對畫認知的手段」，自云懶散，「常常看些水平不高的電影來浪費時間，因此而忽視了寫作方面的求實求精」，又說：「平生無大志，淡泊寧靜做不到，至少做到了不爭亦少慾。」）[21]詩壇或學界已有的「辛鬱論述」，低估了他的成就。

　　〈關於我——聊作小傳〉，辛鬱提到自己作品不討喜的原因：

> 因我一貫謹守二原則，一為對生命之觀照及生命力之強調，一為對所生存時代的觀照與個體生存價值之探索，所以我寫了不少對大陸扼殺自由、殘害不同觀念與意見人士、政治力的介入與殘忍的詩與小說。尤其在《豹》這本較具代表性的詩集亦列入，這便自斷了在大陸發展之路。而在臺灣，這類素材恰也不為人喜。[22]

　　然而，知音畢竟存在，即以中國大陸評論者而言，除前文舉述的陳祖君之外，1995 年有章亞昕撰文〈辛鬱：詩人的良知與夢想〉[23]，1996 年有沈奇撰文〈冷臉・詩心・豹影——辛鬱詩散論〉[24]，1999 年有陶保璽撰文〈在那

---

[21]辛鬱手寫稿〈關於我——聊作小傳〉，頁 45、42、44。
[22]辛鬱手寫稿〈關於我——聊作小傳〉，頁 39。
[23]章亞昕，〈辛鬱：詩人的良知與夢想〉，《文訊》第 119 期（1995 年 9 月），頁 11〜16。
[24]沈奇，〈冷臉・詩心・豹影〉，《臺灣詩人散論》（臺北：爾雅出版社，1996 年），頁 220〜241。

張冷臉背後，且聽豹的嘯吟——兼論辛鬱詩歌中自我形象的塑造〉。[25]章亞昕稱道辛鬱結合了「為人生而藝術」的社會使命與「為藝術而藝術」的審美理想，「自由地出入往來於人生的情境與詩歌的語境之間」，「身世感與使命感的統一，使辛鬱詩中的語境可以歸結為人與命運的對話」。文中提到的〈順興茶館所見〉，收入多種選本，廣為人知；倒是〈流浪者之歌〉——章亞昕說有辛鬱身世之感的這首，少有人細論：

太陽從不是我的棉被
地不是我的床
我曾啃食鐵檻在你們看不見的深夜
在無底的洞穴我曾嘔吐一隻鞋子在白晝的際遇

窗子開著因為它是窗子要開著
海不過是憊憊欲睡的盆景
樹生殖樹而樹不是人
哦人哦人是一條草繩那樣的東西

絞架說的話只有刀刃聽得懂
刀刃不是為刈割而成為刀刃
月落是一種垂死的標誌
便是人也不能聽見灰飛的聲音

因為東風從不會自南方吹來
路便不會成為河河不會成為路
不會成為　　啊
那哭泣永不會成為歡笑

---

[25]陶保璽，〈在那張冷臉背後，且聽豹的嘯吟——兼論辛鬱詩歌中自我形象的塑造〉，《臺灣詩學季刊》第 27、28 期（1999 年 6 月、9 月），頁 128～138、112～124。本文已輯入作者所著《臺灣新詩十家論》（臺北：二魚文化公司，2003 年），頁 131～160。

　　這首收在《豹》集的詩，寫於 1966 年辛鬱 33 歲肺結核惡疾初癒後。開頭兩行寫身在軍旅，睡在戰地坑道的營房，床在地底，陽光照不到的地方，以此現實形塑一個人拘囚在鐵檻中，在無人知的深夜想啃食鐵檻的心理象徵。鐵檻豈是牙齒能夠啃食得了的？「無底的洞穴」是深深陷落了的洞穴，人在洞穴中無路可走，因此渴望「嘔吐」出一隻鞋，這隻鞋是有白晝的際遇的——能行走在太陽光下。第二節充滿存在的虛無感，窗子只是因為它是窗子而開，窗子並不為我而開；大海了無生機、生趣，樹有生殖力而人沒有，人只是一條委棄的草繩。第三節揭示「絞架」、「刀刃」的嗜殺，隨即提出悲憫的呼籲：刀刃不應該為了殺戮而存在；月落有垂死之感，而人無法預知這種死滅（無法聽見灰飛的聲音）。第四節不斷出現「不會」這一否定詞，四行之中五個「不會」，充塞著悲劇性的苦痛。

　　章亞昕說，辛鬱「以其良知去改造人生，以其夢想去超越局限」。若舉實例加以印證，我想〈流浪者之歌〉當然是代表，這是一個跋涉於離亂、求生於絕望的人唱的歌。

　　沈奇歸納辛鬱詩作有三種身分：「老兵」的歌、「異鄉人」的歌、「靈魂」的歌。在三種身分中，〈豹〉的身分最具代表。以〈豹〉為例的說法早有共識，不算新說；標舉〈因海之死〉稱道語感、意象與結構，突顯辛鬱的詩藝這一點，倒值得在此補述。該詩全文如下：

　　　你問我為何收拾帆纜
　　　而且投出重磅的鉛垂
　　　以一絲哀悼的灰線繫著

　　　你看不見嗎
　　　我在以雲的捲毛
　　　製就我的獵裝

　　　是的　南極我也想去

　　而且是那樣

　　以銀亮的水手刀

　　劃一幅航圖

　　縱放我飛翔的夢[26]

　　「因海之死」不是一句平常的訊息語，而是一象徵語，是詩人主體回答第一節的提問：為什麼不再航行了，究竟什麼原因？因為海死了。海，是航行的場域，現在這一可供人生航行的場域死了，人生只得無奈地定錨。詩人以此映現一個時代、一群人的悲哀。但儘管身處這般境地，身體不能移動，心靈卻可以！第二節以下就是他「飛翔的夢」：用雲做他休閒的外套（獵裝），以水手解索或編索的工具（水手刀）畫一幅航海圖。

　　沈奇讚許「客觀的描寫夾著如夢的意象，從而穿過現實的障礙，達到心靈與現象背後的真正現實的融合」，這就是章亞昕說的「與命運對話」。

　　陶保璽的論文，本編未收，讀者可參閱二魚文化出版的《臺灣新詩十家論》。

四、臺灣詩壇對辛鬱的評論

　　1960 年 11 月，27 歲的下級軍官辛鬱，由藍星詩社印行了第一本詩集《軍曹手記》，1961 年 1 月，22 歲的詩人研究生張健，發表〈評《軍曹手記》〉[27]一文。說辛鬱具有沉鬱的個性，是一敏感而有警覺性的現代人，這是最早論述辛鬱詩的文章，同時觸及個性、靈感、修養、句法、節奏等課題，呈現詩人初期的詩風貌。稍後，瘂弦以〈閃爍的星群〉為題，介紹二十位現代詩人，稱辛鬱是「痛苦與美的服役者」[28]；張默析評辛鬱的詩，稱

---

[26]辛鬱，《辛鬱・世紀詩選》，頁 72～73。

[27]張健，〈《軍曹手記》〉，原刊《大學生活》第 7 卷第 10 期（1961 年 1 月），頁 27～30。後收入張健《中國現代詩論評》（臺北：純文學出版社，1968 年），頁 98～107。

[28]此文首刊於《新文藝》第 99 期，復見刊於《中國詩刊》第 6 期（1966 年 6 月），《中華文藝》第 59 期（1976 年 1 月）。

其為「同溫層的鼓手」[29]，點名〈青色平原上的一個人〉這首詩，說辛鬱找到自己的詩聲了：

> 我要哭了。在沒有水草的大路上走著我是什麼東西？是貓頭鷹不屑一顧的白晝裏那一抹一抹淡淡的煙雲呢？或者我是一行一行清淚在一張瘦乾的臉膛上。或者我是一隻喝空了的汽水瓶，在海灘上那麼充滿哲學意味的那麼道德的沉思？我要哭了。沒有人理睬我彷彿我是日常死去了的一些事件一樣我是攤開的手掌一樣的貧乏。
>
> 我要哭了。
>
> 歷史在那裏呢？
>
> 有沒有迴響？
>
> 喂，擺正你的腳趾別只顧走向你自己！啊！那要說多可怕就有多可怕說多髒就多髒說多棘手就有多棘手的人的生命這種東西；這種跌進時間的絕谷就翻不轉身來的頂頂不是東西的東西。啊，一個小紅球似的一個肉質太陽順著時針方向滑溜溜地滾了過來。汪汪。我哭出了這種聲音。[30]

對這首散文詩，張默沒有多做解釋，但在十餘年後發表的〈同溫層的故事〉一文，借辛鬱其他多首詩作，提出了共通性的詮釋：

> 辛鬱，在現代詩壇，他是最具有「人間性」，作品中最常表露對生命的關注，而又執著於對人性不斷探索的詩人。讀他的作品，無不與生命密切聯繫，例如〈豹〉一詩之對生命的批判，〈富斯底米爾之死〉一詩中的生命的絕望感，〈來自某地界的呼喚〉一詩中生命的茫然與孤立，〈原野哦〉一詩中生命的強烈呼求，〈景象〉一詩中生命的衰亡，〈土

---

[29]張默，〈同溫層的鼓手——析評辛鬱的詩〉，《現代詩的投影》（臺北：臺灣商務印書館，1967年），頁121～126。

[30]辛鬱，〈青色平原上的一個人〉，《辛鬱・世紀詩選》，頁36～38。

壤的歌〉一詩中生命的熱望……生命，辛鬱珍愛的是它的本來面貌，奈何文明的進展，遮沒了生命的真實動向，所以，詩人有了感觸，非寫它不可！[31]

不只是因為「文明的進展」，導致生命的動向被遮沒，更是家園斷裂的絕望感與國家局勢的禁錮感，鑽深了詩人對生命動向的思考。枯乾的大路沒有水草，四散的煙雲不值一顧，一行行的清淚掛在瘦臉上，「我」是一隻喝空了的汽水瓶，是一些死去的事件，是攤開來空無的手掌。詩人向存在控訴，以嚎哭與命運對話。這就是辛鬱的風格！

這一風格同樣見諸洛夫的評論：「一種對人類整體生存的思考」，「包括辛鬱在內的這群詩人，他們最易辨識的風格就是對『自我』的審視和彰顯」，「對於『自我』形象的塑造，以及對『自我』的省思，辛鬱可能較其他詩人更為突出……。」[32]

洛夫為辛鬱詩集《豹》寫的序文，集中在他的「自我」掙扎與救贖表現上，是一篇有深刻見解的文章，是認識辛鬱詩的一把關鍵鑰匙。洛夫除剖析〈豹〉及〈順興茶館所見〉，也引了〈自己的寫照〉：

猶未出鞘的一柄劍
陌生於掠殺
也不嗜血

如鼓的陰面
生命的輕嘯　沉在
自己的內裏

從不曾體察

---

[31]張默，〈同溫層的鼓手——析評辛鬱的詩〉，《民眾日報》，1982 年 6 月 6 日，12 版。
[32]洛夫，〈冰河下的暖流——序辛鬱詩集《豹》〉，《豹》（臺北：漢光文化公司，1988 年），頁 3～5。

觸握流水而被刺痛的

感覺

且恒與一星螢火

伴唱　即使是一支

無調的歌

尋覓的眼色

帶著倦意　荒在

許多個未完成的情節中

我開放自己

不論白晝或黑夜

就是那小小一朵：

無刺的薔薇[33]

自覺卑微的人生其實並不卑微！唯其多情多感，才有意識地覺察到生命所受的壓抑，且因覺察受壓抑而生反抗力。詩中那小小一朵無刺的薔薇，是拯救了「自我」、美給大眾看的「超我」。

葉維廉的〈詩話辛鬱〉[34]，從辛鬱的「詩話」發掘他的美學視野，並以薛西弗斯受到宙斯懲罰的神話，作為辛鬱現代主義精神的寫照。文中對〈順興茶館所見〉及〈貝魯特變奏〉二詩多所著墨，提出「重複又重複的無可奈何的書寫」表現法。〈順興茶館所見〉：

坐落在中華路一側

這茶館的三十個座位

[33]辛鬱，《辛鬱‧世紀詩選》，頁28〜29。
[34]葉維廉，〈詩話辛鬱〉，《文訊》第361期（2015年11月），頁37〜48。

一個挨一個
不知道寂寞何物

而他是知道的

準十點他來報到
坐在靠邊的硬木椅上
濃濃的龍井一杯
卻難解昨夜酒意

醬油瓜子落花生
外加長壽兩包
──他是知道的
　　　這就是他的一切

不　尚有那少年豪情
溢出在霜壓風欺的臉上
偶或橫眉為劍
一聲屬叱　招來些落塵

他是知道的　寂寞是
時過午夜
這茶館的三十個座位
一個挨一個……[35]

描寫「準十點他來報到」的「他」，當然是被時局扭曲、耗掉青春的老兵代表，「一個挨一個」的座位坐著的那些人，日復一日地到這茶座來消化那消化不掉的塊壘與寂寞，「濃濃的龍井一杯／卻難解昨夜酒意」，

---

[35]辛鬱，《辛鬱‧世紀詩選》，頁53～54。

「酒意」即塊壘，即心中鬱積不平之氣的意象。第一節描述椅子「不知道寂寞何物」，其用意在對照人豈能不知，詩的張力於是產生。葉維廉說辛鬱只用一個「準」字，就喚起每天重複的茶座情景，拈出一個「準」字，說明「準時當然是連續不斷反覆的行為」。這首詩的敘事元素深具象徵性，是辛鬱藏在心靈的生命故事。

　　1988 年發表的〈貝魯特變奏〉，呈現宗教信仰衝突的黎巴嫩內戰慘劇，第一節寫炸彈、屍體、驚叫、哭泣、哀慟的情景，第二節連著七個「每天」、「都這樣」，搭建起一座悲哀的劇場：

　　　這樣的戲每天都演

　　　這樣的每天都演戲

　　　演戲的每天都這樣

　　　演每天都這樣的戲

　　　戲的每天都這樣演

　　　都這樣演每天的戲

　　　都這樣演戲的每天

　　　被架空在

　　　槍林

　　　彈雨中[36]

　　調度相同的語詞，飄忽錯位、連綿糾纏，表達掙脫不了的夢魘，意義深刻，非為炫技而已。

五、〈豹〉及其他的多元詮釋

　　〈豹〉、〈順興茶館所見〉是辛鬱詩作中最多評論的名篇。此外，〈演

---

[36]辛鬱，《辛鬱‧世紀詩選》，頁 80。

出的我〉、〈金甲蟲〉、〈布告牌〉也是力作，各有評介。一首好詩蘊藏無
數可開發的意涵，本編選輯多篇評點、訪問、座談，供研究者參詳創作者的
身世、性情、心理，便於在比對中更容易體會明辨。以〈豹〉詩為例：

一匹
豹　在曠野之極
蹲著
不知為什麼

許多花　香
許多樹　綠
蒼穹開放
涵容一切

這曾嘯過
　　獵食過的
豹　不知什麼是香著的花
或什麼是綠著的樹

不知為什麼的
蹲著　一匹豹
　　蒼穹默默
　　花樹寂寂

曠野
消　失[37]

---

[37]辛鬱，《辛鬱‧世紀詩選》，頁 48～49。

辛鬱自我表白，他「是寫豹這種生物的生命純粹性」。[38]

洛夫說，「象徵著一個既勇猛強悍，而又冷漠孤獨的生命」。[39]

向陽說，「表現出強者兀坐天地的蒼茫與孤獨；但也可轉喻為強者終將消失於蒼茫天地的無奈」。[40]

李瑞騰說，「縱使曾經龍騰虎躍，叱咤風雲，而終有一天也必須『蹲著』，最後在人間世的這個曠野消失於無形」。[41]

李豐楙說，「〈豹〉詩觀察到自然的消失，……或許代表現代詩人的一種控訴吧」。[42]

蕭蕭紀錄的〈豹，在曠野之極蹲著——辛鬱作品座談實錄〉[43]，成於1970 年代，參與座談者都是有創作經驗的詩人，但各說各話或左或右或深或淺，眾聲喧嘩，也饒富讀趣。由是更可見一首詩在尚未有定論前，看法往往分歧；優秀的詩論非一般人能為，精準的批評自當是難得的。

辛鬱過世後由《文訊》促成出版的辛鬱最新詩集《輕裝詩集》，其面世因緣感人。魯蛟應邀寫的序〈生活是詩的礦源——讀《輕裝詩集》兼談作者辛鬱〉，真誠貼切，「讓愛詩的晚輩知道，詩的礦脈在生活裡蜿蜒處處，只要有意探測，認真開採，必有所獲」[44]，既指出這本詩集的特色，也提示「詩在生活中求」的中國詩學原理。書後有封德屏、楊宗翰兩篇〈編後記〉可參，至於更深入的、作為辛鬱晚期詩風的評論，則猶待來者。

——2018 年 5 月 31 日寫於紅樹林

[38]辛鬱，〈我如何創作現代詩〉，《文藝天地任遨遊》（臺北：光復書局，1988 年），頁 238。

[39]洛夫，〈冰河下的暖流——序辛鬱詩集《豹》〉，《豹》，頁 2。

[40]向陽，〈曠野盡頭的一匹豹〉，《鹽分地帶文學》第 58 期（2015 年 6 月），頁 130。

[41]李瑞騰，《新詩學》（臺北：駱駝出版社，1997 年），頁 210。

[42]李豐楙，《中國新詩賞析 3》（臺北：長安出版社，1987 年），頁 195。

[43]蕭蕭紀錄，〈豹，在曠野之極蹲著——辛鬱作品座談實錄〉，《創世紀》第 49 期（1978 年 12 月），頁 9～15。

[44]魯蛟，〈生活是詩的礦源——讀《輕裝詩集》兼談作者辛鬱〉，《輕裝詩集》（臺北：斑馬線文庫公司，2018 年），頁 8。

輯四◎
重要評論文章選刊

《軍曹手記》後記

◎辛鬱

　　再度接到調往金門服務的命令，我的心中有一種異樣的滋味。這個集子，為了趕上我去金門工作，從編選籌款付印出版，只有短短的一個月時間，因此，它顯得那樣醜，那樣殘缺不全，在我，只好向諸位友人和讀者諸君致歉了。

　　我在這個集子裡一共收集了 60 首作品，這只是我全部詩作中的一部分；雖然它們都經過了幾度選擇，可是它們依然很脆弱，經不住什麼考驗。而我所以不惜紅著臉把它們呈獻出來，那只有一個勉強可以成立的理由，就是：它們是我生命的一部分，已與我無法分割。

　　用生命寫詩，是一件苦事，一個人樂於嚐受這種苦況。豈非太傻？我以為，這種傻子精神只要安慰了自己，便不該言苦。

　　然而我尚是一個不夠堅實的「傻子」，往往想歇腳或永久駐停在，另一種安樂裡面，可悲的是我生來不適於享受安樂，於是，就這樣地「傻」幹了下去。

　　這個詩集的出版，我曾考慮再三，若非白楊的鼓勵與奔走，以及亞汀、沙牧、梅新等諸位詩人的支助，我自己也不會相信它的出版的。在這裡，敬向他們致謝。並且還要謝謝詩人紀弦、葉泥、余光中、覃子豪、夏菁、瘂弦、吹黑明、羊令野等諸位在平時給予我的鼓勵，和我過去那個服務單位的長官，同事給予我金錢上的支助。

辛鬱　民國 49 年 11 月

──選自辛鬱《軍曹手記》
臺北：藍星詩社，1960 年 11 月

《不是駝鳥》後記

◎辛鬱

　　要為自己的作品說幾句話，在我來說是一件難事。

　　我的寫作生涯經過了幾個波折。第一個波折是我在金門服務期間，剛巧遇上八二三砲戰，使我親眼看見了死神的面目，這對我是一個很大的啟發，我不斷的對自己作了反省，終於決定寫小說，以便更直接的把我的所見所感呈獻給讀者，但我對小說的技巧運用完全陌生，結果，我只寫了讀起來很澀的一些作品（這些作品都收集在商務印書館「人人文庫」出版的《未終曲》中）。第二個波折發生在五年前，那時我從金門回來不久，在一次例行體格檢查中，竟發現自己患上了嚴重的肺病，這　發現真是晴天霹靂，因為我當時正在戀愛，而這一來……我的體重降到 41 公斤多一點點，走起路來彷彿飄著，我幾乎完全垮下來，幸而我不願向死神投降，我用寫作來支持自己，於是，我多寫了一些小說及詩，一方面也做了些現代文學的布道工作，就這樣，五年後我的病竟然好了。

　　以上的事實只說明一點，就是我不曾臣服於外力的襲擊，始終在寫著。但這並不說明我的小說寫得好，我自覺能力菲薄，又限於生活面不夠廣闊，所寫的小說並沒有很高的耐讀性，只有一點，就是我從不玩弄讀者的感情，我是盡力地要使自己的小說更接近真實。

　　談到真實，這大說就是文學的最高的一面吧？我想，這跟生活不能夠不發生關係，它也不能夠拋開必然的現實背景，而落到現實背景前面的或後面的不可見的幻境中去。真實是任何一顆心要說出的活生生的語言，它不是在某種規範之內僵死了的形象，因為真實，我們才擁抱一篇小說中所

呈現的諸種意象與意義,而不可能只為了咀嚼文字的華麗和所謂「藝術性」的完整。

　　我是基於這一觀念從認識自己開始進而去認識他人的,也從個體看到人的共相,看到事象,看到物界⋯⋯但限於能力,我並不能把所見所感作最好的安排,寫出來呈獻給讀者。希望我能得到鼓勵,在下一個集子中有好的表現。

　　末了,我要向葉泥、楚戈、商禽、大荒、許世旭、鄭愁予、沈甸、趙一夫、羅行、秦松、彭邦楨、黃仲琮、李錫奇等好友,在我病中給予我的慰藉與鼓勵,表示萬分的感謝。

辛鬱　民國 57 年 8 月 23 日

──選自辛鬱《不是駝鳥》
臺北:十月出版社,1968 年 10 月

辛鬱詩觀

◎辛鬱

　　我在我的詩中說人生是一面掛在一間蒸氣房中的鏡子，永遠擦拭不淨；而詩負有使這面鏡子清淨的責任。

　　詩是語言藝術，詩的語言機能，在實踐詩創作的意義，它是躍動的，就好像鮮血對於人體。

　　詩的語言機能，由主觀陳述到客觀描寫，或兩者交替，它的基本要求在於「正確性」的絕對把握。語言的正確性對某些文類來說，往往與「實用性」夾纏在一起，對詩而言，卻必須排除「實用性」，而致力於人性、事象、物界「真相」的發掘；寫出內心的感應是詩人的要務。

　　在詩，首先是把什麼表現出來，然後是用什麼表現出來；不是辭藻決定詩，是意境與造象決定了命辭遣字。這也就是說，並非語言完成了藝術，而是藝術完成了語言。因為藝術完成了語言，使一首詩呈現它形貌的簡潔與內質的蘊蓄。

　　詩，表現了藝術語言的完美，它不是一般常情的尺度可以丈量的。

——選自辛鬱《辛鬱‧世紀詩選》
臺北：爾雅出版社，2000 年 5 月

《中國當代十大小說家選集》序

◎辛鬱

一

小說是人生的縮影。

這句話，是經由作家們多年創作經驗的累積，所獲得的一個共同結論。

人生變化萬端，因此，作家們運用各種不同的技巧來創作，使小說呈現各種不同的風貌。

但是，萬變不離其宗，任何一部成功的小說，除了完整的故事足以吸引讀者之外，還需要顧及作品本身的思想是什麼。

思想是抽象的，不能具體的予以描述。不過，我們相信，思想所代表的，是作家所欲傾吐的真情實事。

一個作家對現實生活的感受，或者，一個作家在尋求人生意義的途中，所觀察與觸及的諸般現象，這些都可能是小說的題材。然而，單單處理這些題材是不夠的，因為，更能夠表現作品思想性的題材，往往深藏在事物內裡。這時候，就需要有一顆銳敏的心靈，突破事物的表象，深入的把它發掘出來，而這，就是一個成功的小說作家的偉大處。

嚴格說來，一個偉大的小說家，無須關心什麼具體現成的問題。他所致力追求的是怎麼樣在先忠於自己的條件下，藉創作來表達自己內心的要求。這也就是說，小說的題材，要從自己的生命歷程中發掘。因此，小說的藝術，並不是一般人均能勝任的工作；它是天才的工作——天才的工作是創造的工作，而所謂創造，乃意指從無變有而言。

　　當然，一個作家所身處的時代與環境，是他所不能忽視的。不過，時代與環境卻只是創作的背景，並不能完全包容作家的心靈。因此，所謂時代精神，它在作品中的意義，應是超越時間概念的；時代是人在歷史行列上的一個劃分，精神是一種從人的心理衍生的狀態，時代精神絕非依附於現實。在小說中，表現時代精神，實際上也就是作家內心要求的表達；所謂「言為心聲」，一篇成功的小說，其價值乃在作家理想的傾訴，而這理想，正是作家的內心要求。

二

　　在中國，文學的發展以詩為首，其次是散文。

　　西晉以前的中國古代文學，小說是沒有地位的。那時期的文學有兩個特點，這是近世以來文學史家所公認並予以肯定的。這兩個特點，一是純然為未受外來影響的本土文學，一是純然為詩與散文的時代。

　　然而，在史籍的記載上，我們發現，早在春秋戰國，就已經有了小說這一名詞的出現；例如《莊子・外物篇》中說：「飾小說以干縣令」。但就當時文學的發展看，小說雖已粗具其形，卻不能登大雅之堂。因此，《漢書・藝文志》說：「小說者，街談巷語之說也」，而桓溫亦說：「小說家合殘叢小語，近取譬喻，以作短書，治身理家，有可觀之辭」。雖說有「可觀之辭」，卻總究只是「寓言異記，不本經傳」，而不為當時的儒者所重。

　　春秋戰國在歷史上，是一個大大的轉變時代，無論政治制度、社會組織與經濟狀況，都起了激烈的變化。在這個動盪的大時代中，文化思想的活躍進步，推陳出新，是可以想見的。特別是文學的發展，有一個明顯的趨勢，那就是詩的衰頹與散文的勃興。

　　當時的散文，以記載歷史事實與表現哲學思想為主，但在另一方面，卻也有一些「非道術所在」的「瑣屑之言」；這「瑣屑之言」，可說是小說的雛形。

　　根據史籍，我們知道在那個時期，已有甚多的「瑣屑之言」，可惜的

是，這些珍貴的文學遺產於今均已湮失。

在中國文學發展過程中，研究小說發展史的人並不多見，這也許因為「小說家者流，蓋出于稗官，街談巷語，道聽塗說者之所造也」，小說是「君子弗為也」的。不過，在極少的研究中，我們得知中國小說是源於神話與傳統的，因此，像《山海經》、《穆天子傳》等書，一般都推之為中國小說最原始的作品。

西晉以後，一方面由於政治制度、社會組織的變遷，另一方面則由於外來文化的影響（如佛教文化），中國文學的發展進入另一階段，這時期，文言小說已開始成形。但是，嚴格的說，中國文學中的小說，在藝術上發生價值，在文學史上獲得地位，卻是在唐代開元以後。

唐代小說的興盛，在本身的發展上，自有其歷史的原因。不過，也有它內外兩方面的因素。外在因素是唐代的國力強大，與外國的交通日趨頻繁。內在因素是韓柳的古文運動，一面是要充實文學的內容，一面是要提倡樸質的文體。在這雙重影響下，作家們的心智、觀念都為之一新，於是，從大曆到晚唐，小說的創作，真是洋洋大觀。作品的表現，也不再局限於志怪與傳奇，題材範圍大大開放，按其性質，約可分為諷刺、愛情、歷史、俠義四類。

到了宋代，中國小說進入一個轉捩點，那就是被稱為「話本」或「平話」的白話小說的興起。白話小說，在唐以後雖已見蹤跡，但尚未蔚為大觀。

宋代白話小說的大興，究其原因，是因它出自民間，並具有實用的功能。所謂實用功能，是這些話本的創作者，由於借此謀生，他創作的目的，乃以抓住民眾的趣味為主旨。這類只求實用功能的作品，是少有文學的意義的，因之顯得粗鄙不堪，而甚少得以保存流傳下來。

但無論如何，白話小說的興起，是結束文言小說生命的一個主因，它並且為後世小說的成長與發展，開闢了一條新路。

經過宋、元兩代的長期孕育，到了明代，小說無論在形式上或內容上，都達到高度的發展。小說在明代文壇占主要地位，原因是由於：1.白話文學

的進展；2.人們對於小說觀念的改變；3.小說與時代的關聯更趨密切。

　　明代的小說，質與量都十分可觀，其中仍為今世所推重的，長篇方面計有羅貫中的《三國演義》、施耐庵的《水滸傳》、吳承恩的《西遊記》、蘭陵笑笑生的《金瓶梅》等，短篇則有馮夢龍編輯的《喻世明言》、《警世通言》、《醒世恆言》，凌濛初的《拍案驚奇二刻》；世稱「三言二刻」。

　　清繼明而起，在文學上，因學術上樸學的興起，一般均趨於復古，詩詞戲曲崇尚擬古因襲，鮮有佳構，唯小說大放光彩，出現了曹雪芹、蒲松齡、吳敬梓三大家。這三大家在小說上的成就，一方面固然由於天分特高，另一方面卻不能不說是時代變遷的因素所促成。

　　清代在政治、社會與經濟方面的巨變，加以歐西學術思想的大量引入，對作家的生長，無疑是一重要因素。其次便是作家個人的際遇，也可說是促成他致力創作的因素。曹、蒲、吳三大家，無不是在這兩種因素交併下，激起致力創作的心志，而終有所成的。而且，當我們讀《紅樓夢》、《醒世姻緣》、《儒林外史》這三部巨作時，不難發現這些作品是發之於作家內心的要求，在一個理想支配之下所完成的。

三

　　民國以來，小說的發展進入一新的境界，領域大為拓寬。

　　無疑的，影響小說發展的原因之一，是「新文化運動」；新文化運動包括多方面，文學革命是其重要的一環。文學革命發軔於民國 6 年 1 月，當時由胡適發表〈文學改良芻議〉，提出「八不主義」，揭開序幕。接著，陳獨秀發表〈文學革命論〉一文作為呼應。到民國 7 年 4 月，胡適又發表〈建設的文學革命論〉一文，提出「國語的文學，文學的國語」十字宗旨，文學革命運動終於大勢已成，其間雖有反對論調，卻已無力阻止。

　　文學革命的對象，雖是全面性的，但第一對象卻是詩。對於小說，由於明代以來五百多年中白話小說的高度發展，創作幾達巔峰，所以它的變革還不十分明顯。等到「語絲派」、「創造社」等紛紛成立，《小說月報》崛

起文壇，新面貌的創作小說才大量出現。

這些小說深受當時一般知識青年的喜愛，究其原因，不外是作品特重對社會與舊有制度習俗的批判，作家們紛紛介入社會，身負「社會人」與「文化人」雙重責任，並自居為「社會改革家」；這份熱情，頗能贏取年輕人的傾心。另外一個原因是，這些作品在寫作技巧上，也確有引人處，這是因為吸取了西方文學的方法；如人物心理的刻畫、寫實精神的強調、個人經驗的重視、結構的講究與描寫方法的多樣性等等。

不幸的是，當時國步維艱，社會混亂，一些別具用心的分子，利用文學作為達到政治目的的手段，使文壇不僅陷於分裂，更阻礙了文學的正常發展。繼而抗戰軍興，文學發展更是困難重重，及至抗戰勝利，而中共卻趁機坐大，國家再陷戰亂，文學的發展幾遭窒息。

在那個時期，小說的發展有兩個趨向。一是以鄉土語言為工具，表面上在保持本土文學的純粹性，暗中卻是以文學為工具，極盡挑撥農村群眾情緒之能事。另一是在世界文學思潮影響下，尋求新的表現方法，以圖維護小說在藝術上的完美與獨立性，但此派力量薄弱，不生作用。

四

民國 39 年，政府播遷臺灣，文學的發展最初是在張道藩先生主持的「中華文藝獎助委員會」推動下進行的。就小說來說，當時發表的作品，大多仍受著大陸時期的影響，題材的選擇，亦以大陸時期的經歷與遭遇為主。知名的作家有潘人木、端木方、徐文水等人。

中國當代小說的大興，就時間而言，應在民國 50 年以後。究其原因，則有以下幾項：1.政治的穩定；2.社會的日趨繁榮；3.教育的普及；4.一般民眾對文學的需要日感迫切；5.年輕一代作家的成長；6.與外國的文化交流活動日見增加。

對作家而言，則另有一原因，那就是詩人紀弦發起的「現代詩」運動。此一運動的主旨雖遭多方議論，但它的影響卻甚深遠，因此，時至今

日，我們還難以論斷它的功過。現代詩運動的主旨之一是對詩的本質的提煉，也就是提高詩的質感，所以紀弦提出以「詩想」取代「詩情」的本質論。對文學工作者來說，作品質感的提高，應是大家所致力追求的，所以當時紀弦的這一主張，雖僅對詩而言，但對小說乃至其他類文學作家來說，也不無影響。

從民國 50 年開始，小說作品大量出現，成名的作家如年長一輩的姜貴、孟瑤、趙滋蕃等，中年一輩的子于、尼洛、朱西甯、司馬中原、段彩華、舒暢、楊念慈、彭歌等，青年一輩的七等生、王文興、王禎和、白先勇、邵僩、陳映真、黃春明、楊青矗等，都有十分傑出的貢獻。

一般批評當代小說的人，在論及小說的發展時，總喜歡採用一種「二分法」的論點，那就是：學院派與草莽派、傳統派與現代派、鄉土派與崇洋派、豪壯派與閨秀派等等，種種稱謂，不一而足。其實，當代小說的發展，雖因作家們的個性不一，觀念有別，有種種不同形式的表現，在創作的基本精神上，卻是趨於一致的。

這一基本精神，即在印證民主社會的文學創作自由，以人性為出發點，復歸於人性；也就是人性的文學。證以當前中國大陸的文學，作家們之被國家機器任意支配，之被指定寫作題材範圍，我們益發覺得這一「人性的文學」的可貴。

雖然如此，中國當代文學的整體表現還是不夠厚實，不夠豐盛；這仍有待作家們不斷努力。我們覺得，一個小說家無論運用何種表現方法，無論如何求新，在觀念上，應最先把握的是：本國文學的精神特性與對本國人文精神的確認，以及對你們所生存的這個地方的關愛。

秉持這些，你的作品將會活躍在眾人心中。

五

這本選集。聚合了二十多年來當代小說的精華。是我們對當代小說創

作既有成就的確認，它不僅具有文學史上的意義，也可說是中國當代小說的一座里程碑。

透過這本選集，可以看到當代小說的全貌。因為它包含著十顆銳敏的心靈；他們歷盡人世艱辛，備嚐創作時那份嘔心瀝血的苦況，更重要的是，他們都有理想，也都忠於自己，他們的作品，出於自己內心的要求。可說是人性的高度發揮。

誠然，在表現技巧上，他們各有所宗，呈現各個不同的風貌，但無論就題材選擇、情節安排、人物刻畫、主題呈示與結構營造來說，都是第一流的，高度表現了小說藝術的完美。因此，我們敢於肯定的說：他們的作品，是具有深刻的影響力的。

── 選自辛鬱等編《中國當代十大小說家選集》
臺北：源成文化圖書供應社，1977 年 7 月

關於文學藝術的我見

《辛鬱自選集》代序

◎辛鬱

　　最近常與一些文友見面，談論文學藝術的種種問題，可說是獲益良多。在談論中接觸最多的問題。是傳統與反傳統、現實性與超越性、自我與群體、世界性與民族性、技巧與內容、以及明朗與晦澀等等。

　　對這些問題，我也發表了不很成熟的意見，現在抄錄出來向各位讀者討教。

　　一、關於傳統與反傳統，我所持的看法是不能以二分法來看待這個問題。文藝創作是一個屬於心智活動的人生事務，一個經驗以及超經驗的活動，所以，它沒有界限可以把它固定在一個方位上。但是，創作者所使用的工具以及作品成長過程中所涉獵的一切，無形中都受到了傳統的影響與支配，在這情形下的文藝活動，便不應有什麼傳統的與反傳統的乃至非傳統的等等爭議，問題在於作品的分量對於作者自身與社會將產生怎樣一種作用。

　　二、關於現實性與超越性，這問題實際上也是受到二分法的貽害。一個作家以他自身的經驗從事創作，作品中所表現的，即使是這個社會的某一動象，但因為這是透過個人的認知與觀察，這作品便不可能是這一社會動象的全面反映，其中必然具有作家個人的判斷，所以，這作品雖然反映了社會現實，卻也具有超越這一現實的更為深刻的表現；唯有這樣，作品才有較高的價值，才能發揮較大的功能與作用，其訴諸眾生的感應，也必定較為深刻。僅將現實作皮相的寫照，強調所謂文學的普遍功用，進而要求作家一致作這種表現，無疑的是在扼殺文學藝術的生命。

　　三、關於自我與群體，我一直認為文學藝術之所以可貴，在於作家鍥而不捨的對自己生命的發掘，而達致自我生命的昇華。讀者從作品中感知種種生命形象的動向，便也充實與豐富了自己的生命。我們不能說作家自我生命的昇華，是完全妄顧一切的自私行為表現，應追索的是，一個作家在創作前的心理準備中，是否受到事象物態的影響與支配？如果是，那麼作家的自我實已緊緊聯繫著群體。要不得的是，強加一種使命給作家，並用命令的方式，要求作家的生命，在某種意識型態下活動，而讓作品產生所謂「立竿見影」的功用。

　　四、關於理念與感性，文學創作不是一個理念活動，它只有少許理念，而大部分是感性以及個人經驗的反射。過度的理念，足以導致作品的僵化，結果只是一堆說一說人生道理的文字，甚至流於教條公式化。但是，文學創作也不是情感的放縱，它有一定的節制。這也就是作家的自律。自律使一個作家體認到創作自由的要件，在於有所為與有所不為；而這，乃是創作前的一個理智的抉擇。文學創作之重感性，因為它必須透過美之建設，如果文學沒有美之建設，嚴格說來，它是不能成形的。然而，文學創作活動雖為感性與個人經臉的反射，並以美之建設作為終極表現，其間卻不能忽視有所為與有所不為的理智抉擇。

　　五、關於民族性與世界性，談到這一問題，個人的粗淺看法是，文學創作的民族性表現，應該本乎自然，不能強制。如果再把民族性狹義化，流於地域性，那就更要不得。至於所謂世界性，有人主張所謂「世界觀」的建立，著眼於勞動者本屬一體的那種說法，這是遠離了文學創作範疇的。個人認為，文學的世界性，應釋義為普遍人間性，也就是致力於創作空間的拓展與時間的延伸。這才是一個歷史的必然發展。而普遍人間性，絕不止於對勞動這一意義的片面認知與塑造，而是對人類生存意義的整體考察。當然，作家追求普遍人間性的表現，必須關注自身所處的環境，在作品中自然的流露深厚的民族感情。

　　六、關於明朗與晦澀，這問題多半因現代詩而引起，我認為文學作品

的晦澀面，不應僅指意象的含混與字義的難解，尤其僅僅因為看不懂或不習慣某種表現方法，而責之為晦澀，那就更不應該。我的愚見是，有些作品一看便懂，但所表現的意義浮淺粗鄙，毫無創造的意趣，更談不到對人生的啟迪，那才是晦澀的——因為它的曖昧，所以才晦澀。當然，明朗是作品表現的一個基本要求，然而，明朗並不意指作品的浮淺粗鄙，相對的，有些作品初看不容易懂，卻不能說是浮淺粗鄙，因為它有深刻的意義在。面對這些作品，我們似應耐下心來細細的品味，也許，它並非晦澀，而是作者運用了新的技巧。為晦澀而晦澀，當然應予排斥，如果是為新技巧與文字運用方法的實驗，我們卻應予容忍。

七、關於技巧與內容，有人認為文學創作不必講求技巧，只要有內容就行，我不能接受這種說法。我不是一個技巧至上主義者，但是，我認為文學創作卻不可忽視技巧。文學創作不講技巧，大家千篇一律，它就會失去讀者，其結果只有淪於夭亡。當然，技巧是為內容而生，一個作家運用他獨具的技巧來完成創作，不僅顯示他個人獨創性，也顯示文學創作的多樣性，這樣也拓展了文學的生命領域。為技巧而技巧，只是玩弄文字魔術，這應予以排斥，然而為內容的發揮而經營文字，這卻是必要的，因此，技巧與內容，在創作過程中實是相輔相成的孿生兄弟，兩者不生衝突，也沒有孰輕孰重的分別。

八、關於文藝思潮，面對這個嚴肅的問題，我感到十分惶惑。我覺得我們今天雖然經過二十多年的努力。卻還沒有建立一個源出於文化背景與時代精神的文藝思潮。雖然看起來創作是旺盛的，氣氛也可以說是融洽的，而這些都烘托不出當代文藝的全貌，也不足以凝聚為強而有力的一種精神性表現。可見的現象是，一面是盲目的趨附世界潮流，一面是停滯於舊日的幻鏡之前自我作樂，一面又是刻意的狹義化了文學的功用，這三者都不曾建立起什麼足以表徵時代與文化精神的模式，卻各有一套說詞，自我溢美的作態著，這實在不是今天應有的現象。思潮對人們的生活方式乃至觀念都具有重大的影響，而我們至今卻一無依循。如今我們身處的環境

已較二十多年前大不同，一個文藝思潮的建立與形成，已是迫不及待，我想不少的作家一定已有感於此，而在細想慎思之中，那麼，在不久的將來，總必會有一種源於文化背景與時代精神的文藝思潮的形成，導引我們的文學藝術作具體有力的表現，而為全民所熱愛，並建立這一代文學藝術的全面價值。

九、關於文學創作背景，這問題我曾再三思索，得到的結論是，離開了人的背景，文學藝術便一無是處。不過，文學藝術之所以強調以人為背景，並不是單指人的生活表象活動，也不作人生表象的記錄。文學藝術刻畫人生、塑造人生、剖析人生，必須深入生命內裡，並將人生現象，轉化為心靈的活動，這樣才能使作品深刻化，並具有思想性，而對人生有所啟示與誘發。當然，強調人的背景，並不是完全忽視事象物態，因為在人生的活動中，事象物態已經被包容在內。同時，我所強調的人的背景，是一個精神的人，而不是物質的人，所以，即使作品中表現人的勞動形象，我認為這也是具有精神性意義的活動，而不單純的是一種被迫的機械活動。

十、關於文學作品的戰鬥性，我認為戰鬥性並非意指刀槍上陣，作品中一定讓人嗅出血腥味。凡是基於對人生的熱愛，以人為背景，在作品中刻畫人性的強度，對人生予以批判，而產生激發人心的力量，這都是戰鬥性的表現。如果戰鬥性的表現，只是歌頌式的，英雄崇拜式的，甚至僅僅把一些冠冕堂皇的語字綴串起來，那是沒有多大意義的。我們今天面對人性的挑戰，當然需要戰鬥性的文學作品，使眾生的心理振奮起來，但是，徒然呼呼口號，卻令人懨懨欲睡。我們需要文學作品的戰鬥性表現，但卻必須排斥口號與公式。

——民國 67 年 2 月《文藝月刊》第 104 期

——選自辛鬱《辛鬱自選集》
臺北：黎明文化公司，1980 年 6 月

談自己的詩

◎辛鬱

我熱愛生命，詛咒一切造成死亡的原因。

從這一個基點進入，我的詩是不難被了解的。說我的詩繁複，暗淡，冷冽，那是意象上的，文字上的，在內裡，我的表現是單一的，熾熱的。

在體現了詩是人生事務的一環之後，我的詩開始抽出了對藝術性的強調，而戮力於表現人生。過去，我尋求的是藝術性的完美，因而寫出了一些華麗但除了意象的殼軀而缺乏生命實質的作品，這在今後，我是不會再嘗試了。

我常把痛苦作為一種享受，而親切的擁抱它。一個人假如真的能夠進入痛苦的核心，他對人生的體現必然是深刻的。社會現象、文明的遞變、速率、乃在於物質之殞滅興起，這一切都是外在的，環繞著一個中心而旋轉。這個中心，便是人的存在。

這年代一個人如果想突破並擊碎某些對於生命的壓力，那不是容易的。掙扎往往徒勞無功。假如你不能在物象的交流變移中鎮定自己，你便會陷落，沉溺到無感不覺的可悲地步。

我深信自己的詩，至少在表露這方面的情境上，有著一點成績。

為什麼我要對生命予以無休止頌讚或訴願呢？因為沒有生命，任何尊嚴、高貴、純潔、神聖的字眼便不能成立；生命需要一切字眼的射擊！

我曾長期病過，曾經歷過逃亡，曾受砲火的洗禮，因而，我特別珍惜自己的生命。這世界有太多值得描繪且愛之深深的地方，所以，我一直沒有把筆拋下。

　　寫詩，寫現代詩，由於對現象的追索，我常在感悟的過程中使自己陷入一個極為尷尬的地位，在這種情形下流露出來而成行的文字，往往是苦澀的，其域境是幽暗的，文字中有許多層次，而令人讀來毫無美感。你說這樣的詩缺乏詩的質素嗎？不是的，它的主要弊病，在於意象的障礙。我的詩常有這種毛病。

　　我不太在創作前對意象預作安排，而且對節奏也極少予以事先的考究，所以我的詩看來暗淡冷冽。所謂自動性文字技巧的運用，這在我創作時也許有此傾向，但我只叫它是生命的自然流露。

　　讀有些詩，那些作家似乎無法抗拒外力的影響，而顯示出一種抄襲的痕跡。我認為這是他怠惰的緣故，他從不思想，不追求個人生命與全體的關聯相背，不尋覓存在中那些足以遭致死亡或傷害的現象；他以為世界是直線的，平平整整的展布在眼前。我對這些懶漢在詩的文字上的華麗，技巧上的熟練，一點也不尊敬。為什麼不循著自己生命的脈絡創作呢？即使產品是粗糙的，那也可貴。

　　在這方面，我相信自己的詩有獨立的面貌。

　　有人問我的詩觀是怎樣的？我說：「詩是一張用兩種不同顏色的絲線編織的幕，在一面你看到美，另一面看到痛苦。這張幕永遠低垂，沒有一隻手會去掀開它；甚至沒有一隻手，會興起掀開它的慾望。」

　　對全體而言，我認為詩不僅在客觀的表徵事物的外貌，或吟誦複述一物象世界的現象，所謂「寫照性」的態度已不能更進一步地捕捉事物瞬息變幻的內貌和它的精神之所在。於此，對於潛藏在物（事）象深處的「真容」，只有以「揭示性」的態度，才能達到高度的透現與展呈。這就是詩人的工作。

　　一位詩人必須嚐受「生」之痛苦才能有所成，如果他的生命遲滯不前，又如何能對物象世界的瞬息變幻有所感悟呢？

　　作為一個詩人，我要使自己的生命永遠行進！

　　過去，我曾稱自己是一棵苦梨，結下乾乾澀澀的幾串果實。今後，我

將使自己快樂，而使生命這一棵樹，結下蘋果般又紅盈又豐滿的果實。

　　這是我作為詩人的表白。

——民國 54 年《前衛》月刊第 2 期

——選自辛鬱《辛鬱自選集》

臺北：黎明文化公司，1980 年 6 月

鐵刺網與野菊花
說說我的第一本詩集

◎辛鬱

到目前為止，我的第一本詩集《軍曹手記》，仍是我唯一的一本詩集。

《軍曹手記》出版於民國 49 年 11 月，列為「藍星詩叢」之一。那時候，我被海明威的小說所迷，身為軍隊中的低階軍官（實則尚未具備軍官的基本資格），而又奉命再赴金門服行任務，對於戰爭，內心有一種既非畏懼但卻厭憎的複雜情緒，因此決定在臨行前把自民國 40 年底以來的詩作結集出版，並且定名為《軍曹手記》，以紀念 12 年來的軍旅生活。

我當時的收入有限，手邊又毫無積蓄，出版一本詩集，即使只印 500 冊，也非能力所及。幸而服務單位有一個印刷中隊，一部老舊的對開印刷機與一部圓盤機，如果技工的技術到家，勉強還能印出些像樣的東西，我寫了份報告給長官，蒙他批准，將《軍曹手記》交由印刷中隊承印，並且准予分期付款，在六個月內將 3000 元印刷費平均攤還。長官在批示中有一條「但書」，寫的是「文章的內容不可亂七八糟」，我本想送請他審核一遍，因為時間來不及，只好先行發排，等校樣出來，再送上去，結果，長官奉派受訓，「審核」的事也就省免。

詩集付印時，曾經發生小麻煩，有一位非直屬單位的長官，偶然到印刷中隊去，發現機器上的成品竟不是公家的東西，他順手拿起一看，左看右看，直看橫看，就是看它不懂，於是轉頭問中隊長：這是什麼東西？中隊長深知這位長官愛挑剔的毛病，為了省事，很機巧的說：報告××長，這

是練習用的。這位長官半信半疑，看見我在場，他平時對我印象不佳，便指著我問：×××，你在這兒幹什麼？我心裡有備，立刻回答：報告長官，我來學印刷技術。他「哦」了一聲，大搖大擺出了門，等中隊長送他回來、我剛要道謝，中隊長搶先說：老狐狸，瞞不過他，不過，你印書經過大隊長批准，他又能怎麼樣？

《軍曹手記》的決定出版，已故詩人覃子豪先生給我的影響很大，我曾將全部稿件送請覃先生過目，他看過後只說一句話：列入「藍星詩叢」吧。我請他寫序，他說：這不好，你去請紀弦寫，因為你是現代派的一分子。我沒有請紀弦先生寫序，原因是，他曾對我說過，從不替人寫序。所以，這本詩集沒有序言。在封面設計上，當時服務單位有多位畫家，像李素茂、姜宗望、吳道文、宋建業等，但我找了楚戈。楚戈是我的好友，他那時在大隊部任文書上士，答應為我的詩集設計封面，當然毫無酬勞可拿。他本來想大大發揮一番，聽我說只能套一色，便打消原先構想說：好吧，我給你頭上長些鐵刺網。我說：好啊，我心裡正這麼想。

這個念頭的產生，多半是基於我的作品，都有一種冷冷澀澀的味道。我初期寫詩的心態，說起來不免在自討苦吃，因此，戴上一個鐵刺冠，自作自受吧。

我算了算，從民國 40 年在《野風》半月刊以「雪舫」筆名發表第一首詩開始，到民國 49 年 10 月《軍曹手記》出版前一個月，我寫的詩包括發表與未發表的，總在三百首左右，而收集在集子裡的，不過十分之一強。這些作品主要包括兩類，一類是以「海」為主題，圍繞著這個主題，以表達我對大自然以及大自然中的神奇力量的仰慕，另一類則以自身周邊的事物為素材，構成一個稍富生活意味的主題，其中有些是懷鄉思親之情，有些是人生的某些嚮往。整體說來，《軍曹手記》中的作品，都屬於習作，無論在語言意象、文字結構，乃至意義的呈現方面，距離成熟還有一段路途。

詩集印製完成，我將 100 冊贈送友人及詩壇前輩們，400 冊請一位朋友代辦銷售，第四天就到金門去了。結果，代辦銷售的朋友不久也調到金

門，他把《軍曹手記》轉請另一位朋友，希望透過人情關說，列入中廣公司「九三俱樂部」的勞軍出刊，卻沒有下文，而詩集幾經轉手也失去下落，因此，它一本也不曾問市。

朋友中，我感謝瘂弦與張默兩位，瘂弦在收到《軍曹手記》後，給了我一封長信（可惜此信已失落），談到他的讀後感，他特別指出我的用字之「冷」之「澀」，形成一個特色，認為我可以朝這方面發展，他覺得此「冷」此「澀」，並非「晦澀」，並非有意製造與讀者間的「隔閡」。他更指出《軍曹手記》中「冷」「澀」的特色，感覺上雖然不怎麼好受，但有時候卻很想親近它，這如同「鐵刺網」與「野菊花」，前者讓人不好受，而後者呢？在田野上自有一種生趣情態，讓人想走近品嘗一番。最後他說，獨創為貴，建立個人風格最重要，整個詩壇一個風貌，又有什麼興味呢？張默在一年之後寫了一篇評論我作品的長文，對《軍曹手記》的部分作品也曾論及，並曾鼓勸我修訂再版。

我至今未再將作品結集出版，朋友們都有些不解其故，在此我願坦白相告。出版一本詩集，就我目前的能力，在財務上還不會太困難。但是，我總覺得，從《軍曹手記》之後，這二十二年多來，在詩的創作上，我還在摸索，雖然在風格上，我接受瘂弦的建言，逐漸建立了「冷」「澀」的特色，但還不夠，我無法肯定自己在詩藝上的成熟程度，於是，把出版詩集的事一再延宕——基本上，我覺得如果要出詩集，這一次一定要自己寫序，把自己創作的心路歷程，作一個明白的交代。

——選自《陽光小集》第 12 期，1983 年 8 月

我如何創作現代詩

◎辛鬱

經驗有兩個相關的層次：一是經識，一是體驗。

「經識」以事物為對象，是客觀進行的；「體驗」以生活為對象，是主觀進行的。

經識事物，體驗生活，合而為「經驗」，是每個人都具有的。但對從事文學創作的人來說，經驗容或有共通的地方，基本上卻由於各自性向、志趣、意念、品味、學養與際遇等等條件的殊異，而有所不同。因此，不同的「創作經驗」，便也顯現不同的價值。

現代詩的創作，涉及多重問題，在本文中，除了必要，我將盡量避免涉及理論，而就經驗來談。

我為什麼選擇寫詩？這要從為什麼喜歡詩說起。詩有很多迷人的地方，形式簡單、文字優美，大概是最普遍被接受的迷人處。我最初也是從這個層面接近詩，慢慢的我發現，讀詩的樂趣並非只是美的欣賞，它還包含了被感動，甚至得到精神上的啟示。

這是怎麼獲得的呢？大凡人在情緒失調、心情欠佳的時候，總會借助某種外力，作一番宣洩與調節，以使情緒保持冷靜，心情恢復平衡。這些外力包括靜態的聽一段音樂、看一幅畫、讀一頁書，動態的跳一陣舞、散一回步、活動一下筋骨等等；依各人的性向與偏好，無論哪一種外力，都會產生作用。讀詩，是我借助的外力，而且每一次都十分見效。

詩何以能撫平我心靈的浮動？僅僅是它的形式簡單與文字優美嗎？當然不完全是。於是，我開始追索。

　　我感覺到，在形式與文字背後，詩有一種力量吸引人。這種力量是無形的，存在於形式與文字深處，它有許多種呈現的方式，令人讀來或喜或悲、或怒或怨、或激奮或憂傷，而它的調子則是忽高昂忽低沉、忽作獅吼忽為鶯啼、忽如流水潺潺忽若雷聲轟轟……多變而豐富。詩的這般力量，究竟從何而來？

　　當然，這是由於詩人的巧妙安排，從不同角度取材，經之營之，才會有這等美妙的智慧產物，然而，詩人怎麼去安排，又怎麼經營呢？

　　這個念頭激發我學習寫詩，而我失敗了。原因是，我把寫詩看得太簡單太容易；當我把習作拿來跟紀弦與覃子豪先生的作品相比較，我發現，我那五字一句、七字一行排列起來的所謂「詩」，只是一些常識性的文句而已，讀得通，卻毫無詩味。

　　不能憑常識寫詩，這是我初學時第一個體悟。接著，我又發現，詩不是透過文字說一番道理，這也就是不能憑概念寫詩。

　　有了這些認識，我繼續摸索，在這個過程中，我粗淺的理解詩的文字，不僅要有創造性，更要有感染力；文字雖然是詩的表現工具，在詩中，它的地位卻已被演化為藝術的語言。因此，詩乃是語言藝術。

　　由於詩是語言藝術，所以它的文字必須「活化」與「美化」；活化的文字，呈現詩的簡潔的特色，美化的文字，呈現詩的含蓄的特色，兩者在詩中並存共生。從一首詩的整體看，簡潔是顯性的，是詩的外在生命，含蓄是隱性的，是詩的內在生命。簡潔與含蓄，也就是詩的創造性與感染力。

　　詩的難寫，詩的不易被人接受，原因就在於它的創造性與感染力，不僅不容易表達，更不容易發揮。於是，有人常說：詩是文字魔術。

　　詩絕非文字魔術，而是精緻的語言藝術，它出自詩人內心的真情流露，是詩人對事物動象的真實反映。這是更深一層的理解，容我在後面以詩為例，略作說明。

　　一匹

豹　在曠野之極
蹲著
不知為什麼

許多花　香
許多樹　綠
蒼穹開放
涵容一切

這曾嘯過
　　獵食過的
豹　不知什麼是香著的花
或什麼是綠著的樹

不知為什麼的
蹲著　一匹豹
　　蒼穹默默
　　花樹寂寂

曠野
消　失

　　這首詩標題叫「豹」，是我較為成熟的作品。詩中「寫景」、「寫情」復「寫意」，從字裡行間，應該被明白的看出。所謂「景」，是「曠野」、「花樹」、「蒼穹」與「一匹豹」；所謂「情」，是「蹲著」、「花香」、「樹綠」、「嘯過」、「獵食過」、「默默」、「寂寂」；所謂「意」呢？那就需要把「情」、「景」貫連，才能夠體會。而這「意」，也就是透過「情、景」的塑造，將事物動象作真實反映，而流露出來的我的「內心真情」。
　　以下試作較詳細的剖析。

　　我寫〈豹〉的動機，是有感於在人類文明的壓力下，大自然中生命純粹性的逐漸喪失，「豹」被作為表現的主體，是我認為牠是大自然中生命力最強悍，也最能保持生命純粹性的生物。

　　〈豹〉詩的分段，有表現層次上的必要性。第一段，以白描手法，平實冷靜的寫出主體的存在，前三行完全客觀寫實，第四行「不知為什麼」，則是出於主觀的意象用語；旨在強調我看到了「豹」這一主體的客觀存在。第二段仍以白描手法，寫出客觀存在的環境，這是一個近景，目的在烘托處於遠景中的（曠野之極）「豹」這個主體的真實存在，以及牠的生命的純粹性與獨立性。第三段依然是客觀的，寫「豹」這種生物的生命純粹性，「嘯」與「獵食」是豹的本能，而豹是肉食動物，對「香著的花」與「綠著的樹」，豹自然無所感應，因此也更顯現豹的生命純粹性。第四段的表現，複述著前面三段的「情、景」，看起來仍是客觀存在的，然而，我卻把它們壓縮在一起，不附加主觀的意向用語，只讓人去體會「默默」與「寂寂」這兩組文字的含意。這是一個大遠景的推出，一個冷肅的終結，於是第五段中我作了「真情流露」，「曠野」「消」「失」，豹這種最具有生命純粹性的生物，到哪兒去展現牠生命的存在意義呢？而曠野為什麼消失？我不必在詩中寫出，想必也能讓人體會到。

　　〈豹〉這首詩其實也在寫現代人的處境，在現代文明中，科技在很多方面取代了人力，這當然是一種進步，然而，細加思索，當會發現，人的生命力的喪失，人的原始本能的退化，你不覺得有些可悲嗎？這是〈豹〉詩的影射作用，是暗喻，而所謂寫「意」，它的表現就在這個關鍵上。詩，寫的多半是「言外之意」。

　　從「動機」到「取材」，在寫作上，只是一個醞釀過程，主要的，還得透過文字來表現。文字在詩中被演化為藝術的語言，在〈豹〉詩中我是怎麼處理的呢？

　　單單從表層看，〈豹〉詩的用字造句，毫無出奇之處，我只動用了一些熟悉的字句，實在很普通，也極平凡。不過，經由調度安排，詩的組句，

似乎有些不拘文法，不合規則，因此也就多少呈現出與字義不同的意味，給人較多的感受。

例如在第一段中，「豹」這個主體的位置，很顯然的由於被安排「在曠野之極」之上，而特別突出，於是，「蹲著」這個造句，不僅是豹的動作的寫照，作隱然指陳豹的情態，暗示著這豹正處於孤立的境界。

文字被演化為藝術的語言，就是這樣微妙的進行著，它是非邏輯的，更是非常識的。為什麼要如此呢？因為它要把「意象」創造出來。

意象是詩的生命質素。意象不同於意義，前者要求被感受，後者則求可解，所以，在詩中，文字的職責是表現意象，而不是傳達意義。

究竟什麼叫做「意象」呢？廣義的說，「意」是主觀，「象」是客觀，「意」潛藏於詩人心中，「象」顯現於事物表層，詩人心中的「意」藉事物表層的「象」而有所感，自然想把這所感傾吐出來，於是經由一番選擇，去蕪存菁，「意」與「象」合為一體，藉文字而表現。由此可知，文字機能的衍生，是因為已被「意象化」的緣故。

這樣的剖析也許並不盡然，更不是唯一途徑，尤其關於「意象」的說詞，十分籠統，也太簡化。不過，我的能力只能做到這一點，且我更不願把艱深的理論從書上搬來，這問題就在此處打住。

詩被認為是最精緻的藝術，它的體積小，容量大，是人類心靈最真實、最細膩、最深邃的表現，也是人類情感的最高昇華。這一連串富麗堂皇的讚頌，對一般人來說，是十分空洞的，因為在實質上並不能給他們帶來什麼；它不能充飢，不能取暖。

那麼詩究竟能給人們帶來什麼呢？我的體認是，它帶來一種美，一種感動，一種撫慰與一種啟發，它還帶來些別的什麼，但卻以這四者為最寶貴。

我們接受這四者，還有一些什麼要求呢？是的，我們要求它面目可親，而非可憎，我們要求它暢開胸懷，而非拒人於千里。這要求並不過分，但是，我們自身的態度又如何呢？

讀詩，只求它的文句通順、意義暢曉，所謂「一目瞭然」，這就不是正

確的態度。詩不是一篇記事、一段報導，不是客觀描寫平實寫照。如果你接受前面對詩的文字要義的說法，那就請調整一下你的閱讀態度。

請從「容忍」做起。耐心、細心、關注的去從一首詩的字裡行間，找到一字一句的關係，去「感受」它們，而不是去「破解」它們。

詩是象徵性重於實用性，字句充滿感染力的，詩人的主觀陳述強過客觀描寫，所以在「容忍」之外，我們還要多花心思去追索。例如「白髮三千丈」這句詩，它合乎邏輯嗎？它在常識的規範之內說得通嗎？它應該怎樣被解釋呢？「白髮」顯示生命老去，「三千」是一個數值，「丈」是單位名詞，作了這樣的破解，詩意全失。然而，在容忍這樣不合邏輯，非常識性的詩句之後，再加思索，我們或能領悟「白髮」之象徵歲月（時間），「三千丈」之象徵空間，由此而感受詩人對生命的禮讚。

詩的微妙，要一層一層的體會，就像抽絲或剝筍，抽著剝著，這一過程可能帶來無窮樂趣，更何況一首詩的表現，包容著事物的本體、生相、意態與情致。

詩，看似無用，而且對平庸的現實生活來說，可有可無。然而，在文化發展中，詩這種文明產物，這種文學形式，不論它是以韻文為本的傳統詩，或是以散文為本的現代詩，卻有著無限的彈性，變得出無窮的花樣，裝得進無盡的內容，而令人心馳神往，詩只進變，而不衰落，並與歷史相聯繫，與時代共脈息。

我國是詩的民族，詩經時代，已開始了抒情精神的樹立，而且歷久不衰，成為文學傳統的資源。所謂抒情精神，乃是以眾生為對象，反映生活、愛慾、情操與志向。它以「愛」為源頭，而愛由「情」與「思」兩脈合成；情自心生，思從腦起，進入詩中，情歸浪漫，思屬理知，一種如此兼具浪漫與理知的文學形式，自然能承受長時間的考驗，而傳承下來。不同的只是工具的運用；傳統詩用韻文，現代詩用散文。

前面所談的，大部分是經識過程，當然在經識中也有體驗，然而體驗要在生活中進行。生活，並不等於詩，生活是讓人去感、去想、去悟的動力。

衣食住行的滿足，往往阻礙心智的發展，消磨意氣，削弱生命力，這個時候，你必須動用腦力去思索如何奮起，不然，就庸庸碌碌結束這一生。

怎麼發動腦力呢？我的建議是：到人群中去，或者，投入大自然的懷抱。人群與大自然，會讓你的生活起波濤，給你體驗的機會。例如，你在人群中發現張三其人，鶴髮紅顏，走起路來腰桿直挺，雖已八十高齡，卻一點也不顯老態，你又在山頂看見一棵樹，蒼勁挺拔，樹齡已超過千年，把兩者貫串起來，對於生命力，你不就有了相當強烈的體驗？

生活中有太多現象讓人去體驗，而且，這也是寫作素材，所以，用體驗而充實生活，寫作的念頭也就跟著興起。生活是礦苗，經過提煉，它將是十分珍貴的金屬。

最後，對初學寫詩的朋友，我願提出四方面的修養供作參考。

第一、人格的修養：就是要發展一個絕對的個性。因為人格是個性的，要絕對個性，應盡量從偏方面發展。例如李白的飄逸、杜甫的沉鬱、蘇軾的豪邁、陸游的悲壯，都各所有偏，偏到盡頭，就是人格的真價。

第二、知識的修養：要多讀書，文學、美學、心理學、哲學、史學、社會學……讀後必定有用處。其次是多觀察，觀察有兩種作用，一是驗證書本的知識，一是擷取經驗的知識。觀察有兩個對象，一是自然，要窮究宇宙的奧蘊；一是社會，要透見人性的真相。

第三、藝術的修養：詩與音樂及繪畫，有親密關係。詩的語言節奏接近音樂。詩的文字造形接近繪畫。所以要對音樂與繪畫多觀摩，使詩有聲復有色。

第四、感情的涵養：要在自然中活動，因為寫詩要靠感興；感興是詩人心靈和自然的神祕互相接觸時感應而成的，所以要使感興常生，就不能不常常接觸自然。其次，要在社會中活動，詩又表寫人性，人性最真切的表示，莫過於在社會中。

我的〈我如何創作現代詩〉，到此打住，但願它對你讀詩、寫詩有一點點幫助。

──選自鄭明娳等編《文藝天地任遨遊》

臺北：光復書局公司，1988 年 4 月

「豹」變
談我與《現代文學》的一段交往

◎辛鬱

〈豹〉這首詩是我的代表作，民國 61 年 3 月發表於《現代文學》第 46 期「現代詩回顧專號」，原作如下：

有一匹

豹　在曠野的盡頭

蹲著　不知為什麼

許多花開著

樹綠著

蒼穹開放

涵容著一切

這曾嘯過

　　獵食過的

豹　不知什麼是開著的花

或什麼是綠著的樹

不知為什麼蹲著

一匹豹

曠野默然

花樹寂寂

　　寫〈豹〉的動機，是有感於在人類文明的壓力下，大自然中生命純粹性的逐漸喪失，豹被作為表現的主體，是我認為牠是大自然中生命力最強悍，也最能保持生命原始純粹性的生物。當然，有心追索的讀者，一定會發現，〈豹〉詩的暗喻，直指人類，我主要想表達的，是對人類原始本能退化的深感悲哀；人與自然的親密關係，在科技發展的引誘下，終於被拉遠。

　　雖然有嚴肅的主題，〈豹〉詩在文字與語言的表現上並不完整，於是我作了多次修正，而當被收錄在《八十年代詩選》（民國 65 年 6 月，濂美出版社）時，它變成了如下模樣：

一匹

豹　在曠野之極

蹲著

不知為什麼

許多花　香

許多樹　綠

蒼穹開放

涵容一切

這曾嘯過

　　獵食過的

豹　不知什麼是香著的花

或什麼是綠著的樹

不知為什麼的

蹲著　一匹豹

　　蒼穹默默

　　花樹寂寂

曠野
消　失

　　作以上的剖白，主要在表達我對《現代文學》的感激。說到我與《現
代文學》的交往，坦白說，那並不是十分親切的。

　　基本上，我是「草莽」出身的一個文學喜愛者，而《現代文學》則是
年輕的「學院派」，兩者似乎不太能夠融合。我接觸《現代文學》，從創刊
號開始，那個時候我在金門服役，讀到這本陌生的刊物，是在它出版九個
月之後，地點在金門縣立社教館的閱覽室。刊物已經破損，我卻如獲至
寶，翻著翻著，在一頁的空白處，竟讀到這麼三句話頭：

　　　年輕的「學院派」為我打開視野，

　　　在衝呀殺啊之外我需要這新東西，

　　　可是它能活多久呢？

　　不知是誰的留鴻，寫得很有意味。我用「非法手段」把這本創刊號占
為己有，結果卻在一次又一次調遷中失落。這之後，我沒有機會讀到第二
期以下的各期，直到調回臺北，我用一筆獎金從第 13 期起成為《現代文
學》的訂戶。不久，白先勇在他敦化南路的家裡請了一次小小的客，被請
的清一色是「草莽派」詩人，記得有瘂弦、商禽、楚戈與我，別的就記不
起來。白先勇的笑容可以跟瘂弦的比美，他熱誠的要我們為《現代文學》
寫稿，並且說：

　　「這刊物是屬於大家的。」

　　事實確是如此，《現代文學》雖有一個圈子，但圈得很大，誰都可以進
去，條件是：作品要好！

　　在那次見面後，我開始向《現代文學》投稿，第一件作品〈雲的變
貌〉，遭退，第二件作品〈夜想〉，又遭退，我失去膽量了。直到我從林口

調到臺北市，與第二次投稿相隔半年，才投寄〈陌生的顏面〉與〈無調歌〉，而於第 31 期一次刊出。

　　這兩首詩的刊出，給了我極大鼓勵，使我在那一年（民國 56 年）創作幾近豐收。而我也一直認為，那年是我作品的轉型期，例如〈土壤的歌〉（《幼獅文藝》刊出）、〈青色平原上的一個口〉（《創世紀詩刊》刊出）、〈無調樂章〉（《前衛》刊出），都是我較具代表性的作品。

　　雖然如此，我的創作之路依然崎嶇，而且，為了生活，我必須把每天的大部分時間放在工作上，向《現代文學》繼續投稿的願望，只好擱置下來。那時候，我的工作在西門町峨嵋街，每天我都感覺到自己像一匹被困的獸，在市聲中掙扎。於是，我十分情緒的寫了一連串的〈演出的我〉（共六輯，均刊於《創世紀》詩刊），〈豹〉詩的意念也從那時醞釀，然後受到一部描述非洲獅子生態的電影衝擊，〈豹〉詩的意念終於形成文字。

　　我在《現代文學》發表作品極為有限，但卻都成為我的代表作，所以我要說，《現代文學》的嚴謹審稿態度，是造就作家的一把利刃。

——選自白先勇等編《現文因緣》

臺北：現文出版社，1991 年 12 月

詩的表現
《因海之死》代序

◎辛鬱

　　我在我的詩中說海洋是陰性的，因為它孕育魚族、藻類以及許多許多生物與元素。

　　我在我的詩中說人生是一面掛在一間蒸氣房中的鏡子，永遠擦拭不淨。

　　詩的多方面表現，決定於詩人觀察事物後主觀的取捨。我寫一首詩必讓觀察事物後內心的感應藉想像之力越過一般常情的局限，使我的詩的語言的運用，脫離文字一般「理則」的拘制，而成為有它自己的生命的語言。

　　詩的語言不是玩弄文字魔術，然而對於語言的功能發揮，我絕不從文字的一般意義中求取結果。

　　我相信將語言營造為意象化，是寫詩的必經過程。語言的意象化，一方面在推翻對文字一般意義的迷信，一方面拓寬文字意義的領域。

　　詩的基本作為，在於語言的意象化。

　　而這，也就是語言的機能的衍生。

　　詩的語言的機能，在實踐詩的創作的意義，唯有實踐創作的意義，詩的生命才得以確立，捨此，詩便夭亡。

　　語言的機能是躍動的，就好像鮮血對於人體，它必須積極的產生作用。

　　由於語言的機能，詩的結構必然產生；而這結構，並非一般的起、承、轉、合，它是內在的，隱伏於詩的全部意義之中，而非現形在字行間。

　　結構，對一首詩來說，它主要的表現在於顯示句與句之間，段落與段落之間，語言意象的組合關係。如果拿一般的起、承、轉、合、衡量結構的問題，它們之間並沒有密切的關係。

結構，對於一首詩來說，並不是形式的完成，而是意象的完成；由於意象的完成，詩的意義便突出於意象之中，顯示其所以為詩的特性。

因此，以一般的「目的論」加諸於對詩的論評，很明顯的犯著認識上的貧血症。

詩的語言機能，要求著語言正確性的絕對把握。語言的正確性，對某些論者來說，往往與藝術的「實用性」夾纏在一起。於是，他們以一般常情為尺度，丈量詩中語字的意義，而無視於語言意象化後，所呈現的新的意義。詩的語言的正確性，表現在意象化的完成，而非文字一般意義的確定；這是被內在的藝術要求所決定的。

在詩，首先是把什麼表現出來，然後是用什麼表現出來；不是辭藻決定詩，是意境與造象決定了命辭遣字。

這也可以說，並非語言完成了藝術，而是藝術完成了語言。

藝術完成了語言，其正確性的表現，使一首詩的質貌呈出它的簡潔與蘊蓄。

簡潔，好像一塊百煉精鋼，不再有雜質微隙，可以造機械做飛輪——這是語言怎樣才有它的力量以及為什麼有它的力量。

蘊蓄，好像一園及時成熟的果實，果色鮮美、果味芳香、果肉甘腴，可以食用並陳設——這是語言怎樣才有它的風貌以及為什麼有它的風貌。

實用的觀念，對於詩的語言的正確性，在追求上是隔著一層的，因此，武斷的批判適足證明批評者對於詩的藝術的無知。

詩的語言，需經生活的鍛鍊。這也就是說，詩人需要實踐生活的意義，始能掌握語言的真諦。

然而，我們更需要認清，生活並不等於詩。生活，對於一個詩人來說，乃是據以創作的源頭，而決定一首詩的完成，仍在於藝術的要求。

藝術的要求，迫使詩人致力於語言意象化的營造，詩的境界，在意象的完成中豁然而出，這便是詩的藝術的最高表現。

所以，對於生活，我們所進行的，是質的提煉，並以它充實經驗與想像

的能力。

　　在詩的具體表現中，詩人經驗的反射，並不是直接的；這是基於藝術的要求。

　　經驗，在詩人的腦海中並非羅列有序，它是十分錯綜複雜的，而且，它也往往落入一般概念的窠臼，而成為廢料。經驗的可貴，在於觸類旁通，引發為創作的動機，然而，詩人之珍視經驗，並不在於一般認知的共通性，而在於它的特殊性。

　　這就是詩人所悉心追求的個人才具的一環。

　　屬於個人經驗的特殊性的尋求，使詩人孤立了嗎？不！所謂孤立，乃是一般人加諸詩人的一種說法，這種說法，帶著冷視與嘲弄的成分。

　　殊不知詩人的熱情，在心的內裡長燃，為了越過事物一般意義的絆索，詩人是永遠緊擁著人生，對事物本體之生相、意態、情致，作著不息的觀察與認知。

　　不錯，為了對事物浮泛性意義的鄙棄，詩人在一般現象中看來確是孤立的，但這並不能成為嘲弄的對象。

　　經驗的特殊性被導引入詩創作，便是情緒的提升。社會一般的語言與藝術的語言之所以不同，即在於後者飽含了來自經驗深處的情緒。而詩的語言，應該是特別飽含了情緒的。

　　自然詩不能缺乏思想的表現。但是在詩中，思想是被情緒所滲透了的；或者，思想已溶解到情緒之中。

　　因此，體悟一首詩的思想表現，你必須進入飽含了情緒的詩的語言之中，而不是游走在字行間，解剖屍體似的作徒然的操勞。

　　再說想像吧，有人說想像有一定的軌道，逾越了軌道，便是「非分之想」，殊不知詩人所需的，就是這被責難的「非分之想」。我們要弄清的是，詩人基於藝術的要求所興起的「非分之想」，與生活意識的「非分之想」是不同的；在道德與不道德的考量上，這兩種「非分之想」，必須被分別清楚。我們不妨誇張的說：基於藝術要求所興起的「非分之想」，可以達到一

個「靈視」的境界，而後者，則應被視為人性墮落的表徵。藝術的「非分之想」，是完成美之表現的必經過程，問題在於，詩人如何掌握其「非分之想」的所得，予以完善的表現。然而，我十分不解於有些人對詩人「非分之想」的責難，難道說，完成美之表現是不道德的，罪惡的嗎？

想像，在藝術的完成中它應不受局限，而當詩人營造其想像之所得為藝術品時，它卻受到語言正確性這一要求的約束。

經驗與想像的主觀性，對於詩的創作產生著決定作用，所以，詩的語言不是客觀描寫的語言，而是主動陳述的語言；不是思辨的語言，而是感染的語言。

基此，詩的整體表現就不會落入概念化，而成為報導文學一類，讀之索然無味了。

然而，有人卻要用公式化的閱讀方法，先確定一個「目的」，論斷當前的詩，曉諭詩人們應如何客觀描寫，如何為求文體的整一在形式上起、承、轉、合，符合所謂「結構」的要旨。這種說法，是客觀主義的，但也可以稱之為材料主義，因為它將創作與現成的概念看作客觀的既成物，詩人只是站在一旁將現象等等加以組合，便完成了表現。

事實上，在詩人們看來，創作的主觀能動性，是絕不可以被抹殺的，不然，文學與藝術在完成其表現之後，又如何達到它們對人生之批判的功能。

詩的表現的結果，不是人云亦云，因此，它必須依藉經驗與想像的主觀性，來加以完成。

詩，表現了藝術語言的完美，我們能以一般的合理與否來衡量它嗎？

——選自辛鬱《因海之死》
臺北：尚書文化出版社，1990 年 4 月

我這個人
《我們這一伙人》後記

◎辛鬱

　　五日之內，接到兩位知交去世的噩耗，我全身為之麻木，一時間失魂落魄，手足無措。

　　商禽、許世旭，一長我三歲，一小我一歲；我們稱兄道弟已逾或近五十年。而商禽是四川人，許世旭是韓國人，如何與他們結為知己，我已在寫他們的各三千字中分別寫述。他們是我人生道上的旅伴，一路走來，我從他們身上學習，汲取他們的長處，補我的不足，所以我一直深懷感激。

　　我這個人，沒什麼特殊才能，資質一般，所以在前行代詩人眼中，只是詩花園裡一株開不出豔麗花朵的小花。不過我對人實話實說，能幫上忙就幫，能做什麼就做，所以紀弦與覃子豪兩位前輩，對我不藏私，給了我許多教導。只是我反應慢，腦子常打結，對兩位師長的傾囊相授，僅體會接受了十之四五。

　　朋友們處久、處熟之後，會發現我脾氣會突爆，所以不惹我的痛處。但大多時間，我很溫和，不怎麼喜歡說話、答腔或閒聊，除非有我喜歡的話題；譬如談吃。

　　「冷功」升級「冷公」，多半是因上述情況而得名。不過，冷歸冷，不會結冰結霜，拿一張自以為了不得、或不得了的臭臉給別人看。

　　喜歡唱小調，有的是聽來學會，有的是瞎編，好在朋友十之八九喜歡聽；特別是在聚餐的熱鬧場合，幾杯白乾入喉，興致大好，嗓門大開之後。

　　愛熱鬧喜歡交朋友，在一塊不管幹什麼，我喜歡在這些不同場合，冷眼旁觀，因而胸中堆積不少朋友們的是是非非；《我們這一伙人》的寫作材

料，大多從此處來，此外，全賴朋友的自白。

基本上，我不從學理角度寫朋友，偶而筆尖掃及詩的種種，會有一些「私見」，用辭用字判斷意味重，可能不準確；但純屬我最真切的看法。至於每一位被寫朋友的個人成長、奮進的種種，間或有感情用字，難免缺失、遺漏處，在此向各位告罪。

我這個人 15 歲棄家跑出來闖蕩，本想與同學去延安，學習所謂「革命本事」，卻在上海市北火車站，看到一塊「免費遊覽北平」（其時為北平，現為北京）的立牌，七個人經不起誘惑，一塊上了火車。到了北平就成了「國軍」一分子。

輾轉奔走，居然在六十年前的 6 月 18 日，被搖搖晃晃的登陸艇載到豔陽高照的高雄港。一上岸就是六十個年頭，能說我不愛臺灣嗎？至於我那六位上海同學，如今已無一來往。

高雄到彰化，在溪州、永靖、溪湖一帶轉來轉去，轉到和美才安定。在那裡最不能忘的，是借一所小學操場，接受孫立人式的「草坪運動」，兩個月下來，把我磨煉成真正的軍人。

後來部隊改編，轉到臺中縣沙鹿，看守火車站，每晚上在轟隆、轟隆貨車行進中睡覺，腦子裡一團漿糊，又從漿糊裡擠出些小花小草石頭子來，那就是詩的原形。

就在那時，認識了作為長官的詩人沙牧。他是營本部情報官，官拜中尉，部隊未改編前是我這個突擊排排長。

有人督促、有人教，我終於踏上了寫詩這條路。

後來我也寫小說，長短篇皆有出版，也寫雜文與藝術評介。最勤耕的年代，在 1965 到 1976 年（我的黃金十年），我一面寫長篇《龍變》與《滴水穿石》，一面寫雜文（在《民族晚報・副刊》連續寫七年），並又寫「讀詩札記」、「名著改寫」在《文藝》雜誌連載，同時參與「中華電視臺」開臺連續劇《男子漢》的編劇。

1970 年我接受《科學月刊》邀聘，加入傳播科學教育、促進科技發展

的行列，以一個外行人，經辦發行、開拓、行政管理、協助規畫科教活動等工作，幹得不亦樂乎！

其間並與一群社會科學學者辦《人與社會》近八年，任主編並綜理行政雜務，刊物後來停刊收場，卻使我在多所接觸中，對社會科學各領域略有些認識。

我的寫詩歷程，則以參與《創世紀》詩刊編務為高潮，曾任三年總編輯，增加了編詩刊資歷及經驗。但作為《創世紀》會員五十多年，深覺寫詩這條路永無止境。

我喜歡吃小館子，如今因血壓高年歲增而戒，不過，偶而還是會獨自蹓進一小館，來一碟紅糟醬肉或花生米燜豬腳；難忘家鄉味以示不忘本。

「我們這一伙人」所寫的，其中 14 位已作古，他們每一位都在寫作上留下可貴的成績，值得我們懷念。至於還在繼續耕耘心田的朋友，在此除了表達我最崇高的敬意，並祝福他們活得更加硬朗，創作更為豐厚的傑作。

最後，謝謝《文訊》的工作群，在我寫此專欄時給予的支持與鼓勵。更謝謝《文訊》的讀者群，因為你們耐著性子讀我這樣的蕪文。

（原發表於 2010 年 9 月《文訊》第 299 期）

──選自辛鬱《我們這一伙人》
臺北：文訊雜誌社，2012 年 7 月

辛鬱與十月出版社

◎應鳳凰[*]

一個民族與國家的地位，建立在她的文化程度上。今天，由於社會結構的變遷，生活內容的廣泛，以及教育的普及，文化的演進，就更趨繁複與迅速。而在文化的演進過程，出版事業是極為重要的一環。因此，基於對民族與國家的熱愛，我們願意竭盡棉薄，出版「十月叢書」，以提供社會大眾文化生活的資料；而做為中華文化綿延發展中萬流的一脈，與開拓現代人文精神領域的一個尖兵！

以上是印在每冊「十月叢書」頁首的〈前言〉，可說是創社宗旨，也作為叢書的出版說明。

這個取名十分別致，壽命卻僅有短短兩年的「十月出版社」，在當時是有創意、有理想，甚至可說相當前衛的純文學性出版社。筆者在一個秋日的午後，訪問到「十月出版社」的實際負責人辛鬱先生：他是目前詩壇上，寫詩已頗有成就的現代詩人，平日又為《科學月刊》、《國中生》兩個雜誌的發行工作，付出極多的心力，多年來仍與國內出版界，保持著密切的關係。

「十月出版社」成立於民國 57 年 10 月，而籌備的時間更早——早在民國 55 年臺北「作家咖啡屋」創立不久的時候。

「作家咖啡屋」的設計與開辦，辛鬱也曾參與其事，目的在給臺北文藝圈的寫作人士及藝術家們有一個氣氛良好聚會聊天的場所，且預備籌畫

[*]發表文章時為成功大學臺灣文學研究所副教授，現為臺北教育大學臺灣文化研究所退休教授。

每週文藝座談等活動，希望吸引更多愛好文藝的年輕朋友。至於「出版文藝書」的最初構想，也並非營利，而是辛鬱覺得，他們幾個朋友手邊都收藏有些絕版好書，不如拿出來公諸同好。方式是：大家先登記，看冊數總共要多少，然後找印刷廠翻印出來，費用再大家分攤。

也是機緣湊巧，他們認識了在教會學校教書的王玉傑女士，王玉傑的先生正好與人合股開印刷廠，願意提供較合理的印刷費用，於是辛鬱等人便決定正式成立「十月出版社」。

當時預計籌款十萬元，以認股的方式為之，於是以 1000 元一股，分成 100 股，由辛鬱以及他一些志同道合的朋友共同認股及籌款。參加的朋友，除辛鬱之外，有大荒、丁文智、羅行、秦松、姚慶章、商禽、彭邦楨等，總共八人。

第一批書共六種終於在民國 57 年「十月」，正式推出，內容是——

1.《窗外的女奴》（鄭愁予詩集）

2.《夕陽船》（大荒小說集）

3.《不是駝鳥》（辛鬱小說集）

4.《凡爾德詩抄》（葉妮譯紀德詩集）

5.《現代小說論》（辛鬱編，卡繆等著）

6.《人文科學的哲學研究》（趙雅博論文集）

他們出版的內容及作法是這樣設計的——

1.預計每半年推出一批書。

2.每批書定為六本，並且搭配如下：小說兩本，詩集一本，翻譯兩本，人文科學一本。

3.請寫作朋友提供書稿，若有絕版好書，也在歡迎之列。

第一批書六本，正是如此搭配的，且為一時之選，如「十月叢書」的第一種，即出版了鄭愁予的詩集《窗外的女奴》。

《窗外的女奴》共分成五輯，書中好些詩，至今仍是鄭愁予最為膾炙人口的代表作。

滑落過長空的下坡，我是熄了燈的流星

正乘夜雨的微涼，趕一程赴賭的路（生命）

總有法子能剪來一塊，一塊織就的雨季，

我把它當一片面紗送給你，

它是素了一點，朦朧了一點，

而這是需要的——

每天，每天，你底美麗太明亮！

——〈四月贈禮〉

其他，像〈天窗〉、〈情婦〉、〈邊界酒店〉等鄭愁予的名作，皆收於這本詩集。

六本中有兩本小說集，作者是大荒與辛鬱，兩人後來皆以詩名，這兩本書名是《夕陽船》、《不是駝鳥》。

《不是駝鳥》收入短篇小說共 16 篇，後記上說：「我不斷的對自己作了反省，終於決定寫小說，以便更直接的把我的所見、所感呈獻給讀者……」。

《現代小說論》在書上雖未寫明，卻是由辛鬱獨挑大樑，動手編成的。文章以翻譯為多，談的是現代小說的最新理論（在民國 57 年的時候），把西方最新的現代小說理念，介紹到台灣來，試看這本書所選的篇章包括：

1.〈小說的領域〉；2.〈作家的心靈〉；3.〈失去焦點的現代小說〉；4.〈現代小說中的意識流〉；5.〈意識流的自覺心靈活動〉；6.〈意識流小說的理論與技巧〉；7.〈淺談心理分析派小說的淵源〉；8.〈心理分析派小說的三傑〉；9.〈反小說派的新哲學〉；10.〈略談代表時代的作家〉；11.〈三十年來法國小說作家淺論〉；12.〈紀德與其個人主義思想〉；13.〈回憶普魯斯特〉；14.〈論卡夫卡〉；15.〈卡夫卡小說的哲學思想〉。

從前面這 15 個篇章中，讀者一定注意到了，有「意識流的理論與技巧」，有「心理分析」小說，在當時可說是十分前衛的理論介紹。

民國 58 年 4 月，「十月出版社」推出第二批書。

第二批書的特色是翻譯書增多，有譯自日文的小說，也有舊俄小說及沙特的作品，書名如下：

1.《白痴》（杜斯妥也夫斯基長篇小說，王行之譯）；2.《伊樂斯特拉土士》（尚‧保羅沙特等，內容有詩，有小說）；3.《信仰、生活、創作》（王爾德等著，世界作家與作品論）；4.《寢園》（橫光利一的小說，周弦譯）；5.《食蓼之蟲》（谷崎潤一郎的小說，周弦譯）；6.《紀錄文學》（國內作家座談會紀錄，楚戈等策畫及記錄）。

從這六本書名來看，便知主持出版的人，愛好文學，推廣好的文學作品的意念，大於營利的念頭。《白痴》是舊版重印，基於不埋沒好書、「好書大家看」的觀念。

第三本的《信仰、生活、創作》，前半部則包括了這些篇章：

1.〈杜斯妥也夫斯基的「罪與罰」觀念〉；2.〈和勞倫斯一起生活〉；3.〈勞倫斯的詩（附詩）〉；4.〈赫胥黎及其「對位法」〉；5.〈紀德與納粹思精神〉；6.〈捨己為人的美國詩人龐德〉；7.〈紀念卡繆〉；8.〈卡繆的戲劇：《格里居拉》〉；9.〈吳爾芙的早期生活〉；10.〈弗洛斯特小論〉；11.〈阿瑟米勒與田納西威廉姆斯〉；12.〈搜索的一代代言人：克洛加〉；13.〈詩人金士堡剪影〉。

辛鬱談到他策畫的這些書時，對第二批的兩本日文小說讚不絕口。「《寢園》之出現，……給予當時的青年一種劃時代感，而其新鮮之處至今仍未消失。」

「食蓼之蟲」一語在日語上意指「人各有所好」。「蓼」是樹葉之一種，普通蟲類均不屑一食，然而某種蟲類卻對之嗜好殊深。「這是谷崎氏奇特的命名。其內容及筆法則更為奇特」。

書前的介紹文字說：本書「自始至終，除充滿一種波浪式緊迫感之

外，更處處予人以童話的印象，尤其是對於景物的描寫，作者更能緊握住
脫離日常性的現實。全篇每一節都有足夠重量的高潮，使讀者的心情無法
鬆弛，正如一株怪樹長滿了奇異的枝葉。全體看起來，本文之結構及筆法
表現與現實世界有同樣的複雜性。

　　發表的當時，最有力的評語是：「看了這部小說，使人自疑置身於海草妖
異地交錯之海的世界中」，這評語在今日仍是可以正確地指出本文的特質。

　　第六本的《紀錄文學》，不論就內容，或就我國文學史料價值來看，才
是此批書中最重要的一本。從這本書中，不但得以了解當時作家的想法、
作法，也顯出 15 年前的「計畫編輯」，功力毫不亞於今日。

　　比如書中第一篇〈閒話五四〉，參與談話的作家包括黎烈文、黎東方、
蘇雪林、謝冰瑩、臺靜農、司馬中原、孟十還、王夢鷗、陳森、童真等。
第二篇〈新詩往何處去〉——詩人談詩的座談會，來的人有：紀弦、羅
門、余光中、鄭愁予、辛鬱、蓉子、商禽等。第三篇〈保衛小說文學的領
土〉，出席人有：朱西甯、尼洛、段彩華、季季、林懷民、田原、舒暢、尉
天驄、朱嘯秋、朱橋、宇彬、楚戈等等，可說是小說界菁英濟濟一堂。其
他篇目還有〈談音樂〉、〈談翻譯〉、〈專欄作家談專欄以外〉、〈談文藝獎
金〉、〈武俠小說往何處去〉等，總共是十篇座談紀錄。本書的另一特色是
「照片」，無論神情、取景、拍攝的角度，在在烘托出作家或藝術家最迷人
的一面，可說是技巧高超，是一流的人像攝影家的傑作。

　　「十月出版社」總共只出了三批書，第三批也是最後一批的書目如下：

　　1.《存在主義論集》（沙特等著）；2.《情感散記》（彭邦楨散文集）；3.
《沈從文自傳》（沈從文著）；4.《死屋手記》（杜斯妥也夫斯基著）；5.《決
鬥》（庫普林著）；6.《寂寞的愛情》（阿維洛芙著）。

　　三批書總共 18 種，出第三批書的時間是民國 58 年「十月」，距離第一批
出版時間，正好一年——才一年，為什麼就要結束呢？且聽辛鬱話說從頭。

　　原來，「十月出版社」的發行一直遭遇困難，交給書報社代發，他們認
為這類書沒有人買，於是經常堆著，沒有去送書。民國 57 年、58 年之

時，書的發行代理商很少，如果他們不太願意代理，出版人毫無辦法。後來，辛鬱幾個朋友就自己跑書店去送書，時間及精力究竟有限，結果，辛鬱說，你一定無法相信，十月的書，賣掉最多的，竟是在武昌街詩人周夢蝶的書攤，最多的時候，曾有銷掉兩百多本的紀錄。

但銷得不好，也不必結束呀，可以慢慢賣，慢慢回收。不錯，「十月出版社」結束的關鍵──不是滯銷，而是一次颱風。

民國 59 年 8 月某日，「葛樂禮」颱風橫掃臺北。辛鬱的家在光復南路，他的家，同時也是堆放書的倉庫。因為是住樓下，水一來，措手不及，一綑一綑的書，整個泡湯──真是「泡湯」了，所以出版社也就在水淹及膝的天災之下，壽終正寢。

待水一退，大半尚未發出去的第三批書以及剩下未發的前面二批，成了水漬書，辛鬱將之送到士林紙廠，丟到製造紙漿的槽中，讓它們再還原成紙、成書。

「十月出版社」另外出版有兩本 40 開本，頁數較薄的「小書」，其中之一，是商禽詩集《夢或者黎明》；之二，是朱橋紀念文集：《碧野朱橋當日事》。第一本至今仍是詩壇中最常提起的一本現代詩名著，第二本是紀念《幼獅文藝》主編朱橋去世的文集，有他的遺像、手稿（自敘詩）、年表，以及遺作兩篇：1.〈願作文藝之橋〉；2.〈號角聲聲〉。其他皆為悼文，寫文的作家及篇名包括：

1.〈一個陌生而又熟悉的友人〉（王家誠、趙雲）；2.〈朱橋千古〉（朱西甯）；3.〈按錯一個鈕〉（李樂薇）；4.〈這個人就是朱橋〉（辛鬱）；5.〈他的一面〉（邵僩、楊雪娥）；6.〈那靜寂的地方一定有人等著你〉（林佛兒）；7.〈祭朱橋〉（桂漢章）；8.〈悼朱橋〉（許常惠）；9.〈難償的債〉（喬木）；10.〈令人無法相信的「結局」〉（童真）；11.〈最後的爭辯〉（舒暢）；12.〈紀念朱橋〉（葉珊）；13.〈冷然的歸宿〉（楊逸）；14.〈朱橋與我〉（瘂弦）；15.〈死亡是一種花〉（管管）；16.〈朱橋，我欠你的永遠無法償還了〉（劉國松）；17.〈祭橋老〉（劉慕沙）；18.〈給朱橋〉（盧克彰）；19.〈懷念

朱橋〉（鍾梅音）；20.〈往事二三〉（鍾肇政）；21.〈來訪的人〉（鍾鐵民）；22.〈悼朱橋〉（隱地）。

　　從這本書的設計及編排，皆可看出「十月出版社」的匠心，朱橋確是我國早期「文藝界之橋樑」，「十月」出了這本書，可說意義及價值，兩皆重大。

　　如今「十月出版社」的每一本書都絕版了，在舊書攤上找到一種或二種，都是珍貴的發現，藏書人視為寶貝，因此本文盡量列出篇目，不厭其詳，希望能提供給將來整理出版史料的人參考。

——選自應鳳凰《五〇年代文學出版顯影》

臺北：臺北縣文化局，2006 年 12 月

交情老更親

序《我們這一伙人》

◎封德屏*

那天，辛鬱在兒子為他舉辦的「八十大壽」壽宴中，酒過三巡，舉杯高歌了幾曲小調。聽過無數次辛鬱唱小調，但那天他兩度上臺的歌聲及表情，都清楚地告訴我們，他的確是開心極了。

今年辛鬱「才」滿八十，這個「才」字是比較出來的，比起這本集子裡的這一伙詩人們，除了許世旭，多多少少都長他幾歲，他真是名副其實的老弟。但這個老弟，卻一點也不含糊，多才多藝，個性開朗中不乏細緻。辛鬱 16 歲離家，比起第一代來臺的資深作家來說，年齡是小了一截。但大時代的考驗，戰爭的洗禮，顛沛流離之苦，同樣的也毫無選擇的跟隨著他。

辛鬱和一般純創作的作家不同，他關心社會現實，而且以滿腔熱情去實踐他的想法。詩的創作，原本是他抒發軍中苦悶生活的窗口，卻也是在軍中，他得以結識日後終身相濡以沫的詩人朋友。寫詩的「林口幫」，與趙老大（趙玉明）、張拓蕪、楚戈的相識相交，一直到另闢蹊徑，長官尼洛也暗中相挺、第一個來訪者商禽命名的「同溫層」，難忘的紅燒五花肉，骨頭蘿蔔湯，幾個詩友的互相砥礪及無形中的競賽，這是他最最珍惜的歲月及友誼。

民國 56、57 年，他與秦松辦了兩屆現代藝術季，也舉辦過現代詩畫展。這在當時都是一種新的嘗試與實驗，他希望藉著文學與藝術的結合，

*文訊雜誌社社長兼總編輯、臺灣文學發展基金會董事長、紀州庵文學森林館長。

使創作者能走出自己的面貌。辛鬱創作和工作的顛峰，應該是在民國 56 年到 58 年，以及以後的七、八年間。除了詩的創作推廣外，他還參與《科學月刊》的工作，又擔任《人與社會》的主編，為華視寫劇本，還和幾位朋友合資創辦了「十月」出版社，忙碌的生活與創作，詩人說他從不放棄自己對社會的有限貢獻。洛夫曾譽辛鬱的詩為「冰河下的暖流」，冷冷的詩句隱藏的是熱切的生命燃燒。

在《文訊》從事媒體編輯工作，不知怎麼的，自然而然和這一夥詩人往來最密，我想是他們的熱情及彼此之間的友誼吸引了我吧！一次，在羅斯福路的天然臺湘菜館，他們一伙小聚，我也去了，張拓蕪、商禽、楚戈、張默、向明、管管、碧果、辛鬱。看著已不能正常進食的楚戈，仍露出愉快的笑容，看著張拓蕪拄著枴杖奮力走上二樓，看著有些虛弱的商禽早就坐定，辛鬱忙著點菜，張默的大嗓門不知道在說著什麼……，我突然鼻酸，一陣感動湧上心頭，想想這些二十來歲就混在一起的朋友，在近一甲子的歲月後，還能共聚一堂，他們共有的情誼及共度的苦難，創作道路上彼此扶持、競爭，甚至擁有許多不足以對外人道的小祕密……，如果能記錄下來，那該多好？

於是我就找上他們這夥最年輕的辛鬱，隨和、豁達的他，和大夥相處的都不錯。於是把我的想法和他商量。好在這幾年，辛鬱的孩子大了，《科學月刊》的工作也可以告一段落了，創作的壓力也少了，正是可以和老友「何當共剪西窗燭，卻話巴山夜雨時」的悠閒時刻。雖然近年來，老友一個個凋零，讓他有說不出來的傷感。為了記錄、懷念在患難與共的年代裡，共同創作，互相勉勵，甚至共度苦難的點點滴滴，放是辛鬱答應了我的約稿，提起筆來，開始了「我們這一伙人」專欄的撰寫。

從 2008 年 3 月開始，首先上場的是羊令野〈那個叫花的男人〉，把羊令野的嚴肅、寬厚、含蓄、深情，寫得活靈活現，接著是大荒、彭邦楨、彩羽、尼洛、劉菲、秦松、梅新、沙牧、姜穆……，因不同的交情而有不同的寫法，但因所述作家都已過世，讀著讀著，總有一股悲涼的感覺湧上

心頭。寫到趙玉明、管管、魯蛟，筆調就輕快幽默多了。但一期寫一個人，像是與時間競賽、與命運搏鬥，2010 年元月寫了商禽，當年 6 月商禽過世，7 月許世旭過世。許世旭最年輕，本來放在最後面，誰知造化弄人，許多遺憾，不是命運兩個字可解的。

　　整整兩年八個月，辛鬱寫了 30 個作家，加上他自己的一篇自述，總共介紹了 31 位作家，這些作家和他都有半個世紀以上的交情與往來。我十分珍惜這種文人寫文人的方式，也許其中多少帶有他主觀的敘述，但是又何妨？我們獲得的是更多冰冷材料之外的真實史料，以及他們彼此間的溫暖。細讀這 31 篇文章，無疑是一部 1949 年來臺作家的創作及生活紀錄史，所以彌足珍貴。

　　感謝辛鬱，感謝這一夥可愛的詩人們，因為有你們熱情的付出，文學的爝火才能永不熄滅。

——選自辛鬱《我們這一伙人》
臺北：文訊雜誌社，2012 年 7 月

他是《科學月刊》的保母與守護人

懷念辛鬱

◎劉源俊[*]

4 月 29 日上午，宓大嫂打電話來，聲音微弱，我當即警覺不對。她說：「辛鬱早上倒下去了，在家裡走的。」

最近一年以來，辛鬱（本名宓世森）兄一直為心疾所苦。我曾兩次到醫院探視，前一次是去年 7 月 3 日在萬芳醫院加護病房，上次是今年 2 月 4 日在榮總病房。上次他看起來氣色不錯，與他談了些《科學月刊》相關的事，還請他在「科學通文化企業股份有限公司」的股東會議紀錄上簽字，將科學月刊社所在的房產贈與「臺北市科學出版事業基金會」。

人總要走的，但沒想到他走得早了些。我於公於私都責無旁貸，必須代表基金會與科學月刊社為他寫一篇紀念文。

參與創刊

他是詩人，又出身軍旅，與科學教育本無淵源，為何我會說他是《科學月刊》的保母呢？這要從 46 年前說起。

話說民國 58 年 3 月，林孝信在芝加哥大學與曹亮吉、李怡嚴等人商議後，決定發起留學生在美國為臺灣辦一份《科學月刊》，由林孝信在美國負責收集稿件，編輯後寄回臺灣，再由李怡嚴與楊國樞負責發行。為求刊物的文字通順，林孝信特別請當時在芝加哥的詩人王渝擔任修辭編輯。

[*]東吳大學物理學系名譽教授。

　　總部在美國，臺灣總需要人辦事！於是王渝向林孝信介紹才從軍中退伍的詩人朋友辛鬱。因此，第一個把臺灣雜誌市場情況簡略告訴林孝信的竟是他！辛鬱參加了八月開的第一次籌備會議，到的人有李怡嚴、楊國樞、趙玉明（一夫）、辛鬱、王重宗等。當天，辛鬱的老長官趙玉明對他說：「辛鬱，你一個人，房子空著，就讓大家借你家辦事吧！」於是，臺北市光復南路 419 巷 56 號，辛鬱不到十六坪的家，竟成了《科學月刊》出刊前及出刊後五個月的臨時落腳處。

　　《科學月刊》創刊初期，辛鬱除了幫趙玉明主編校稿，更擔任業務經理；此外還要籌辦成立基金會，陪李怡嚴到處去募捐。民國 58 年 9 月的第零期與 59 年 1 月的創刊號轟動全臺，創刊號銷了一萬八千份，可想見當時他們是多麼的辛苦！袁家元是當時辛鬱最主要的工作夥伴。

　　《出版法》規定，刊物一定要有發行人，但不能是公教人員；公立大學教授也不能擔任社長。所以，創刊時是請王重宗掛名擔任發行人，人在新竹清華大學任教的李怡嚴則以社務委員會主委身分總負其責。但這終究不是長遠之計，於是到了民國 59 年 5 月，科學月刊社由楊國樞在臺大心理系的研究生劉凱申擔任第一任社長。到了年底，劉凱申準備畢業後出國留學，臺北市科學出版事業基金會剛成立，遂聘辛鬱於民國 60 年 1 月接任社長。半年後，辛鬱「因經營意念與管理階層不同」離開，由王重宗繼任社長。後來，《科學月刊》經歷一番滄桑，在此不表。

　　現在回想，若沒有辛鬱，《科學月刊》在臺灣的創刊當很難落實！

再度結緣

　　到了民國 68 年，辛鬱再度與科學月刊社結緣，其中另有一番故事。

　　辛鬱離開科學月刊社後，靠寫文章、連續劇劇本過日子，當然也少不了幫《創世紀》詩刊的忙。民國 62 年初，丘宏達、魏鏞等留美學人發起的另一份刊物《人與社會》誕生，張京育擔任社長，請我協助為副社長，趙林擔任總編輯。趙林不久前遇到他當年在金門服役時期認識的詩友辛鬱，

於是邀請擔任執行編輯。就這樣，有好幾年期間，不時我會在峨嵋街的人與社會雜誌社和辛鬱見面。

民國 65 年 1 月，我臨危受命接任科學月刊社社長。民國 66 年 2 月，科學月刊社搬離八德路，遷到雲和街張昭鼎自宅。因當時人與社會雜誌社也需要安身處，我便安排搬到科學月刊社隔壁，好互相有個照應（一直到民國 69 年 4 月，出完第七卷後搬離。該刊雖一年後復刊，但苟延殘喘）。自然我就邀辛鬱自該年七月起擔任科學月刊社的社務委員；就這麼，辛鬱重與《科學月刊》建立了關係。民國 67 年 9 月，我說服盧志遠繼任科學月刊社社長，又建議盧自 68 年 7 月起聘辛鬱為業務經理。

辛鬱回到科學月刊社之後，負責過的事情可多著呢！科學月刊社歷年來為求生存，不斷邀新人加入，不斷有人出新點子，辛鬱都盡力配合——任勞任怨。舉例而言，科學月刊社與「文復會」合辦的「通俗科學講座」及後來許多通俗講演會，辛鬱要幫忙跑腿。王亢沛牽頭與正中書局合作出版「學生科學叢書」（迄民國 75 年 4 月，共出了 60 種），辛鬱便自民國 70 年 8 月起兼任基金會出版部社長（因為編這套叢書，基金會才能擁有現在的房產）。因周成功的提議，《科技報導》於 71 年 1 月創刊，當然靠辛鬱幫忙促成。又因茅聲燾的提議，《國中生》於 72 年 9 月創刊，辛鬱自七月起擔任該社社長兼總編輯半年。

不消說，民國 73 年基金會變更登記及《科學月刊》與《科技報導》兩刊隸屬基金會（才得以免稅）等的手續都是辛鬱經手辦成的——他自 73 年 3 月起正式擔任基金會祕書。78 年 3 月起科學月刊社接受國科會委託編印「重點科技叢書」（歷時五年，前後共七輯 65 冊），這套叢書的編印挹注財源關係重大；誰編？當然是辛鬱。80 年 11 月起，科學月刊社復接受李國鼎科技發展基金會委託，每年辦理「李國鼎通俗科學寫作獎」（歷時八年，共辦七期）；誰承辦？當然還是辛鬱。

此外，還有許多「科學研習營」是辛鬱照顧的，兩次「民間科技會議」及歷年的「張昭鼎紀念研討會」他都要幫忙。有許多難關，他與同仁

們攜手度過！有許多人事糾紛，他曾幫忙化解！

民國 88 年 1 月，辛鬱自科學月刊社退休，改為顧問；但仍兼任基金會祕書，直到 101 年 7 月卸任為止。臺北市科學出版事業基金會與科學月刊社贈送他的紀念牌寫：

> 將近三十年的歲月裡
>
> 熱情與辛勞幫科月呱呱墜地
>
> 守著看它成長屹立
>
> 又帶來一分與眾不用的藝文氣息
>
> 我們誠摯地感謝你
>
> 老大哥辛鬱

辛鬱在《科學月刊》服務，合計專任約二十二年，兼任十三年半；先後輔佐過李怡嚴、張昭鼎、王亢沛、劉廣定、周延鑫及我六任董事長。他留下一本本的董事會與社務委員會（理事會）會議紀錄，一絲不苟的字跡歷歷在目。他見證了《科學月刊》存續四十五年的奇蹟──曾參加 10 週年、20 週年、30 週年、40 週年的所有紀念活動，編輯了第 20 年到 40 年的大事紀。

說他是《科學月刊》的守護人，當不為過。

文藝・科學・社會

《科學月刊》諸君子中，應算我與辛鬱接觸最多──我先後四度擔任《科學月刊》總編輯，四度擔任社長／理事長，兩度擔任基金會董事長。我與他的背景截然不同，但多年來與他討論社務、論時事、談詩、臧否人物，也有不少話題。民國 92 年 8 月，辛鬱過 70 歲生日，我送給他的「秀才人情」是：「論相交達三十年，坎坷中合作無間，苦撐辦人與社會，奮鬥為科學月刊。生具傲然的風骨，蘊懷深邃的內涵，會友真知識分子，見證

劇變的臺灣。」

　　他有機會接觸參加《科學月刊》的形形色色人物，一直想寫一本小說來描述，但寫了三萬字後放棄了。然後他改以「記事與敘寫並行」，於民國99 年 5 月出版《神奇跑馬燈──科學月刊四十年人‧事流變》這本小書。書中的第一段寫著：「人生如跑馬燈，跑著轉著總有停熄的時候。我親歷的這跑馬燈，將在熱心參與者的執著與堅持下，不停熄的跑、轉下去；這盞跑馬燈就是《科學月刊》。」

　　我曾對他說，他恐怕是臺灣交往跨文藝界、自然科學界、社會科學界三界而且都有深入接觸的唯一的人，也可說是奇緣，應該把所見所聞寫出來！後來他寫《我們這一伙人》，對象是詩友。他自 101 年 3 月起每兩個月為《文訊》雜誌寫「曾經文學過」專欄，對象則是科學月刊社裡的人，可惜五篇之後難以為繼。相信若天再假以數年，他還會繼續描述社會科學界裡所熟識的人。

　　往事歷歷，辛鬱鄉土味十足且雄渾的歌聲仍然繚繞於心。歌聲由近而遠，由遠而近，引起深深的懷念……辛鬱兄，您留給我們的太多！

──選自《文訊》第 356 期，2015 年 6 月

曠野盡頭的一匹豹

詩人辛鬱的冷與澀

◎向陽*

一

　　詩人辛鬱辭世了，消息傳來，識者皆感哀痛，《文訊》為他製作紀念特輯，輯錄他的老友與詩人的追思文稿，談他的詩與為人，讀來也令人動容。

　　辛鬱，被詩壇稱為「冷公」，本名宓世森，1933 年生於浙江杭州，就讀初中一年級時，因戰亂輟學；1948 年逃家途中意外從軍，其後隨國民黨軍隊來臺，1969 年退伍，總計服役近二十一年，是一位典型的「軍中詩人」，他的文學生命在軍中展開，他人生的黃金時光也在軍中度過；他曾參與金門八二三砲戰，見證了戰爭的冷酷與無情；他的第一本詩集名為《軍曹手記》（臺北：藍星詩社，1960 年），付印之處是軍方印刷廠；出書之後，1961 年他加入以軍中詩人為主的創世紀詩社，擔任過《創世紀》詩刊的總編輯、社長、社務委員、顧問，是該刊的主將之一。他的辭世，某種程度上也意味著曾經影響臺灣現代詩壇甚鉅的「軍中詩人」群的逐漸凋零。

　　辛鬱之所以被稱為「冷公」，固然源自詩壇中人自我嘲謔之語（商禽以嘴角歪斜稱「歪公」、楚戈以溫吞親和稱「溫公」、辛鬱以冷肅少言稱「冷公」），但也深刻地傳達了「冷公」此一謔稱之後的辛鬱的人格與文學特質。辛鬱為人不苟言笑，有板有眼，儼然鐵漢，看似難以親近；他的詩作亦然，在以超現實主義書寫為宗的創世紀詩人群中，他的詩既不詭麗，也不炫奇；

*本名林淇瀁，詩人。臺北教育大學臺灣文化研究所教授兼圖書館館長。

他的題材，多來自現實底層和人間萬象；詩作語言，也不作興驚人之語，不強調繁複意象。他的詩總是冷冷地對應著人間群像、世間雜細，以抽離物外的冷冽觀察，寫出現實世界的冷酷本質。他的詩與商禽的詩，可說是《創世紀》超現實主義時期兩大異數；商禽以超現實筆法掀翻底層社會的無奈與悲哀，辛鬱則以現實主義筆法直指現實社會的冷酷與蒼茫。

　　以辛鬱的名作〈順興茶館所見〉為例：

　　坐落在中華路一側

　　這茶館的三十個座位

　　一個挨一個

　　不知道寂寞何物

　　而他是知道的

　　準十點他來報到

　　坐在靠邊的硬木椅上

　　濃濃的龍井一杯

　　卻難解昨夜酒意

　　醬油瓜子落花生

　　外加長壽兩包

　　——他是知道的

　　　　這就是他的一切

　　不　尚有那少年豪情

　　溢出在霜壓風欺的臉上

　　偶或橫眉為劍

　　一聲屬叱　招來些落塵

　　他是知道的　　寂寞是

　　時過午夜

　　這茶館的三十個座位

　　一個挨一個……

　　這首詩寫於 1977 年，以臺北市中華路順興茶館所見景象為題材，以素樸乾淨的語言，刻繪茶館中獨坐的老人（老兵）的寂寞和晚景淒涼，茶館三十個座位「一個挨一個／不知道寂寞何物」對應獨坐的老人（老兵）；又以硬木椅、龍井一杯、醬油瓜子落花生、長壽兩包等物品（「這就是他的一切」）來突顯獨坐茶館者的悽涼和孤獨；詩末「寂寞是／時過午夜／這茶館的三十個座位／一個挨一個……」，更將人去椅空、豪情不再、獨留蒼茫的老者心境，刻畫入微。這首詩之冷，真是冷到極點。「冷公」之稱，也就不再只是戲謔之語了。

二

　　我初識辛鬱之際，就在他發表〈順興茶館所見〉之前一年，地點在中華商場對面的「國軍文藝活動中心」的茶館。當時國軍文藝活動中心是軍中詩人群經常逗留、聚會的場所，在那裡最常看到的是主編《青年戰士報‧詩隊伍》的羊令野，當時我擔任華岡詩社社長，要為同仁找尋發表園地，常帶詩稿到國軍文藝活動中心與羊令野見面，因而得識辛鬱、商禽、沙牧、張拓蕪、碧果等軍中詩人。

　　對一個剛開始發表詩作的年輕寫詩者來說，辛鬱給我的第一個印象算是和藹可親的。他並不多話，羊令野與我談話時，他一旁傾聽，也不插話，但眼光炯炯有神，自有一種橫眉為劍的威嚴。或許因為羊令野的關係，他開口問我的第一句話是「寫詩多久了啊？」這句帶有暖意的關心之語，對一個後輩來說，就算是一種鼓勵了。當時的辛鬱還是剛過 40 的中壯盛年，已自軍中退役，在《人與社會》雜誌任職，他有時會帶《人與社

會》這本刊物贈我，這是一本由學界菁英創辦的刊物，後來又知道他還參與過《科學月刊》的創辦，他家曾是《科學月刊》創刊初期的籌備處和辦事處。這使我對作為詩人的辛鬱，有了另一層更深刻的認識，他是推動臺灣學術與科學普及發展的推手之一，他是橫跨文學界和學術界（自然科學和社會科學）的詩人，而他當年並不誇談他和《人與社會》、《科學月刊》的關係。

1979 年我退伍後到臺北工作，《陽光小集》也在這年冬天創刊，初期只是同仁刊物，收錄創社同仁詩作；1981 年初我被同仁推為社長，同時準備改版《陽光小集》為詩雜誌，當時我因商禽介紹，已進入《時報週刊》任職，由於商禽和辛鬱是好友，我因而有更多機會和辛鬱見面，逐漸了解他當年在軍中基層自修、習作的過程，以及出版第一本詩集《軍曹手記》的過程，我向他約稿，希望他能把這過程寫出來，給《陽光小集》刊用，他也答應了，但直到 1983 年 5 月他才寫出交給我，《陽光小集》刊期雖是季刊，但同仁各有工作，習慣拖遲，等到刊出時已是當年 8 月底，12 期。從初夏等到秋天，他沒有埋怨過一句，每次見面他也不提，總是微笑談話，好像我沒跟他約過稿一樣。

他的這篇稿子，題目是〈鐵刺網與野菊花──說說我的第一本詩集〉，文長兩千餘字，文中提到了他在 1960 年出版《軍曹手記》時的心境：

> 《軍曹手記》出版於民國 49 年 11 月，列為「藍星詩叢」之一。那時候，我被海敏威（海明威）的小說所迷，身為軍隊中的低階軍官（實則尚未具備軍官的基本資格），而又奉命再赴金門服行任務，對於戰爭，內心有一種既非畏懼但卻厭憎的複雜情結，因此決定在臨行前把自民國 40 年底以來的詩作結集出版，並且定名為「軍曹手記」，以紀念 12 年來的軍旅生活。

這看似淡然的文句中，流露了他對 1958 年親身經歷的八二三砲戰的

「厭憎」，以及砲戰後又要重返金門，面對戰事的不確定命運的「決定」：留下「紀念」軍旅生活的詩集。換句話說，他當時是以「遺著」的心理出版第一本詩集的。

這篇追述，接著談他出版這本詩集的過程：在沒有積蓄情況下，經由長官批准，將詩集交給部隊中的印刷中隊付印；求序於當時的覃子豪，覃同意列入「藍星詩叢」，但不願寫序，要他找紀弦寫，「因為你（辛鬱）是現代派的一分子」；封面設計找楚戈，楚戈幫他設計了「頭上長些鐵絲網」的封面；詩集印製完成後，他將 100 冊列為贈書，400 冊請一位朋友代銷，四天後就赴金門了，沒想到那位朋友不久也調赴金門……詩集幾經轉手最後失去下落，因此「它一本也未曾問世」。他寫這些出書過程，平平淡淡，彷似說的是別人的詩集，最後一句突然迸出「它一本也未曾問世」，卻又讓我在不禁發笑中又有悵然的傷感，這正是典型的辛鬱式的自嘲與幽默。

在這篇文中，他提到了對瘂弦與張默的感謝，其中關於瘂弦的部分這樣寫著：

> 瘂弦在收到《軍曹手記》後，給了我一封長信（可惜此信已失落），談到他的讀後感，他特別指出我的用字之「冷」之「澀」，形成一個特色，認為我可以朝這方面發展……「冷」「澀」的特色，感覺上雖然不怎麼好受，但有時卻很想親近它，這如同「鐵刺網」與「野菊花」，前者讓人不好受，而後者呢？在田野上自有一種生趣情態，讓人想走進品嘗一番。

這篇文章，寫出了辛鬱出版第一本詩集的祕辛，也交代了他的詩風之所以「冷澀」的緣由，對於了解辛鬱的書寫與詩風之形成，具有相當的參考價值。以辛鬱另一首名作〈豹〉為例：

一匹

豹　在曠野之極
蹲著
不知為什麼

許多花　香
許多樹　綠
蒼穹開放
涵容一切

這曾嘯過
　　獵食過的
豹　不知什麼是香著的花
或什麼是綠著的樹

不知為什麼的
蹲著　一匹豹
　　蒼穹默默
　　花樹寂寂

曠野
消　失

　　這首詩寫於 1972 年，是一首有自況意味的詠物詩。詩分五小節，第一節以豹（兇猛）和曠野之極（蒼茫）構成凝靜不動的畫面；第二節則將鏡頭帶往花樹的香綠和天地的寬廣，對照「這曾嘯過／獵食過的／豹」對於自然和天道的無知：詩末逆轉直下，再以「不知為什麼的／蹲著　一匹豹」對照「蒼穹默默／花樹寂寂」，以及「曠野／消　失」。整首詩就是瘂弦所謂讓人不好受的「鐵刺網」和讓人想親近的「野菊花」的對話，豹的威猛與花樹、蒼穹的涵容，形成強烈對比，產生詩的張力，最後以「曠野

／消　　失」作結，冷然沉靜，表現出強者兀坐天地的蒼茫與孤獨；但也可轉喻為強者終將消失於蒼茫天地的無奈，可看成是詩人自況之詩。這樣的冷澀詩風，在辛鬱去後，如今也可蓋棺論定了。

三

我手中所存辛鬱最後一封信，是 2004 年 2 月 2 日的來信。在臺北，評審、會議或詩壇聚會，我們常有機會碰頭，聯絡多用電話，信函往來已屬難得。知道辛鬱過世後，我從書房中找到這封信，信上他以「老友」稱我（雖然我是他的晚輩，他仍認為「相識近三十載，稱老友似最貼切」）。這信是回我編選《2003 臺灣詩選》徵求同意之信：

> 去歲因病一場，作品量少，僅「垃圾世家」於病中及初癒後努力寫成，敘事化，美句不多，但有意味，所以影印寄奉，請擇其一、二。如不合意，即棄之可也！
>
> 「創世紀」到十月 50 年了，若你有空，寫一點感想或意見，找個地方發表，應是對我們這群老傢伙最大的策勉。我如是盼望著！

辛鬱寄來的〈垃圾世家〉由八則小詩組成，是組詩，也可單獨存在，我選了其中〈七〉與〈八〉兩首，收入詩選。〈七〉以選戰前的藍綠對抗為題材，寫小市民「作為垃圾的我」，面對政論和叩應節目口水戰的無可奈何，冷而不澀，充滿反諷意味：〈八〉則以「某一類的我」化為紙漿，一頁頁、一行行、一字字「被解體　溶化／被消除任何意義」的過程，最後結束於「而紙漿是某一類的我的再生／那詩呢」句，很顯然的，辛鬱試圖在〈垃圾世家〉的最後，強調詩的永恆性，以及詩在亂世之中、在眾多「垃圾」之中的救贖力量。這應是他即使在病中也信為必然的力量。

信末他為《創世紀》50 週年邀我寫稿，以及「又及」部分，為羊令野去世十週年將編紀念選集一事而費心，也都洋溢著他對現代詩念茲在茲的

熱誠。我得知他辭世的夜裡，重讀此信，追想我在大學年代與他、與羊令野在國軍文藝活動中心喝茶、談詩的畫面，以及其後近四十年並不頻繁、卻鮮明如昨的交往，他的臉顏、笑謔與身影，更覺不捨。

　　如今他已從詩的曠野盡頭離去，曾經走過動亂年代，以詩的豹眼凝視社會底層的他，終於脫卸冷澀，重返充滿花樹的香綠和天地的寬廣，他生命中曾經的孤獨和蒼茫，也都還給天地，不再遺憾了。

──選自《鹽分地帶文學》第 58 期，2015 年 6 月

冷面郎君
鐵漢辛鬱的祕辛

◎心岱[*]

　　辛鬱，臉容酷似墨西哥的演員：安東尼・昆，主演過《希臘左巴》、《阿拉伯的勞倫斯》、《大路》等電影的大明星，看過這張臉一定就能想像「辛鬱」的模樣，所以，辛鬱在文藝界向來被稱為「冷面郎君」，他自稱別號「冷君」。

　　但是與辛鬱熟識的朋友，一定知道，隱藏在冷面的內裡，卻有熱情如火的心，平時沉默寡言的他，竟是個歌聲非常渾厚的男低音，若在適當的場合，他總是不吝分享最擅長的小曲小調、以烘熱場面、帶動氣氛、娛樂大家。因此，聽他朗誦詩作，格外的能打動心靈，享受文字透過聲音的美感震撼。

　　不僅如此，辛鬱還是一個愛好研發料理的烹飪高手，時不時的就會煮滿滿一桌佳餚，款待親朋好友來吃喝，我便是最常出現的座上客。

　　我與他認識於 1969 年，那是我與盧克彰租屋居於臺北市光復南路時期的故事了。當年託桑品載與李藍夫婦的幫忙，在同一巷弄找到這個號稱「市民住宅」的二樓小屋（當年月租 550 元，室內十坪），而另一巷弄就是辛鬱的單身宿舍兼「十月出版社」社址（一樓坪數有二樓的兩倍，且有迷你庭院）。

　　辛鬱不僅是詩人，更是詩壇重要的推手與經營現代詩社的要角。這源於他樂於服務、助人的個性。辛鬱原擔任軍職，他是浙江慈谿人，於 1933

---

*本名李碧慧，作家。

年生於杭州，本名宓世森，由於年少逃學，初中沒有畢業，15 歲響應「投筆從戎」的號召，入伍後隨軍隊撤退來臺，先駐紮在新營的部隊，後調至北部的「心戰總隊」，負責書寫廣播稿。

「心戰總隊」是當年擔負整體國軍之魂的建構，更是對大陸心戰的樞紐。這個單位匯聚了當時軍中傑出的作家，辛鬱雖然沒有學歷，卻在軍中以「自學」跨入文學的堂奧，他 18 歲就開始有詩作發表，備受長官的推崇，於是有機會出任廣播的專任編劇。這段軍中的書寫工作歷練了他的創作根基。沒多久，他左手寫詩，右手寫小說、散文，並成為現代詩的名家，同期的詩友有趙玉明、瘂弦、洛夫、張默、管管、商禽、張拓蕪、楚戈、李錫奇等等。

之後，因為鄰居關係，我們成了至交。我那年 19 歲，正奮發於寫作投稿，有幾篇小說登上報紙的副刊，也拿到「青年救國團全國大競寫」的首獎、《新文藝》雜誌的徵文首獎。由於盧克彰老師的引薦，我認識許多作家，辛鬱算是我到臺北最早認識的詩人，我的第一本小說《母親的畫像》（1972 年出版）中，收錄了他對我的作品之評論。

我們常去他那裡串門子，聽詩人的朗誦。有一次大夥兒分享「從前的故事」，辛鬱說，他提一大簍芒果，從新營搭火車到臺北看朋友，一路上卻忍不住芒果甜蜜的誘惑，足足把這份伴手禮吃掉了一半，他說：半簍大約有二十多個。應該有好幾斤重呢，且旁若無人的一個接一個，難道不怕上火傷身，何況芒果要徒手剝皮吃，還會弄得滿手滿嘴的黏黏汁液呢。真是個「任性又韌性」的人，除了好吃之外，想必那也是一個創作人「年少輕狂、百無禁忌」真性情的表現吧。

個性造就命運，若非天生有這種「韌性」極高的倔強「任性」，辛鬱恐怕也娶不到好伴侶張孝惠為妻。孝惠是師大音樂系的高材生，專攻鋼琴與聲樂，兩人雖不同領域，但對藝術的愛好卻是一致的，所以很快雙雙熱戀且計畫婚約，但孝惠家裡卻有反對聲浪，主要在意於辛鬱的軍職。

1960 年代初期，臺灣剛剛從農業時代邁向工商業社會，雖然經濟已經

有所復甦，但軍方這一塊，還堅守在「反共抗俄」、「打回大陸」的口號中，軍人生活非常刻苦艱辛。孝惠祖籍新疆，來自大漠草原的她的父親，從軍打仗，帶著部隊與家人，從新疆翻越帕米爾高原；當時孝惠三歲，綁在母親胸前，一路騎馬跟隨，天一亮砲火響徹天際，晚上人能否平安歸來天知道。就這樣跋山涉水一年八個月，才到了印度加爾各達。這時，大陸已經淪陷，這支部隊成了孤軍，加上與印度沒有邦交，最後是經由紅十字會的協助，以難民身分接受去處的安置，孝惠的父親選擇了臺灣，他們一家搭船在太平洋中度過三個月才抵達基隆港。上岸時，雖然受到國軍表揚為「反共義士」，並予以安頓在臺北市溫州街 2 號的「新疆同鄉會」宿舍居住，但當年張家可說是一無所有的落腳在四面環海的島嶼，不同環境與文化的調適，是經過了多少歸鄉夢的失落才煎熬過來的，孝惠的母親不忍女兒成為「軍人眷屬」，重蹈她身不由己流離失所的覆轍。

然而命運是可以「反逆」的，這是以「創作」為生的辛鬱所信仰的。

他毅然決然的提前辦理退伍，不惜從頭規畫未來人生。當年他 36 歲，正值黃金壯年期，恢復平民身分後，他立刻用退伍金創辦「十月出版社」，出版了舊俄時代的經典文學如：《白痴》、《地下室手記》、《決鬥》、《死靈魂》等等。開啟了臺灣讀者認識 19 世紀偉大作家的先鋒：果戈里、杜斯妥也夫斯基、托爾斯泰、契訶夫等人。

辛鬱的這份決斷與毅力，感動了張家，全家上下全力為他們的婚禮忙著，辛鬱終於成了岳父母最得意的女婿。從此，丈母娘教他「新疆人」的各種食譜製作、香料應用，他也融入麵食口味，做出南北和的獨家絕活，然後嘉惠我們這些食客的胃納。

「十月出版社」以文學經典與「存在主義論集」這類知識書為主軸的出版，可預見很難有商業利益，純粹是文化奉獻的精神在支撐，成家後，現實生活的維繫壓力使孝惠打消回學校再進修的計畫，欣然投入教學，她最先分發到七堵學校，每天清晨五點半就得出發趕火車，下課後還要看學生練琴，往往回到家都已是晚上八九點了。

　　這時，三餐的準備不得不由辛鬱全權負責，那時大家很羨慕飯來張口的孝惠，而且辛鬱的廚藝又是頂尖，隨時更換新口味的菜單，讓人垂涎三尺。然而孝惠在學校之外還兼兩份鋼琴家教的工作，這麼積極的奮鬥，無非想要成全辛鬱的理想，那就是讓他專注創作。她後來雖調到景美女中，減免了車程來去的奔波，可是為了訓練學生合唱團，把聲帶都使壞了，可見辛苦的教學生涯並非外人可以體會的。

　　但辛鬱並沒有閒著，他把出版的進度放慢，開始兼差，曾擔任《前衛》月刊編委、《人與社會》雜誌主編、《國中生》月刊社社長兼總編輯等職。這些工作都像是「園丁」的身分，薪資微薄，事情繁雜，可是他都欣然接受，數十年如一日。

　　最後「十月出版社」不敵現實壓力，只好收攤結束營運。還好新的職務也在等著他，1970 年代初期一群歸國的菁英學者邀請辛鬱一起創辦《科學月刊》，致力從事科普的基礎教育。他先後擔任策畫、主編、經理、社長等職務，在長達 35 年的工作中，總共出版「重點科技簡介叢書」八輯共 96 冊。在他有生之年，算是完成了臺灣科普教育的階段性任務。這看似與文學沒有關係的工作，卻是供他游刃有餘的回饋到「詩社」的發展、建構沒有斷代的後進培養。

　　也就在這個時期，辛鬱的外務多了，朋友團聚的機會便愈來愈少，我們遷居到內湖較為寬敞的公寓，準備待產。辛鬱夫婦結束十月出版社後，也搬離了光復南路，桑品載出任人間副刊主編一段時間後也搬家了，李藍則移民去了美國。我們這三家人，都在差不多的時間紛紛各奔前程，這彷彿象徵臺灣舊時代的句點，新的時代來臨了。

　　1971 年，我兒子盧紀君出生，辛鬱夫婦來認做「乾兒子」，兩家因此有了更親近的互動。1974 年，我與克彰搬到辛亥路的新居，邀請林海音、琦君、姚宜瑛、季季等大姊來慶祝，辛鬱與孝惠擔任當天的主廚，以拿手的「新疆烤肉」款待文壇大老。

　　料理「新疆烤肉」必須有兩天的準備功夫，從採買到處理工序相當耗

時與繁複：一般的家庭廚房很難作業，需要有戶外庭院，因為講究炭火起灶，大鍋爐、大烤架，再加上醃肉使用的孜然香料，其辛辣味道非常強烈，最好也不要干擾到四鄰才好。我們的新居剛好有面山的一方好風景，克彰又栽種了一排竹林，在風和日麗中，大家對草原民族的美食讚佩有加，相約隔一段時日，再來敘舊。

可惜，這讓人念念難忘的滋味卻是「最後的派對」，歡慶之後隔年，克彰診斷出胃癌末期，無法手術，只能照鈷六十治療，在半年後（1976 年，3 月）就辭世。

家變促成了我命運的機轉，原本在家寫作的我，不得不出門就業。生活的樣態與節奏全不一樣了，身兼父職的我，走出象牙塔，開始我深入市井民間的求道之旅，（歷經長達 18 年站在第一線的採訪報導生涯，以及後 15 年的編輯工作。）前後三十多年的歲月，沒有餘裕的時間與文友們往來，連同兒子的乾爹乾媽也少有聯絡。愈便利的生活，反而愈使人際疏離，大家都受限於緊張的現代節奏，失去了從前曾經擁有的悠閒情調。

這期間，辛鬱與孝惠的獨子宓秉中，在夏威夷大學完成了學業歸來，就職於金融界，接著娶媳生子，難得三代同堂都住在一起，辛鬱夫婦含飴弄孫，享受著人生至樂，但照顧孫兒也要付出很多體力，我們兩家更只能在自己的著作出版時，以書寄贈做問候，偶而他會到我服務的出版社門市購買書籍，我趁這時下樓與他咖啡面會，但彼此也只是寒暄幾句，再也聊不到心事了，因為，我們都有了年紀，老成使人倍感「鏡花水月」，所有世事將轉眼成空的虛幻，沉默是最好的祝福，言語已是多餘的了。倒是與孝惠則以電話話家常，退休後的她，到世界各地旅行，夫妻倆也多次去大陸參加詩作演講活動，並回浙江慈谿的故鄉尋親，由於慈谿與克彰的故鄉諸暨相鄰不遠，也曾計畫要陪紀君去探訪，如今這允諾已成空。

自從我退休搬到偏鄉後，很少去城裡，自然更少與老友相見，這兩年來僅有三次去他家，一是聽聞他散步不慎跌跤受傷，一是去年他八十大壽，我沒有出席，特地到家裡恭賀，最後一次則是今年 3 月，他到榮總住

院要做心臟瓣膜的檢查，我到病房時，他還在床上振筆疾書，根本沒有發現我的到來，可見寫作的專注。

這天他神色正常，情緒也平靜，對於要接受的身體檢查，似乎無所謂，他只在乎能不能定靜寫作吧。關於這肉體的事兒，無論是看診、服藥、住院、出院……他都交給孝惠去張羅，能有這樣的伴侶一生依靠、一生護持，辛鬱實在太幸福了。

辛鬱除了詩作之外，他也寫小說、散文、評論、甚至是「電視劇」，這是華視頻道開播的初期，由鳳飛飛（當時藝名林茜）主演的 30 集以民初時代為背景的連續劇，當時盧克彰與他都是參與書寫的「編劇群」。辛鬱的最後一本書，是兩年前由文訊雜誌的專欄結集：《我們這一伙人》，記錄了情同手足的詩社二十多人，是一本珍貴的史料檔案。

這伙人就是辛鬱所參與「創世紀詩社」的同儕，都是當今名聞各方的詩家。他長期擔任《創世紀》詩刊編委和總編輯，也為國軍詩歌研究會召集人，他一直秉承「園丁」哲學的體現，奉獻青春與熱血，像春蠶至死絲方盡。

一生堅持以詩觀察社會、記錄社會，以詩表達見解、呈現感情與愛。他在晚年接受孝惠的引導，成為受洗的基督徒，4 月 29 日，早餐之後，辛鬱回到臥房休息，就此閉眼長眠，沒有再醒來，但是書桌上遺有一本日記。

這本日記的內容鉅細靡遺，記錄了他的喜怒哀樂、身體狀況、情緒感受、家人互動，書寫創作、朋友交誼，甚至是憂國憂民、時事評論、社會觀察，及至讀經的理解、聖靈的體會……兩袖清風的辛鬱，留下一本日記，成了孝惠折翼之痛的撫慰，這是他留給家人最無價之寶。

冷面郎君辛鬱，有著酷似電影明星「安東尼・昆」線條粗獷的五官，他一生的演出也不輸「安東尼・昆」的傑出，只是鐵漢也有柔情，看他與孝惠半世紀多的攜手偕老，已經是人間完美的一對璧人。

——選自許素蘭主編《跨國・跨語・跨視界——臺灣文學史料集刊》第 5 輯
臺南：國立臺灣文學館，2015 年 8 月

豹，在曠野之極蹲著

辛鬱作品座談實錄

◎蕭蕭[*]

時間：民國 67 年 9 月 16 日下午 2 時至 6 時
地點：臺北市瑞安街辛鬱公館
記錄：蕭蕭
發言者：羅門、蕭蕭、張默、羊令野、碧果、梅新、商禽、
　　　　管管、李瑞騰、周鼎、張漢良、辛鬱

辛鬱作品

　　一匹
　　豹　　在曠野之極
　　蹲著
　　不知為什麼

　　許多花　香
　　許多樹　綠
　　蒼穹開放
　　涵容著一切

　　這曾嘯過

[*]本名蕭水順，詩人。發表文章時為再興中學教師，現為明道大學特聘講座教授。

　　　獵食過的
豹　不知什麼是香著的花
或什麼是綠著的樹

不知為什麼的
蹲著　一匹豹
　　　蒼穹默默
　　　花樹寂寂

曠野
消　失

　　　　　　　　　　　——〈豹〉

坐落在中華路一側
這茶館的三十個座位
一個挨一個
不知道寂寞何物

而他是知道的

準十點他來報到
坐在靠邊的硬木椅上
濃濃的龍井一杯
卻難解昨夜酒意

醬油瓜子落花生
外加長壽兩包
——他是知道的
　　這就是他的一切

不　尚有那少年豪情

溢出在霜壓風欺的臉上

偶或橫眉為劍

一聲屬叱　招來些落塵

他是知道的　寂寞是

時過午夜

這茶館的三十個座位

一個挨一個……

　　　　　　　　　　　　　——〈順興茶館所見〉

羅　門：辛鬱提出來討論的這兩首詩，我認為〈豹〉是經過內心轉化予以
　　　　重現具有象徵性的一首詩，詩中的豹，便因而形成為辛鬱（乃至
　　　　具有這樣存在體認的任何人）自我生命的投影，〈順興茶館所
　　　　見〉，則是一首直接以親切感人的生活實象透現心境的詩，兩詩風
　　　　格雖不同，但都各有表現。

　　　　　〈豹〉詩結構穩妥且頗具精神深度，辛鬱一開始將豹視為是隱藏
　　　　在自然靜境中的動體，窺探著一切在展現中的景象，接著在第二
　　　　段以「花香……樹綠……」交織成一誘動性的等待空間，等著豹
　　　　的投入；第三與第四段，表現豹經過了「嘯過」「獵食過」的存在
　　　　過程，仍不知大自然之神祕，而大自然仍回歸到那永遠的空寂，
　　　　迫使辛鬱於了悟中，在最後一段指喊出「曠野消　失」——那不
　　　　但是曠野的消失，也是具有生命象徵性的豹隨著曠野一同沉隱於
　　　　大自然的空茫之中，更是作者透過內在的觀照，所引起的一種緣
　　　　覺性的感知，而抓住了「空出」而「實入」的存在境界。

　　　　　至於〈順興茶館所見〉，辛鬱以描繪手法，使物態直接產生表情，
　　　　如詩中的「三十個座位，一個挨著一個」，「濃濃的龍井一杯」，

「醬油瓜子、落花生，外加長壽兩包」……等這些都是能製造寂寞感的材料；同時自詩中第一段到第四段，採用敘述性的移動鏡頭，將存在實象，串連成那充滿了寂寞感的環境，然後於第五段讓「寂寞感」去激發潛在經驗中的「回憶」，使詩思因而湧現出高潮，是突出的，也使我們感到那些深深地陷在苦憶中一直被寂寞追擊不放的心靈，是何等的沉重與不安！

綜觀這兩首詩，我們也許在以上的佳評中，仍覺得辛鬱的詩句與語言，缺乏「出奇」的懾服力與「逼人」的亮度，他本人也曾在自省中，懇誠的做過如此的表示；但由於他生活經驗層面的堅實感；對生命與事物能予以深一層的觀察與思考；對自我與文學始終的執著，故使他的詩始終擁有真摯的厚實感。他不是為藝術而藝術的雜耍詩人；他詩的技巧與形式永遠是為人存在的尊嚴與價值而工作，這是可貴與值得重視的。

蕭　蕭：我深知記錄之苦，所以發言力求簡明扼要。辛鬱的〈豹〉與〈順興茶館所見〉的創作時間相差近十年，〈豹〉寫孤獨，〈茶館〉寫寂寞，前者是詩人自主的全然設想，後者是客觀的實際觀察，這已經說明十年來詩人由內心的自我憐憫，擴展為向外關懷社會，證諸今日詩壇，大約就是這種趨勢。

〈豹〉原先是在「曠野之極」，最後「曠野消失」，顯示豹的形象在作者眼中擴張到極大。花曾經香，樹曾經綠，到最後花樹寂寂，則豹無視於花樹的存在，由此可知。豹曾經嘯過，掠食過，而今只是蹲著，顯然這應是孤獨的形象，我與孤獨對峙，孤獨漸漸整個地涵容了我。對於這首詩，我以為如果改用「我」化身為豹來渲染孤獨，是否好些？或者設想這片廣大的曠野就在我心中，豹在我心中的曠野，那麼，「曠野」的消失就具有更大的震撼力，彷彿整個宇宙都為孤獨所占領，豹就是孤獨。

〈順興茶館所見〉十分成功，提倡社會詩的人應該拿來作為範

作，具備藝術手法，又有關懷社會之情，非常周全。「濃濃的龍井一杯，卻難解昨夜酒意」，把昨夜長長的寂寞無聊輕輕帶出，用字準而省。「偶或橫眉為劍，一聲厲叱」，這是豪情，卻只「招來些落塵」，無人理會他的那種寂寞，實在很深很深的了，這也是成功的一段。我想：如果把最後一段第一行「他是知道的　寂寞是」棄掉，再從頭讀一遍，這樣，可以感覺寂寞的具象化，不落言詮，以外物的存在顯示內心的寂寞，更能因此感染給讀者茶館的寂寞，他的寂寞。

張　默：辛鬱這兩首詩，我讀了很多遍，實在找不出什麼缺點，但既然要談，也只好雞蛋裡挑骨頭，說一說我的感想。

　　〈豹〉是一首相當完整的充滿知性的小詩。寫的是豹，實則這頭豹可能就是詩人自己。第一段四行指出豹的位置。第二段四行說明大自然的廣闊，可任豹盡情覓食與馳騁。第三段四行陳述豹嘯過也掠食過，但牠並不真正了解大自然。第四段四行，豹還是蹲在那裡，蒼穹依舊，花樹依舊，豹的力量並未能改變什麼。第五段兩行四個字：「曠野　消　失」，這就是作者企圖表現的，如勉強給予解釋：這頭豹是獨來獨往的，大自然不在牠的眼裡，天地萬物不在牠的眼裡，這也影射了詩人自己的一種莫名的龐大的「孤寂感」。

　　〈順興茶館所見〉是一首社會寫實詩，主題是茶館，實則是寫中年人蒼涼的心境，作者利用日常的事物，平淡的事件，連綴而成。這首詩一目瞭然，讀者並不需要費太多的心思，開頭和結尾相呼應，剛才蕭蕭說要刪改，我看不一定，去掉後太突兀了，接不上來，無法與前段相呼應。

　　人生是不是像茶館的座位，一個挨一個？證諸今天在座的諸位友好，將來到了陰曹地府，還不是一個挨一個嗎？我的鄰座，希望選一些比較沉默的老友，管管嗓門太大，羅門喋喋不休，都不是

我所歡迎的，我寧願找大荒或者是碧果。（大家爆笑）

辛鬱早期作品，語言比較概念化，缺乏魅力，近期已努力把自己的生活經驗融入他的語言之中。詩的語言不一定要每句都很奇特，可以從平凡走進奇特，所以羅門說要把「準十時他來報到」改為「準十時他把自己牽了進來」，我也不表贊同。

羊令野：〈豹〉與〈順興茶館所見〉是兩首可以比較的詩。

〈豹〉的第一段是一個遠景——豹在原野的盡頭。豹是山中動物，曠野則是茫然而孤寂的曠野，可以望到盡頭的曠野，豹就蹲在那裡。豹是很強悍的，剛的動物，在空闊的、不動的大地之邊緣，而且不知為什麼地蹲著。第二景則出現許多花和樹，「香」和「綠」可以做動詞看，這是近景，花香樹綠是一種動態的，正在生長的，天空則包容了一切，給人開闊的感覺。第三段起了變化，豹回憶了過去的長嘯與掠食，而對於眼前的花香樹綠，不曾注意，不曾關切，是獨來獨往的動物。第四段，豹與蒼穹、花樹都靜寂下來，牠曾經奔馳、獵食，現在靜下來了，萬物靜觀皆自在。最後，曠野消失，表示一切都消失了，包括了豹、花、樹。很冷靜的一首詩。

〈順興茶館所見〉，寫一座很空洞的茶館，他知道寂寞，但還要每天準時來報到。龍井雖濃，解不了酒意，所有的一切，也不過是瓜子、花生、兩包長壽菸，這是外在的寂寞，而酒意還在，發發脾氣，叫一兩聲，苦無對象，卻招來些落塵而已，剛才誰說的，更表現了他的寂寞。時過午夜，人都走了，孤獨的三十個座位，一個挨一個，這就是人到中年以後的寂寞。〈豹〉也表現寂寞，豹的寂寞是自然界的現象，他的寂寞則是社會現象，瓜子、花生就像曠野的花樹一樣，更加深他心中的大寂寞而已。

碧　果：這兩首詩太完整了，無懈可擊。既然來了，我仍要談談。我的意見跟蕭蕭不同，蕭蕭說辛鬱是站在旁觀的地位來看豹，我認為辛

鬱就是藉著豹來表現他自己。〈豹〉是辛鬱表現十年前在林口時期的他，那時候他就是豹這個樣子，辛鬱當時住在林口紅泥土的山上，茶樹林的一間小房子裡，用幾個木板搭個床鋪，用公文箱當坐椅，靠東邊是個小窗，前後都有門，後門很破很窄，門外有個大水缸，他每天起床就跳進水缸裡，用冰冷的水來暖他的身子，當他把頭顱從水缸中伸出來，炯炯的眼睛望著遠方的曠野，這時候他就是詩中的這頭豹。

豹在曠野之極，是一個境界，花香樹綠，又是另一個境界，這是冷暖不同的境界，對比的境界，產生了衝突和矛盾，一直在辛鬱心中不停地翻騰著。基於這些原因，他做了一個自嘲式的宣告：這頭豹曾經嘯過，曾經掠食過。從第二段的蒼穹開放，涵容一切，到蒼穹默默，花樹寂寂，以至於曠野消失，辛鬱在此詩中展現了詩的深度與廣度。就像蕭蕭剛才所說：好不好讓這曠野就在辛鬱的心中，豹就在辛鬱心中的曠野之上，這點，我倒有同感。英國女詩人雪特維爾說過：「詩人的任務之一，要將個人的世界宣示於人，將其所見，展示於人。詩人跟畫家一樣，對於不和諧的萬象使之和諧，而且均勻，成為宏偉的設計。」辛鬱在這首豹中，已經完成了宏偉的設計。他所表現的不是豹的皮相，而是透過豹的形象向內透視，而後將人間的冷暖，世態的炎涼，深刻地宣示出來。里爾克也寫過〈豹〉，里爾克是寫被困在鐵閘子裡的豹，豹的悲哀，辛鬱要超過他幾個層次，不止於豹的悲哀。

辛鬱要我們談談這兩首詩相差十年，其間的串聯過程到底是如何，如果有一條線把其中發展的過程串起來，我認為這條線可以稱為：沿著愛來揭發人性的一條線。也就是說：他的創作是基於對於人類的大愛而發展下來的，不知大家是否有同感？

梅　新：十年前我喜歡〈豹〉這首詩，十年後，我更喜歡後面這首詩，這可能與年齡、對事物的領悟、社會的關懷有關。要成為重要的詩

人，那麼，後一首詩的成熟感，文學的厚重感，我認為更適當。我這樣的看法，也許跟辛鬱有點相合。整體而論，辛鬱的缺點是太溫了，缺乏一種強烈的力量，未給讀者強烈的感受，去年以後，我就不那麼苛求了，因為我認為辛鬱的詩很接近民國 38 年以前的詩人所寫的詩。

〈豹〉是寫個人的胸襟，大家都談過了。〈順興茶館所見〉語言很好，若干年來臺灣都沒有人寫過這類東西，寫慣了內心世界，幾乎不敢下手寫這類題材，恐怕寫了膚淺，辛鬱之所以寫得好，是題材選的好，他所熟悉的世界。第四段，寫少年豪情這段，辛鬱寫的有點勉強，失之於概念的說明，文學應該是讓直覺把意象呈露出來才好。

商　禽：大家講的觀念都很接近。我來的時候是抱著雞蛋裡挑骨頭的決心來的，結果看了看，蛋殼掉到蛋白裡去了，真是無懈可擊。

辛鬱的〈豹〉未受里爾克影響，但當時里爾克的〈豹〉已經翻譯出來了，那麼，題材的「引發」（不是影響），辛鬱應該是同意的。里爾克的〈豹〉，表面看來，是一首即物詩，表現了野生的自由。辛鬱一向服膺於痛苦和美，卡繆也提過這樣觀念。辛鬱的〈豹〉有他的美學觀，人生觀，他的豹沒有被限制的感覺，沒有衝突存在，豹過去曾嘯，曾掠食，這是他的過去，他在開放的人間生活，與里爾克的〈豹〉不同，這是兩種不同文化背景所產生的詩。

第二行的「曠野之極」，這個「極」字是不是不夠明晰？曠野很大，豹在曠野之極，是不是小得看不見了？這是第一個「雞蛋裡的骨頭」。第四行「不知為什麼」，是缺乏真實意義的概念語，是另一根骨頭。不過，這也跟國畫相同，中國人特有的美學觀念，是一種多焦點的敘述，畫國畫時，無所謂遠近法、透視法，是一種鳥瞰鏡頭，是一種變化的焦點，看到極處的豹，又拉回來看

花、看樹，如果用這種觀點來看，這正是中國人獨特的美學觀，西畫則採單焦點，光線從那裡來，物與我之間有多少距離，焦點何在？焦點所在最明晰，愈遠愈淡，這是西方人極其呆板的手法。中國人則不同，畫面上最近的一棵樹，在藝術的心目中並非重點，很淡，在畫面很遠的一個亭子裡，彈琴的隱士，是他真正的焦點，著筆極為細膩。我想辛鬱就是採用多焦點的藝術手法。

辛鬱對〈順興茶館〉做了很冷酷的剖析，真正表現了人性上的冷，而非上一首的玄學上的冷。其中包含了痛苦，也包含了對人間的一份愛。此詩結構完美，首尾相照應，前段个知道寂寞為何物，後段則已知道寂寞是什麼了。

管　管：我總感覺藝術成就，你可以喜歡或不喜歡，但從某個角度講，那又是另一種不同的境界，與你所說的對或錯，截然不同。

辛鬱說過這兩首詩的創作時間相差十年，希望我們講出為什麼其間有差異？「豹」這個字，中國人很少用，通常講到威武、尊嚴，用的是「虎」字，西洋有人喜歡這個豹字。看到〈豹〉這首詩就會想到大詩人紀弦先生的〈狼之獨步〉，但豹要比狼好。此詩無脂粉，其中有深義，是寫他自己的孤傲，他是一匹豹，在那兒蹲著。在現實生活裡，有些誤會、壓迫、不樂意、不情願，但自我特別孤傲，堅持自己的尊嚴，強調自己的價值，不是目中無人，但這樣才活得下去，寫詩的朋友相信都有這種心情，幾十年來對家國、對民族、對社會，總有一些論見，一些抱負，也許未曾抒展，但對自我有一種絕對的肯定，以禪來說，豹像如來佛，頂天立地，唯我獨尊，而這種獨尊不是為了傳教，也非漠視別人。「曠野之極」的極字，是有道理的，豹在曠野之極，不是指豹的身體，而是一種豹的徵象，頂天立地的徵象，安置在廣大的曠野，曠野之極，十分恰當。

〈順興茶館所見〉，與〈豹〉稍有不同，「豹」仍然有其英姿，有

其企圖，茶館則已能了悟，他曾經南征北伐，歷經滄桑，雄心雖減，仍然躍躍欲動，非「寂寞」兩字所能含括，但他對這些興亡、感傷，都已能淡然處之，看得透透了，寂寞兩字還是太輕巧了，多少大事發生，而他都已看慣了。

如果我寫，「不知寂寞為何物，而他是知道的」這句就不要了，「準十點鐘他必來報到」，很俏皮的寫法，背後卻有濃濃的寂寞，像小丑一樣。最後的「他是知道的」也不要。我來寫，可能分三首，寫三個不同的感受。但我更相信這兩首詩之中有禪味，禪是中國的東西，辛鬱雖不喜歡禪，其中卻有禪味。很好。

李瑞騰：這首〈豹〉，我寫過評論文字，但有一點未考慮到，剛才聽商禽說話，我很佩服他的看法，「曠野之極」商禽解釋得很好。

「豹」是動物，「茶館」也是外物，辛鬱是在人與外事外物的既有關係間，做適度的調整，如何調整？這關係到個人風貌問題，辛鬱是中年一代最平實的詩人，他的作品也最容易讓人接受。這種調整包含什麼呢？就這兩首詩而言，那是過去與現在，主體與客體，知與不知的問題，辛鬱一直在探討這個問題，結果如何呢？「詩」本身就是最好的說明。〈豹〉一直在強調「不知」，最後「曠野消失」，曠野消失了，是因為主體只注意到某物，其他都撇開，視而不見，或者是觀照時情緒起變化，連被觀照的對象也消失了，連曠野都消失了。辛鬱未曾賦給「豹」特殊的屬性，是豹也好，豺狼也好，重要的牠是獸，有獸的屬性。

〈順興茶館所見〉是一件實際的事件，眼睛看見的，「豹」則存於想像之中。茶館是日常所見的事物，具有社會性、普遍性。其中仍存在前面所講的三個問題，座位不知，他知，辛鬱未曾介入。過去與現在的問題，梅新剛剛提到「少年豪情」的問題，我認為辛鬱表現不足，應該有外界突發事故才引發他另外的情緒，這是少年與老年的變化。「一個挨一個」是指著座位，不是指人，但可

暗示日子的寂寞是一個接一個。辛鬱的詩挑不出毛病來，但是否也暗示辛鬱個人不敢去冒險或說突破他個人其他表現方法，這是我的疑問。

周　鼎：我們這一代寫詩的人都已能把握到語言的特性，各有各的一套。語言可以分為日常生活語言和文學語言，現在寫詩大多用生活語言，是很好的選擇。

辛鬱的〈豹〉企圖很大，但未表達豹的特質，取用這個字，應是因為它的聲音響亮。「花香樹綠」是一種反襯，與豹在一起並不十分恰當……。

張漢良：在座諸位中，我是唯一不寫詩的，因此無法像各位一樣，從創作經驗出發，來探討這兩首詩。以下我從決定文類的語言實證層次來談談辛鬱的作品。詩人在創作時，首先面臨到敘事觀點選擇的問題，亦即作者（或敘述者）與素材以及讀者的關係。一般說來，抒情詩不寫客觀對象，只發洩主觀的情緒；詩裡面沒有物，只有我。和它相反的寫實作品，以對象為主，不寫自己。這可分為兩種情況：1.作者盡量泯除自我，讓對象客觀地呈現，最好的手法便是摹擬（mimesis）的戲劇；2.把主觀的我（情緒）投射到事物上去，如傳統的詠物詩。根據種種敘事觀點的選擇，語言的運用可分為許多層次。現在我把它分成兩種：1.敘述（narratio 包括客觀的描寫 descriptio），作者隱身到舞臺後面，讓景物呈現，不加詮釋；2.陳述（discourse），作者介入到事物中，把自己的情緒與理念加進去。現在我們根據這二分法來看這兩首詩。首先我們注意到詩中用了許多「不知道」，但我要問：到底是豹不知道，茶樓客不知道，還是作者不知道？〈豹〉前三行可算是客觀敘述，第四行顯然是作者的主觀形上陳述，因為無論是「我們（作者與讀者）不知為什麼」或作者以全知觀點進入豹的意識而說「豹不知為什麼」，這都反映作者的認知。二段的前三行勉強算是

敘述，第四行又變成作者說解或詮釋事物關係的陳述了。同樣地，三段三行與四段一行皆無呈現客觀對象的敘述，而是陳述。至於二段三、四行的「開放」、「涵容一切」，三段三、四行的「默默」、「寂寂」，並非單純的寫狀，而係反映作者的詮釋。我們再來看第二首詩，一段三、四行絕對是作者介入的陳述。二段以及四段三行，六段一、二、四行，皆反映作者的介入。在這種情形之下，表面上看來比第一首「社會寫實」的第二首詩，仍然反映出作者主觀情緒的投射。這點與作者避免採用抒情詩的第一人稱敘述，而採用寫客體的第三人稱敘述，發生衝突。以上的觀察有兩個積極的作用：1.我們可以根據作者的觀點與敘述與陳述成分在詩中運用的程度，來決定文類究竟為寫實或抒情；2.純粹的寫實詩是不太可能的，因為敘事觀點（即使是全知的、客觀的、掃瞄性的）的選擇，便意味作者不可能客觀，除非作者不用語言寫詩。詩既然抒情，詩人的思維習慣與其呈現的世界，與外在世界絕對不是完全相同的。

辛　鬱：感謝各位在大熱天到舍下來，當然更感激各位對拙作所提出的寶貴意見。這兩首詩寫作年代相差十年，中間個人的變化太大了，從一個兵士到一個老百姓，從孤家寡人到結婚生子，體驗的東西有很多不同，所以我把以前較為重視幻想（或者說是玄想）的一部分拉到較為重視實象的這方面來，同樣是表現一個現代人的孤絕，兩首詩的表現方法與結果，可說是完全不同。但是，我始終沒有放棄的，是對人的關懷與愛，這一點碧果提到了，從這條線索可以發現我寫詩的來龍去脈。很遺憾的是，洛夫與大荒未到，希望以後能聽聽他們對拙作的意見，再次謝謝各位。

——選自《創世紀》第 49 期，1978 年 12 月

在豹那張冷臉背後
辛鬱答十二問

◎王偉明*
◎辛鬱

王偉明（以下簡稱「王」）：15 歲時，您毅然離家往外闖，是什麼原因促使
　　您作此抉擇呢？是否由於當時戰亂，引發您那股愛國心所致？

辛鬱（以下簡稱「辛」）：少年時，曾有一個「去延安」的念頭，去幹什麼
　　呢？現在想起來，大概是 1940 年代，在大都市裡大部分年輕人的流行
　　病吧！究其因，當然與那個時代的局勢有關，在此就不說了。至於家
　　庭因素，現在看來，也沒有必要再說。

王：您對沙牧推崇備全，這與他彪炳的戰功會否有關？還是由於他的詩義
　　對您深遠的影響所致？您能否談談其人其文？又他對當時的詩歌發展
　　有什麼貢獻？

辛：沙牧是我的異姓兄長，他是山東人，姓呂。我與沙牧曾在一個大單位
　　當兵，他是上尉軍官，我是上士文書。在沒有染上酒癮之前，他是一
　　個彬彬有禮的君子，書讀得不少，博聞強記，分析事理頭頭是道，特
　　別是觀察敏銳，多愁善感，具備了作為詩人的上好條件。他引導我寫
　　詩，我們常常在營地周邊散步聊天，從屈原到蘇東坡，以歷代詩家他
　　們的名作為話題，後來也談論新詩，胡適、徐志摩、何其芳、穆旦等
　　等，到 1953 年《臺灣報刊》發表的新詩，這才與紀弦、覃子豪、方思
　　等詩人在紙上相會，而步入「現代詩」境域。1954 年初夏，沙牧帶我

---

*發表文章時為香港《詩網絡》編審，現已退休。

到臺北市，拜訪紀弦、覃子豪等先生，這可以說是一次「求知」、「悟道」之行。那年夏末，沙牧調差到石門守海防，交通不便，我們只能以通信互報平安，並交換閱讀作品。在這段交往中，沙牧常常強調「人格」即「詩格」、「人性」乃「詩性」，作品中特重「生活」的反映；他的不少作品，都深入刻畫當時青年一代內心的苦悶與生活的空茫。在早逝的前行代現代詩人中，他是極突出的一位；可惜他後期嗜酒如命，生活潦倒，以至在一場車禍後身亡，為現代詩壇留下遺憾。

王：您第一首詩〈頭髮的煩惱〉刊於《新生報》「戰士園地」，當時是以「雪舫」這個筆名來發表的。後來您為什麼棄用此筆名，而易為「辛鬱」呢？又「辛鬱」究竟有什麼寓意？

辛：其實我早在 1951 年秋，就用「雪舫」筆名在《野風》半月刊發表詩作，〈頭髮的煩惱〉應是第三首作品。「雪舫」這個筆名是隨意取的，後來發現有一位籃球健將叫「唐雪舫」，就改用「辛鬱」筆名了。辛鬱，辛苦而憂鬱，不但易解，也跟我當時的生活狀況與心情頗為相近，唸起來也很順口，於是就一直沿用下來。在這裡我要為自己抱屈的說，在中國大陸，「鬱」字被「郁」字替代，「辛郁」是誰，有時候我也給弄迷糊了。「鬱」、「郁」字義不同，字形有別，混而為一，真是有辱造字者一番苦心。我同時也用丁望、古渡、盛乃承、向邇等筆名，寫雜文、批評、時論及電視劇本、廣播劇本與小說。筆名用多了，有時候真不知道自己是誰。

王：您提到離家前曾讀過兄長們所購藏的田間、艾青、何其芳、綠原、穆旦、徐志摩、聞一多等詩人的詩集。來臺以後，也與沙牧、覃子豪、紀弦等往還。我讀您的詩，總認為它與綠原、穆旦、楊喚的詩相貼近。未知您是否認同我這個看法？又哪些外國詩人的作品給您較大的啟發？

辛：我是一輩子「現代派」，寫詩五十多年，除了在詩的整體精神上，受紀弦前輩的影響，接受他的號召投入「現代化」運動，在創作上，我一

直避免受別人影響，憑著熱情忠誠真實的寫出自己的感覺、感受、感懷與感念。我的詩素來以「人」為本，用文字直探生命本源，不虛矯造作、不假飾粉妝，致力寫出戰後失根一代的深沉痛苦，與部分人群被逐漸物化、邊緣化的孤立情狀。

在我的學習階段，我的兩位兄長給了我不少指引，他們喜愛文學，購藏了不少當時出版的文學著作與譯作，於是在 1947 年，我幾乎把自己埋在書堆裡，何其芳、穆旦、艾青、綠原、徐志摩、聞一多、郭沫若，還有葉賽寧、尼古拉索夫、馬耶闊夫斯基、惠特曼等等，此外便是小說集，劇本與雜文；讀時囫圇吞棗，大多未能消化。結識沙牧以後，接觸面擴大，讀書時間減少，不得不作選擇性閱讀，就開始以詩與相關著述為主。我寫詩盡力避免他人的影響，但由於閱讀的偏愛，難免在作品中透露些許模仿的跡象，總的來說，我還是走自己的路，所謂「辛鬱派」吧！到了現在這般年紀，要說偏愛與傾心就更不易說出口，但我喜歡洛夫的詩，似乎日有所增。

王：1954 年您結識紀弦、覃子豪等，隨後加入紀弦所發起的「現代派」詩社。此外，您又惠稿《藍星》，並於 1960 年由藍星詩社替您出版第一本詩集《軍曹手記》。但當「創世紀」詩社成立後，您卻加入該社。是什麼原因令您至今仍堅定不移地留在「創世紀」詩社呢？這與軍人意氣相投可有關係？

辛：我敬佩紀弦前輩在當時（1955 年）那麼蕭殺的氣氛下登高一呼，倡組「現代派」，衝破了環境低壓，高昂的揚起自由創作的大旗，所以願意作先鋒打頭陣。另一方面，覃子豪先生的儒雅、冷靜也是年輕的我所心儀的，因此我也積極向《藍星》詩刊投稿。其實，這裡面也有強烈的發表慾在鼓動。我加入「創世紀」較晚，卻是最讓自己成長的選擇；在「創世紀」，強調前衛與獨創，有力的促使每一位成員必須向前衝。那時候，大家都年少氣盛，滿腔熱情，誰甘願落後！「創世紀」另外一個特色，是不設限，只要認同前衛與創新，就可以一起來為現

代詩打天下，所以並沒有「軍中詩人大集結」現象。當然，最初的創辦人都有軍人身分，而我加入時，也還在軍中服務。

王：1950、1960 年代，臺灣的詩風深受法國超現實主義與存在主義的影響，詩作往往流於晦澀難懂。這正是戰亂後文化崩潰與精神失調的表徵。您開始不斷拷問自己的靈魂深處，企圖發掘出真正的自我來回答「我是誰」這個形而上的訴求。從〈青色平原上的一個人〉、〈同溫層〉、〈演出的我〉、〈自己的寫照〉、〈垂死的天鵝〉到〈我是誰〉等，這種內省觀照似乎一直未曾停頓過。是什麼原因教您對這個主題如此緊緊牽纏？

辛：坦白說，我的外文能力極差，那時能讀到歐美國家的文學——特別是詩——作品，全賴《星島日報》、《香港時報》以及部分雜誌的中譯，在臺灣，當時的文學風氣還相當保守，外譯不多且多屬小品。所以，經由間接的閱讀，對所謂象徵主義、寫實主義、存在主義、意識流等等，都一知半解，直到晚近，才稍有體會。因此，我的作品應該沒有受到某某主義或某某流派的影響，我也致力避免寫那些高談人生哲學與拿生命空茫當作「純粹」的詩。對「我是誰」的探索，成為我長期背負的一個沉重的問號，在不斷求解過程中我用詩作為記錄，這便有了〈豹〉、〈我是誰〉、〈青色平原上的一個人〉、〈自己的寫照〉等等作品。這些詩只局部回應了我是誰的探索，基於我還活著，問號便不會消除。到底「我是誰」？在當代中國，要回答這問題真是太辛苦了，太累了，所以，我唯有用詩記錄，但記錄並不能真正求解。

王：〈豹〉一詩所表現的那股冷峻之氣，恰巧與您「冷公」這個稱號相對應。也許這正是您一生經歷的絕佳寫照。豹的天性是靜而後動，追捕獵物有如疾風，就像您對詩的那份忠誠，鍥而不捨地去追求生命的昇華。這種內斂，會否形成您早期與後期的詩一個重要的分水嶺？

辛：平時，我話不多，更不會在別人高談闊論時插嘴，我一貫保持冷靜的閱聽。「冷公」——其實應是「冷功」——這個稱號是好友鄭愁予首先

叫出來的，他常常在一群朋友相聚的時候指著我說：「你們看，辛鬱也不說話，真是『冷功』到家！」後來「冷功」變成「冷公」，來同商禽的稱號「歪公」與楚戈的稱號「溫公」相搭配，竟成了小有名氣的「三公」。我的言行舉止有時的確有些「冷」並且影響了詩的表現，但那絕非冷漠。在〈豹〉詩中的那種冷，不是生理上的感覺，這是要透過對生命的真實體認，才能夠稍有領會的。老話說，詩貴含蓄，詩的內在生命深藏在語言中，而語言藉文字一層層展現而構成，寫〈豹〉就是要呈現生命。豹在動物群裡素有冷酷兇殘之名，動作的敏捷如射出的箭矢，而冷靜時像嵌入大地的石雕一般。牠常常隱而不顯，無怒不悲，似乎不具情感；可說是極酷之神。牠躍動時體態的柔軟透著某種女體的寒意，似詩若歌又像極一幅抽象潑墨。我對豹一直懷著欽羨心意，所以，將自己比擬為「豹」，在喧囂人世，應該是很自得的。

我近期作品中以抒寫歷史緬懷旁及現實人生為主調，偶也有出於生活見聞的小品，無非是不服老的青春依戀。多年來，對於「戰爭」主題，始終不能忘情，所以有一首題為〈西線無戰事〉（借用雷馬克小說名）的詩，從 1999 年秋開始醞釀，其間寫寫停停，迄今未能定稿。

基本上，我的創作生涯是一貫的，對於「我是誰」的追索，不會終止。

王：您曾一度接手主編《創世紀》，當時詩刊的規畫略有調整。在您的構思中，是否側重題材的擴充、語言的重塑與社會的承擔等問題？後來您為什麼會放棄編務，而改任「顧問」？您對如何向年輕詩人交棒又有什麼看法？此外，該如何避免「大陸版」詩刊的出現呢？

辛：從洛夫兄手上接編《創世紀》，我請了須文蔚當助手；我們當初的設想是：《創世紀》要走向青年群。接編時，曾在同仁聚會中表明：「只做三年」，我希望在三年當中《創世紀》能夠年輕化。結果並不盡然，但三年任期一到，我還是辭卻編務改任顧問；過程中，難免有些事務性的糾葛，也有些不捨。我一直認為，不僅是詩刊，更是詩，應該與青

年群接軌，與社會的某一層面接軌，不然，它是孤立的。

辦詩刊自掏腰包，在臺灣是常態，不必奢望太多外援，或某位企業家的心血來潮。《創世紀》多年來幸虧有張默兄的投入，到現在還仍然是一枝獨秀式挺立，我相信張默一定也有使刊物年輕化的想法，慢慢的交由下一代接編。《創世紀》從來不附著某種勢力，它的獨特性絕不會變成「大陸版」，反之，它影響大陸詩壇的年輕一代，已深得他們的歡心。

王：除了寫詩外，您先後寫了《未終曲》、《不是駝鳥》、《地下火》與《我給那白痴一塊錢》四本小說。是什麼原因觸動您創作小說？家累會否影響您整個創作生命而形成阻力？又小說創作會否讓您更清楚自己詩人的定位？

辛：我已許久不寫其他類型的文章。想當年，曾有一段時日投入小說創作，痴迷不下於對詩。出版的三個短篇小說集《未終曲》、《不是駝鳥》、《我給那白痴一塊錢》，一個中篇小說集《地下火》，都屬於寫實小說範圍，手法不新，但倒不是俗套。後來又寫了二十多個短篇如：〈兒子的畢業典禮〉、〈老高這個傢伙〉、〈蘿蔔絲餅〉等等，就採用較新的技巧，不單是為了稿費而寫。到寫成長篇〈龍變〉（二十五萬多字）、〈滴水穿石〉（二十一萬多字），就幾近是詩的變體了。從這個過程看，寫小說似乎並未造成阻礙，反之，我詩中的人的活動益見「真實」。

小說之外，我也嘗試雜文（以專欄形式出形）、電視劇本、廣播劇本以及文學論評的寫作，加起來將近一百萬字；我不太珍惜自己的各類文章，如今手頭幾無底稿與剪報，這樣也好，免得更老時什麼也捨不得割棄！

王：您曾在《科學月刊》任職，參與推廣科學普及的工作。如今資訊媒介不斷更新，在在衝擊我們對事物的看法。您如何看待「詩」與「科學」的主知關係？近年，臺灣詩運的發展似乎停滯不前，您認為借重多媒體能否為詩的未來找出新路向？

辛：我投入社會的文化建設活動已三十多年。早先，還在軍隊裡，就冒險

辦「十月出版社」，出版了兩套共 20 本書外加兩本袖珍本，其中包括犯忌的《從文自傳》（沈從文著）、《現代小說論》（沙特、卡謬等著）、《白痴》（杜斯妥也夫斯基著）等等。在辦「十月出版社」的同時（1969），我接受女詩人王渝的推介，與科學教育工作者李怡嚴、楊國樞、張昭鼎、劉源俊、王亢沛、劉廣定等，在沒有充分財力支持下，籌辦臺灣第一份通俗性《科學月刊》，我受命出任經理，負責推廣發行大計。當時，月刊社就設在我租的小房子裡，我剛退伍尚無職業，就只取半薪，為科學推廣幹了起來。這一幹，至今 32 年，滿 30 年時我退休改任顧問，幾乎仍全職上班，綜理社務及活動策畫。32 年當中，我也兼些差，譬如為中華電視臺寫劇本、幫人辦《前衛》雜誌，較長一段時間，則是幫社會科學界的一群朋友如張京育、魏鏞、楊逢泰、潘家慶、邵玉銘等，辦《人與社會》雙月刊，我任主編，前後七年多。後來又出任中學教育刊物《國中生》總編輯，兩年後下臺。「十月出版社」怎麼樣呢？它沒被因犯忌而查封，而是經不起一場風雨劫難（葛樂禮颱風）自動歇業。

「科學」與「詩」是截然不同的智慧產物，前者靠不絕的思維，經由實驗而驗實，其造福人類是直接的，後者則因應感覺而生，經由冥思而透現，其造福人類是間接的。唯一相近的，是彼此都講求精確。

詩要有人讀，目前所依賴的平面媒體，已不足負起傳播的重責大任，所以有借科技之力助長推廣的必要，網路當然是第一優先，而電視與廣播其實也可以助長詩的聲勢，問題是怎麼樣與音樂、繪畫採取最佳的合作，怎麼樣運用技術完整的傳達詩意。所以，詩的演出、詩的朗誦、詩的吟唱等等，要有心人士大力支持與推動。

臺灣詩運確有停滯，老一代的創作力均已大不如前，少數如洛夫奮力寫〈漂木〉、張默全心辦活動、詩刊，似乎不足以挽回頹勢。〈漂木〉發表後，單印本也出了，但不多見中年一代或年輕一代有直接反應；冷漠，在臺灣詩界瀰漫。中年與青年一代，不知為什麼把詩弄得面目

複雜莫辨？將多元素材塞進一個口袋，這樣的詩讀來會讓人喘不過氣來。年輕一代多在網上奔馳，脫韁的野馬一般，失掉了自我與外在約制，他們有點過度的著重在「玩」！此外有人舉起「本土」大纛，將詩寫臺灣列為唯一主題，扼殺詩的發展，莫此為甚。

王：您與白靈在〈平面詩和網路詩的趨勢〉對談中提到網絡詩的發展是大勢所趨，但怎樣調整載體的存留，讓讀者得到書本的功能與信任，以及怎樣恪守詩的原則，就令人費煞思量。您認為我們該怎樣突破規範而又能免去遊戲性的自由發揮呢？

辛：我是「電腦白痴」。對於網路詩，我只求怎樣建立合理的品質管制，使鬆散的品質不致更加下墜。而所謂品管，是需要讀者群起，在心中建立一個欣賞尺度。

王：「在詩，首先是把什麼表現出來，然後是用什麼表現出來，不是辭藻決定詩，是意境與造象決定了命辭遣字。」如今您可還堅持這個論點？又聞說您目前正動手寫回憶錄。是基於什麼理念和信念令您作出此規畫？預算什麼時候出版？

辛：我一直本持這個看法：我的作品，但求表現的精準，不刻意製造華美的衣飾。至於回憶錄，我的確在寫自己經識的事事物物，而旁及許多人的活動。譬如我的家庭、當兵與軍中生活、我怎麼從無知少年蛻變為多愁善感？怎麼學習寫詩、透視人生？朋友在我的心中的位置，以及對國家社會的認知等等，每一階段，都可能是一首詩、一篇小說或一場戲。

在一首詩中我曾說：「風裡／雨裡／無愧為民國人」，我的回憶錄中會寫出為什麼如此。

——選自王偉明《詩人密語》

香港：瑋業出版社，2004 年 12 月

對話──辛鬱×楊渡

◎辛鬱
◎楊渡*

有一種街角，你轉過了，

就再也不會回頭；

有一趟列車，你搭上了，

就再也不會歸來；

有一種旅行，你開始了，

就再也不會返鄉；

有一條道路，你踏上了，

就要一直走下去，

直到世界的盡頭。

──楊渡，〈辛鬱素描〉

楊渡（以下簡稱「楊」）： 今天的來賓是詩人辛鬱老師，他最主要的工作很有意思，大家都沒有想到的，是在做科學教育普及的工作，當科普雜誌的編輯，可能因為科普的關係，或者什麼樣的緣故，他的詩有一個特質，洛夫說得很好，他說辛鬱的詩面冷而心熱，冷的是他的語言，熱的是他潛在生命的燃燒，他對自我形象的塑造，以及對自我的省思，可能較同時代其他詩人更為嚴酷，所以他有一種沉靜的氣質。

楊： 辛鬱老師在金門待了很久的時間，聽管管、洛夫說砲戰當時你們都在

---

*本名楊炤濃，發表文章時為中華文化總會祕書長，現專事寫作。

金門。

辛鬱（以下簡稱「辛」）： 我有兩段時間待在金門，第一次是 1956 年，民國 45 年下半年我們就去金門，一直到 1959 年 3 月我們的部隊才拉回臺灣來。過不久，我在 1960 年又被派去金門，那時候的任務完全不一樣了，那時候是在金門廣播電臺做戰地記者，每天揹一個錄音箱找新聞，這樣子又過了一年多快兩年，所以前後算起來在金門將近七年。

楊： 你早年怎麼會去從軍呢？就我們所知道的，你從軍的經過非常曲折，因為你的家世非常好。

辛： 我們家在上海算是一個小康之家。我父親在銀行業工作，我外婆是被稱作「善霸」，是一個大地主，她是一個非常善良的人，所以並不是惡霸，而是善霸，因為不管怎麼樣，她總是霸。在那樣一個家庭出生以後，我從小就有一種叛逆的念頭。看到我家裡幾個伯父、叔叔，我父親排行老四，前面有三個哥哥，後面有三個弟弟，他們吃喝嫖賭幾乎敗得差不多了，我父親分家的時候，分文不要，就自己到上海。我外婆家環境也不錯，支持我父親說不要拿家裡的錢，你要創業要做什麼都可以，我父親曾經到日本去念了幾年金融、財務管理的東西，回來以後考進了中央銀行，在上海總行裡面工作。我父親在杭州高中的時候，就已經被共產黨吸收了，是一個地下黨員，所以他才不要家裡面的任何東西，他覺得自己家是一個腐敗的家族，他要完全獨立。後來他在上海的時候，我外婆給他不少資源，但他基本上看起來很窮，他拿這個錢去做了一些地下活動。我的想像大概是如此，但是我完全不了解，我反而是看到叔叔、伯伯這樣腐敗，看到上海附近，我家附近，我家在愚園路附近，都是些富人家，好像白先勇也是在那裡。每次高級的轎車進出，警察都要來幫他們指揮交通，阻礙行人的通行，這種不平等的現象就在我幼年的心裡面促動了反叛的感受。等到我念到初中的時候，一個高中同學就發現我們有同樣心情的小孩還不少，他就來吸收我們。他先組成一個打乒乓球的隊伍，我那時候初一就把

所有的高中好手打敗了，幾乎要當選為上海市學生代表，但我覺得不
應該浪費時間在這件事上面，應該去參與上海的一些少年、青年的活
動。也談不上救國，就是看到那個腐敗現象相當不舒服。尤其我們那
個中學，是銀行業、股票證券業共同辦的一個中學，建築等各方面條
件都非常好，但是學校外面有一些從揚州逃難過來的人，都在旁邊隨
便搭一個帳蓬，校警怎麼趕都趕不走的。這些人就靠我們學生去買他
們做的燒餅，在我心目中揚州的燒餅是中國第一好，做得真是好吃，
不像現在用的是瓦斯，用的是炭烤。又看到這些人，一個小小的布篷
子裡，既是他做燒餅的場所，一家最少三口人也擠在這麼一個地方。
學校四周都是這樣的人，大概有三十幾個像這樣賣餛飩、燒餅、酒釀
圓子什麼的小攤，全部都是仰賴我們同學去消費，來供應他們的生
活。所以很容易就被那個高中同學說服了，原來他想參與上海的學生
運動，但是我們太小，上街沒有用，後來他提了一個建議，說我們去
延安。我們想去延安總要有一筆錢，就偷了家裡的象牙筷子、銀筷
子，拿到當鋪去當，或者是賣掉。這些錢都被那位學長收走了，他給
我們一點零用錢，他說我們沿路要用，由他統籌金錢。人家說兩萬五
千里長征，路很長，他當然沒講那麼遠，他說有七、八千里路要長
征，我們要到那邊去接受革命的洗禮。結果我們到上海北火車站，我
們一進去在一個邊角上看到六個醒目的字「免費遊覽北平」。我們心想
還有這樣的事兒啊，我們感到好奇，有一個同學去問這是怎麼回事
啊？是國民黨的青年軍在招兵，他們都穿著便衣，有個同學去問：請
問這位大哥，這個「免費遊覽北平」是怎麼回事，我們不太清楚。我
們現在火車站，是不是也可以一起加入？他說：歡迎！歡迎！你們幾
歲啊？有沒有 18 歲？結果我們想 18 歲可能是一個年齡限制，所以都
趕快說都 18 歲啦。其實我那時候 15 歲，還有一個比我小的 14 歲，大
家都答 18 歲。那個人清楚得很，他們大概要有些人數，頂足了需要的
人數，管你幾歲，當然十歲以下是不可能的。我們就上了車，經過南

京到濟南又上來一批人，才到了北平。北平火車站很大，我們下車以後，在一個邊角的地方有些軍用的車子，把我們都弄上那個車，一開就開到清華大學，馬上就穿軍衣，量頭圍，軍帽什麼的都發了，那時候已經九月份了，天氣才慢慢涼起來，我們想「免費遊覽北平」，怎麼馬上給我們套上這個，怎麼回事？衣服大得不像樣，我的那件衣服，可以讓我跟我最要好的朋友兩個人穿進去，結果一個人穿，就空蕩蕩地晃來晃去，然後發了一支槍，但沒有子彈。要幹什麼呢？就是要擋住清華的學生出校門。結果就這樣走到北方，後來名冊也編好了，一開始我還不是我自己的名字。那個名字是原來這個人已經當兵了，結果他逃掉了。部隊這種逃兵很多，很多就是用其他的人去補名字，你就暫時要用這個名字。我第一次用的那個名字非常文學性，叫做「朱哀鴻」——朱元璋的「朱」，哀鴻遍野的「哀鴻」，這個名字在明朝是要殺頭的，我就頂了這麼個名字。但是第一次點名的時候，叫了老半天「朱哀鴻」，沒有人回答，那個點名的人就過來給我一個大耳刮子，「啪——」的，叫你「朱哀鴻」你怎麼會不知道，「有！」都不會叫一下嗎？我才知道原來我叫「朱哀鴻」。

楊：老師又是怎麼開始寫詩的？您的生命充滿傳奇。

辛：我大哥的文學修養很好，那時家裡面就有很多他買的，舊俄、新俄一些作家的東西，特別是詩。像葉賽寧、馬雅可夫斯基、尼古拉·涅克拉索夫這些俄國著名詩人的詩，他不大喜歡英國詩人的東西，他也有一些惠特曼等美國詩人的東西。他基本上對我很愛護，他從來不在我前面露出他有那麼一個地下社會，我受到他在這方面的一些啟發。後來到臺灣很苦悶啊，每個人都想家，最後也就不想家了，因為知道想了沒有用，那就說去逛地區的圖書館。我們部隊到了清水，那個地方鄉土很好，文風、環境什麼都很好，圖書館裡面有很多大陸作家的書，還沒有收起來。我們就翻了這些書，看到了艾青這些人的詩集，一看還蠻有意思的，那麼簡單，裡面充滿了某一種煽動人的憤怒。剛

好那時候《新生報》創辦「戰士園地」，我們青年軍還好，幹部水準都不錯，鼓勵我們，如果心情苦悶，可以寫信、寫文章，用各種方法來發洩。我們的指導員姓馮，廣東人，講話我不太聽得懂，但是他對人非常親切。他還去買稿紙分給每個人一兩張，可是沒有筆，我們自己帶的鋼筆早就沒有了，就是文書上士那邊有，去跟他們借，那時候也沒有桌子，我就趴在地上，躺在那邊寫，完成了第一首詩〈頭髮的煩惱〉。為什麼要寫〈頭髮的煩惱〉？因為到了部隊要馬上剪頭髮，那不是用剪子來剪，是用剃頭刀來剃，有時候是剃得血淋淋的。要是你跟理髮兵稍微有點不痛快，他把你弄兩刀。我就很心疼頭髮，所以寫了一首詩，表示頭髮是受之於父母，頭髮在等於我父母也在，現在把我的頭髮剃光，等於是我的父母給殺死了。就發發牢騷，結果《新生報》用了，還給我三塊錢稿費。民國四十年初，一塊錢可以買香蕉十幾斤，那時候雞蛋是很貴的，一塊錢大概可以買七、八個，所以三塊錢稿費很神的。我們在臺中戰車營房那邊，現在已經變成高樓大廈，都沒有了，就在那邊認識了沙牧。在北平的時候，沙牧也是我們同一個單位的，到了戰車營房之後，他知道我們團裡面有好幾個可以動動筆桿，其中有一個動得比較俐落。我那時候被《新生報》「戰士園地」採用以後，立刻就被《野風》半月刊採用，後來登了好幾次。稿件不能自己寄的，都是要指導員寄出，我們這個突擊排，指導員都沒有，要由團部政風室統一來寄，因為你能在外面發表東西，這是光榮啊。後來我們果然很吃香啊，民國 40 年臺中辦三二九青年節的壁報比賽，他指定的是兩個美工，畫畫插圖、剪剪貼貼；一個寫主稿；一個寫一些零碎的東西；另外一個等於總編輯一樣，沙牧就是個總編輯。他帶著我，我就是寫那些補白的。主稿要寫一些正經的文章，青年節嘛，要效法什麼什麼之類的，我呢就是這裡寫幾行詩，那裡寫幾行詩，有時候想起一首詩就填上去補白，居然古今新舊都有，反而很有味道，結果我們還拿到第一名，發了 50 塊獎金。

我需要一些情緒的宣洩，所以還是寫些比較有可讀性，裡面有點意味的東西，所以就開始寫〈鷗和日出〉，關於海的一些事。

楊：我們要請辛鬱老師朗讀他的詩之前，我先來朗讀一段他的詩話，是關於他怎麼寫詩的詩話。「有一件東西擺在一個深不可測的／地方　它不方不圓／沒有耀眼的燈光照射／它常在熱騰騰的情緒裡／被眾多雜亂的念頭緊緊包裹／你無須去解這個謎／因為它經常沒有軸心／它滾動　騰跳糾纏不休／恆在你我的心坎／撥弄　琴弦一般的蒼翠」。這是他寫的詩話，彷彿是描述詩是他心裡的那一根弦，要唱的那一首歌。詩界的朋友盛傳，辛鬱老師的歌唱是一流的。

辛：以前可以說一流，自從家裡來了一隻狗，讓我摔一跤，門牙掉了幾個以後，現在大概變成三流了，但還是可以唱一唱。

楊：等一下一定要請老師來唱幾句。先請老師來朗讀您的詩，我覺得詩人朗讀自己詩作的感情遠遠超過其他人。

辛：我寫詩已經差不多六十年了，所以我在每一個時期選了一首詩，〈鷗和日出〉是 1955 年的作品，下面是一九六幾年、一九七幾年這樣的程序。從這裡面大概可以看出我的詩路的一些變化。基本上我最好的有兩首作品，朗誦出來比較不容易讓人家接受，所以沒有選上去，像〈豹〉，因為這首詩實在不太好朗誦；另外還有一首我也沒有把它選上去，因為太長了，那首詩是生命的一種追尋，中間有寫我母親，我父親跟我自己，寫生命本身的意義，就是〈同溫層〉這首詩。我選的第一首詩是〈鷗和日出〉，這首詩寫在 1955 年 6 月。

（辛鬱朗誦〈鷗和日出〉、〈土壤的歌〉）

楊：你那時候為什麼會創作一篇歌頌土地的作品？在許多人未曾歌頌土地及寫實的時候。你跟現代詩的其他詩人都有一種不一樣的風格。

辛：我同軍隊經過一段訓練以後，我從來沒有疏忽我的文學和各種東西的閱讀，找到各種機會就經常閱讀能讀到的一些作品，特別包括在大陸時期的一些詩人，像綠原、艾青、穆旦他們這些作品。我部分是承襲

了楊喚一些作品的精神，楊喚很多詩是寫給兒童的，他標明了要為兒童寫，透過這樣對兒童的詩，他對一個社會表示非常強烈的關懷。

楊：我覺得你和其他現代詩人不同的是，現代詩裡面有一種因為戰爭，流離失所，所以虛無、頹廢、自我放逐，對生命的荒蕪的感受，再受到現代主義艾略特《荒原》的影響。可是你的詩裡面有一種很正面的，一直要迎向陽光，一直奮鬥下的勇氣。

辛：我身邊接觸的朋友，除了瘂弦以外，瘂弦的詩是非常積極的，他很多作品都屬於另外一種，不屬於那些。

楊：他雖然有一點虛無，但還是很纏綿的。你為什麼會有這樣特別的氣質？

辛：我想這是因為後來在軍隊生活很苦很累，但實際上你還是要接受，不但你要接受還要想辦法克服這些東西，既然如此，你作為一個詩人，或者說作為一個作家，你必須對作家所遭遇到的一切都要克服，要去進入。我的選擇就是我要進入這個社會，我要去了解臺灣這樣一個社會，我到了一個完全陌生的地方，大概有一點這樣的意思。我大部分都是表現這方面的東西，是大量的生命在無謂的戰爭裡面犧牲，洛夫很多詩對這個提出了抗議，我跟洛夫不同的，是從另一個方面去抗議，我藉著別的思考。

楊：所以我們很少聽到那個年代寫出這樣的句子，「當我溢出我的血或淚／我願在可見的時日聽見啜飲的聲音／猶似天空為繁星的慈母／我在為萬物造設眠床」，是一種很正面的面向人生。

辛：我另外還有一首〈樹葉的歌〉也是同性質的。

辛：第三首〈自己的寫照〉這首作品是 1972 年的。

（辛鬱朗誦〈自己的寫照〉）

楊：管管有一首詩是〈俺就是俺〉，是我就是我，我就這個德性，我喜歡寫詩，我喜歡做愛，我喜歡這樣，他就是有一種豪放。我覺得你在這首詩裡面，所顯現的自己好像未出鞘的一把劍。

辛：我願意是沒有刺的薔薇。

楊：一種溫暖的生命。

辛：這首要唱的〈順興茶館所見〉也是被朋友們說了很多遍了，對於退伍軍人的關懷、同情，一個比較具體的表白。這首詩在 1977 年發表，是一首比較社會性的作品。

楊：這詩的開頭，「茶館的三十個座位／一個挨一個／不知道寂寞何物」，然後人來了，「濃濃的龍井一杯卻難解／昨夜酒意」，他的寂寞只有長壽兩包跟醬油瓜子，偶爾會想起他過去的豪情，可是時過午夜，他終於知道，寂寞是什麼，最後一段再回應到第一段落，「他是知道的　寂寞是／時過午夜／這茶館的三十個座位／一個挨一個……」

辛：政府處理老兵的問題花了很多心血，有些處理得是不錯的，但是有一個我個人基本上的看法，設置了很多安置老兵的工廠、榮工處做工，或者開巴士，還有各種的安置，但是有時候老兵他不希望這樣的安置，他希望自己去闖一份事業，或者自己希望做一個什麼事情，這方面主辦這些事業的單位都沒有去了解。這其實不是少數，像我、楚戈這些人，我們不願意被安置，因為我們自己有能力去生活，但你就要知道我們有什麼能力，才能對我們加以輔導。如果能做一個適當的運用，也許就有另一番光景。因此有很多老兵，不太願意被這樣安置，我的〈順興茶館所見〉，這是確實有的茶館，在中華路，大概從火車站過來第四棟，國光戲院的對面。中華商場裡有一層很多類似順興茶館的地方，都是老兵們去的，分得很清楚，有些是空軍，他們都集中在那裡，因為他們可聊的，就是他們空軍的形形色色，有些海軍的，有些陸戰隊的。那陸軍單位的，大部分都在這裡，這三十個座位當然可能不只，這個三十就是說我們人三十而立，用了這麼個意象。那麼陸軍啊分散各地，也就是說這個部隊曾經進駐臺北，而且一年以上，對臺北比較熟悉，所以這些老兵退伍以後，就留下來在臺北討生活。我寫的這個對象，是我的同鄉，杭州人，一看就知道，因為他叫龍井茶，他是很有志氣的，他就說我不要輔導，我就吃我這一點，我可以

生活了。結婚的事也不想，能不能傳宗接代，對不對得起父母這些問題都不想，現在就是要過得很安逸。我就在這個茶館裡坐，聽聽他聊聊、聽聽他吹牛，偶爾就一起出去，到後面有上海小菜的店吃個小菜。我常到那裡去跟他聊天，有時候也跟他們吃吃飯。在我寫這首詩的時候，我個人的環境可能比他們略好一點。

（辛鬱朗誦〈順興茶館所見〉）

辛：我另外有好幾篇小說寫這些。

楊：這個很像是老師的茶館所顯現的多面向的人生，因為戰亂的關係，有很多有才華的人就捲入其中，像張光賓、楚戈，張光賓後來到故宮之後，表現得非常傑出。

辛：楚戈後來是適得其所，生命力發揮到最高點了。其實商禽是我最推崇的詩人。

楊：他的詩作裡，所表現的老兵的沉鬱，是很少人能夠呈現的。

辛：〈體內的碑石〉是一九八幾年的一個作品，這首詩等於是我前面寫到的，對我自己的分析、我生命的肯定。

（辛鬱朗誦〈體內的碑石〉、〈貝魯特變奏〉）

楊：辛鬱老師的朗誦裡面含著詩意，還有唱歌，我覺得情感的表達更為濃郁。太好了。

辛：〈家的多寶格〉寫於 2008 年。因為我的兒子準備要結婚了，所以來跟我商量，結了婚以後要跟我們一起住，我想我只有一個小孩，他不跟我住要跟誰住呢？當然跟父母住啊！雖然我們的房子還很大，但總是住了很多年了，如果新娘家裡有人來看，說你們家裡的房子這麼老舊，所以要稍微裝修一下。我說那你出這個裝修的錢，你就回來住，結果他很豪華，把那個房子裝修得挺像一個樣。我就在這個房子要拆修的時候，我們要到外面去住三個月，我就有感而發，畢竟是離開住了二十幾年的房子，要到外面住三個月，後來就寫了一首詩。到這個時候，我敬愛的岳母已經走了，她沒看到我兒子結婚。這首詩比較長

一點，有五段，第一段寫一個整體，第二段寫我的岳母，第三段寫我的妻子，第四段寫我的兒子，第五段寫我自己。多寶格是清朝時候富貴人家的用品，把一些小首飾，小裝飾、陶藝品、青銅這一類的東西，或者水碟，小茶壺、小酒杯等等擺在各個格子裡，蠻有意思的。我把一個家形容成多寶格，裡邊有一個茶壺是誰，一個什麼是誰，一個酒杯也許就是我。

（辛鬱朗誦〈家的多寶格〉）

楊：無論人子、人婿、人夫、人父，做得最長久的還是詩人，辛鬱先生六十年的詩人，不只吧？從你開始寫詩到現在。

辛：不只，不只。六十出頭了，我人都 81 歲了。

楊：多好啊，詩人是一生的志業。

辛：17 歲開始寫，另外就是我們，《創世紀》，《創世紀》今年 60 年了，60 大壽做完了，我們也就請另外一批人繼續努力吧，我們總是要靠邊站了。

楊：不會，詩人是一輩子的，直到最後一口氣還在唱歌。

辛：你看〈家的多寶格〉的後面，我不就靠邊站了嗎？

楊：聶魯達唱過一首詩，他說我來到世界上，他就是來唱歌的，直到最後一刻，我們也希望老師能夠唱歌直到最後一刻。今天非常謝謝辛鬱老師到這裡來為我們朗讀，也為我們歌頌美好的詩篇。

——選自蕭仁豪主編《鄉愁與流浪的行板》
臺北：中華文化總會，2014 年 11 月

閃爍的星群——簡介二十位軍中詩人（節錄）

痛苦與美的服役者：辛鬱

◎瘂弦*

辛鬱常常對阿爾拔・卡繆所說的：「我們必須同時服役於痛苦與美。」這句話，感到一種不僅僅屬於認知的內心的顫動。對於寫作，辛鬱也許是一個屬於自我的寫實主義，因為，在他的詩裡，經常出現的，便是自我世界真實的一面。

11 年前，當他的第一首詩〈牽牛花〉在《海島文藝》月刊上刊載後，他便從對運動的熱衷與嗜愛轉向文學。嗣後，由於感受上那種日益緊迫的壓力，以及在閱讀了一些書籍後對生命的奧義的認知，據他自己說，他曾一度想到放棄詩，但「已經來不及了」。十年來辛鬱從未懈怠他創作上的種種努力；以他自己的步度，緩慢的向一個中心深入。這其間，他曾出版了他的處女集《軍曹手記》，一冊包含詩人少年時代的夢幻、青年時代的茫然的詩集，在集子的後記中他說：「寫詩是一件苦事，但是我喜歡它。」文學是苦悶的象徵，辛鬱是如此心甘情願地服役著詩，痛苦與美麗。

欲作烟之翔舞

俯察大地的鏡溶化

在鏡中　亦溶化一具

猶未殭冷的骨骸

　　　　那無翼的一隻

　　　　人形之鳥啊

　　　　　　　　　　　　　　　　——〈冥想〉

　　「我怎樣說我的詩有一種風格呢？」辛鬱有一次在接受記者訪問時說，「如果沉鬱也是一種風格，那麼我的詩便是如此。」而實際上，辛鬱從未被一種固定的風格所拘，只是在整體上看，他的詩由於缺乏透明感，給人的印象十分矇矓，而矇矓是與沉鬱有關的。辛鬱認為「詩是一張用兩種不同顏色的草編織的幕，在一面你看到美，另一面看到痛苦。這張幕永遠低垂，沒有一隻手會去掀開它；甚而沒有一隻手，會興起掀開它的慾望」。

　　這段話，對喜愛辛鬱的詩的讀者們，應該是一把最好的鑰匙。

　　　　　　　　　　　　　　　——選自《新文藝》第 99 期，1964 年 6 月

同溫層的鼓手
析評辛鬱的詩

◎張默[*]

　　當民國 45 年，我們還在浪漫主義的潮汐裡兜圈子時，辛鬱早已唱出
〈海的百合花〉、〈鷗和日出〉等……較有深度的詩了。以寫作的年代來
講，辛鬱的詩齡是很高的，他不像某些人那樣突變或躍起，而是一步一步
腳跟著地走他那獨自掌握的近乎緩慢的方步，及至民國 49 年底，他的處女
詩集《軍曹手記》的出版，我們還看不出他的比較輝煌的一面。一個詩評
人應該有耐心地等待著，一個有識見的詩讀者，更應該有耐心地守候著。
而今天，由辛鬱所建造與開墾的詩的「青色平原」的世界究竟是怎樣，我
想某些真正飽學之士一定會認知的。

　　《軍曹手記》以今日的眼光觀之，大體上很平庸，那時的辛鬱太迷戀
於表現的方法與模式，該集中所收入的散文詩，大都是近乎模仿商禽的，
他有商禽的調子與語法，而無商禽的深刻的寓意。而其他的詩作，不是太
傾向於「說理式」，就是太喜歡「咬文嚼字」式，兼之感情內斂而不夠舒
放，意象平鋪而不夠聳立，致使人讀了他的作品之後，彷彿覺得他的詩作
「僅僅像是擺了一個優美的骨架與姿勢而已。」（見〈論現代詩的技巧〉）
可是自《軍曹手記》以後，詩人懂得努力超越往昔的我的重要，盡量摒除
往昔的缺失，使他的詩避開「理性」，「避開說教」，避開太多的「方法與模
式」。而建造成另一個被他自己所期嚮的「同溫層」的世界。

[*]本名張德中，詩人、創世紀詩雜誌社創辦人之一。

　　辛鬱的表現論不是波特萊爾式的，而是卡繆式的，甚或是紀德式的。是故從他的「同溫層」以降的許多作品中，沒有太多的歡樂，而較流泛著一種切身的苦痛。卡繆說得好：「我們必須同時服役於痛苦與美。」辛鬱是深體此中的精義。下面還是請看他的詩——

　　你臥著
　　一叢蘆葦搖響深秋的悲歌
　　自你的肺腑
　　你將如何展開你生的驕傲
　　猶之風中果樹的歌唱

　　　　　　　　　　　　　　　　　　　——〈景象〉

　　這是辛鬱對一位已故詩人的深深的繫念，這繫念是貼實的，是發自作者堅實的肺腑的，彷彿那逝去的一顆潔白的靈魂，就是作者自己。「你臥著，一叢蘆葦搖響深秋的悲歌」，要是作者未進入到這位詩人的內裡，以及未抓住這位詩人靈魂的真髓，他怎能攫取到這樣讀了令人心碎的意象。S·史班德曾經勸戒現代詩人應以感性來寫作，而辛鬱的這首〈景象〉，感性確是出奇的濃烈，彷彿他的詩與他的生活與他的生命本身無一不緊密地擁抱在一起。

　　辛鬱從小就是在戰火中掙扎長大的，他深體人的生存的願欲，只有在死亡邊緣求生的人，他才真正懂得生命的真義，以之寫成詩章，也才是最為真摯，最具有存在的價值。近年來沈甸的亟亟躍進，而邀得不在少數的詩讀者的激賞，就是一個典型的例子。但辛鬱不同於沈甸，沈甸的詩，給人的感覺是艱澀而灰暗，有點近乎辛鬱所指「擠迫而出」的意味，而辛鬱的詩則否，無論在用語上，氣氛上，以及感覺的流動上，都比前者自然而舒放得多了。

　　辛鬱的詩的意象，大都不是如行雲流水般的流露，而是如峰迴路轉般

的隱祕，它們是花朵的「蕊」，而非花朵的「外衣」，突然一觸他的詩是抓不到什麼的，而必須深一層地去探索，才能有所發現。這裡不妨打個比喻，它的意象好比一枚橄欖，你偶然咀嚼一下實在沒有什麼，但是愈嚼咀就愈感覺出它的味道了。辛鬱在捕捉意象時，是很謹慎的，他不是見到一隻美麗的蝴蝶，馬上就去撲捉，而恆經過一番「內心的掙扎」與選擇，甚至是特意的安排。〈同溫層〉這首長詩中有許多句子，足可以支持我的論點。如第二節中的一些句子。

　　　鋼之笑著的肌膚
　　　彷彿也鍍著一層
　　　　初冬之顫慄

　　在未進一步地剖析這些詩句之前，對「同溫層」這個大題目不能不先作一番紹介，這首詩是他於民國 50 年冬住金門戰地寫的，戰爭給予他種種犀利的感受，差不多經過詩人心靈的轉化，都被吸納到他的詩裡去。我們既然了解了這一點，了解這是詩人寫自己生命的戰爭的詩，自然可以撫摩上述的句子，也惟有懂得〈同溫層〉寫作的出發點，才能體悟得出作者當時的感情是多麼的躍動，冷冽與浮移。戰爭的工具是推不開鋼鐵的，而他則說「鋼之笑著的肌膚」，那形象多鮮明呵，「笑著」，毋寧說是「憤怒著」，詩人之所以選用了「笑著」這兩個字，而不用「憤怒著」，這完全是高度匠心的約制與安排，也只有用這兩個字才更富「戲劇動向」與「張力」，才更具渴念開火的意味，才更具活生生的戰鬥的意識。後面兩句「彷彿也鍍著一層初冬之顫慄」雖然是闡釋上一句的，不過由於這種冷澈的闡釋，使這些意象全都昇華了。此詩中洋溢現代感覺意象的句子特多。如「蝴蝶與坦克必共舞半壁黃昏」，「讓我的目光服膺古鐘之斑彩，我之名籍在玉質的音響中溶解」以及「夜之萬年鼓，仍咚咚不絕」，「我必在岩石的層次中發現自己」等等，均足以使〈同溫層〉步上一個孤獨的高峰，可惜

的是一般人並沒有發現此詩的價值，能不令人惋惜。而詩人在此詩的每一段連續使用「是什麼聲音交媾什麼聲音」與「夜之萬年鼓，仍咚咚不絕」之句，不但加重了此詩深沉的氣氛與音響的效果，也更使第一段與第二段與第三段……彼此之間互相密接而達至互相呼應的「多重奏」的複雜連綿的境界。

　　詩人應是一個偉大的泛愛者，即使他寫咒詛現實、痛擊某些發霉的靈魂的詩，但那也必然是出諸無可描述的愛心。辛鬱詩中充滿這種愛心的思想是很普遍的，如〈景象〉、〈母親，母親〉、甚至最近發表的〈青色平原上的一個人〉也離不開這個範疇。不過以〈母親，母親〉一詩表現最為親切，也許是親情高於一切的關係，詩人失去母愛可能是很久了，茲摘取該詩的頭一段如下：

　　　　一個水晶質的月亮上升了
　　　　那麼軟軟的腳步
　　　　母親，母親
　　　　當我翱翔之夢滑落便是秋露
　　　　是冷冰的哀傷於大地的心胸

　　這不僅是親情的流露，而是近乎劇烈的呼喚，人性的莊嚴與偉大，在此詩中充分宣洩無遺。這是我所讀過的懷想母親的詩最好的一首，辛鬱自這首詩開始，顯然他更能操縱他的語言，掌握他的意象，調和他的形式與秩序，直到近期〈青色平原上的一個人〉一詩出現時，我們是更應該為辛鬱歡忭的，他確確實實已經找到他自己的詩聲了。

　　　　歷史是一疋布麼？
　　　　汪汪。
　　　　……

在青色平原上

我種牧著一個人。

汪汪。

　　那種現代人淡淡的孤高感，就在他這麼連續呼叫的幾個「汪汪汪汪」聲中，被調侃得淋漓盡致，過癮之至。

　　辛鬱的世界仍在進變著。末了，我突然想起《查拉圖斯特拉如是說》中的兩句話「努力做個健者，努力做個創造者」。以此贈給辛鬱並願共勉之。

——民國 55 年 3 月於左營

選自張默《現代詩的投影》
臺北：臺灣商務印書館，1967 年 10 月

辛鬱：詩人的良知與夢想

◎章亞昕*

　　人們常說的新詩運動，其實包括了近代藝術運動和現代藝術運動兩個方面：前者更強調「為人生而藝術」的社會使命，從新詩的口語化、形象化到情調化，有一種功能性追求的結構化趨向，乃是從社會理性與工具理性出發，表現悲劇性的崇高感，即美學家所謂理性內容壓倒感性形式，卻又或多或少地以詩為宣傳工具，而忽視了對藝術美的深入探索；後者則注重「為藝術而藝術」的審美理想，從早期的象徵詩派開始，經過臺灣的現代詩潮，再到近年來崛起的大陸青年詩群，現代詩的先鋒精神給新詩運動注入了新的活力，使真和善的內容可以自如地轉換為美的形式，通過審美理想更深刻地表現人性，抒寫人的目的。然而藝術思潮的差異，也難免造成人們對現代詩的誤解，從「詩怪」李金髮到「詩魔」洛夫，詩壇的實驗者往往被視為異端……。

辛鬱的詩觀

　　詩人的良知與夢想實在是相通的，這當然不僅僅是辛鬱一人如此，但是辛鬱顯然很自覺地表現出藝術整合的意向，他運用超現實的創作手法，詩中又滲透了為人生創作的精神。他認為「寫我們這時代的詩」應該發揚劉半農、康白情、俞平伯、葉紹鈞以來好的傳統，主張「學習去做一個平實的詩人」、「誠於自己，誠於事物，更誠於我們立身的時代。」唯其如此，詩人「一方面有著從生活來的情緒，一方面要求表現上的正確性，詩的語言尺

---

* 發表文章時為山東大學文學院教授，現已退休。

度,是嚴格的。」、「詩的語言是感染的語言,它的主動陳述性,不僅僅是一般生活語言的形象化,而是意象的高度表現,因此,一粒麥子是一種生命,一個暗示有一個世界,它開放的想像世界,充滿了五光十彩。」[1]這應該是一種集大成者的藝術道路,溝通藝術與人生,以夢想來表現良知,使現實美特徵和藝術美規律可以得到統一。平心而論,詩人的生活體驗與藝術想像本就是創作過程中必不可少的兩個階段,實在不必厚此薄彼。

詩人於是自由地出入往來於人生的情境與詩歌的語境之間,以現代詩去抒寫現代人的感悟。所以,辛鬱不但強調要深入社會,而且也不反對在創作時遁入「象牙之塔」,「離群索居」,以便從事「作家個人的心靈作業」。[2]他是以自己的痛苦心境為中介,來溝通人生情境與詩歌語境,以表現一種苦難的身世之感。唯其如此,「詩是一張用兩種不同顏色的絲線編織的幕,在一面你看到美,另一面看到痛苦。」他還說:「所謂自動性文字技巧的運用,這在我創作時也許有此傾向,但我只叫它是生命的自然流露。」[3]以超現實的創作手法,表達為人生的創作精神,這是詩人的創作方法,又是一種美學上的自我定位。美感是知解力與不確定的想像力在和諧地契合,崇高感則是理性壓倒感性、內容重於形式,在悲劇中有理性的參與,而理性是對立的、衝突的、抗爭的,而不是和諧的,因而對感染力的追求更甚於對愉悅性的偏愛。由於理性不可以直觀、感性不可以思辨,現代詩也就以詩人的知性或悟性,展示了現代人的審美風度!

辛鬱詩中的二元結構

在〈順興茶館所見〉這首詩中,我們可以感受抒情主人翁一種矛盾的心境,他品味「寂寞」,而又「尚有那少年豪情」,「偶或橫眉為劍」,在淡而無味的人生中,保持自己做人的信念……冷面而又熱心,此辛鬱之所以

---

[1]辛鬱,〈寫我們這時代的詩〉,《辛鬱自選集》(臺北:黎明文化事業公司,1980 年),頁 204～212。
[2]辛鬱,〈關於「象牙之塔」〉,《辛鬱自選集》,頁 188。
[3]辛鬱,〈談自己的詩〉,《辛鬱自選集》,頁 236～237。

為辛鬱。心境來自人生，在身世之感中體悟自身的命運，便可以產生極豐富的聯想，化同一心境為繁複的意象。以情觀物，感物起興，則萬千印象無不被染上了情緒的色彩，與心境渾然一體的意象於是生成。詩人主張「不誠無物」，認為「誠心，對一個作家來說，也就是真性情的表露。」[4]忠實於心境體驗，在詩歌創作中實在是非常重要的。

　　內與外，物與我，印象與心境，便都是相通的，這就造成了辛鬱詩中的二元結構；但是詩人並不盡於此，在他的心目中，現實與理想也正是相反相成，印證心境與改造人生一體，凸現身世感，同時意味著高揚使命感，判斷力與意志力又總是相伴而行……〈捕虹浪子〉中的「他」，固然是「浪子」：

> 他是曾經植物過的
> 他是曾經動物過的
> 　　一種沒有瀟灑過的植物
> 　　一種沒有豪放過的動物
> 他找不到一堵牆外自己的門庭

「浪子」是沒有家的，甚至「沒有欄柵沒有食料沒有燈，沒有塵埃沒有上帝沒有鐘」，即便一無所有，或者說正因為一無所有，他還是要去「捕虹」，去尋找家園，去追求理想：「他設想自己是一把鑰匙／如此艱辛如此執著他開啟那門。」原來在心境裡面不僅有被動的自我感覺，也還有主動的自我意識，意象的背後是意志，而抒情主人翁是堅忍的，「在刺痛了自己的腳掌之後他開始／用手行走」。「虹」，本就在自己心頭……以意象來表現心境，在辛鬱總是離不開他的身世之感，而在自我表現的同時，他又表現出自我超越的願望、詩人的自我期許。就像〈問盆栽〉，詩人有感於盆栽那「不屈」的活力，便想到：

---

[4]辛鬱，〈不誠無物〉，《辛鬱自選集》，頁165。

庸碌的我
自多花的江南來
此刻正一卷在手
讀那茫茫的山明水秀

抒情主人翁覺得自己「身上已綠少黃多」，遂問盆栽：「應如何無懼驕陽逞威／再一次讓生命伸展」，從而以人格的理想性超越人格的現實性。知性或悟性，本就在感性與理性之間，領悟人生，有助於自我生命的昇華，並由此而產生了相應的美育功用。

在我看來，辛鬱的使命感，往往是通過抒情主人翁超越情境的角色形態來加以強化的。這可以同他的小說中的故事主人翁相互印證：如小說〈縴夫阿德〉中的「阿德」，就很有象徵意味，以「德」命名，又全力拉動那人生之舟；他有童心，卻又為討老婆而被迫不跟小孩們玩；最後阿德因救小孩貴文被渦流捲沒，遂成了孩子們心目中的「河神」。原來崇高的人性總要超越社會角色的規範！又如小說〈漂〉中可愛的「輔山」，總是嚮往那種「原始」的樸素，然而，他已在人世的「河川」中沉沒，並且隨波漂去……唯有在小說〈我給那白痴一塊錢〉中那個為他人目光而活著的、死要「面子」的「我」，唯有在小說〈佛事種種〉中那個斤斤計較「身分」的張允中，才是可笑的。以理想化的想法來改變平庸的活法，也就產生了詩人的說法，乃是在夢想裡面寄託良知，而詩人並非一般的角色。

與命運的對話

詩人的角色，是以理想來超越現實。身世感與使命感的統一，使辛鬱詩中的語境可以歸結為人與命運的對話，亦即以一種「不屈」的姿態，去追求崇高的美學境界。他認為，詩集《豹》能夠代表自己的「詩觀」[5]，而

---

[5]辛鬱，〈後記〉，《豹》（臺北：漢光文化事業公司，1988 年）。

洛夫則在這本書的序言裡指出：「辛鬱有一幅冷凝的面孔，故詩壇友好向以『冷公』稱之。其實辛鬱面冷而心熱，亦如他的詩，冷的是他的語言，熱的是他潛在生命的燃燒，他的詩堪稱為冰河下的暖流。」[6]由於在意象化的語言中飽含了來自詩人經驗深處的情緒（即心境），因而也可以這樣看：痛苦的心境是冷的，崇高的信念則是熱的，印證冷的心境，進而抒發熱的激情，於是他的詩中也就「冷」中有「熱」，而「熱」實緣於「冷」。

「冷」的自我感覺和「熱」的自我意識，必定要求在詩中有相應的表現，而且那種超越社會角色規範的自我意象，便跳出社會情境而進入了家族情境，又構成一種自主性的個人感情定位。在詩集《豹》中，組詩〈演出的我〉和〈同溫層〉居一前一後，首尾呼應，占據了十分顯要的位置。〈演出的我〉是「讀自己的成長」，也正是解讀自我的生命。那是抒情主人翁對父母、妻子、兒子相對應的家族角色，而「鄉關已遠」，斷腸人在天涯；〈同溫層〉則「鑑照生命的運行」，更包括了「自己篇」、「母親篇」、「父親篇」和「歲月篇」等，詩人忘不了「那遠方曾烙下我放牧的影子」，而家在心頭，「雪埋的歲月」在眼前，其心境只能是悲涼的。

在與命運的對話中，辛鬱展示了自身的人格力量，從〈豹〉這首詩裡，我們甚至能感受到抒情主人翁內在肌肉官能的緊張感覺。任他「蒼穹默默／花樹寂寂」，豹只是蹲在曠野盡頭，組成一片美麗的風景，卻又敏捷而冷靜，充滿野性和力度，乃是以靜的堅忍姿態來表現動的內心嚮往，道是無情卻有情，詩中的想像寬泛而不定，同時又雕塑出各種潛在的精神可能性……這位追求感染力的詩人，自不妨冷口冷面，亦不必大呼小叫，輕輕吟唱便描繪出人生的真相、生命的本色。品味寂寞即是體驗痛苦心境。〈桑吉巴獅子〉中的「獅子」，則是由非洲故土到「國立公園」，「置荒原在我身後／棄大風在我頭頂」，多的是現代人的苦惱和孤獨感。它「繞樹三匝」，其實是似動而實靜，使我們想起〈捕虹浪子〉，遠離自然的家園，品

---

[6]洛夫，〈冰河下的暖流〉，《豹》，頁3。

味痛苦也成為一種人生，對苦難的表現即是對現實的抗議。

良知與夢想

有身世之感，有家國之思，詩人痛苦的心境滲透人與命運的對話，詩就像〈流到天涯的一滴淚〉所說的那樣：

> 好不容易　被鎖了
> 幾千個日子的一滴淚
> 流了出來　純白的
> 一滴流到天涯的淚

淚，僅僅一滴，若冰川乍融，又融入「天涯」的空間，又融入「幾千個日子」的時間，便成為生命的凝聚之所在，那痛苦的心境也就非同一般。淚是面對著「藍天」而流出，「在海的那一端／這好藍好藍的藍天／是屬於每個人的」。歷史的轉折也許會帶來命運的轉機，這對於詩人的意義又確實非同小可。在詩人的使命感中，包含著他對人生價值的自覺追求，所以碧空萬里是歷史的風景，也是個人的心境，更是他對中華民族美好未來的期待。這滴「淚」所包蘊的內容，一言難盡。

在痛苦中有期待，在情緒裡有意志，在冷面背後是熱心。唯其如此，辛鬱的「少年記事」要以〈流川〉和〈戀之變奏〉來自我命名；而且，他會在〈焚詩記〉中自我表白：「寒意來自人間，我不得不披上一件漠然」，同時卻一心「訪我的故舊在煙漫中」；詩人又在「老花眼鏡組曲」的〈蝴蝶夢〉中呼喚：「歲月啊且請慢走」，感嘆道：

> 無奈你腳力已衰
> 再也追不上
> 舞在風中的陣陣幽香

　　良知與夢想，遂在痛苦的心境中結晶為意象，其中閃爍著詩人的審美
理想。「無奈」裡的追求和追求中的「無奈」，在辛鬱詩中構成了動人的情
調，詩人的人格理想，乃是美感與崇高感的交匯之處。

　　詩人深入心境之中，且又跳出心境之外，出入自如，便能在體驗生命
的同時超越自我，一以貫之的，則是一種人道主義的情懷。看重生命，熱
愛生活，改造人生，追求理想，使小我與大我得以統一。追求人生的價
值，抒情主人翁也就在〈菩提葉〉中：

> 感悟一滴簷滴的力量
> 如此清澈昂揚的生命

　　水滴石穿，小也可以喻大。對於文學藝術中諸如傳統與反傳統、現實性
與超越性、自我與群體、理念與感性、民族性與世界性、明朗與晦澀、技巧
與內容等一系列問題，辛鬱常持相對的觀點，而不肯取絕對化的態度[7]，他總
是強調對立之中相互依存、相互轉化、相互包容、相互推移的因素，而這種
相反相成、物極必反的思路，又總是通向詩歌想像的整體性、直覺性、內向
性、意象性，從而於小我中見大我、於有限中見無限，體現了中華民族傳統
的人文精神，頗有益於詩藝的創造。

痛苦的轉化，生命的昇華

　　辛鬱為了表現良知而從事夢想，為了創造未來而重溫過去，在以往人
生經驗中形成的心境，便通過想像力而高揚了意志力！在這裡，審美理想
又通向人格理想。抒情主人翁在他的〈歌〉中唱道：

> 絞架說的話只有刀刃聽得懂

---

[7] 辛鬱，〈關於文學藝術的我見〉，《辛鬱自選集》，頁 5～8。

> 刀刃不是為刈割而成為刀刃
> 月落是一種垂死的標誌
> 便是人也不能聽見灰飛的聲音

辛鬱的身世之感，使他對悲劇性情境有很深的感悟。生於離亂中，長在砲聲裡，以及長期躺在病床上，都會強化詩人對生命的依戀；然而痛苦之樹，也會長出人道主義的果實，使抒情主人翁表現出對他人的同情與關懷，使詩人心頭牢記自己的責任與使命。所以在〈景象——臺大醫院七二九病房所見〉中，抒情主人翁對臥床的「你」如是說：

> 可是風依然吹送
> 陽光依然凜然地敘述
> 靜寂中你的根鬚依然在尋覓
> 它的土壤　你的葉仰及
> 天體的崇高與壯闊

　　一種發自內心深處的呼聲，呼喚生命，也呼喚人生的意義，呼喚著充實的生活與崇高的精神境界……對呀，面對人生的有限性，詩人就在死亡面前領悟了生命的價值，努力使短促的人生在追求中彰顯其意義！於是身世感轉換為使命感，使命感則是對生活負起責任，即是對人生意義不懈的追求。以其良知去改造人生，以其夢想去超越局限，詩的境界便成為崇高人性的自由天地，生命由此而得以昇華，辛鬱與命運的對話，其意義就在於此。審美理想與人格理想交織在詩意中，使他過去的生活經驗，也提升為創造未來的精神動力；使他痛苦的心境，也轉換為強健的意志。

——選自《文訊》第 119 期，1995 年 9 月

冷臉・詩心・豹影

辛鬱詩散論

◎沈奇[*]

一、冷臉之冷

　　對於那些常常心浮氣躁，僅憑青春激情或所謂閃光的靈感投入寫作的詩人而言，辛鬱的存在，無疑是一劑消火敗毒的「涼藥」。我這裡用了「投入」一詞而非「從事」，我是想說，不管是現在還是將來，真正能進入歷史的詩人，是不能僅憑一時熱狂而短暫的「投入」所能成就一番詩的事業的。換一種說法，亦即你是否在你最終的「投入」之中，不但開啟而且凝定了你所選擇的詩歌藝術空間，並且成為獨立的、自足的、完整而恆久的存在，而不是某一潮流或觀念脆薄的投影，甚或只是青春期詩戀症的匆促劃痕。所謂「從事」則是另一種狀態，那是以詩為生命歸所，在藝術／寫作中尋求生命補償，在生命中尋求藝術／寫作補償的長途跋涉──這是「事業」，也是生活本身，是生命、語言與詩的最終融合而同歸時間與歷史長河。由此又想到終生寫作的命題──這是大陸詩壇經由橫貫 1980 年代的狂熱探索與實驗之「投入」以後，由一部分漸趨冷靜而沉著下來的優秀詩人們，逐漸於 1990年代的反思中提出來的。在這種反思中，我們始發現，我們太忙於拓荒而疏於精細的耕種，不無虛妄和匆促的「投入播種」之後，堅持「從事」收穫者便所剩不多。冷寂隨之降臨，而對冷寂所開啟的意義也隨之得到共識。其實，在彼岸詩壇，尤其是在臺灣老一輩詩人群體中，這種所謂「終生寫作」

[*]詩人、評論家。發表文章時為陝西經貿學院漢語言文學副教授，現為西安財經學院文學院漢語言文學教授（國家三級）。

的命題是早已解決了的。值得更深的追問的是：何以同樣也有過「狂飆突進」式經歷的彼岸詩人們，卻能差不多個個都腳力不減，愈老彌堅，不斷超越自身同時超越歷史的局限，最終成為一座座有體積有高度的詩之山峰而非一閃而逝的流星呢？這是近兩年我研究臺灣現代詩的過程中，最為深刻的體會和最為長久的詰問——同樣，在對辛鬱長達四十餘年的詩路歷程考察中，最先觸動我的，又是這樣的一種思忖。

實則早就應該有人指出：一個張揚的、放佐的時代早已結束了——平靜下來，作孤寂而又凝重、沉著的人，守住且不斷深入，進入冷靜而持久的工作狀態——在一部分詩人那裡，這是需要再三磨礪始能進入的狀態，在辛鬱身上，卻是一種源自本色的恆久存在。從 1950 年代投入現代詩運至今，辛鬱先後出版了《軍曹手記》、《辛鬱自選集》、《豹》、《因海之死》、《在那張冷臉背後》五部主要詩選，其量不算豐，卻「一直在平實地寫，寧靜地寫，無視別人的毀譽」（張默語）持有一貫的品質，且越寫越顯精純。仔細體察辛鬱的詩路／心路歷程，我們會強烈地感到，他首先是一個被自己個在的詩性觀察與詩性體驗所充滿著的人，而不是一場文學運動或詩歌浪潮的某種表徵。在「那張冷臉背後」，是「來自水之深處／在火煉中／把回響／擲給眾生」（〈石頭記事〉）的石頭般凝重的愛心、理想、責任和歷史感，且將自己的這份「回響」「定調為大提琴的／一個低音」（〈在那張冷臉背後〉，重點號為論者所加，下同）徐緩、莊重、沉著而冷凝，沒有絮煩的浮誇、放縱的奢麗及強敷的亮色，只是以「一小片寂／一小滴白／一小撮甜／呼喚他以／火的激情與山的堅韌」（〈來自某地界的呼喚〉）。

這便是辛鬱式的「冷」——一種人格的矜持，一種藝術的控制感，一種更貼近骨頭的詩歌立場，一種「不著色的冠冕」（辛鬱詩語），一種「冰河下的暖流」（洛夫評語）。在詩人題為〈無題十四行〉一詩中，有這樣意味深長的四句：「唱什麼都無關緊要／但不要用鼾聲伴奏／而且也不要用相類的手藝／解釋疲憊的成因」，設若在這裡將「鼾聲」看作精神的空乏和言說的雜蕪，將「相類的手勢」看作對詩意的複製，我們對辛鬱所持之純

正、本色、冷靜的藝術，或可更為洞明。

　　辛鬱有一句著名的詩句：「生命，一個溶雪的過程」（〈謁泰山無字碑〉），這是詩人六十初度，回返文化故土後所發出的感悟。然而這種持內斂而非張揚的冰雪性情和由此生成的詩歌品質，是在其初始的寫作中就很快形成並成熟起來的。在其早期不無激情且尚未控制到位的散文詩作〈青色平原上的一個人〉中，詩人便已唱出：「讓我獨個兒流浪在生命這種紙器上，然後讓我溶解」——顯然，那種「溶雪的過程」從這裡已經開始，且持之一生。正是這種內斂的氣質與目光，使詩人對人、物、我、存在與虛無、歷史與人生常得以冷澈深透的觀測和體悟，落實於創作，則常以小見大，以輕見重，以平實見深切，不著亮色而更見肌理，更顯本質。試讀這樣的詩句：「感悟一滴簷滴的力量／如此清澈，昂揚的生命」（〈菩提葉〉），清澈於外，昂揚於內，於一滴簷滴中感悟生命的分量，詩人的內在氣質，可見一斑。再細品味這樣的意象：「無齒的唱盤／轉了一圈又一圈／一種呼救之聲被肢解／一絲氣息凝成柱」（〈參考資料〉），唱盤無齒有如歲月無聲，破碎的生命存在中連呼救也被肢解，現代人之精神空乏與心理危機在詩人冷冷的一瞥中，被透顯得何等深澈！

　　冷凝的語感，冷僻的視覺，冷峻的思考——在這一切的背後，是詩人對特殊歷史境遇所形成的文化放逐之苦的冷澈入骨的體悟。那個「豹」的意象是極為經典的，可視為詩人精神內質的鮮明寫照：「這曾嘯過／獵食過的／豹」，一經被長期放逐之後，便漸漸「不知什麼是香著的花／或什麼是綠著的樹」（「花」與「樹」構成文化家園的象徵），便只是「不知為什麼的」「在曠野之極／蹲著」——「蹲」是一種靜態，一種無目的、無方向的守望。於是這隻「豹」只能自己依靠自己：他自己的情感，他自己身體的節奏，他自己可觸覺的經驗和他自己未完全泯滅的夢境，……放逐是一種痛苦也是一種磨礪，「曠野」的風使他孤寂也使他冷靜了下來，他知道他被拋入了另一種命運，一種混亂或無意義之中，一個早已結束並斷裂成碎片的文化遺產之中，似醒猶眠，似眠猶醒。而在這隻「不知為什麼」而「蹲

著」的「豹」的深心處，卻依然沒有放棄著「一些什麼」——他只是變得更為機警、敏銳、沉著而有力，只是將「生命的輕囁沉在／自己的內裡」（〈自己的寫照〉），試圖在自己身上，並通過自己而及族群（被放逐者族群）身上，認識、拯救和喚醒詩性的人生和家園的記憶；他知道，對於「被放逐者」而言，「也許／活著就是一種呼喚／永遠地／響起自生的中央地界」（〈來自某地界的呼喚〉），於是他游離於醉生夢死的浮泛群體外，在「曠野之極」即孤絕的人生邊緣，冷冷地「蹲著」，獨立而矜持地——

等候一種意義的
初生與再現

——〈來自某地界的呼喚〉

二、詩心之思

　　詩人是詩性生命的代言人。而所謂詩性生命，並非一個異己於混沌生命之外的原初存在，而是經由詩人之眼於普泛的人與事物之中，以哲學思想為內核，以意象語言為載體的一種發掘、提煉與展現。是以詩是無所不在的，只是因詩人所持的立場、視向和言說方式的不同而形成千姿百態的樣式與風格，由此提煉的意義價值也便有所不同，儘管，它們最終的價值都是為著能夠幫助人保持其人的本質。

　　從《軍曹手記》到《豹》到《因海之死》直至最新的《在那張冷臉背後》，縱觀之下，我們會發現，詩人辛鬱的詩之思，一直維繫於三個向度的展開與延伸——作為主體人格（詩心）的外化，可形象化地歸納於「老兵的歌」、「異鄉人」、「捕虹浪子」三個典型樣態。這三個主題取向，分別代表著詩人對現實人生、歷史迴聲和生命理想的詩性考察與言說，並堅持在這些「……豐美而又重疊的交感中」以「人的沛然的主題突出一切」（〈土壤的歌〉）。

（一）在「一些混濁的酒意」中品啜人生——「老兵的歌」

在臺灣現代詩人中，有相當一批，是出之於經過戰爭血火洗浴的老兵之中，辛鬱也是其中之一。這是一種極為特殊的人生遭遇，乃至超出了我們在一般歷史常規意義上所認識的所謂「戰爭反思」。這場在特殊時空下所發生的歷史悲劇，有著完全不同於其他戰爭悲劇的特殊意味；硝煙散盡，一群為時代所誤的青春年少，不但身心倍受傷害，而且被迫去國離家，且從此成為文化（精神家園）與鄉土（現實人生）的雙重放逐者。由此開啟的臺灣詩歌以及整個臺灣文學的特殊領域，恐怕不僅在百年中國文學進程中，乃至在現、當代世界文學中，都是一個極為特殊的存在，一個值得深入研究的文學現象。同時，假如我們再將這種「放逐」置換為「被拋」，亦即經由與命運之征戰搏鬥的驚濤駭浪，而後又復被拋入一個「似乎沒有什麼事情發生」（辛鬱詩語）的生存空虛之中，由此生發的詩性思考與言說，就具有了超越歷史事件、超越族群和時空的更高意義了。實際上，這種「被拋感」早已化為日常且成為當代人類普遍的境遇，成為世紀的命題。那些所謂轟轟烈烈之戰爭與愛情的什麼「永恆的主題」，已隨同浪漫主義詩歌的遠去而消逝了，能否從庸常凡俗的生存現實中剝離出生命的奧義，已成為對每一位當代詩人的考驗。

由此，「老兵」題材，遂成為臺灣詩人大都或深或淺涉入過的一方詩域，產生了不少優秀的作品。而真正能在此中作深入持久探求，並將其提升為一種廣義上的詩性思考與言說者，辛鬱應算重要代表之一。

兩首寫「順興茶館」的詩，是這一詩思向度的代表作。流落他鄉，被拋於落寞的老兵們，唯有以茶敘舊度日，然「濃濃的龍井一杯／卻難解昨夜酒意」；落寞此身而難老此心，「尚有那少年豪情／溢出在霜壓風欺的臉上／偶或橫眉為劍」，卻只是在「一聲厲叱」中，「招來些落塵」，而「——他是知道的／這就是他的一切」（〈順興茶館所見〉）。即或是這樣堪可小慰戰爭創傷的一方處所，16 年後，也「轟隆一聲走進了歷史」，被所謂現代工業文明擠壓碎裂成「分量不輕」的「一樁樁心事」，「壓得人氣喘呼呼」

（〈別了，順興茶館〉）。顯然，在 16 年之後的詩人視覺中，老兵情態已被置換為現代人整體的生存困境，使這一向度的詩之思延伸至更深層面。

人不能脫離意義而生存，精神的痛苦更多是由於對無意義生存和無意義事件（日常樣態）的體驗與恐懼所造成的。在「似乎沒有什麼事情發生」的混沌世道中，拷問生命存在的價值，於「……一壺在手／將一張戰爭劃過的臉／栽在白白茫茫中」（〈念沙牧〉）苦尋生存的尊嚴、人的意義……這正是辛鬱一系列「老兵的歌」所以能傳神警世的底蘊所在──雖然，「昨夜他仍然無夢」，但「他」卻一直「在尋找一個適於眺望的／方位」（〈老兵的歌〉）。

（二）在「歷史的迴聲中」追憶「逝去的夢」──「鄉人」

人是天生獨立自由的動物，但同時又是無法完全脫逸於社會與歷史維繫的群體的一員，亦即兼有文化共性的動物。我們常說的生命意義，在我理解，正是這種「維繫」所由。一旦斷裂，便會出現精神上的虛脫或游離，使生存成為一種不穩定的、臨在的狀態──用意象化的語言說，即淪為「異鄉人」。

雙重的放逐帶來的是雙重的反思。在辛鬱，〈老兵的歌〉與〈異鄉人〉的歌在意義價值上有著異曲同工的作用，只是前者著力於現實性的詩性思考，後者著力於歷史性的詩性思考；前者多落墨於生活的實境，後者多著眼於對「逝去的夢」的追憶，以及諸多形而上的探尋──「在鐘擺的規律與真理的無定之間／欲言而無言地／置生之躍動於死亡的邊緣」（〈販者之顏〉）。而靈魂已成為「一頂帽子」，在異己的歷史裂隙中游蕩，「找不著一個頭顱」。

由此激發的強烈的歷史批判意識，在這一向度的詩域中得到了充分的展示，其筆觸也更顯濃烈而凝重。這裡有對戰爭的反省：「在煮食銅鐵之後／大地血紅的顏面／為鼠們利齒所噬／黑色的靈魂互擁／被天的喪服所覆」（〈黑帖〉）。對此，詩人深厚的人道精神油然而生：「我很想／在矮生的／鋼骨水泥的白木林叢／以我的體溫／給它加一些杏紅／或鵝黃　讓地層下

的／生靈　躍出」(〈不題〉);這裡更有對歷史錯誤的進程和此進程對人的異化、割裂,淪為新的「被拋者」而無以返回的生存困境的審視:「海像是墳場一樣」、「鳥的翅膀生鏽」、「到處是蒺藜,連天空也長出鐵絲網……歲月黏黏糊糊,沾在身上總甩不掉」(〈永遠是二對二,詩劇〉)。於是,在「看似完好而內在俱已破裂的／你的每一個白晝每一個黑夜」裡,「在死過而又未死透的藏青色的／你舊日的夢境中」(〈歲月告別──致一男子〉)「你的信仰踱著懶散的方步」(〈第二主題〉)。

如此的反省與審視中,詩人對逝去的童年、青春之本真生命和夢幻人生的追憶,便更加刻骨銘心,成為「異鄉人」唯一〈醉人的話題〉──「只奈記憶中的笑聲／永遠不會風化或消蝕／這沉重的包袱我背著／呵,童年／你我之間醉人的話題」──請注意,這首詩係詩人 60 歲後重返故土作「臨老歸客」之遊時所寫,我們完全可以將它看作被放逐者(我)與文化／精神家園(你)兩者之間的歷史性對話,而那一句「這沉重的包袱我背著」真正如晚鐘低迴,撼人心魂!

那是怎樣的一種「包袱」呢?是那份詩人與生俱來的蒼涼的歷史感,一種沒有歸宿又不能放棄的生命維繫。由此可以說,所有真正的詩人都只能是此在的「異鄉人」──所以「叫辛鬱(詩人)太沉重／的確沉重　為的是／在這漢子的背上／駝著些　黃皮膚的曖昧／駝著年輪過處／滿眼的荒瘠」(〈影子出走〉)。而對「歷史的迴聲」的追尋不等於返回,返回是另一種沉淪和失去;這追尋的自光永遠只是指向那個永遠不可能抵達和非此在的「家園」。是以我們才可理解,那「……渡過／千年風塵」「去尋大河的歸宿」的「落葉一般的過客」(〈老龍渡口的梢公〉),何以在終得以作故國登臨時,反發出的是如此的困惑與詰問──

但此刻我欲歌無詞

通體清澈如水

流貫生命的一種輕狂

引我拾級而上
為的只是　登釣台
看天下究有何物可釣

——〈秋日釣台〉

這真是驚世駭俗的發問！應該看到，進入 1990 年代的詩人辛鬱，通過
一批重量級的「返鄉」之作，不但超越了許多同類臺灣詩作狹隘浮泛的所
謂「鄉愁」詩作，而且也成為詩人自身一次大跨度的飛躍，境界闊大而深
沉。這其中，恐與詩人對詩之歷史感的重新認知不無關係。我是說，由那
雙「異鄉人」眼中「流到天涯的一滴淚」中，我們看到了一縷更澄明、更
凝重、也更深遠的詩思之晶芒。

（三）「他是捉不住自己而又如此不甘心的／苦苦地守望那虹」的——〈捕虹浪子〉

作為詩人主體人格亦即其詩心的外化形象，我將「老兵」視為其現實
人生的「身分」，「異鄉人」為其文化與歷史「身分」，而「捕虹浪子」則是
其靈魂的「身分」（「豹」的形象則是其整體詩歌精神的投影）——這是詩
人辛鬱真正本質的、最具代表性的身分。對生存現實的批判也罷，對文化
／歷史的審視也罷，其詩之思的最終指歸，是要在「貧血的日子裡」，以
「野性的擴張」，去尋覓「一種叫再生的汁」（〈未定的疆界〉），從而使生命
一次又一次頑強地復生與再造「生的躍動」、「芽的萌發」（〈有朋來訪〉）。

這才是那個「異鄉人」的「那張冷臉背後」之真正的脈息——一顆為
理想而默默燃燒著的心！誠然，在今天的語境下談詩歌的「理想」，似乎有
太過傳統之嫌，而且，我們還有過那麼多為虛妄的所謂「理想主義」所
惑、所誤、所害的慘痛記憶。然而我們在這裡指認的是另一種理想：在一
個一切都走向不歸路的，為市俗享樂、即時消費、金錢迷醉、物質鈣化、
科技肢解的時代裡，給此在的生命一份詩性／神性的期許（只是期許而非
虛偽的允諾）——沒有這份期許，生命就成為一種空心狀的浮游物，失去

了作為人的存在的本質屬性。作為這個時代的詩人的使命，就是給出並「苦苦地守望」那道理想之期許的「虹」——她存在著，有如她後面的那片藍天，抓不到手中，攬不到懷裡，卻能通過我們凝望的目光，給空乏的生命注入一些其他物質所不能給予的什麼……。

實則所有真正的詩人在骨子裡都是理想主義者。入世也好，出世也好，解構也好，建構也好，骨子裡都是為著給人類更多地注入一些詩性／神性生命意識，無此，則便是對詩人存在意義的根本性背離。

在辛鬱，那份理想的脈息是持之一生的搏動著的，我們幾乎可以在他所有的詩中都能觸摸到這種搏動的迴音。在〈歲末寫意〉中，在〈野岸〉中，在〈一九八三〉中，在〈滄浪之歌〉中，詩的結尾之處，都有一抹「虹」的投影閃過，使人為之一振。人生艱辛，凹路坎坷，「天被汙地染疾／山不言水無語」（〈蘭變〉），「而步履滯重的／辛鬱　仍在發掘／生的富麗」（〈未定的疆界〉），仍在「茫茫然垂向落日」的臉和「一具鬆脆的骨骼之上」（〈茫茫然垂向落日的臉〉），敲擊出生命意義的火花——這火花在那首每為人稱道的〈捕虹浪子〉一詩中，則得到了最為燦亮的輝耀——

> 他是曾經植物過的
> 他是曾經動物過的
> 一種沒有瀟灑過的植物
> 一種沒有豪放過的動物
> 他找不到一堵牆外自己的門庭
> ……
> 他設想自己是一把鑰匙
> 如此艱辛如此執著他開啟那門
> ……
> 他讓淚皈依海洋
> 他讓笑皈依天空

> 在刺痛了自己的腳掌之後他開始
> 用手行走

作生命理想的「捕虹浪子」和「守望人」，為迷失的現代人類開啟通往澄明之路的那道門，這是何等深切的胸襟和心境！尤其那個「鑰匙」的意象，十分恰切而又奇崛，而那份「用手行走」的韌勁，更讓人肅然敬仰——活在秋天，唱望春風，在不無悲劇意味的生命歷程中，詩人的那顆心，卻一直如暗夜之星般熾燃著……。

三、豹影之姿

讀辛鬱的詩，除了上述體現在意義價值方面之強烈的現實感、歷史責任感和理想色彩外，其體現在審美價值方面的品質，也頗值得探究。總括而言，可概括為清明有味、疏朗有緻、虛實有度三個特色。

清明有味——這是臺灣詩人張默近年特別推舉的一脈詩風，而得此其神髓者，辛鬱應算其一。清者清純、清正，明者明澈、明達，清明之中又須不乏意蘊。它要求詩人在創作中必須是本色「出演」，而辛鬱正是這樣一位本色詩人。追尋辛鬱的語感，似乎來自他生命原始基型的真誠與平和，率性而作，貴乎自然，心態和語態和諧共生；貼近生活，又非一般化的口語，有一種骨感之美而盡棄浮泛與造作。這樣的語感，在其中期〈因海之死〉和近期〈在那張冷臉背後〉兩首代表詩作中得到最完美的表現。（是以詩人將其作為兩部詩集的集名）試讀下面的詩句——

> 你看不見嗎
> 我在以雲的捲毛
> 製就我的獵裝
> 是的　南極我也想去
> 而且是那樣

以銀亮的水手刀
劃一副航圖
縱放我飛翔的夢

——〈因海之死〉

　　平實的語感與平凡的題材融為一體，客觀的描寫夾著如夢的意象，從而穿過現實的障礙，達到心靈與現象背後的真正現實的融合，從沒有經過修飾的事物中提取清明有味的意象，讀來清新爽淨，明達中別有深蘊。

　　疏朗有緻——這是指辛鬱對其詩的結構的把握。疏者空疏，朗者朗現，「以沉著的躍姿」在敘事性的緩緩推進中，不失時機地突現意義的朗照，於舒展中見張力，於冷峭中見清朗，飽滿的情緒化為彌散狀滲透於詩行，看似散淡簡約，內在的蘊蓄並不少分量。辛鬱有一首題為〈尋〉的詩，其中一些句式，我們若假借為對詩藝的描述來看，或可對詩人這一風格作別一番領會——「而當我們飽飲／夜之清冽，以沉著的躍姿／越過那個說書人佈設的／陷阱和溝渠」「我們會尋見／生命的小綠樹／受洗於風裡雨裡」。

　　我還特別注意到辛鬱的這一疏朗風格，在其另一類「詠嘆式」的精短小詩中特異不凡的展現，如〈異鄉人〉、〈船歌〉、〈秋歌〉、〈詠嘆調〉以及〈因海之死〉等。試讀〈船歌〉中的這些詩句——

由此西行，
便是你熟悉的十三號碼頭
在一串茉莉花上飛著一隻粉蝶
然後是一片雨雲
……
然後是船在水上
然後又是船去後那片懶散

像一團塵絲那樣蕩著
軍曹　那船去何方

　　典雅的韻律，疏淡的情致，詠嘆式的冷抒情，內在又深具現代意味；於簡括而富跨跳感的結構中，有深致悠長的情思綿延迴繞，令人沉醉——我將辛鬱的這批詩作看作為超越浪漫主義的「浪漫主義遺脈」，或可稱之為「現代浪漫主義」。現實與浪漫，本是辛鬱內源性的雙重詩性，盡可各展風姿的。

　　虛實有度——這裡指辛鬱對意象與事象的有機調度與和諧融匯。從實在之境入筆，以虛緲之意淡出，是辛鬱慣用的手法，源自傳統，化為現代，頗得箇中三昧。像「那個人／腫起他的幻覺給許多人／看」（〈野岸〉）這樣的奇句，非「冷公」（辛鬱在臺詩界雅號）之筆不能寫出，那一個「腫」字何等之實又何等之虛。在辛鬱的詩中，我們還可常見到一些非常具體明確的人、物、事的細節描述，如「十點鐘的陽光」、「茶館的三十個座位」、「北去紅場三百九十米」、「從辛亥路七段以降」、「我昂首引頸／成三十度斜角」等等，看似毫無詩性，但一經辛鬱式的配置，常有奇效，有時還頗出反諷效應。試舉〈臺北記事〉為例——

從辛亥路七段以降
無關革不革誰的命
也不涉風月
我冷靜地抓牢吊環
讀著車窗外
臺北的片斷
越讀　越不解

　　純以事象寫來，不露聲色，平平實實，而細品之下，語詞中潛隱的反

思心態和反諷意味，比起純抽象性的說理或純意象化的隱喻更見深切也更耐人尋味。同時應該看到，這種虛實相涵的筆法，實則正與詩人辛鬱既入世又出世、入而出之、出而入之的人生態度相契合，故而能如此得心應手，常入佳境。

探究至此，問題便隨之提出：該如何評價辛鬱詩歌的整體價值？

在臺灣詩壇，辛鬱可算一位有影響的優秀詩人，但也一直未能成為一位更具重要性的詩人。以筆者拙見，其根本原因在其詩歌中所呈現出來的意義價值與審美價值的較大落差。我們說一位詩人重要，是說他不但經由他的創作提供了全新的詩性生命體驗，而且還同時通過對這種體驗的詩性言說，為他所身處的那個時代的詩歌藝術發展，提供了新的啟示和強有力的推動，亦即具有號召性和經典性。以此來看辛鬱，似有諸多缺憾。就辛鬱詩歌所孕含所展示的意義價值而言，確已頗具氣象。但詩人在詩歌藝術方面的探求尚稍有遜色。譬如在意義的傳達上常所指太明確，缺乏豐盈的擴散性和深度的內延力。意象的營造也少奌儿超拔之感，顯得觀念重於語言，趨於慣性寫作，恰當而不重要，是以常僅止於對「事件」的追摹，而終未能更多地使詩歌文本本身即成為一個「事件」，帶有詩學突破性質的「事件」。

然而近年潛心觀測臺灣詩人，尤其是老一輩中堅詩人的經驗告訴我，對他們絕不敢輕易作靜態的論定——這些差不多個個皆俱長途跋涉之腳力的「捕虹浪子」們，常有出人意料的裂變和飛躍，令你從新認識。即或如辛鬱這樣老成持重的詩人，我們也已看到，在進入 1990 年代之後的突進中，也漸顯出一些新的態勢和鋒芒。不信，請聽詩人在〈寫給兒子的詩〉中，那深沉硬朗的夫子自道——

就這麼單向的運行
讓時間列車一趟趟
載我遠去？不

我已備妥獵裝與手杖

看一莖髮的變色

再走它一程崎嶇的山路

———1995 年 11 月 3 日完稿於西安寓所

———選自沈奇《臺灣詩人散論》

臺北：爾雅出版社，1996 年 11 月

吾喜歡那一首一首像蔡文穎不銹鋼雕塑的詩

讀辛鬱的詩

◎管管*

春雨正綠：

冷公辛鬱突然來電，要我為他的詩集作「導讀」之舉；春雨真的淋到我的頭上！我從來不敢作這種侵犯之事。

給詩作導讀，我的看法是「褻瀆」、是「偷情」、是「踰東牆而摟處子」、是「祿山之爪」！有點亂來，如登徒子，似乎唐突！

春雨正紅：

詩不可以解，如美人之不可以解，君可曾見過將美人以利刃一片一片片下來看乎？

詩只可以「品味」，是一種曲中人不見、江上數峰青的事，應該得魚忘筌，最好相忘於江湖。

春雨正煙：

一首好詩，無須外人置喙，開口便多，少費唇舌，如美人，增一分則肥，減一點則瘦，非是紅了櫻桃綠了芭蕉，不可言，不可言。古往今來名詩佳篇，本多天成，如「天蒼蒼，野茫茫，風吹草低見牛羊」句，天上人間，就在眼前，開口便酸了。

春雨正紫：

詩人辛鬱識之久矣，我們是金門夥伴，戰地詩友，飲高粱、啖螃蟹，

*本名管運龍，詩人。

那真是痛飲烈酒、熟讀離騷、放懷高歌、抱頭痛哭的好日子。砲彈不住的打著，江山依舊，面目全非了。那時還有大荒、丁文智諸詩友，辛鬱擅歌，廚藝亦高，我等常在他服務的金門電臺聚首。

余知詩稍晚，辛鬱出道略早，其時他即倡言「詩寫人生」，總不忘「詩」與「人」同在。

春雨正疏：

讀辛鬱詩，總覺一股出自內心的力道，壓得胸口發悶，究其因，蓋在其不懈的自我生命追求；「我是誰？」的疑團迫其不斷尋索自己的位置，因而旁觸了另外一些人，乃至時代等等。在我看來，自苦太甚。

另外便是「青春夢」的依戀，不服老也！

春雨正黑：

外號「冷公」（尚有歪公──商禽、溫公──楚戈）定有他冷的地方，他的詩之外貌也是如此；文如其人的證據在此。

如蔡文穎（知名的現代雕塑家）不銹鋼雕塑，所有的火都潛藏在體內；滿枝皆雪卻深藏著冷香。辛鬱的詩，又像是一支燃燒的純冰打造的火把，內裡熊熊火燄，外在冰雪滿天。

春雨正苦：

現在來品味他的詩篇。〈午時的幻覺〉[1]：

在一個陽光如薔薇那麼香那麼美的園子裡，有一棵披著長髮的鳳凰木少女垂著頭開著花，不答應正午陽光這男子的求婚，在少女身旁不遠處有一朵懷有自卑感的流浪的雲，在呆呆看著這件事，正午陽光都被拒了，停雲就不必多口了；因為是雲，飄浮無定，所以自卑。這麼寫少男懷春，值得一讀。

〈墓誌七行〉[2]：

一個不愛碑記的男子，詩人給他寫了七行，其實也夠了。這個臭男生

---

[1] 辛鬱，〈午時的幻覺〉，《辛鬱‧世紀詩選》（臺北：爾雅出版社，2000年），頁2。
[2] 辛鬱，〈墓誌七行〉，《辛鬱‧世紀詩選》，頁14。

「溺死於秋的喪婦的媚眼」，秋天小寡婦是外冷內熱的，這「媚眼」意象活龍活現，深切極了！這男生「屬於叢生植物的一類」，是多數（叢生）裡的一個，所以要讓他來跟「秋的喪婦」談一段情，真是談何容易？這麼著筆鋒一轉，就讓他留下一個「歉意」（枉為男人），自了了吧。

這詩也是寫寂寞男子情懷。詩人用了凍死人也不叫冷的理性的現代主義似的語彙，有點迷人的難解。那時詩壇現代主義熱火正熾，辛鬱早早投身其間，追隨紀弦老前輩，但紀老詩作多風情，浪漫熱情滿篇皆是，辛鬱則另有調調；玩現代玩得有聲有色者，他是其中之一。

〈歌〉[3]：

這首詩充滿了憤怒，一種很蜂蜜味道的憤怒。這麼多憤怒，打哪兒來？

他在自怨自艾「太陽從不是我的棉被」、「地不是我的床」，擺明了這傢伙蹬在牢裡，那「啃食鐵檻」的動作是多麼自苦！牢裡無日夜，小窗口誘惑著坐牢人變瘦長高，這叫人想起商禽的名詩〈長頸鹿〉，坐牢人不住的引頸伸脖瞻望歲月。

〈歌〉中警句不少，如「在無底的洞穴我曾嘔吐一隻鞋子·在白晝的際遇」、「哦人哦人是一條草繩那樣的東西」、「刀刃不是為刈割而成為刀刃」。我很清楚詩人的悲壯憤怒，因為咱們的命運太相同了，那時，冷公病於肺疾，在林口那個臺地的「同溫層」裡窩著，好像什麼全完完蛋兒似的，他人不高，一瘦就更小了。林口臺地風大，一刮，他就成了張廢紙似的，你說，他能不憤憤然嗎？可我真喜歡這〈歌〉，看來有點撒嬌的味道，跟他平常正經八百一臉冰霜不一樣！難得的好詩。

〈來自某地界的呼喚〉[4]：

這是一首相當好的傑作，也是一首形而上的哲學味頗濃，對人生終極的憧憬嚮往，一種發自內心深處不想白白活下去的自我提升人生境界的佳構。

「某地界」明白的說就是詩人的心靈，詩人用第三人稱「他」，突顯了

---

[3] 辛鬱，〈歌〉，《辛鬱·世紀詩選》，頁 16～17。
[4] 辛鬱，〈來自某地界的呼喚〉，《辛鬱·世紀詩選》，頁 25～27。

生命的真實運行。

詩人說他是「一朵無刺的薔薇」，他是「一把不出鞘的劍」，現在可以證明這把永不出鞘的劍卻有寒光逼人！

〈豹〉[5]：

這是詩人非常喜歡的一首詩，冷公的「冷」在此詩中見出真章。一匹豹在曠野裡蹲著不知為什麼，但詩人一定知道這匹豹在曠野裡蹲著為什麼。也許詩人不知道，自然我也不知道；其實我知道了也不想說出來。詩的奧妙就是這麼回事。這匹豹蹲到「蒼穹默默／花樹寂寂」蹲到「曠野／消／失」，這真是匹頂天立地的豹，牠生命當中的孤絕可以跟永恆匹配。

我真想說那匹豹剛剛吃掉了海明威。

〈原野哦〉[6]：

這首〈原野哦〉詩人一開始熱情奔放，變換了以往的語調激情生動的表達心中的嚮往，然後筆鋒一轉，發現詩人被囚禁的生命正渴望著槍聲響起，跟著是悽然的自訴，「風暴……醃起所有黃鶯的舌、醃起春雷、醃起星／醃起陽光也醃起我」這個「醃」字真是妙極，它點出了暴力的滲透性有多麼強烈。

辛鬱在《豹》詩集中好詩寫了不少，這是他創作的一個高峰期，如〈臉的變奏〉、〈通化街之什〉等等，不僅內涵有突出表現，值得一提的是語言文字的創新實驗。

〈順興茶館所見〉[7]：

這是詩人玩遍現代主義各種面貌之後，另一種洗淨鉛華的不施脂粉的天生麗質的出現！這首詩喜歡的人很多，詩人本人也極為珍愛，真是過盡千帆皆非是，白雲江水兩悠悠。

如果早年去過臺北市中華商場，那兒的茶館挨著邊兒開，你就會看見

---

[5] 辛鬱，〈豹〉，《辛鬱‧世紀詩選》，頁48～49。
[6] 辛鬱，〈原野哦〉，《辛鬱‧世紀詩選》，頁39～43。
[7] 辛鬱，〈順興茶館所見〉，《辛鬱‧世紀詩選》，頁53～54。

那一群被忽視的被遺忘的被侮辱被踐踏、為保國家衛臺灣拋頭灑血的「聖（剩）人」——退伍老兵。詩人本身也是老兵，所以他挖得出這批老兄弟的寂寞。他寫這批老兄弟的寂寞，「三十個座位／一個挨一個」，這批老兄弟的生命被「物化」了，日復一日「他來報到」，雖有「龍井一杯，醬油瓜子落花生、外加長壽兩包」，但與這茶館的座位有什麼差別！辛鬱寫他們，代他們做出了人性的控訴。

〈青色平原上的一個人〉[8]：

這是一首非常讓人會睡不著的嚴肅而深沉的詩，不想多言，各去品味吧！

「汪汪，在青色平原上／我放牧著一個人，汪汪」這是本詩結尾，一個人會犬吠，這可不是蜀犬吠日，聽聽那「汪汪」，是否我等偶爾也會汪汪？更會看見很多衣冠吠犬。

〈參考資料〉[9]：

這首詩值得特書的是，詩人建構詩的材料大變；現代詩好處就是什麼材料都可以蓋房子不一定要用鋼筋水泥，什麼都可以入詩。

這首詩給讀者留下太多問答題要讀者來找答案，找出來會更有詩味；如《驚魂記》這電影，如《貝魯特手記》，如《眾人之額》。但引用的資料都與生命無謂的死亡有關則很明白。

〈貝魯特變奏〉[10]：

這首詩可以為〈參考資料〉作一點註解。貝魯特這個黎巴嫩首都，昔日有小巴黎之稱，如今是多砲火的地方。詩人借用當地作家兼新聞記者阿索艾肯的一句話，竟出神入化的玩起變奏來了。阿索艾肯在《貝魯特手記》中說：「這樣的戲每天都演」，辛鬱予以「變奏」：

「這樣的每天都演戲／演戲的每天都這樣／演每天都這樣的戲／戲的

---

[8] 辛鬱，〈青色平原上的一個人〉，《辛鬱‧世紀詩選》，頁36～38。
[9] 辛鬱，〈參考資料〉，《辛鬱‧世紀詩選》，頁69～71。
[10] 辛鬱，〈貝魯特變奏〉，《辛鬱‧世紀詩選》，頁79～80。

每天都這樣演／都這樣演每天的戲／都這樣演戲的每天」。這很像現在中華民國 89 年公元 2000 年 3 月的臺灣上演著的選總統大戲：「這樣的選每天都舉／這樣的每天都選舉／選舉的每天都這樣／選每天都這樣的舉／舉的每天都這樣選／都這樣選每天的舉／選多了則不舉！」

〈向我的四件舊衣服道別〉[11]：

詩人的作品已經隨著他的蒼髮進入秋季的百花凋零，只留霜菊。這種揮灑自如，妙手天成的作品件件皆是佳構，其詩味如野香忽近忽遠，不知來自什麼地方。向舊衣服道別也是向自己過去的一段日子道別，走入老境誰也免不了，但詩人不把它當一回事，只用詩記錄心境，這可從〈寫給兒子的詩〉中一探究竟。

〈別了，順興茶館〉[12]：

時隔 16 年，「順興茶館」沒了，說這是進步嘛，臺北市中華路一段的確寬敞多了，但也變得冷漠了。老榮民手上多了根拐棍，說是去了洛陽也看了牡丹，這與他們的生命無補，他們的寂寞長了青苔，一樁樁心事，壓得氣喘吁吁，遲早這一代老兵煙消雲散，而辛鬱冷冷的留下了記錄。空城計已經唱完，用不著這些「老軍們」了，散了散了吧，滾滾長江東逝水，浪淘盡多少狗熊，江山依舊在，幾度夕陽黑！

〈老兵的歌〉[13]：

又是一首給老兵畫像的詩，日曆紙輕輕一撕，一天過去了，誰聽得見歲月叫痛？

這老兵懷著心事走在大街上，一種饑渴迫使他走出木屋投入人群，到最後他終於明白，所謂「愛」與「被愛」對他來說都是一張張「夢製的餅」，他生命的最高意義，就是尋找一個適於眺望的方位；這讓我想起法國小說家卡繆的《息西佛斯神話》——那對生命的執著！

---

[11] 辛鬱，〈向我的四件舊衣服道別〉，《辛鬱‧世紀詩選》，頁 89～91。
[12] 辛鬱，〈別了，順興茶館〉，《辛鬱‧世紀詩選》，頁 92～94。
[13] 辛鬱，〈老兵的歌〉，《辛鬱‧世紀詩選》，頁 97～99。

〈布告牌〉[14]：

布告牌是街頭巷尾常見之物，現在多了高懸的電子布告牆。1950 年代大家窮哈哈，擠在布告牌前看報紙（有時是隔天的）或政令發布，個子小的昂頭引頸，漸漸竟成了習慣，成了人生的一項「負擔」。這還不打緊，他再看下去，居然看到「那天大的布告牌上／給我的　總是那個黑色的／空白」，這就深沉了，這就叫讀者費神了，突然我想到這看布告牌的莫非是蹲在牢裡的施明德或者句踐。看的是蒼天！

〈銅像四寫〉[15]：

有些人愛成為銅像給人瞧，自以為做了一輩子大事總得再做下去，櫛風沐雨、不眠不休，繼續「為人民服務」。辛鬱冷眼旁觀某些臺上人物或曾是臺上人物的嘴臉以及所作所為，再四處去看臺北市內市外已經矗立起來的銅像，給它們來個顛倒黑白式的寫照，真很好玩。我聽說過一個笑話跟銅像有關，錄之以湊為「銅像五寫」：有一位媽媽看著在山頂上被鑄成銅像的兒子，滿身披雪還生了銅銹，偷偷的問人她兒子會不會凍死！

〈心事二寫〉[16]：

詩人的近作越來越揮灑自如，著墨不多卻叫人看出滿紙雲煙。他看蜘蛛織網想心事，一滴朝露墜地，心事直直落，感情在瞬息之間轉換。這心事誰都有，看你怎麼掌握拿捏化為詩行。第二節就落實了，老去的蒼涼之感，卻又不甘心，所以才有「滿街旗海裡／還拿捏不定／要被那一種顏色染身」，詩人寫此詩正值臺北市長選舉，藍、綠、黃三色旗幟到處可見，詩人還沒有決定手上的一票要投給哪一種旗色代表的人物，他關心的是日常生活，食衣住行，為的是「瑞伯」颱風走後菜錢上揚，而他的生活費已到了提款機給他臉色看的程度。你說，這心事怎麼個算法？

〈關於三月〉[17]：

---

[14] 辛鬱，〈布告牌〉，《辛鬱·世紀詩選》，頁 115。
[15] 辛鬱，〈銅像四寫〉，《辛鬱·世紀詩選》，頁 120～122。
[16] 辛鬱，〈心事二寫〉，《辛鬱·世紀詩選》，頁 127～129。
[17] 辛鬱，〈關於三月〉，《辛鬱·世紀詩選》，頁 125～126。

　　詩人寫盡晚境，實在是晚香有玉質的晶瑩。這三月不單是他自個兒在那裡玩，還帶著他的那一群朋友，當然我在其中。大夥兒織夢寫詩甚至「那怕再談它一次戀愛」（這不真是我嗎？），辛鬱這口老鍋燉詩，燉出來的是入口即化、餘味不盡的詩。

　　最後我要說說〈一九九九餘稿兩帖〉[18]：

　　這是辛鬱這本集子中最後的兩首，非常人淡如菊，悠然自得，詩寫到這種境地已是人間天上，天上人間，所謂「不著一字，盡得風流」。餘稿寫成時總統大選已炒得熱鬧非凡，詩人不能置身事外，但可冷眼旁觀。當然這不是輕描淡寫，它有重重的內涵，就落在「這個冬天的冷　冷得寒心」這句詩上；這兩首詩，得一「透」字了得！

　　讀罷辛鬱這本詩集，我必須說嚴羽說過的：「夫詩有別材，詩有別趣，非關理也，然非多讀書，多窮理，則不能極其至……如空中之音，相中之色，水月之中，鏡中之象，言有盡而意無窮。」這常見的話頭。但今人之中能悟得其中妙處，而又寫得其中妙處者，並無幾人！

1999 年 3 月雨中寫於新店山居

——選自《文訊》第 356 期，2015 年 6 月

---

[18] 辛鬱，〈一九九九餘稿兩帖〉，《辛鬱‧世紀詩選》，頁 135～136。

詩人小說家的逍遙與拯救

辛鬱論

◎陳祖君[*]

> 太陽從不是我的棉被
>
> 地不是我的床
>
> 我曾啃食鐵檻在你們看不見的深夜
>
> 在無底的洞穴我曾嘔吐一隻鞋子的在白晝的際遇
>
> ——辛鬱〈流浪者之歌〉

　　或者，辛鬱主要是一位詩人而不是小說家，但如果說辛鬱灑在詩中的汗水比灑在小說中的汗水多[1]，勿寧說其灑在小說中淚水要比灑在詩中多。

　　辛鬱在詩壇上素有「冷公」之稱，而其詩亦被譽稱為「冰河下的暖流」。[2]辛鬱道：「說我的詩繁複、暗淡、冷列，那是意象上的，文字上的，在內裡，我的表現是單一的，熾熱的。」[3]為何熾熱的、燃燒的潛在生命，體現出來卻是幽暗而「冷」？我想，這除了詩人強調「自律」，反對「濫用感情」而呼喊「不誠無物」之外，與其「詩是一張用兩種不同顏色的絲線編織成的幕，在一面你看到美，另一面看到痛苦」的詩觀密切關聯。此「美」的一面，當是藝術的要求（包含了「作家的自律」），詩人在〈我的自白〉中

---

[*]發表文章時為廣西師範學院中文系副教授、華文文學研究所常務副所長，現為廣西師範學院文學院教授、華文文學研究所所長。

[1]古繼堂，《台灣新詩發展史》（北京：人民文學出版社，1989 年），頁 278。

[2]洛夫，〈冰河下的暖流〉，《豹》（臺北：漢光文化事業公司，1988 年），頁 3。

[3]辛鬱，〈談自己的詩〉，《辛鬱自選集》（臺北：黎明文化公司，1980 年），頁 235。（其詩觀見頁 237。）

道：「藝術的要求迫使詩人致力於語言意象化的營造，詩的境界在意象的完成中豁然而出，這便是詩的藝術的最高表現。所以，對於生活，詩人所進行的，是質的提煉，並以它充實經驗與想像的能力。」[4]如前所說，對美，對「詩質」的提煉、追求，勢必經過詩人的「自律」（反對情緒泛濫、「不誠無物」的「生活上的虛偽」與「精神的虛偽」[5]）和「處理」（辛鬱說：「文學生命的呈現，端賴作家如何把現象的真，經由處理而演化為藝術的真；這過程唯一個『誠』字始能奏其功。」[6]）——此之謂「汗水」。另一面，在辛鬱這裡，似乎對「痛苦」有如對「生命」般熱愛與執著。在〈談自己的詩〉中，他道：「我常常把痛苦作為一種享受，而親切的擁抱它。一個人假如真的能夠進入痛苦的核心，他對人生的體現必然是深刻的。社會現象、文明的遞變、速率，乃在於物質的殞滅興起，這一切都是外在的，環繞著一個中心而旋轉。這個中心，便是人的存在。」、「這年代一個人如果想突破並擊碎某些對於生命的壓力，那是不容易的。掙扎往往徒勞無功。假如你不能在物象的交流變移中鎮定自己，你便會陷落，沉溺到無感不覺的可悲地步。」[7]

可以說，詩人自身的苦難經歷亦是其詩之「冷」的一個因素，加之他寫詩時「由於對現象的追索，我常在感悟的過程中使自己陷入一個極為尷尬的地位，在這種情形下流露出來而成行的文字，往往是苦澀的，其境域是幽暗的……」[8]所以，「痛苦」——即「淚水」——乃是辛鬱「冷」的內核。

相比之下，辛鬱詩的「美」的、「自律」的「汗水」確是比他的小說要多。辛鬱於 1950 年代初寫詩，起步甚早，至今已有四十多年詩齡，第一本詩集出版於 1960 年。1960 年代始作小說[9]，第一部小說集出版於 1967 年。1990 年代以來，詩集又出兩部，小說集尚未見結集。而從成就、聲譽上看，

---

[4]辛鬱，〈我的自白〉，《民眾日報》，1982 年 6 月 6 日。
[5]辛鬱，〈作家的自律〉，《辛鬱自選集》，頁 157。
[6]辛鬱，〈不誠無物〉，《辛鬱自選集》，頁 164。
[7]辛鬱，〈談自己的詩〉，《辛鬱自選集》，頁 235。
[8]辛鬱，〈談自己的詩〉，《辛鬱自選集》，頁 236。
[9]編按：辛鬱最早發表之小說，經查為發表於《海島文藝》第 2 期（1952 年 8 月）的〈人性的貶價〉。

詩人辛鬱的地位已有公論，小說家辛鬱尚少有評家論及。這自然也是詩人詩之「美」以及對詩藝的追求的「汗水」掩蓋了（一定程度上）「痛苦」之「淚水」的原因。而今我說辛鬱小說的「淚水」比「汗水」多，並不是否認寫小說的辛鬱不灑汗水，乃是認為由於辛鬱在小說中，拓寬了創作的領域，把「痛苦」和對「痛苦」的同情，較之其詩表現出了更廣博的胸懷與更真切的「誠」的面對和關注。在詩中，辛鬱的諸多名篇都是以「自我」為主題，如〈青色平原上的一個人〉、〈演出的我〉、〈同溫層〉、〈自己的寫照〉、〈流浪者之歌〉、〈豹〉、〈順興茶館所見〉、〈在那張冷臉背後〉等。「自我」當然可以暗示、表現「大我」、「群體」與「人性」，但總仍不免有「窄化」之感。而在小說中，辛鬱筆下活生生地展現了較為廣闊的現代都市生活場景，其主人公不再局限於「自我」成長、發展的歷史，而是把城市社會現實中的雜色人等收入觀照的視野，勾畫「痛苦」的現實面目，編織出一面面「百丑圖」（「丑」取中性義，「小丑」、「小人物」之謂），對現代人存在的荒謬際遇，表現出一種難能的終極關懷。小說家在給筆者的書信（1997 年 7 月 4 日）中道：「坦白說，我的小說不若詩精純，不若詩有我藝術追求的一貫性。雖然，我小說的取材、題旨也著力於直探人性，在於尋求人的位置。《我給那白痴一塊錢》中，有不少篇的人物，都跟這幾十年的現實密接，他們是棄家失所的一群，在臺灣，成為邊緣人，落入荒謬、錯置的生活場域，或以酒或以自嘲或以妄為等等來印證自己的存在，這跟若干存在主義小說家如沙特、卡繆、波娃等的作品人物有相似處。但，西方文學有一背景，為東方所略（尤其是中國所略），即以耶穌基督為最高標舉的宗教，西文文學或以對抗或以懷疑，或以順向或以逆向面對上帝，作品中便有了力量，那文字的力度給人極大的震撼。我們中國，文學作品少有此一動能，唯見人與人之間的爭戰，因此它的震撼力也弱了。」這使我想起小說家早些年的一句話：「我們身處這個激變中的時代，尤其需要保持心靈的寧靜，使之成為『一片和諧的

淨土』，透過作品的表現，煥發一種人性的、愛的精神。」[10]

　　如果我們排除作家本人可能受到的評論界的影響，從客觀上看待作家創造的文本，那麼，辛鬱在小說中所注入的「人性的、愛的精神」是比其在詩中更濃更重的。單就這一點而言，其詩正因對「精純」、對「藝術追求的一貫性」的側重，似有「汗水」大於「淚水」，和弦搶奪主旋的印象（配器與「樂思」實有分別）。而其小說雖有經營不甚到家的缺憾，卻因其素樸甚而是粗拙，表現出了極為真實親切的人間同情與人性之愛。他的小說集《我給那白痴一塊錢》——怪怪的、稚拙的集子名字，此「給」字或有幾層含義：給錢，給同情、愛（前為生活上的資助、救濟，後為精神上的理解和拯救），此為一。「我給」，表明了此「給」的行為主體是「我」，當中有自己的心理分析（集中同名小說的末尾道：「我又想起他——筆者按：指白痴——的笑臉，我覺得這張笑臉是一把刀，割著我的肉，一刀一刀，把我做人的偽善面目割得粉碎，讓我血肉模糊，就像進了屠宰場的豬一樣。豬玀！畜牲！我不會原諒自己有過這種非人的行為！」），亦有自己非凡的勇氣和膽識（因「給」的物件是「白痴」——集子中的主人公幾乎盡是傻子、酒鬼、流浪漢、自卑者、投機者等在城市中無足輕重、「無足掛齒」的無法自恃自持的畸零人、邊緣人，不同於階級論者所謂的「小人物」——故或有給予這些從來沒見過陽光、「不見經傳」的生活上和精神上的零餘人在文學中一席之地的意味？）此為二。所以，小說家辛鬱實非「冷公」，乃是一因同情、因愛而「不忍緘默」、憂心忡忡「寧鳴而死」[11]的「熱公」。他的同情、關懷與愛乃是「泛人性」（即真正意義上的人性）的，而他之所「給」，非但在社會現實意義上，就是在文學理想、文學精神上，亦給予我們極其豐富的啟示。再者，如前所述，辛鬱小說之「給」，主要並不在技巧的經營（「汗水」），而在其內心因人類的「痛苦」而震顫且生發出一種不乏宗教意向的「拯救」意識（「淚水」）上。以下，本章分四個層次進行討論。

---

[10]辛鬱，〈作家的心靈〉，《辛鬱自選集》，頁196。
[11]辛鬱，〈鳴〉，《辛鬱自選集》，頁166～167。

一、「逍遙」與「拯救」

　　如果說中國的文學思想自先秦以來即有了一種「避世」（或曰：「逍遙」）的趨向，勿寧說中國古代思想中更具有「入世」（或稱「人間性」）的傾向。只是魏晉以來中國社會的大動盪，致使一種極端出世型的宗教與崇尚人間性的中國文化傳統打成一片，佛教（還有道教）的出世（避世）精神逐漸占據了文化思想的主導地位。而一種希企隱逸的風氣，亦「已經很普遍，很堅固地樹立在士大夫和文人們的一般心理上了」。[12]這種隱逸、避世的思想雖反映了「個人之內心覺醒」[13]，卻不可與現代個人主義相提並論，故筆者稱之「逍遙」：其一，士大夫和文人們奉行的「無為」原則，使他們認為爭取社會政治權利毫無意義，他們不介入社會，不在社會中去實現自我，而是逃離社會，或隱居自然、「山水怡情」，或縱情詩酒書藝。其二，他們的歸融於自然，「天人合一」、「與物相忘」，從自然主義到齊物論，將萬物等量齊觀，勢必會否定個性，進而否定「人」性。

　　弗吉尼亞・伍爾芙（Virginia Woolf, 1882～1941）在〈論現代小說〉一文中曾這樣談到俄國作家：「同情別人的苦難，熱愛他們，努力去達到那值得心靈竭力追求的目標，如果這一切都是神聖的話，那麼在每一位俄國作家身上，我們好像都看到這種聖徒的特徵。正是他們身上那種超凡入聖的品質，使我們對自己缺乏宗教熱忱的淺薄猥瑣感到不安，並且使我們的不少小說名著相比之下顯得華而不實、玩弄技巧。……」[14]我想，中國的詩人、作家除了沒有「面對上帝」的宗教情懷——魯迅道：「在中國，沒有俄國的基督。在中國，君臨的是『禮』，不是神。」、「只有中庸的人，固然並無墮入地獄的危險，但也恐怕進不了天國的罷。」[15]——之外，「出仕」（雖或

---

[12]王瑤，〈論希企隱逸之風〉，《中古文學史論集》（上海：上海古籍出版社，1982年），頁49。

[13]余英時，《士與中國文化》（上海：上海人民出版社，1987年），頁332。

[14]弗吉尼亞・伍爾芙（Virginia Woolf）；瞿世鏡譯，《論小說與小說家》（上海：上海譯文出版社，1986年），頁12。

[15]魯迅，〈陀思妥耶夫斯基的事〉，《魯迅全集第六卷・且介亭雜文二集》（北京：人民文學出版社，1981年），頁412。

「隱」，卻仍「心存魏闕」，或乾脆是「朝隱」：身在朝而求「自逸」、「得意」）的佛化、釋化亦是導致「淺薄猥瑣」的因素。一個講求逍遙自適的人，一個只顧自己「坐忘」、「采菊」、下棋、飲酒而對別人的哭泣不聞不顧的「逸民」（甚至是「以仕為隱」的「隱士」），其「幫忙」或「幫閒」、「存身」或「獨善其身」又何曾透露出半點愛意和關懷？故老子的天國乃在一個「雞犬之聲相聞，老死不相往來」的沒有絲毫溫暖的冷漠之境。

另一方面，關於「入世」和「濟世」。儒家人格的最高道德為「忠君報國」，「個人」是不受關注的（其「修身齊家治國平天下」的公式亦昭示了「個人」的始點而非最終目的的性質）──甚至，作為「芸芸眾生」中的單個的個人，既沒有對自我的判斷（「別人怎麼說」永遠比「自己怎麼想」來得重要），也沒有對「別人」（另一個個人）有真正的認識（「別人」一詞實多數情況下乃是「群體」、「眾人」之意）──故儒家道德中有「救國」（「主子」、「民」亦從屬於「國」、「家」概念），卻沒有對自我的救贖與對他人的拯救。

即或是本世紀初的「新民」說，亦是仍歸於「群治」之下。梁任公《新民說・釋新民之義》中道：「凡一國之能立於世界，必有其國民獨具之特質，上自道德法律，下至風俗習慣，文學美術，皆有一種獨立的精神，祖父傳之，子孫繼之，然後群乃結，國乃成。斯實民族主義之根柢源泉也。」[16]「群」、「國」乃是其著眼點。而在其另一著名的文章《論小說與群治的關係》開篇，「新道德」、「新宗教」、「新政治」、「新風俗」等仍列在「新人心」、「新人格」之前。[17]我們所觸摸到的，仍然是一種權柄的冰冷而非溫掌的熱忱──「治」大於「情」，權力大於關懷。是故其「人間性」（「入世」）的主要內容，乃是政治的抱負（「濟世」）與我們今天說的「人間關懷」、「終極關懷」自不相同。

中國的小說可謂淵源久遠，但真正喊出了「人」的聲音的，則是自現代

---

[16]《新民叢報》第 1 號，1902 年 2 月 8 日。
[17]《新小說》第 1 號，1902 年 11 月 14 日。

第一篇白話小說〈狂人日記〉始（關於現代詩人、小說家所受的外來文化影響，他們的呼聲裡所包含的外域文學精神，已有眾論者論及，在此不論）。「救救孩子！」開始了「人」對「制度」的反抗和吶喊，「自我」、「個性」得到了弘揚。而至為重要的是，文學革命在思想上，繼「批判國民性」之後，亦表現了一種人道主義式的關懷和對苦難的拯救——譬如魯迅〈祝福〉裡的祥林嫂，甚至比阿 Q 更容易激起人的憐憫與同情，因為作者在她的身上，注入了一種陀思妥耶夫斯基式的悲憫和愛。陀思妥耶夫斯基道：「一個最受壓、最卑微的人也是一個人，而且是咱們的兄弟！」[18]——讓我們從這裡進入辛鬱的《我給那白痴一塊錢》。

　　辛鬱的小說創作雖不同於其詩（尤是一些「自傳」式的詩）出現了那麼多的「自我」，但卻更有著拯救的意味（他的詩中「自我」的成分是大於「他人」的。雖然「自我」也可以聯繫「群體」，但詩人關注的焦點與方向有二：一為向內，一為向外。向內則易逍遙——山水怡情或陶然於詩藝、懷舊等；向外則顯徵為一種行為：走向、走近他人，同情、拯救他人）。辛鬱的小說寫作雖也受啟發於外來文化，但卻自對傳統（包括現代小說的傳統和發展歷史）的深刻反思而始。現代小說（「人的文學」）1930、1940 年代後因為主流意識形態的影響和左右，有了一個轉向——「人」的聲音被「革命鬥爭」所取代，被「戰鬥性」和「階級性」所取代，「人」被放逐（而作家本人在現實中的放逐是被迫疏離於故土，遠離文化大陸）。這一轉向導致了兩岸的標語口號和公式文學（臺灣為 1950 年代，大陸則延續到 1970 年代中期），對此，辛鬱反思道：「離開了人的背景，文學藝術便一無是處。」、「關於文學作品的戰鬥性，我認為戰鬥性並非意指刀槍上陣，作品中一定讓人嗅出血腥味。凡是基於對人生的熱愛，以人為背景，在作品中刻畫人性的強度，對人生予以批判，而產生激發人心的力量，這都是戰鬥性的表現。如果戰鬥性的表現，只是歌頌式的、英雄崇拜式的，甚至僅僅把一些冠冕堂皇的

---

[18]陀思妥耶夫斯基著；南江譯，《被欺凌與被侮辱的》（北京：人民文學出版社，1980 年），頁 36。

語字綴串起來，那是沒有多大意義的。我們今天面對人性的挑戰，當然需要戰鬥性的文學作品，使眾生的心理振奮起來，但是，徒然呼呼口號，卻令人慊慊欲困。我們需要文學作品的戰鬥性表現，但卻必須排斥口號與公式。」[19]在這裡，辛鬱把偏狹的「戰鬥性」置換成了普遍而廣博的「人性的挑戰」，強調「人的背景」，使文學的世界性及現代意識凸浮於「戰鬥」之上。所以，辛鬱的「人性的、愛的精神」之體現，首先便是使「邊緣人」的心理振奮起來。

二、「局外人」與「邊緣人」

　　辛鬱在談論文學作品的戰鬥性之前，於〈關於文學藝術的我見（代序）〉中還談及文學的民族性與世界性問題。他道：「個人認為，文學的世界性，應釋義為普遍人間性，也就是致力於創作空間的拓展與時間的延伸。這才是一個歷史的必然發展。而普遍人間性，絕不止於對勞動這一意義的片面認知與塑造，而是對人類生存意義的整體考察。當然，作家追求普遍人間性的表現，必須關注自身所處的環境，在作品中自然的流露深厚的民族感情。」[20]有論者認為中國現代作家戴望舒、張愛玲、汪曾祺及錢鍾書（甚至魯迅）諸人，當代大陸一些朦朧詩人及小說家北島、顧城、徐敬亞、食指、張辛欣、禮平等，「直接來自於」或受惠於法國存在主義文學。[21]我以為，經歷了戰亂及背離了故土的辛鬱（及一代人）的苦痛與迷惘，其無所適從自然有文化取捨上的因素（如東西之爭、傳統與現代之爭等），現實的處境使他極容易與存在主義產生共鳴。辛鬱說他筆下的主人公跟若干存在主義小說家的作品人物有相似處，正說明了法國存在主義文學對他的影響和啟發。不過，辛鬱似乎更接近於加繆（Albert Camus）而不是薩特（Jean-Paul Sartre）。依法國學者 J・貝爾沙尼（J. Bersani）等人的看法，1952 年，薩特

---

[19]辛鬱，〈關於文學藝術的我見（代序）〉，《辛鬱自選集》，頁 9～10。
[20]辛鬱，〈關於文學藝術的我見（代序）〉，《辛鬱自選集》，頁 7。
[21]參見錢林森，《法國作家在中國》（福州：福建教育出版社，1995 年），頁 589～605。

與加繆決裂，「薩特越來越對蘇聯的共產主義懷有好感，加繆卻越來越感到厭惡。不過這尤其表明了兩種存在觀和文學觀的分離：在加繆那裡，是人道主義，反叛，對幸福的嚮往，對『美好形式』的喜愛；而在薩特那裡，則是政治介入，革命、縈繞腦際的犯罪念頭，對『文學』的厭惡。」[22]臺灣作家接受存在主義的情形與大陸不同，大陸在 1955 年前後，法國存在主義的流傳實則僅是薩特的流傳。[23]

如果可以用一部作品的名稱和一句斷語來區別薩特與加繆的話，那麼薩特及《噁心》：「他人即地獄」；加繆及《局外人》：「荒誕」。薩特走向虛無（雖然是一種反叛的和有力的），加繆則超乎荒誕而走向「人道主義」。關於薩特和加繆的後期代表作品，米歇爾‧萊蒙（Michel Raimond）評論道：「在《自由之路》中，正如加埃唐‧皮孔所說的，『在薩特的小說天地和企圖在其中表現的意義之間』有一個內在的矛盾。……薩特是一位思想意識被束縛住了的詩人；他想做一個自由的小說家，可是卻陷沒在意識形態之中。」、「這（指加繆《鼠疫》）也是一幅人類生存境況的寓意圖。其中的人物就體現了人類面對悲慘命運的種種不同態度。里厄醫生絲毫不抱幻想，全力以赴地投入了撲滅瘟疫的戰鬥。必須盡一切力量減少荒誕和痛苦的程度。在《鼠疫》中展現了因浩劫當前而形成的那種堅強的團結情景。加繆的這種堅忍不拔、泰然自若令人想起維尼的態度，還有那種同樣的憂鬱色調，他同樣以人道的崇高氣概去反抗殘酷的命運。」[24]

當然，這裡所說的辛鬱更接近於加繆絕不是因為辛鬱曾經寫過一篇題為〈讀《瘟疫》有感〉的文章[25]，而是指辛鬱小說中所表現出的人道主義關懷。實則辛鬱作品中的主人公與加繆筆下的「局外人」是絕然不同的。——

---

[22]J‧貝爾沙尼等著；孫恆、肖旻譯，《法國現代文學史（1945～1968）》（長沙：湖南人民出版社，1989 年），頁 15。

[23]參見錢林森，《法國作家在中國》，頁 596。

[24]米歇爾‧萊蒙著；徐知免、楊劍譯，《法國現代小說史》（上海：上海譯文出版社，1995 年），頁 327、頁 331。

[25]辛鬱，〈讀《瘟疫》有感〉，《辛鬱自選集》，頁 189～190。

或者，辛鬱的「邊緣人」及其對「邊緣人」的態度，正是「深厚的民族感情」及民族文化傳統的流露和體現，是其對文學的「民族性」與「世界性」問題思索、探尋的藝術結晶。

不同於加繆「一切於我有如局外。……我在這裡做什麼呢？這些動作，這些微笑又有什麼的意思呢？我不在這裡，也不在別處。」（加繆1930年3月1日〈筆記〉）[26]辛鬱的人物對於自己的「邊緣」位置及其行動，是有所意識的，雖然這種意識似僅於「倫常」的層次。在加繆的《局外人》中，主人公對母親的去世、情人的戀情乃至自己的犯罪（殺人）和死亡（被判決），表現出了一種令人驚怒的執拗的沉默——此種無動於衷的拒絕態度激起了法庭及社會公眾的譴責，而他對於這個流布傳說且對他進行評價的社會，乃仍取一種執拗的無視和拒絕的沉默態勢。他是一個純粹消極的人物，卻也是一個具有個性（哲學深度）的「反抗的人」（L'homme révolté）。莫里斯・布朗肖道：「這個局外人之於他自身，彷彿是另一個人在看著他，在談起他……他完全是在外邊。他看來越是少思想，越是少感覺，越是對他疏遠，這樣倒反而越是他自己了。」[27]相反，辛鬱筆下的人物雖處於社會中一個不合理的地位，卻並非「荒誕的人」（即意識到荒謬的人）。他的人物雖意識到自己的社會地位低下，有自剖自嘲的精神及「一種要站穩的感覺」（如〈我給那白痴一塊錢〉中的小職員「我」、〈縴夫阿德〉中的阿德、〈沉落〉中的無業遊民、〈李甯〉中的李甯、〈酒徒〉及〈醉〉中的酒鬼、〈飄浮的明天〉中的林為貴……等），但他們對社會、對「人生」的思考主要乃是如何在社會上立足及「自強」的屬於「安身立命」的內容，並未達到認識到社會（世界）的荒誕的哲學高度。可以說，辛鬱筆下的人物主要的願望乃是過上一種體面的（甚至可以說是常言的「光宗耀祖」的）生活，其成功與否取決於「擁有了什麼」和「別人怎麼說」的中國式的倫常觀念，不可與西方所倡言的「個人的覺醒」相提並論或畫等

---

[26]轉引自米歇爾・萊蒙著；徐知免、楊劍譯，《法國現代小說史》，頁328。
[27]轉引自米歇爾・萊蒙著；徐知免、楊劍譯，《法國現代小說史》，頁330。

號。或者，一種「懷鄉」的情結使辛鬱在處於與文化大陸母體隔離、面臨西方文明衝擊的情境下，對中國人「成家立業」觀念作了一次最深情的回眸與戀憶？在這一點上可以說，辛鬱自己就是一個處在「邊緣人」文化中的「邊緣人」──這或者就是西方「荒誕的人」、「反抗的人」，在作家筆下卻成了「邊緣人」、「戀舊（懷鄉）的人」的深層原因。

　　然而可貴的是，辛鬱不同於加繆對於自己的人物的一副漠然、旁觀的神氣，而是注入了如此多的同情、體憫和愛。此種愛雖然有「仁愛」、「兼愛」的傳統文化的成分，卻也超越了「我為人人，人人為我」的那種交換式的視界，具有一定的現代意味與宗教的性質。讀辛鬱的小說，常讓我想起陀思妥耶夫斯基的《窮人》、《被欺凌與被侮辱的》、《白痴》等傑作，那種窮苦人之間相互的對話、憐惜加上精妙的心理分析（如前引〈我給那白痴一塊錢〉中「我」的自剖、自我否定），使作品產生了震撼人心的巨大力量。法國基督神祕主義思想家西蒙娜・薇依（Simone Weil, 1909～1943）分析道，「愛他人」亦是一種宗教方式，「這種愛先於人對上帝的愛。……凡是不幸者被愛之處，上帝總在場。」、「而弱者對強者的同情是自然的，因為弱者在置身於他人地位的同時，獲得一種想像的力量。」（不同於強者之施捨──「類似購物行為。它購買不幸者。」）、「人們在自我否定的同時，成為僅次於上帝能以創造性的肯定行為肯定他人的人。人們為他人付出代價。這是一種拯救行為。」[28]這位一輩子不願受洗、從不認同任何教派的思想家也許最能聆聽和領悟「愛」的哲學及宗教的精神。而辛鬱唱道：

　　不祥的是十三
　　　　我們知道
　　用來進食與接吻的是嘴
　　　　我們知道

---

[28]西蒙娜・薇依著；杜小真、顧嘉琛譯，《在期待之中》（北京：三聯書店，1996年），頁80～96。

蓬頭散髮與油頭粉面不是一回事

　　我們知道

誰來晚餐

　　我們不知道

什麼是必然的歸趨

　　我們不知道

河上漂著的浮萍將漂向何方

　　我們不知道

——〈趙錢孫李如是觀〉

是的，辛鬱並不知道「基督曾帶走什麼」，但卻知道愛，哪怕是經歷了「戰鬥性」的洗禮，在「片片茫然」之中，卻仍執著於「人的背景」和對人的熱愛。在上一詩中，他還道：

我們知道

　　淤泥會使腳陷落

我們知道

　　血不是酒

三、「偏愛」與「偏憎」

在 20 世紀 1920 年代就通過小說〈超人〉（1921 年）提出了「人生究竟是什麼？支配人生的，是『愛』呢，還是『憎』？」這個當時一般青年心裡感到極重大的問題的冰心女士[29]，在那個動盪、血腥、鼓吹暴力和鬥爭的時

---

[29]參見茅盾，〈《中國新文學大系・小說一集》導言〉，《茅盾全集・第二十卷》（北京：人民文學出版社，1990 年），頁 475。

代，她一反時代洪流，唱著：世界上的人「都是互相牽連，不是互相遺棄的」[30]，「地層如何生成，星辰如何運轉，霜露如何凝結，植物如何開花，如何結果……這一切只為著『愛！』」。[31]而正是因為認識到了「世上一物有一物的長處，一人有一人的價值，我不能偏愛，也不肯偏憎」[32]，她才不受當時的迷信與狂熱所感染，譜出了一曲曲愛的頌歌。

> 假如我是個作家，
> 我只願我的作品
> 被一切友伴和同時有學問的人
> 　　輕蔑——譏笑；
> 然而在孩子，農夫，和愚拙的婦人，
> 他們聽過之後，
> 　　慢慢的低頭，
> 　　深深的思索，
> 我聽得見「同情」在他們心中鼓蕩；
> 這時我便要流下快樂之淚了！
>
> 　　　　　　　　　　——〈假如我是個作家〉（1922）

> 我曾夢見自己是一個畸零人，
> 　　醒時猶自嗚咽。
> 因著遺留的深重的悲哀，
> 　　這一天中，
> 　　我憐恤遍了人間的孤獨者。

---

[30] 冰心，〈超人〉，《冰心文集・第一卷》（上海：上海文藝出版社，1982 年），頁 83。
[31] 冰心，〈悟〉，《冰心文集・第一卷》，頁 181～182。
[32] 冰心，〈寄小讀者・通訊十七〉，《冰心選集》（北京：人民文學出版社，1979 年），頁 248。

我曾夢見自己是一個畸零人，

　　醒時猶自嗚咽。

因著相形的濃厚的快樂，

　　這一天中

　　我更覺出了四周的親愛。

——〈安慰（一）〉（1922）

　　在那個「二元論」盛行的時代，冰心果然受到了「友伴和同時有學問的人」的「輕藐——譏笑」：「她是『唯心』到處處以『自我』為起點去解釋社會人生，她從自己小我生活的和諧，推論到凡世間人都能夠互相愛。她這『天真』，這『好心腸』，何嘗不美，何嘗不值得稱讚，然而用以解釋社會人生卻一無是處！」[33]——對於這位文豪的譏笑，劉小楓博士曾詰問道：「按照這種邏輯，他自己是『唯物』到處處以『非我』的起點去解釋社會人生，由『非我』所接觸的惡去推知世間只會有醜惡，他的老練、他的看透一切雖然不那麼中看，卻會對解釋社會人生處處有用。……」[34]而阿英《夜航集》中的〈謝冰心〉一文云：「青年的讀者，有不受魯迅影響的，可是，不受冰心文字影響的，那是很少，雖然從創作的偉大性及其成功方面看，魯迅遠超過冰心。」[35]我想，這其中的原因除了文體、風格的因素外，「冰心體」之所以風行，實與其作品中「愛」的哲學在廣大青年中引起共鳴分不開。

　　那麼，辛鬱慨嘆「那哭泣永不會成為歡笑」的〈流浪者之歌〉以及「流浪者之歌」式的「煥發一種人性的、愛的精神」、「使眾生的心理振奮起來」的小說，其潛在的意味又是什麼呢？或者可以用同樣的一個字來概括：「愛！」

　　辛鬱曾比較謙虛地自我批評道：「我的小說，人物性格以及他們的生活

---

[33] 茅盾，〈冰心論〉，《茅盾全集・第二十卷》，頁 160～161。
[34] 劉小楓，《拯救與逍遙》（上海：上海人民出版社，1988 年），頁 522。
[35] 轉引自陳平原，《中國小說敘事模式的轉變》（上海：上海人民出版社，1998 年），頁 140。

際遇，有重疊的地方；這是過於拘限於『自我類比』，常常把自身早年的遭遇當作材料。對小說創作者來說，這種『自限』可能是一個陷阱，會嚴重妨礙小說的藝術發展。」[36]在冰心女士〈超人〉發表的 1921 年，郁達夫的小說集《沉淪》出版，「問題小說」與「自敘傳」抒情小說在 1920 年代形成文壇的兩股潮流。姑且不論「自敘傳」小說是否有「私小說」的影子，辛鬱之「自我類比」在作品中含有「問題小說」的因素乃是事實——唯其如此，他的關懷、他的「愛」才更加真摯深切。

　　在小說集《我給那白痴一塊錢》中，最有個人傳記性質的當是〈外婆〉——它看起來雖像一篇感人肺腑的散文（作為小說，人物尚嫌「扁平」），卻奠定了全書一種抑鬱而關愛的基調，而這種「抑鬱中的關愛」，正是該小說集的特質。辛鬱從〈外婆〉出發，漸漸走出「自愛」（「自限」）而達致「愛他人」，其「自我」充實了、擴展了，成為一種「類我」、「大我」。值得特別指出的是，辛鬱以一種獨有的「邊緣人」視角（此種視角在全書諸篇中乃是一貫的），從作為「邊緣人」的自戀、自愛、自抑，進而關愛其他諸「邊緣人」，使其在抑鬱、自棄中「振奮起來」，不但「自我拯救」，且「救贖他人」，體現了一種博大的宗教情懷——一種「讓我的心接觸你的心，把痛苦從你的沉默中吻去」（泰戈爾語）的耶穌式情懷。同時，辛鬱作品給予「邊緣人」凝眸的關注，揭示出「邊緣人」的苦痛，抑悶的走投無著的「茫然」感並反映他們沉落的邊緣遭際，自然有著一種「問題小說」的「改良」意識。在「以小說為閒書」的中國傳統中，如果我們肯定借鑑於西方而產生的「問題小說」對於中國社會的推動作用，那麼我們是否亦可以接納這浸潤著基督精神的一曲曲「愛之歌」？

　　無疑，辛鬱的「自我類比」仍是「偏愛」的。作為一個經歷了苦難的作家，他的「偏愛」乃在「苦難的人」、「苦痛的人」。故辛鬱之小說也因為愛那些「被侮辱與損害的」而像俄國作家們那樣「含有一種陰暗悲哀的氣

---

[36]摘自小說作者給筆者的書信（1997 年 9 月 15 日）。

味。但這個結果並不使他們養成憎惡怨恨或降服的心思，卻只培養成了對於人類的愛與同情。他們也並非沒有反抗，但這反抗也正由於愛與同情，並不是因為個人的不平。」[37]所以，辛鬱的作品既不是「賞玩」（「逍遙」）的，也不是「怨恨」的。他的小說中沒有所謂的「英雄」（甚至也沒有「兵或官僚」），沒有「階級性」或「戰鬥性」──（此或是其「偏憎」？）──而只有：「人」和「愛」。

四、「新民」與「親民」

在第一節中我們曾談到中國傳統對於「個人」的否定和拒絕，這種傳統的潛在影響一直延續到近、現代。倡「新小說」的梁任公雖然體認到小說的非「閒書」性質──「小說有不可思議之力支配人道」，「故今日欲改良群治，必自小說界革命始；欲新民，必自新小說始」[38]，卻仍把「人」置於「群治」之後（之下）。「問題小說」亦同樣以「感化社會」、「改良」為其指歸。[39]故此「為人生」當乃是「為社會」（「群治」）而不是「為人」，「新民」仍然不達致「親民」。雖然早在 1918 年，周作人就提出了「人的文學」的口號，並闡述道：「但現在還須說明，我所說的人道主義，並非世間所謂『悲天憫人』或『博施濟眾』的慈善主義，乃是一種個人主義的人間本位主義。……是從個人做起。要講人道，愛人類，便須先使自己有人的資格，占得人的位置。耶穌說，『愛鄰如己』。如不先知自愛，怎能『如己』的愛別人呢？」[40]但二十世紀中國文學發展之「非人」趨向仍無法倖免。──這當然有其歷史原因，然何嘗不促使我們對於傳統中那根深蒂固的負面作一深層的反思，為「人」的陷沒（掩沒）憤而一「鳴」？

《禮記・中庸》曰：「道不遠人」，此言或可有三種解釋：

---

[37]周作人，〈文學上的俄國與中國〉，《藝術與生活》（長沙：嶽麓書社，1989 年），頁 74。
[38]《新小說》第 1 號，1902 年 11 月 14 日。
[39]參見冰心，〈我做小說，何曾悲觀呢？〉，《晨報》，1919 年 11 月 11 日。
[40]周作人，〈人的文學〉，《藝術與生活》，頁 11～12。

（一）「道」可內於自身的心靈中求得。

（二）治人的規律（「道」之一義）從「察人」而得。

（三）「人道」（非指「治人之道」而指「人道主義」）必不能疏遠、拒絕
　　　「人」。

其一和二乃傳統觀念的陳述。一指「天道」、「至道」可自求於內心，人心的恬靜澄明即是天道的終極意義，所謂「致虛極，守靜篤」（《老子》第 16 章）——此導致了中國文人士大夫的「閒適」。對他人命運漠然視之、無動於心。二指統治者的權欲，其「察」自是冷酷和無情（無「愛」——「愛鄰如己」）的——乃是為了「治」。只有第三種解釋方才是我們所說的「親民」：不是改造他們、革新他們（「新民」），而是親近他人，愛他人（「們」字仍有「群」而「治」的性質）。或者，這才是辛鬱言「使眾生的心理振奮起來」的含義！所以，辛鬱的「人性的、愛的精神」，實是走近他人、同情他人的「愛鄰如己」式的拯救。而因為他在小說中超越於自我的痛苦而更廣泛地觸及他人的苦痛，故其對於人類的苦難有更多的體恤和憐惜（正如冰心女士所唱：「我憐恤遍了人間的孤獨者」、「更覺出了四周的親愛」），所流的淚水也就更其多了。

當然，作為小說，僅有「趨向」（尤其是僅有某一趨向）是不夠的。辛鬱的小說，雖可貴，卻也有「不甚到位」之憾。一則是他雖「親民」、「愛」人，而在對人性的剖析中，尚未達到一種我們所想望的深度；二則是在他的「愛」中，「同情」、「包容」是大於甚至掩蓋了「譴責」的（「譴責」也是「愛」的一種方式）——如在〈臉的變奏〉和〈萬能博士〉等篇中，對於人性的醜惡、頑陋，作者的側重仍只在於「邊緣人」（旁觀者）的感嘆，並未對醜惡者加以鞭韃（「魚和熊掌，不可兼得」？）故在「邊緣人」的眼中，現實昏暗悲哀而前途渺茫無著，只有作者所給予的關注和愛，卻沒有希望，所以作品的溫暖仍被一種冷冽的場域所抑窒，仍是無力的；再則是小說作為藝術，僅有「淚水」是不夠的，還須使人看出此「淚水」的成分、色澤，它

的鹹、苦、澀、酸等——關鍵的，是使人看出主人公和作者何以流淚，而情不自禁地，看者自己也流出淚來。若能如此，則小說家的拯救（通過「愛」而使世間各人感動覺悟，從而自救並拯救他人）或才真正因其始於內心之愛與同情而「有不可思議之力支配人道」。

最後，辛鬱植根於民族的土壤並執著於「普遍人間性」，時刻關注著眼前這個處於激變中的時代，呼喚國人警惕諸種「瘟疫」、「把『挫敗感』攤出心窩」，預示了其「親民」漸走出「安慰」與「振奮」而指向更高的「大眾的心靈淨化與精神武裝」。辛鬱道：「我們活著，便要睜大眼睛去看，便要挺著胸去承受，讓時代的意義來充實我們生的建設⋯⋯」。[41]

是啊，讓我們重新出發，去找尋「愛」和「人」的真義！

——選自《創世紀》第 133 期，2002 年 12 月
——於 2018 年 6 月 18 日修訂

---

[41]辛鬱，〈寫我們這時代的詩〉，《辛鬱自選集》，頁 207。另，本段中引文參見頁 159、190、213。

詩話辛鬱

◎葉維廉*

一

　　我和辛鬱什麼時候認識，確實日期不知道，但我 1963 年出國前就有一個明確的信念和使命，確信《現代詩》、《創世紀》、《藍星》、《笠》詩刊不少詩作會「輝煌」（瘂弦語）起來。使命就是要把他們的成就傳播出去。1964 年先翻譯了一批詩在洛杉磯的 TRACE 做了一個中國現代詩的專號，然後在 Iowa 詩工作坊把書稿 *Modern Chinese Poetry: Twenty Poets from Republic of China 1955-65* 完成（愛荷華大學出版社出版，1970 年）[1]，裡面就收有辛鬱的〈母親母親〉、〈墓誌銘七行〉、〈原野啊〉等詩，可見我雖然因為時空相錯，未曾進入他出名的、被商禽命名為林口四人幫的「同溫層」，但在我和慈美的記憶中，我們和他在一起的時間相當頻繁，尤其是我回到臺大客座（1969 年）以後的日子，有一段時間，為了孩子們的語言教育（國語、臺語），幾乎每年夏天都回臺。事實上，我們聚談、詩人和畫家密切地來往互動、互相支持的活動也不少，相聚的時間很多。其間，我和李泰祥、許博允於 1971 年錄製我們後來在中山堂首次多媒體混合演出我的〈放〉所需之特別音質的過程裡面，辛鬱的聲音最令人感到震撼。其後，因為我們和畫家互相扶持、互相砥礪，寫文章支持畫家，或請詩人取題

---

*加州大學榮譽教授。
[1]該書按次收有商禽、鄭愁予、洛夫、葉珊、瘂弦、白萩、葉維廉、黃用、季紅、周夢蝶、余光中、張默、瘂虹、崑南、羅門、覃子豪、紀弦、方思（含方辛）、辛鬱、管管。經過這麼久了，我應該提一提，原來的翻譯裡，還有黃荷生、秀陶、菩提、羅英、楚戈，都有英譯稿，出版過程被刪掉，什麼原因已不復記憶。

（如劉國松的抽象山水畫題不少就是我提供的），講到寫文章支持畫家、詩人，辛鬱毫不吝嗇。

我提這些，因為這類活動，辛鬱發動、籌畫、參與最多，如 1966 年與秦松、李錫奇、張拓蕪、陳庭詩、吳昊等發起「現代藝術季」週期性活動，第二屆更擴大邀請東方畫會、五月畫會、文學季刊社、笠詩社、藍星詩社、創世紀詩社，共同推出大型藝術多媒體的對話與演出：繪畫、雕塑、詩作手稿、詩歌散文小說朗誦、現代舞蹈與音樂演出。類似的活動還有很多，包括晚年協助葉樹奎打開一個「時空藝術」會場，隨時隨地隨性臥虎藏龍突然出現，放懷即興發揮，他的小調〈小路〉往往在那裡是絕美的吟唱，一如他朗誦他的詩，往往也有他的〈小路〉那樣令人因韻動的絲細而進入脈動心動靈動不知返，引來瘂弦、管管的競唱……對我們來說，他的〈小路〉聽過何止三十次，都是那樣新鮮，那樣餘音繚繞。

這裡提到的還沒有包括他創辦十月出版社，參與《科學月刊》創刊籌備，出任《創世紀》總編輯帶領一些中生代詩人打開新局面。我提這些，一方面要感謝他與孝惠對我和慈美如至友，關懷之心自然洋溢，最後十餘年，每次回臺，在《創世紀》老友們必然的聚會之外，另外安排舒適的場所讓十數詩友午飯聊天半日，令我們有歸家之感，彷彿未曾離開過。另一方面，我們從他這些自發積極參與的活動裡，看到一個興趣多面、富有創意的開闊心靈與胸懷。他能貫通不同媒體、不同文類，所發散的氣味和神采氛圍，其間散發著詩的一種深植的美學與熱愛生命種種的跳動。早在我翻譯 *Modern Chinese Poetry: Twenty Poets from Republic of China 1955-65* 書稿的年代（1963～1965 年），在我需要附加的每個人個別詩話的頁上[2]，他提供了以下的「詩話」：

現代詩已不僅是客觀的表徵事物的外貌，或吟誦複述一物象世界的現

---

[2] 後來我增定一些別人的「詩話」發表在《幼獅文藝》第 207 期（1971 年 3 月）。

象，所謂「寫照性」的態度已不能更進一步地捕捉事物瞬息萬變的真
容，唯有以「揭示性」的態度，且運用嶄新的表現手法，才能達到最
高的「純粹」之透視與展呈；這是有意義的。

詩是一張用兩種不同顏色的絲線編織的幕，在一面你看到美，另一面
看到痛苦。這張幕永遠低垂，沒有一隻手會去掀起它；甚至沒有一隻
手會興起掀起它的欲望。

後者，他有另一種喻寫：「我在我的詩中說人生是一面掛在一間蒸氣房中的
鏡子永遠擦拭不淨，而詩負有使到這面鏡子清淨的責任。」（見《辛鬱·世
紀詩選》序）

二

　　辛鬱對他自己的詩、詩的使命，有不少精警的表白：「我熱愛生命，詛
咒一切造成死亡的原因，從這一個基點進入，我的詩是不難被了解的。說
我的詩繁複、冷冽，那是意象上的，文字上的，在內裡，我的表現是單一
的，熾熱的……我常把痛苦作為一種享受，而親切地擁抱它。一個人假如
真的能夠進入痛苦的核心，他對人生的體驗必然是深刻的，社會現象，文
明的遞變、速度，乃在於物質之隕滅興起，這一切都是外在的，環繞著一
個中心而旋轉，便是人的存在……為什麼我要對生命予以無休止頌讚或訴
願呢？因為沒有生命，任何尊嚴、高貴、純潔、神聖的字眼便不能成立；
生命需要一些字眼的射擊！」

　　辛鬱說：「我曾長期病過，曾經歷過逃亡，曾受砲火的洗禮。」他避開
不提其他壓抑的因素。像瘂弦、洛夫、商禽等在軍中的作家，也是一夜
間，父母、母子、兄弟、夫婦、愛侶、好友，活生生地連根拔起、割切、
隔離凡四十年，不少是天人永隔，是前所沒有的巨大創傷，他們，很多是
一個人，被國民政府「徵召」（往往是國共戰爭末期被押著無可選擇地加入
部隊）流離到臺灣，隨後沒有多久大陸實行鐵幕政策，來往、消息遽然切

斷，跟著美國第七艦隊巡邏臺灣海峽，名為保護臺灣，事實上是不讓國軍通過海峽打回去，無法實現「反攻大陸」的承諾。永無歸日的絕境，廢然的絕望感沉重如巨大的岩層。這個斷裂的劇變猶如佛家描述的巨大的「劫」。這不只是個人的「切斷」、「創傷」、「生命無以延續、歷史記憶喪失的威脅」，而且也是社會的、民族的和文化的「切斷」、「創傷」、「生命無以延續、歷史記憶喪失的威脅」。加上國民黨蔣政權移臺後，實行肅清和有形無形的鎮壓，被迫害的作家除了本土無辜的知識青年外，還有持異議的遷臺作家。在當時，國民黨專制暴虐的習性未改，完全不能容忍對黨、對政府任何的批評，這個階段的詩，用瘂弦 1981 年〈現代詩三十年的回顧〉裡的話來說：「1950 年代的言論沒有今天開放，想表示一些意見，很難直截了當地說出來：超現實主義的朦朧、象徵式的高度意象的語言，正適合我們，把一些社會的意見和抗議隱藏在象徵的枝葉後面。」[3]

對隨軍到臺的作家，心理上的壓力更大，一方面他們因政府的照顧自然有一份感激，但對施行的鎮壓又不得不有所抗議。「*生命需要一些字眼的射擊！*」這是多麼精準而帶爆炸性的宣言。辛鬱的職責之一，就是要通過語言美學的考量，托出或透現當時歷史經驗的盤旋糾結、文化錯位激發的心理複雜性，和他們有話不能說的困境和傷痛，他們不能直說，有意無意間採取了一種「創造性的晦澀」和「濃縮多義的象徵」。1957 年前後，臺灣現代詩中所發散出來比此更深的絕望感則安然過關。鎮壓的氛圍是魍魎如影隨形的無所不在，整個文化氣氛上，尤其是 1950、60 年代，文字的活動與身體的活動都有高度的管制，而作家們都在下意識地做了內化的文字檢查，深深形成身心酷似沙特戲劇裡的「無路可逃」（ *No Exit* ）的「禁錮」。

「*生命需要一些字眼的射擊！*」既是戰爭用語，也是文字追回生命情調唯一的依靠。這句話和洛夫的「**寫詩即是對付殘酷命運的一種報復手**

---

[3] 見〈現代詩三十年的回顧〉，《中外文學》第 109 期（1981 年 6 月），頁 164。

段」一併看，可以感到那個年代的顫慄。

如果說「永無歸日的絕境」引出商禽〈長頸鹿〉裡「囚犯們每次體格檢查時身長的逐月增加都是在脖子之後」的原因是「瞻望歲月」這樣奇異的意象，和他的「門與天空」、「被囚禁者」、「想走出去卻永遠走不出去」，在辛鬱就成了「無告的守望」[4]：

自從梯階已不再助長上升的意義
我的頸便開始凝固成柱
──以一種無告的守望

是在這種背景下產生他後來的名詩，把寂寞要化成無限宇宙中的一種傲然獨立的「豹」。

三

在這裡我們有需要把〈豹〉詩更深層的意義延後討論。我們必須回到辛鬱最早提供的「詩話」裡，有幾個重要的美學、哲學的視野。他說不是僅僅是客觀的表徵事物的外貌的描摹，或物象世界的複述，**「寫照性」的態度已不能更進一步地捕捉事物瞬息萬變的真容。**

這裡觸及法國詩人馬拉梅和道家對語言的看法。馬拉梅說：「所有的語言都是缺陷不全的，因為太多、太歧義；真正超絕的語言仍然空缺……使到沒有人能夠保持『血肉俱全的真理』神妙的徽印。這顯然是自然的法則……我們沒有足夠的理由要與上帝對等，但，從美學的立場來說，當我想到語言無法通過某些鑰匙／琴鍵重現事物的光輝和靈氣時，我是如何的沮喪！」[5]馬拉梅在沮喪之餘，極力要把語字從概念化的束縛裡解放出來，

---

[4]請參看我的〈臺灣五十年代末到七十年代初兩種文化錯位的現代詩〉，《臺灣文學研究集刊》第 2 期（2006 年 11 月），頁 129～164；辛鬱，〈無告的守望〉，《辛鬱‧世紀詩選》（臺北：爾雅出版社，2000 年），頁 15。
[5]Stéphane Mallarmé, *Oeuvres Completes* (Paris: Pléiade Editions, 1943), p.363.

讓它們像完全孤立的事物，被移放在一個絕對的「無」裡，在寂得空白的場域裡顫動，在那裡物象和（傳統文化概念化的）語言同時被否定後，「美，像一束在植物界花圃上所看不見的新花，神妙地、音樂地從語字中升起。[6]通過這個否定的程式，使人企圖還給語言奧菲爾式（Orphic）的神力：創造世界的神力。」

象徵主義詩人如馬拉梅把物象抽精取純，把語字變成道具或演員，讓他們在一個預先空場的舞臺上演出他們自己的生命；這樣建造的世界與道家所要重現的原真世界顯然是不同中的有趣回響。（他創造的花不是植物界的花而是美學的花！）詩人把物象從它們具體的自然環境裡抽離出來，然後把它們放置在一個新的（仍然是概念化的）世界裡，獨立自主地存在著。馬拉梅說：「世界萬物的存在都是為了落腳在一本書裡」。[7]

辛鬱的「*事物瞬息萬變的真容*」也就是說生命本身，是語言無法捕捉的，完全是回應著馬拉梅和道家的「知者不言，言者不知」，同時，對詩人來說，應該設法用嶄新的表現手法（馬拉梅講的「某些鑰匙／琴鍵」），同時應該保持其神祕性，不可表達性：「（詩）*這張幕永遠低垂，沒有一隻手會去掀起它；甚至沒有一隻手會興起掀起它的欲望。*」

在我們轉到道家之前，讓我們接上他「詩話」裡的第二句話：「唯有以『揭示性』的態度，且運用嶄新的表現手法，才能達到最高的『純粹』之透視與展呈」。他當時嘗試了什麼策略呢？我覺得他作為一個現代主義的服膺者，跟商禽一樣，都曾受到卡繆（Albert Camus, 1913～1960）的《異鄉人／局外人》（*L'etranger*，1952 年獲諾貝爾獎，該書首先由香港詩人馬朗的《文藝新潮》翻譯，臺灣幾乎同時也有版本），和他的薛西弗斯神話 *The Myth of Sisyphus* 的啟發，尤其是後者。薛西弗斯受到宙斯的懲罰，要把大石推到山頂上，讓它滾下來、再推上去、再滾下來、再推上去的境況，正

---

[6]Stéphane Mallarmé, *Oeuvres Completes*, p.368.
[7]Stéphane Mallarmé, *Oeuvres Completes*, p.378.

是現代人類荒謬的存在之寫照。[8]

　　生命無指向地重複又重複可以使人發狂，正如商禽〈躍場〉裡的出租車司機，「當他載著乘客復次經過那裡時，突然他將車猛地剎停而俯首在駕駛盤上哭了；因為他以為他已經撞毀了剛才停在那裡的那輛他現在所駕駛的車，以及車中的他自己」。這種薛西弗斯式的刑罰——重複又重複不斷的行為——會引發精神的錯位，甚至，人格分裂症。

　　辛鬱的〈順興茶館所見〉，看來沒有令人發狂重複不斷做一件無意義的事，全詩只是以平鋪直敘的方式錄下臺北人生百態之一態，幾乎是白描，甚至很低調，他沒有用以異擊常的方法，而落實在一群退伍軍人晚年每天無所寄託、無人關懷、幾乎寂然無語的命途，不是卡繆講的現代城市社會人與人之間機械化隔閡冷淡遊魂似的生活，這裡是特殊際遇的一群，是戰爭突變的割切的隔離，鐵幕和國共長期敵對造成的父母、兄弟、夫婦、愛侶、好友，活生生的連根拔起、割切、隔離的獨身老兵，退伍後被政府遺忘，起碼是缺乏妥善安置，被留在一個死角忍受長夜長晝寂寞、形同等死的一群。每天重複著這種同病相憐的聚會，詩人幾乎不動聲色地錄記下他們無奈的動作，初看好像沒有薛西弗斯那樣驚天動地的拍擊力，辛鬱的語言不帶控訴的口吻，沒有暴力兇猛的呼喊，而只是靜靜地展呈（辛鬱「詩話」裡的用語）他們重複又重複、幾乎是沒有語言的動作，而能讓讀者感到背後巨大啞然的悲情：

　　　　坐落在中華路一側

---

[8]卡繆在 1960 年車禍死亡，消息傳到臺北，郭松棻打電話跟我說：「我眼前一黑，人類的唯一明燈已經熄滅。」2003 年我拜訪卡繆的墳地，寫下這樣的話：「（在蘆馬琳（Lourmarin）卡繆的墓前）沒想到我們竟要努力去找才找到／躲藏在一些薰衣草後面／一個小小的牌子／大概是一個有心人所留下／讓遠方來拜望的如我／日夜不眠由臺灣／奔馳至此／可以找到你安息之地／日夜不眠／我們的腦海一片空白／當我們聽見你失事的那一天／不眠是那些日夜／爆炸性的荒謬／我們全都是你說的 L'étranger／一個欄柵八面的「家」中的／局外人／異鄉人／白色恐怖／冷戰／是兩塊／我們要推的／石頭／我們手、指俱裂／你是明燈／突然／滅絕／一朵小小的火焰／孕育了我們／我們成熟／而被織入／一個迷陣／我們織就的／織錦畫／密織錯亂／連潘尼洛佩（Penelope）／也無從拆解」。

這茶館的三十個座位
一個挨一個
不知道寂寞何物

而他是知道的

準十點他來報到
坐在靠邊的硬木椅上
濃濃的龍井一杯
卻難解昨夜酒意

醬油瓜子落花生
外加長壽兩包
——他是知道的
　　　這就是他的一切

不　尚有那少年豪情
溢出在霜壓風欺的臉上
偶或橫眉為劍
一聲屬叱　招來些落塵

他是知道的　寂寞是
時過午夜
這茶館的三十個座位
一個挨一個……

　　有幾點技巧需要點出，其實全詩沒有提到這樣的行為重複又重複，1.他只用一個字就喚起重複整個情景，「準十點他來報到」，一個「準」字就夠了（準時當然是連續不斷反覆的行為）；2.「三十個座位／一個挨一個／

不知道寂寞何物」，字面上講的是「座位」，初步反應可以是「座位挨著座位」，是沒有知覺的「物」，自然「不知道寂寞何物」，然後心中馬上會改正這初覺，這裡講的當然是坐在座位上的人（茶客），這樣突然一驚，坐在座位上的人，竟然「物化為不知寂寞為何物」的麻木的人了！這是何等的震撼呀！3.「而他是知道的」，這個「他」可以是「作者」，他知道、了解、同情，所以為他們錄寫下來這段恆將失去的歷史記憶；這個「他」也可以是其中一個人，事實上每一個坐在座位上的人都是知道的，只是沒有透寫、透現的能力，可能心中也嘆息著這段歷史記憶的失去。這些是什麼人呢？「長壽」是 1950、60 年代軍中特有的香菸牌子，那個年代飲粗酒、喝茶，醬油瓜子和落花生是他們唯一付得起的聊天消愁和打發時間的佐料。至於順興茶館坐落的「中華路」，可不是現代讀者認識的中華路，那個年代的中華路是南北火車幹道，兩旁都是臨時搭建的水果店、小吃店、飲食店、林林種種的雜貨店，饅頭、包子、水蒸包、酸梅湯、棒棒雞（當時最出名的棒棒雞就在那裡），是軍人、學生唯一消閒的地方。[9]這些退伍軍人（軍官），曾經是「故一世之雄也」的八面威風，如今臉上已是「霜壓風欺」，豪情不起來了；4.「時過午夜」在茶館「一個挨一個」的，都是一群被政治體系扭曲剝削、尊嚴被棄如垃圾的人們，日復日地無法面對陋屋難憑的寂寞長夜的緣故。

　　辛鬱還有另一些重複又重複的無可奈何的書寫，而以描述因著宗教信仰的衝突而無盡地架空在槍林彈雨中的貝魯特最具創意：

　　隔壁那條聖提姆街的日出
　　來遲了二個半時辰
　　因為今天凌晨
　　一顆汽車炸彈轟裂了半條街

---

[9]洛夫孩子的名字就是他和我在中華路的酸梅湯店寫了滿紙的字選定的。洛夫姓莫，配了很多字都不理想，最後決定莫非，結果第一個孩子是女兒，就改為莫菲，弟弟順理成章就是莫凡。

灰揚塵漫中
百來個死者的靈魂
在那兒依依不去
兩具童屍在殘破的
神壇前擺成
十字架　尚有餘溫
驚叫聲早已切斷
哭泣已不是哀慟的
最後表達
我名叫阿索艾肯
麻木的貝魯特詩人
機械的寫著：

這樣的戲每天都演
這樣的每天都演戲
演戲的每天都這樣
演每天都這樣的戲
戲的每天都這樣演
都這樣演每天的戲
都這樣演戲的今天
被架空在
槍林
彈雨中

——〈貝魯特變奏〉

最後一段寫的是貝魯特天天的轟炸、天天的死亡，面貌應該都不一樣，但長久下去，面貌都一樣又都不一樣，「這樣的戲每天都演」這八個字

每個字變成一張卡，撲克牌那樣洗了再排列，洗了再排列，排列都不同，或把琴鍵八個音換來換去，音階不同，都是變奏，卻都是同一件事。這就是貝魯特的現實。辛鬱這幾行是無法翻成英文的，這是漢字靈活語法的特色，文言更靈活，但白話要做也不難，因為詞性沒有英文這麼受限制。[10]貝魯特的居民除了恐懼還是恐懼，已經麻木、無能為力了。

四

現在我們回到道家「知者不言，言者不知」的語言哲學所打開的美學和辛鬱的〈豹〉的關係。「道家美學」指的是從《老子》、《莊子》激發出來的觀物感物的獨特方式和表達策略。它們最先不是美學論文；它們的書寫原是針對商周以來的名制而發。名，名分的應用，是一種語言的析解活動，為了鞏固權力而圈定範圍，為了統治的方便而把從屬關係的階級、身分加以理性化，如所謂「天子」受命於天而有絕對的權威，如君臣、父子、夫婦的尊卑關係（臣不能質疑君，子不能質疑父，妻不能質疑夫），如男尊女卑等。道家覺得，這些特權的分判，尊卑關係的訂定，不同禮教的設立，完全是為了某種政治利益而發明，是一種語言的建構，至於每個人生下來作為自然體的存在的本能本樣，都受到偏限與歪曲。老子從名的框限看出語言的危險性。語言的體制和政治的體制是互為表裡的。道家對語言的質疑，對語言與權力關係的重新考慮，完全是出自這種人性危機的警覺。所以說，道家精神的投向，既是美學的也是政治的。政治上，他們要破解封建制度下圈定的「道」（王道、天道）和名制下種種不同的語言建構，好讓被壓抑、逐離、隔絕的自然體（天賦的本能本樣）的其他記憶復甦，引向全面人性、整體生命的收復。道家無形中提供了另一種語言的操作，來解除語言暴虐的框限；道家（或有道家胸襟的人）通過語言的操作「顛覆」權力宰制下刻印在我們心中的框架並將之爆破，還給我們一種若

---

[10]有興趣的讀者可參看我 1985 年的〈中國古典詩的傳釋活動〉一文。

即若離、若虛若實的契道空間。道家最重要的精神投向，就是要我們時時
質疑已經內在化的「常」理，得以活出活進地跳脫器囚的宰制，走向斷棄
私我名制的大有大無的境界。

　　道家對語言的政治批判同時打開了更大的哲學、美學的思域，從一開
始，他們便認知到，宇宙現象、自然萬物、人際經驗存在和演化生成的全
部是無盡的，萬變萬化地繼續不斷地推向我們無法預知和界定的「整體
性」。當我們用語言、概念這些框限的活動時，我們已經開始失去了具體現
象生成活動的接觸。整體的自然生命世界，無需人管理，無需人解釋，完
全是活生生的，自生、自律、自化、自成、自足（無言獨化）的運作。道
家這一思域有更根本的一種體認，那就是：人只是萬象中之一體，是有限
的，不應視為萬物的主宰者，更不應視為宇宙萬象秩序的賦給者。要重現
物我無礙、自由興發的原真狀態，首先要了悟到人在萬物運作中原有的位
置，人既然只是萬千存在物之一，我們沒有理由給人以特權去類分、分解
天機。「鳧脛雖短，續之則憂；鶴脛雖長，斷之則悲」。[11]物各具其性，各得
其所，我們應任其自然自發，我們怎能以此為主，以彼為賓呢？我們怎能
以「我」的觀點強加在別的存在體上，以「我」的觀點為正確的觀點，甚
至是唯一正確的觀點呢？「彼是（此）莫得其偶，謂之道樞，樞始得其環
中，以應無窮……是以……和之以是非，休乎天鈞，是為兩行」。[12]我們應
該聽聽道家「天籟」裡的消息。郭象注曰：「籟，簫也，夫簫管參差。宮商
異律，故有短長高下萬殊之聲。聲雖萬殊，而所稟之度一也。」所有的制
度，求定點定向去看世界（所謂透視），其實只看到一面，中國畫是不斷換
角度的看，這樣才看到山的全部，音樂如果只有一個長度的音，就沒有音
樂可言。「然則優劣無所錯其間矣。況之風物，異音同是，而咸自取焉。則
天地之籟見矣……夫聲之宮商雖千變萬化，唱和大小莫不稱其所受而各當

---

[11]郭慶藩編，《莊子集釋》（臺北：河洛圖書出版社，1974 年），頁 317。
[12]郭慶藩編，《莊子集釋》，頁 66。

其分。」[13]只有異音共鳴才能和弦，整體自然是眾異合成的大合奏。

　　我在前面說，是在受到長期鎮壓禁錮的背景下產生他後來的名詩，把寂寞要化成無限宇宙中一種傲然獨立的「豹」。我覺得在追回自然、原真自我的過程中，我們很容易進入物各具其性，各得其所，任其自然自發和入乎「天籟」的冥思。

　　一匹
　　豹　在曠野之極
　　蹲著
　　不知為什麼

　　許多花　香
　　許多樹　綠
　　蒼穹開放
　　涵容一切

　　這曾嘯過
　　　　獵食過的
　　豹　不知什麼是香著的花
　　或什麼是綠著的樹

　　不知為什麼的
　　蹲著　一匹豹
　　　　蒼穹默默
　　　　花樹寂寂

　　曠野

---

[13]郭慶藩編，《莊子集釋》，頁45、48。

消　失

　　其實，我們不需要長篇大論，便可以領悟到青山自青山，白雲自白雲，青山不問白雲為何白，白雲不問青山為何青，自然而然如此。我們有時訴諸長篇大論，實在是出於我們被鎖死在「見樹只見木材」的西方非人化的「文化工業」對人性的圈限太久了。這首詩可以說是辛鬱「詩話」裡**《捕捉事物瞬息萬變的真容》**最具體的「展呈」，如畫象在太空裡寂靜的、最完整的展出、演出。

五

　　我們不妨看看也寫過〈豹〉的里爾克。在他早期寫的一隻豹，在籠子裡徘徊走來走去，眼前是一根一根的鐵柱，走著看著、走著看著，再也看不見鐵柱，此時，詩人彷彿已經走進豹的內裡、豹的沉思的弦動裡。我們再進一步看他後期的《奧菲爾斯十四行》：

　　　　花的筋絡一一打開
　　　　秋牡丹整個草原的早晨
　　　　直到洪亮天空複音的光
　　　　傾瀉在他／她的懷抱

　　　　承受無窮的筋絡──
　　　　如此為靜止的星辰所繃緊
　　　　有時為如此的豐滿所征服──

　　這是里爾克《奧菲爾斯十四行》其中一首詩的一段話。花的開放，自動自發自如，有一種不需要知（人的知）的知（萬物的感、知一體的知），

依著時間的律動，在適切的空間裡打開，一如早晨的到臨，依著宇宙的運行，在不同的方位、不同時段展開，而運行無盡（時空一如）的天空也一樣自動自發，在星球與星球之間多線互為引發的運轉，如同回應著花的筋絡，不，如同花的筋絡回應／承受著天空裡無窮的筋絡的感孕／感韻著天空裡洪亮／宏亮的複音（肉耳聽不見肉眼看不見而心耳聽得見／感而知的、心眼看得見／感而知的天體運行靈光裡多線弦動的音樂）。那首詩的結尾：

落日安息的呼喚

幾乎無從返回，你啊
撒向無際的瓣邊：
你，多少個世界的決斷和偉力

我們，狂暴者，或可久存
但何時何世
我們可以開放和承受！

里爾克（像所有的詩人／藝術家一樣）雖然彷彿已經進入了自然宏亮／洪亮的運作裡，但終究無法如一朵花那樣無焦慮地承受／感孕著人應該也可以有的自動自發自如的運作裡。

神辦得到。但作為人又怎能
通過狹窄的豎琴達到？
他心智二分。兩條心路
相交處沒有豎立阿波羅的神廟

歌，如你所說，不是激情

> 不是最後要掙扎達到什麼目的地
>
> 歌是存在。神祇心想事成
>
> 我們何時可以出口成歌？何時他會
>
> 把土地星辰彎向我們的存在？青年
>
> 不是說你不在愛中，雖然
>
> 聲音把你的嘴巴張開來，一定要
>
> 設法忘去你輕率的歌，必須要
>
> 有另一種呼吸歌唱真理
>
> 一種不沾事物的呼吸，神震響，風騰起

我們必須要「有另一種呼吸歌唱真理／一種不沾事物的呼吸，神震響，風騰起」。神，在里爾克的場合，與基督教義的神有關，但神在此可以延伸到超乎意念語言的萬象的運作。

辛鬱的〈豹〉就是脫盡我們用語言框限的豹，花的香是花自香，而且每種花都有不同的自香，樹自綠，有萬種不同的綠，豹自有其為豹「一種不沾事物的呼吸，神震響，風騰起」的風範，豹來豹往，在大有大無的太空裡，在曠野出現，少停駐，離去，自有其不為語言框限的瀟灑風流在。我們呢？是辛鬱沒有說出的自問，或激起讀者的自問。

加州大馬鎮

2005 年 9 月 6 日

附記： 1993 年，我決定安排一批詩人到美國幾個地方作雙語朗誦，以聖地亞哥我執教的加州大學為起點，然後是 Santa Fe、New Mexico，最後是紐約。除了要讓美國讀者、詩人認識臺灣的成果以外，我也希望讓他們感受我們的居所，附近的環境和景色。當時答應來的有張默、洛夫夫婦（還沒有移民到加拿大）、辛鬱、管管、向明、梅新，我把他們的詩翻成一個冊

子，前面還有序，題為 *Intercrossing*（雙向對流）。辛鬱臨時因事未能成行。六個人住我家，樂融融的，談得很開心，我們帶他們到海邊、野生動物園，於聖地亞哥老城聽 Mariachi，品嘗墨西哥風味的餐飲，看港口和博物館……遊興蠻高的。參與朗誦英譯的有美國大詩人 Jerome Rothenberg 等，當時還有名詩人 Quincy Troupe，他們分別請臺灣詩人到家裡聊天，後面的節目就不一一報告了，《創世紀》都有記載。正如我在〈創世紀與我〉一文裡說的，該稿作為一本書雖然沒有推出，但裡面的作品大部分都有刊登在 *River City*、*Chinese Pen* 等刊物上。這些都可以說是「輝煌」的見證。這裡我要講的是，辛鬱的〈豹〉已經翻譯好在冊子裡。當時協助登這些詩的人，因為他沒有現身，就沒有把它刊出，有些遺憾。對我們來說，更重要的是我希望他和孝惠也可以感受到我和慈美在加州大學的一些生活情景。終於在 2007 年 5 月成行，在我家盤桓了三、四天，也盡量看一些其他幾個老友看到的場景。這次只有他們兩人，比較可以感到貼心的一些關懷的話語。辛鬱依然沉靜，但不冷。他被稱為「冷公」的年代，在我心中從來不覺得他是冷，別人提起冷公的時候，我心中會湧起紀弦下面的詩：

> 不過為的是使我沸騰起來罷了
> 她才如此的冷：我周圍的
> 空氣
> 用她的冷
> 擁抱了我
>
> 啊！感謝。因為
> 我是如此的清醒
> ──我就是所謂冷
>
> 較之冷，尤其清醒的
> 是我；而尤其清醒的

較之我，La

Poésie　てある

故我恆常沸騰

昇華如水蒸氣

復又凝凍，冰結，而成為一個可擁抱的固體

——〈冷〉

　　我們在辛鬱的「詩話」與他的詩裡，和他深入的聊天裡，找到他「沉實」的見證。

——選自《文訊》第 361 期，2015 年 11 月

評《軍曹手記》

◎張健[*]

　　有人認為現代詩的表現內容是偏重感覺的；有人則以為理念的涵容始為現代詩人的天職。辛鬱在調防金門前夕所出版的詩集《軍曹手記》，恰足以將此一問題化解於無形。

　　以最近的趨勢說來，辛鬱與向明的詩風已較前更為接近，當然，基本的條件之一是二人的職業與處境相同。

　　而我是誰

　　以賭徒的幽默嬉弄躬曲的影了

　　　　　　　　　　　　　　　　　　　　　　　　　　——〈嘲弄〉

和向明的

　　呵！異鄉人，攤一個莫可奈何的手勢吧

　　　　　　　　　　　　　　　　　　　　　　　　　　——〈異鄉人〉

並比之下，正說明了二者題材與表現的近似。但進一步的探究，則辛鬱之創作界範較為寬闊。向明一貫的以理念為中心；其辛苦經營之意象，全係為了表現其確定的意念而產生。辛鬱則除此而外，更作感覺上之抒寫。

---

[*]詩人，發表文章時為臺灣大學中國文學系研究生，現為臺灣大學中國文學系及中國文化大學中國文學系退休教授。

　　收在《軍》集中的〈鷗和日出〉、〈海的百合花〉，為作者早期的作品
（按均曾被選入民國 46 年出版之《中國詩選》），這一類的作品雖只選收了
兩首，仍不難看出其特色：感覺重於觀念；歡躍而不落於沉鬱。這和他大
部分的近作是迥然有異的。而稍遲的〈錯覺〉一詩中，（按此詩發表於民國
47 年 5 月《藍星週刊》第 197 期，亦為一系列相似作品中之代表作），雖
仍自感覺出發，而其情調已頗有蛻變。

　　　陽光射著堤，也射著那船
　　　在一個，六月的午後

作者冷冷漠漠的描繪著，但卻給予讀者一種異樣的感應。我覺得，這是一
種極合理的過渡；因為在前面那兩首中，作者根本還沒有找到自己的聲
音。然後，〈海岸線〉、〈午時的幻覺〉、〈觸及〉等詩已逐漸自感覺移向另一
境界。〈啟幕者〉則更前邁一步：

　　　是的，也許那山會漸漸推移
　　　在我的紅牆外，一片蔥鬱
　　　會漸漸升高

儼然可與黃用〈一舞〉的末段媲美。然而這卻是該詩的第一段；〈啟幕者〉
的主題顯突於後：

　　　是的，賭場只開設在每個人心底
　　　我在押下金屬的鏗鏘
　　　當幕徐徐啟開的
　　　極其微妙的頃刻

這倒又像黃用的〈尋索〉了：

> 懷抱所有的想望
> 寧靜地注視那扇黑色的門朝我們移過來

這首詩之列為首篇，未必能顯示作者的偏愛，然自全集而言，與此詩相類的作品並不多，如〈時間〉、〈生命〉，便較落痕跡了。也許。那種渾然之感只能是「妙手偶得」的。

另一首〈兩行〉，若不因其短而低估之，則可謂有更卓越的表現：

> 同時迷失在高僧紫色袍的褶縫裡
> 浴佛日的：那些眼神

是感覺？是潛在的意念？是俯攝的印象？誰還能予以界分呢？只有水天一色的境界或可比擬。

作者大部分的作品，皆有其確定不移的題旨，不少首且係先有意念再尋索章句的。因而有許多註腳式的詩句摻雜其中，抑且泰半表示著否定或猶豫的傾向：

> 上帝，許是存在
> 死亡在身後，鈴
> 一串串搖響，那是無須詮釋的
>
> 　　　　　　　　　　　　　　　　──〈歌〉

若干此類的詩句則予人僵滯之感，加「可觸的醒，不在這裡」（〈午間感覺〉之結語）。

就一般的體察而言，作者是一個敏感而有警覺性的現代人。有時，他

「由於觸及剃刀的涼意，而厭倦人生」（〈八行〉）或「在黑色的背景之前，
無告地張開等待的臂」（〈夜曲〉）「許多流淚的眼遂射傷太陽的笑意」（〈盲
獵一〉）有時又說：

> 而我站在正午的陽光下
> 感受著樹一樣的生命的歡欣

> ——〈時間〉

現代人既不是虔誠不二的教徒（「人，不具神性」），也未嘗是不可救藥的頹
廢者。甚至於：

> 而在跨過大街的那一剎那
> 突然紅燈的出現給我
> 無限量的尊榮與自覺

> ——〈獵物〉

在辛鬱許多未曾發表而收入《軍》集的作品中，我們不難感知作者沉
鬱之個性與深摯的感受。至於在表現時，或「像梯之單純的上升，一非秩
序的美感形成」（借用〈八行〉一詩末二句），或則如「生之音器上」的
「冰冷冷的」聲音，「令人蒼老」（借用〈一日所見〉中語句）一言以蔽
之，辛鬱的詩作中，很少可以用浮萍的比喻來加以菲薄的。

《軍曹手記》中的佳句很多。作者願用「一隻透明的杯」「盛整個夏季
於其間」；「以雲的捲毛」「製就我的獵裝」；「從夢裡走出」「聽山的霍霍蒼
笑」。他感覺「午夜的臉猶似母親底」，「一尾魚的幻影睡眠在她（貓）的瞳
孔」「媚笑與某些多姿的花木結盟」。但作者並非僅長於片斷的佳句。他的
〈給約克軍曹〉，即以極完整的抒發，較流暢的節奏，成為公認的一首成功
之作。至於他的散文詩，雖亦有其特殊的意興，唯結尾往往將主題一語點

出，失去了作者若干佳作所予人的「餘音繞樑」的妙處。如「而我呢？不僅是為了點綴人間的荒涼」（〈鏡匠的幻遇〉）、「是誰戕害了一個生命？！」（〈紅葉〉）、「魚族的自由是有限度的，因為貓有牠的嗜好」（〈魚類與貓〉）這或也是所謂「散文詩」的傳統的短處之一吧：甚至波特萊爾的部分作品都不能免俗（如〈狗和香水壜〉）。

即使在《軍》集其他作品中，也是開端佳於結尾者居多。這幾乎是目前詩壇的一般現象。如果不是筆者誤解，這正旁證出若干詩人仍然停留在靈感重於修養的一個階段。——自然，此地所謂的「靈感」、「修養」皆是極廣義的。

在幾近統一的風格中，《軍》集作者頗盡變化之能事。有些詩作者展開一首詩的方法只限於常用的幾個公式，雖其內容堅實，亦不免為之減色。辛鬱能觀摩、採擷各家之長，融入本身的風格中，故一方面不懼相似主題的一再表現，一方面有先聲奪人之奇效。如〈鴕鳥〉的「心中走動食盤與銀餐具的影子」，〈給約克軍曹〉的「是什麼人在雲端向你招手」，〈觸及〉的「尾隨著，這樣緊緊的尾隨者」。至於〈啟幕者〉一首，除了開首用「是的，也許那山會漸漸推移」之外，全篇更連用四個「是的」，其安置的地位不僅不令人感到煩膩、贅餘，且更使全詩脈搏始終保持相當的頻率。〈睡眠的魚〉首段以「在餐桌旁，無人聯想魚骨與基督」啟幕；將閉幕時，末段展出「餐桌旁，無人理會屋頂上的貓……」，在看似漠然的安排中，自成強烈的對照。而兩個「餐桌旁」一冠以「在」，一加以省略，又足見作者確下了一番練字、度句的功夫。〈眼神〉的前兩段結構綿密；意象看似不夠明朗，予人之感應卻有分量。但後二段則顯示該詩處理時用力之孤弱，而現出單薄之象。由此亦可窺見作者陋於收結的關鍵。

另一點值得一提的，是作者運用倒裝句法之成功。這是與作者的獨特風格息息相關的。甚至與作者的秉性亦不無關係。如：

　　吻你，也許以我的肺腑

——〈不題一〉

在神的眼底我的躍姿

——〈眼神〉

往往，我願跪禱
為一隻土撥鼠的命運

——〈愚行〉

〈兩行〉一詩，更是倒裝技巧的高度發揮。而適度的穿插，亦別具風
采：

移自南方的
如在戀愛期間的少女
這棵樹，撒開髮的含羞的臉垂著

——〈午時的幻覺〉

我是一株不再走高的
被烽煙迷失了方向
　　　　一株杉樹

——〈給約克軍曹〉

同時，作者亦慣於將某種結論置於詩首，而其作用又不僅是單純的倒
裝，更且有助於全詩的推展：

那也是一種表徵
介於縮短的射距離

一粒圓熟的預感，浮雕化了

——〈盲獵三〉

終於，也俯臥在你的唇邊

喬哀思的人物，沒有皇冠的人物

——〈獵物〉

若讀者能統觀全詩，即知在這些詩句背後作者所運用的匠心了。

最後，我並不想忽視《軍曹手記》中部分作品之晦澀。對於一個較熟悉作者的處境、個性與思想傾向的欣賞者，該沒有一首詩是「一團漆黑」的，但即使如此，它的若干詩句，若干段落，卻予人茫然之感；這該不是作者故弄玄虛的結果，而是由於自由的用典，不拘的安排。更由於作者所特有的那種邏輯方式的運用，也許，最重要的，還是在於作者根本的心理狀態。那恐怕真如艾略特所說的：「詩，不是要抒散情緒，而是要逃避情緒；不是要表現個性，而是要逃避個性。」因此，不僅《軍》集之意義有艱澀之處，其節奏亦無法保持明暢流利，辛鬱的詩又豈可與鄭愁予、葉珊輩的詩並讀？甚至跟同一路向的阮囊相比，其節奏亦滯澀多多。此中要鍵又在於兩人個性之殊異——阮囊較豪放，而辛鬱偏於內斂。這正應了艾略特「傳統與個人才能」第二節的結語了：「而當然，僅只那些有個性及情緒的人方懂得為何要有所逃避。」

——選自張健《中國現代詩論評》
臺北：純文學月刊社，1968 年 7 月

冰河下的暖流

序辛鬱詩集《豹》

◎洛夫[*]

　　辛鬱有一幅冷凝的面孔，故詩壇友好向以「冷公」稱之。其實辛鬱面冷而心熱，小如他的詩，冷的是他的語言，熱的是他潛在生命的燃燒，他的詩堪稱為冰河下的暖流。

　　我所謂暖流，並不限於「溫暖」如此正面而簡單的含意，有時它也會摻雜其他更為複雜的情愫，諸如激奮，憤怒，孤絕，悲憫，甚至出之以犬儒精神的譏諷。由於這些情愫都已凝聚在冷冽的意象之內，故詩人燃燒的生命和沸騰的情感往往會轉化為一種驚心動魄的悲壯美，昇華為一種對人類整體生存的思考。戰後 1950 年代的詩人大多是如此，辛鬱更是如此。

　　如要對辛鬱的精神內蘊和詩風作一整體性的探索，我們不妨以歷史的眼光先來回顧一下 1950 年代由大陸來臺一群現代詩人當時所面對的時空背景。這點，我在〈關於「石室之死亡」〉一文中曾有過如下的評述：

　　　當時的現實環境極其惡劣，精神之苦悶，難以言宣，一則因個人在戰亂中被迫遠離大陸母體，以一種飄萍的心情去面對一個陌生的環境，因而內心不時湧現出強烈的放逐感，再則由於當時海峽兩岸的政局不穩，個人與國家的前景不明，致由大陸來臺的詩人普遍呈現游移不定，焦慮不安的精神狀態，於是探索內心苦悶之源，尋找精神壓力的舒解，希望通過創作來建立存在的信心，便成為大多數詩人的創作動力……。

---

[*]洛夫（1928～2018），本名莫洛夫，湖南衡陽人。詩人、創世紀詩雜誌社創辦人之一。

　　因此，即使在以後的十年內，包括辛鬱在內的這群詩人，他們最易辨識的風格就是對「自我」的審視和彰顯，而「自我」的形象通常都是頭戴荊冠，滿臉傷痕，進退之間如一對陣的螳螂，劍拔弩張如一敏感的刺蝟，時而在暗室抱著自己的影子哭泣，時而又孤立曠野，迎風悲歌。辛鬱就這麼哀唱過：

　　　　樹生殖樹而樹不是人
　　　　哦人哦人是一條草繩那樣的東西

　　　　　　　　　　　　　　　　　　　　——〈流浪者之歌〉

　　　　泅泳著　　我試以多血筋的手
　　　　抓住岸，試以腳
　　　　猛蹴無底的河床

　　　　而我抓住的
　　　　卻是歷史蒼老的迴響
　　　　斑斑血痕中
　　　　我蹴及一方愚昧的
　　　　頑石

　　　　　　　　　　　　　　　　　　——〈同溫層：自己篇〉

　　顯然，詩中的「我」，並不比艾略特筆下「空洞的人」（The Hollow Man）活得更充實，更快樂；詩人並沒有通過創作而建立起存在的信心。當時批評現代詩的人，動輒以深受西方現代主義或存在主義的流毒而苛責詩人，殊不知現代主義或存在主義興起的主要因素正是戰亂，以及戰亂後遺的文化崩潰與精神失調，於是詩人內心久藏的悲歌便很自然地受其誘發而哀哀唱了起來。詩中的「自我」形象，絕非穴居時代孤立的人的形象，

詩人的悲歌必須置於它產生的特定的現實中去評估。正確地說，他們的詩唯有視為民族的和時代的悲劇的象徵，才能使他們取得一個公平的歷史定位。

　　對於「自我」形象的塑造，以及對「自我」的省思，辛鬱可能較其他詩人更為突出，他追求的不只是彰顯「自我」，更是超越「自我」。他曾說：

　　我一直認為文學藝術之可貴，在於作家鍥而不捨地對自己生命的發掘，而達致自我生命的昇華。

——〈關於文學藝術的我見〉

　　記得尼采、紀德，及其他許多作家都說過這樣的話，而辛鬱之在詩中彰顯「自我」，似乎較同時代的某些詩人更有理由。詩中的「我」多半是夢境中的我，或由潛意識中掙扎而出的我，這種內在的「我」可以彌補和救贖現實中殘缺的，不安全的，甚或絕望的我。這種「我」有其反叛性，但也可促使內外兩個我的均衡。辛鬱在生命和人格正在成長的年齡（15 歲）即逢戰亂而投身軍旅，自此即扮演一個無足輕重的角色，經歷一個被現實扭曲的人生，而本性善良的「自我」受到冷酷環境長期的壓抑，日漸萎縮。從事以殺戮為業的軍職顯非他本性所願：

　　猶未出鞘的一柄劍
　　陌生於掠殺
　　也不嗜血

　　如鼓的陰面
　　生命的輕嘯，陷在
　　自己的內裡

——〈自己的寫照〉

　　然而，他本能的昂揚的意志力一直在催逼他：「必須力爭上游！」必須
在充滿荊棘的成長過程中，建立一個較為完美的人生。從下面的詩句中看
來，他似乎並未如願。

　　泅泳向前
　　在鼓聲中我奮力拼爭
　　頃刻間　肉裂肢斷
　　　　　　骨折血崩
　　又一次儀式黯然完成

　　辛鬱表達「自我」這一主題的詩為數不少，且都有其獨特的風格。最
早的也是悲劇性最強的，是寫於 1962 年的〈青色平原上的一個人〉，其次
是寫於 1966 年曾作深刻自剖的自傳體詩〈同溫層〉（此詩復於 1980 年改
寫）。當然，1974～1976 年間寫的〈演出的我〉，不僅是辛鬱的自我生命發
展史，也是他家族的精神族譜，而〈流浪者之歌〉、〈原野哦〉、〈自己的寫
照〉、〈石頭人語〉、〈我是誰〉、〈垂死的天鵝〉、〈青春的歌〉、〈體內的碑
石〉、〈紅塵〉等，無不含有以直接表達或間接觀照的方式所處理的「自
我」主題。有時他也假道於花草，託心於樹葉，寄情於土壤，藉由自然物
體以表現更為真實而質樸的「自我」。尤其像〈土壤的歌〉、〈樹葉的歌〉這
類詩，表現的不只是單一的主觀的「自我」，而是將「我」融入自然萬物之
中，以達到物我同一的境界。這樣泯滅了我與物，也泯滅了形而上和形而
下的界域的表現，本質上已接近宗教。
　　也許有人認為，詩中過於彰顯「自我」，將使詩的內容窄化，使詩的生
命偏枯。其實不然，事實上所有的抒情詩無不以主觀的「我」為基點；詩
人一生所追求的就是發掘和表現那個未為世俗所扭曲，未為紅塵所汙染的
「真我」，而「真我」又必須經由詩人本身的內省和對外界的觀照雙重功
夫，才能尋獲。有真我才有真實的創作，也才能進而把熱情與關懷投射到

國家、社會、歷史和文化上去。同時，我更認為，透過詩的轉化過程，「真我」可以有以重創的內心世界來調整與平衡外在客觀世界的功能，這也正是文學中所謂理想主義所追求的目標。關於表現「自我」這一點，辛鬱也有所解說：

> 我們不能說作家自我生命的昇華是完全妄顧一切的自私行為，應追索的是，一個作家在創作前的心理準備中是否受到事象物態的影響與支配，如果是，那麼作家的自我實已緊緊聯繫著群體。
>
> ——〈關於文學藝術的我見〉

實際上，這一觀點可以在辛鬱所有的作品中得到印證。也正因為辛鬱具有這種介入的觀念與熱情，具有這種寬容廣納的胸懷，他現實中的「我」雖受到壓抑，但透過詩的創作而得以昇華的「我」，卻能達致莊子「逍遙遊」中那種可大可小，舒展自如的超越境界，例如：

> 在無水的長河游著
> 我胸懷石卵
> 　這人世不解的謎
> 游向你
> 游向燦燦的天庭
> 若心在南極
> 則我將立足於北
> 發音於西
> 手舞足蹈在東方
>
> ——〈同溫層：自己篇〉

我們或許可以如此評估：大致說來，辛鬱早期表現「自我」的詩，手

法較為直接，詩的生命較為意氣風發，熱情沸騰，感人有餘，而涵泳不足。他後期表現「自我」的詩則多以間接手法處理，語言凝練，詩的生命趨於成熟而內斂，他的〈豹〉與〈順興茶館所見〉二詩就是最好的例證。現試以這兩首詩作一比較分析。

〈豹〉是辛鬱自認「較為滿意」的作品，〈順興茶館所見〉則是一般讀者認為表現相當成功的作品，兩者都曾經過多次論析，且都給予頗高的評價。不論就題材，語言，和整體風格而言，這兩首詩都迴然不同，似乎無從比起，但如果我們從隱喻著眼來剖析這兩首詩，則發現二者依然是以表現「自我」為主旨，只是運用不同的題材和處理手法而已。換言之，這兩首詩都是透過具有強烈暗示性的意象，間接投射出作者某種層面的精神內含。先說〈豹〉：

一匹
豹　在曠野之極
蹲著
不知為什麼

許多花　香
許多樹　綠
蒼穹開放
涵容一切

這曾嘯過
　　獵食過的
豹　不知什麼是香著的花
或什麼是綠著的樹

不知為什麼的

　　蹲著　一匹豹
　　　蒼穹默默
　　　花樹寂寂

　　曠野

　　消　失

　　表面看來，〈豹〉是一首意象詩。美國意象派詩人龐德有言：「詩人要
找出的乃是事物最明徹的一面，呈現它，不須陳述。」就這首詩的主要意
象而言，我們的確只從詩中看到曠野上蹲著一隻豹，至於蒼穹，花樹，曠
野等，都無非是突顯這隻豹存在的背景。但問題是詩中接連出現「不知為
什麼」，「不知什麼是」，「不知為什麼的」含有探詢意味的陳述，因此這首
詩就不僅是一種單純的意象呈現，而涉及作者深藏的內心世界。可是，這
三個「不知」，的歧義性也很大，既可視為作者本人追求「知」而引發的探
詢語氣，也可解釋為作者在寫這隻豹的茫然不知的心態，前者是主觀的求
知，需要一個答案，後者是客觀的陳述，不需要答案，這二者顯然有其不
同的含意。但我寧可接受後者，因為如果是作者插入的主觀探詢，則勢必
傷害到這首詩的結構的統一性。

　　現根據我們的讀法，即認定〈豹〉是一個統一的結構體，那麼這首詩顯
然是由一連串隱喻所構成的意象世界，一個頗為複雜的象徵，象徵著一個既
勇猛強悍，而又冷漠孤獨的生命，和一種既充滿著原始慾念，而又茫然無助
的心境。正由於這首詩結構上的完整，我認為詩中的「豹」，實與作者的生命
合而為一（這當然也是一種情景交融），「豹」也就是作者所欲表現的自我，
詩人的情感，心境，以及存在意識的投射。如再以時間觀念來分析，第一節
與第四節中的「豹」，是當下我們視覺所及的豹，而第三節中的「豹」，則是
曾經嘯過，獵食過，有著一段歷史的辯證過程的豹，在當下與過去兩相對照
之下，過去的勇猛強悍正足以強烈地反應出當下的孤絕，無助，與茫然。

　　說「豹」是作者的自我意象，或作者存在意識的投射，也許有人認為
有些牽強附會，但如我們將〈豹〉這首詩與〈順興茶館所見〉作一比較，
當不難發現這兩者之間在表現意圖上的共同點；兩者所寫的都是由盛而
衰，由絢爛而平靜，由當年的勇猛豪情而至目前的孤獨寂寞。尤其〈順興
茶館所見〉第五節：

　　不　　尚有那少年豪情
　　溢出在霜壓風欺的臉上
　　偶或橫眉為劍
　　一聲屬叱　招來些落塵

更易使人興起時不我予，孤寂無奈的感歎。

　　這首詩大部分的情景是客觀意象的呈現，其中有幕前與幕後的人和穿
插其間的事件，貌似一首社會寫實詩，但我同意張漢良的看法，作者採用
的是「全知的內在觀點」（Omniscient interior point of view），這首詩實應歸
類為心理寫實詩，也就是說，作者雖假借「他」的語氣，但情形亦如
「豹」，詩中摻有「不知道寂寞何物」、「而他是知道的，」之類的主觀陳
述，故由此可以推斷，陳述者「他」即是作者自己，作者溶入了現實，而
這一現實卻是作者內心的現實。簡政珍說：「藝術的活動不是客觀現實世界
的再現，而是透過各種藝術語言重整外在的世界。」這一觀點既適用於
〈順興茶館所見〉，也符合〈豹〉的內在結構，而二者所重整後的世界，實
際上就是作者的內心世界，換言之，即作者藉外在的客觀情景，以宣洩胸
中的塊壘。內外世界之契合而達到情景交融的境界，正是這兩首詩表現成
功之處。

　　辛鬱表現自我的詩，尤其是〈豹〉與〈順興茶館所見〉這兩首，表面
雖都處於一個有限的格局，卻展現出一片無限的天地和具有普遍性的社會
層面；抒的雖是小我之情，卻暗示對大我的關懷。由此我們可以堅信，辛

鬱這位堅持詩的信念和人道主義精神達數十年之久而不改其初衷的詩人，
在詩史中是必有其可予肯定的地位的。

──選自辛鬱《豹》
臺北：漢光文化公司，1988 年 8 月

生活是詩的礦源
讀《輕裝詩集》兼談作者辛鬱

◎魯蛟[*]

　　在當代比較資深的詩人群裡，我們的朋友辛鬱，是一位詩思沛發詩藝早成的詩人。遠在民國 49 年 11 月 14 日，寄給我他的處女詩集《軍曹手記》時，我就在該集的內頁裡，寫下了這樣的短語：「辛鬱是早熟的詩人，產量多，詩質好，吾不及也！」

　　民國 40 年代初，他就以一個來自軍中的青年詩人身分，步入詩壇。接著，他的名字便星顆般的，在臺灣的各個詩刊詩頁上閃爍起來（多年後，又擴大到兩岸三地和世界華文詩刊物）。當時，辛鬱才二十左右。這是他詩生命的起點。自此之後，除了在經營事業難以抽暇的短暫階段外，他的詩時光、詩歲月，始終是明亮而豐實的。

　　辛鬱才氣夠詩智高，觀察敏銳、感悟聰靈，很容易孕詩，因此，他的詩創作經常是高量的，在發表的路徑上，不愁無詩。不但如此，他手上經常還有餘糧「庫存」。量多時，會自刻鋼板，油印成疊或成冊，分贈好友「指教」。民國四、五十年代，我就是他這種油印詩作的讀者。

　　晚年裡，沒有工作壓力，日子幸福美滿，詩思澎湃，詩孕頻頻，在民國 103 年之始，便「一日一詩」起來。這就是《輕裝詩集》誕生的緣由。

　　詩必言志，也必抒情，辛鬱都在這個集子裡忠實的實踐了。特別是在人際關係──亦即友情和親情方面，用筆頗深，值得我們觀察和探討：

　　先談友情方面：

---
[*]本名張騰蛟，詩人。

　　辛鬱一生，與詩結緣，和文學藝術締交，這些行界裡的好友滿天下，是他生命中很重要的一塊。因此，入其詩的人士很多，在他這半年的詩作中，就有二十餘人次。如大荒、楚戈、羅門、周夢蝶、尉天驄、朱為白、張之潔、張堃，以及《科學月刊》的同仁、韓國詩人許世旭、音樂界的李泰祥、歌唱名家高凌風。甚至連早已離世的外國藝術名家如米羅、莫內等他也論及。其中楚戈和米羅各入詩三次、羅門和周夢蝶各二次。詩雖短小，寓意卻濃密深長。請看他寫楚戈：

〈友情常青——再憶楚戈〉
　　雖然弦斷／音仍在／懷念裡的長空／鳥跡縱然無存／卻仍有一條無形的鳥道／穿連

民國 103.03.03

　　楚戈和辛鬱相交近甲子，是辛鬱心目中至友裡的至友，好朋中的好朋。六行詩句六行淚，滴滴是真情。
　　看他寫羅門：

〈祝願——再致老友羅門〉
　　在對自己的檢定裡／悄悄移動一下指針吧／老友　請謹記獨一非無二／這世界有太多未知／等待開發　它包括／一座自己全新的真身

民國 103.04.19

　　辛鬱和羅門的交往，略晚於楚戈，亦係老友。羅門個性剛直，出言爽快，辛鬱憂其有失，以詩相諫，可佩。
　　再談親情詩作：
　　辛鬱在寫了詩壇藝界的多位人士之後，又把筆觸推移到親人的身上，包括他的外婆、父母、岳父母、堂叔和兩位兄長，用語親和，情感虔濃。

當然，一定會為他的愛妻賦詩——〈仁性放送——謝吾妻〉和〈心意——致妻〉（民國 103.06.02）。謹錄第一首如下：

〈仁性放送——謝吾妻〉

　　無處不在／尤其在急難時分／仁性的母愛／自然流露　較黑夜星光／更透澈的／放送

民國 103.04.30

　　仁性、母愛、放送，好詞妙用，在行句裡發光。

　　辛鬱，辛辛數十寒暑，鬱鬱多少日月；苦苦營生，操勞過活。即使有過歡樂和喜悅，也是短暫的，飄浮的，直到成家之後，真正的幸福和溫暖，才湧進他的生命裡來。特別是愛孫降臨之後，心情悅悅，眉宇生輝，真的是，有孫萬事足了。弄孫之樂，其樂無窮，作為爺爺的詩人辛鬱，不會無詩，也不可無詩，單是此集之內，就曾「四寫愛孫」（兒子的幼年時，他也有詩記之）。愛孫之詩如下：

　　1.〈續寫做爺爺滋味〉　　　　　　　民國 103.01.11
　　2.〈孫兒逗我笑〉　　　　　　　　　民國 103.02.07
　　3.〈玩球——陪孫兒玩耍〉　　　　　民國 103.02.09
　　4.〈育嬰一得〉　　　　　　　　　　民國 103.06.16

只舉兩首為例，就可看出這個爺爺感受之甜美了：

〈續寫做爺爺滋味〉

　　愛吃糖的牙齒早不堪／巧克力滋味／然而有一顆糖非吃不可／它是另一種滋味的／甜　在我三歲孫兒的笑臉／藏著

民國 103.01.11 孫兒三歲生日

　　這比喻好極了。此詩是「續寫」，之前定有別作。

〈育嬰一得〉

八十歲老翁的雙手裡／藏著一段段歲月之秘／什麼生命線　事業線／掌紋顯現的／只一個愛字／所以他抱起／不足歲的小孫兒／就像捧著跳出胸腔／自己的一顆心

民國 103.06.16（三年以前的感受）

辛鬱妙筆吐詩，不能不詩詩自己，甚至調侃自己，特別是關於他的那張臉，那張成為詩壇風景、閒談素材的臉。

他的面情較為嚴肅，朋友們常以「冷公」稱之，他也不會見怪，且曾自賦「臉詩」多首。請看：

〈牆上的畫像讀我〉

一讀這老漢的笑臉／像是上了一層膠／二讀這老漢的一吐一納／何以如此不順暢／三讀四讀總是讀不懂／這老漢寫的到底是什麼？

民國 103.01.12

另一首：

〈這人——自我寫照〉

一臉打霜／這人的冷／酷酷／非季節性的／／常常唸唸無辭／哼哼無聲／／怪的是　這人的身上／居然還散發一些些／人的氣息／有點香

民國 103.04.02

集外的詩作裡，「冷臉」一詞所在多有，甚至有詩曰〈那張冷臉背後〉，且以此題目作為他一部詩集的書名。

其實，他是一個面冷心熱的人。

家是人生最早的窩巢，家人是最親密的生命夥伴，辛鬱不會漏掉這個

主題。於是,他便由對親人的個體書寫擴展到家庭的群體描述。十來首詩作,首首生色,句句有聲,把家的氣氛寫得既歡樂又溫馨。

試看辛鬱是怎樣寫的:

〈家人樂〉

聽著多樣的咀嚼聲／再看孫兒的嬉鬧／樂啊　樂開懷／／家人不是貼紙／拿來裝扮家的外貌／請看這圓桌而聚的／一家人　圓得多麼溫馨

民國 103.04.04

〈與家人共餐〉

這道菜裡有奶奶的愛意／這鍋湯是爺爺親手燉的／有甚麼比三代共桌／吃一頓晚餐更令人歡心／／紅燒魚放多了鹽／這不打緊　難得的是／為了這一餐／兒子提早下班／奶奶還多燒了兩道菜

民國 103.05.30

文字雖然淺白,裡面卻灌滿了飯香。

辛鬱在他的〈後話〉裡說這本詩集的「題材不廣」,此係自謙之語,事實上是很廣的,從文化、文學、文藝到社風、政治等,都在其中,我所介紹的這些,只是比較貼近生活,側重人倫,以及最容易感受和體會的部分。

最後我要說的是,在辛鬱走了三年的這個時刻,《文訊》促成這本詩集出版,讓它有緣落籍今日詩壇,至少具有下述意義:

其一,沒有讓這本詩稿失去生命,完成了辛鬱的心願。

二,讓愛詩的晚輩知道,詩的礦脈在生活裡蜿蜒處處,只要有意探測,認真開採,必有所獲。

三,它是我們詩壇上的新資產,讓我們現代詩的大倉巨廩中,多了一斗新糧。

辛鬱是一位成熟又成功的詩人,對詩創作的理論和技巧,早就臻至高

段，因此，我就對這方面未加析評。有些作品看起來略嫌平淡，可是，詩質詩髓，仍在其中。

　　詩人辛鬱，詩齡比我高，詩藝比我強，不敢言序，此乃讀後一得而已！

民國 107.02.10

──選自辛鬱《輕裝詩集》
臺北：斑馬線文庫公司，2018 年 4 月

釋辛鬱的〈豹〉

◎李瑞騰*

一匹
豹　在曠野之極
蹲著
不知為什麼

許多花　香
許多樹　綠
蒼穹開放
涵容一切

這曾嘯過
　　獵食過的
豹　不知什麼是香著的花
或什麼是綠著的樹

不知為什麼的
蹲著　一匹豹
　　蒼穹默默
　　花樹寂寂

曠野

*發表文章時為中央大學中國文學系副教授，現為中央大學中國文學系教授兼文學院院長。

消　失

——〈豹〉[1]

辛鬱在一張「自白書」[2]以及接受劉菲的訪問[3]中都曾提到過，這首〈豹〉詩是他在五百多首詩作中自己認為「較為成功」、「較為滿意」的少數幾首之一。為著這單純的理由，說詩人在決定詮釋辛鬱的詩作之後便選擇了此詩作為對象，希望藉此探討這位「詩作呈現相當的人道主義精神」[4]的詩人，在短短一首詩中如何去給出他的關心——包括「豹」這個外在獨立實體與其所立存空間諸多物象的靜態牽繫，以及在這靜態情境中觀照的主體所投射出去的意識形態。

全詩五段，前四段均為四行，結尾一段是兩行，詩人在這短短篇章之中用淺顯易懂的文字展示他的思辨過程，我們從詩人不斷提出的「不知」，是可以理會他面對如是一個外在獨立實體，正努力地去尋求一個「知」，努力地走入「豹」的內在，去達成「物我合一」的境地，然而終究「物」是「物」，「我」是「我」，由於詩人內心的變化而導致了空間景象的變化：花樹由香綠而寂寂、蒼穹由開放而默默、曠野由存在而消失（香綠、開放原是靜態的姿勢，和默默、寂寂本非不同情境，這裡應該是指著觀照主體注意力的轉移），這種變化使得詩人無法求得「知」，無法和他的對象做一種最完滿的契合。

辛鬱所欲知的究竟是什麼呢？從詩的展示中我們可以發現，他想要知道這匹曾經耀武揚威過的豹為什麼在「曠野之極」蹲著？為什麼他無視於花香、樹綠？無視於開放的蒼穹？這是個單純的問題，而對於辛鬱來說，

---

[1]此詩取自《八十年代詩選》（臺北：濂美出版社，1976 年），原發表於《現代文學》第 46 期的「現代詩回顧專號」（1972 年 3 月），二處所載略有差異。

[2]辛鬱，〈我的自白〉，見《創世紀》詩刊第 31 期（1972 年 12 月）：「詩人作品討論，關於辛鬱」。

[3]劉菲，〈詩與生活：辛鬱訪問記〉，見《創世紀》詩刊第 31 期：「詩人作品討論，關於辛鬱」。

[4]張默、張漢良編，張漢良的序，《中國當代十大詩人選集》（臺北：源成文化圖書供應社，1977 年）。

卻有著不平凡的意義，什麼意義？辛鬱並沒有在詩中告訴我們，因為這牽涉到這首詩究竟要表現什麼的問題，我們不能不細心地加以考察。

這是一首「詠物」詩，「傳統的詠物之作，由屈原的〈橘頌〉開始，就主要的把描寫的重點集中在對象的某些特殊性質的凸現」[5]，這些特殊性質，只在「足以成為某種人生情境或某種人格的象徵時，它們才進入詩人表現的考慮」[6]，然而辛鬱此作並非循著這條軌道運行，換句話說，他並沒有將作為動物中一個特殊型類的「豹」給予「寫氣圖貌」[7]，而現出牠特殊的屬性。辛鬱的「感物」、「聯類」[8]是否基於豹的特殊屬性，我們無法在詩的展示中看出端倪，但是辛鬱既未走著傳統詠物的舊途，自是不致於僅在物的外貌去做單純聯想，職是，我們的思考必須另闢蹊徑。於此，先將原詩逐次分析。

首段四行的前三行簡單的設置已經將主體（詩人）所觀照的客體（豹）形象（蹲著）以及客體所立存的空間（曠野之極）和盤托出了：

一匹

豹　　在曠野之極

蹲著

不管是在語言的鍛鍊或者在形式的設計上，這裡的經營都是相當出色的，整個的靜態畫面便如是展現在我們的面前，同時也告訴了我們，此刻詩人正採取遠距離的凝神觀注，眼前的景象頗值得令人探尋，緣由是豹在本質上是好動的、活潑的，而且性猛力強，然而這樣的一匹獸，竟然是「在曠野之極／蹲著」，怪不得詩人會在第四行提出「不知為什麼」的疑問，這「不知」顯然是詩人自身的「不」，至於「豹」本身究竟知否？是頗難斷

---

[5] 柯慶明，〈略論「詠物」詩的兩類與數型〉，《境界的探求》（臺北：聯經出版公司，1977 年）。
[6] 柯慶明，〈略論「詠物」詩的兩類與數型〉，《境界的探求》。
[7] 見《文心雕龍・物色》。
[8] 見《文心雕龍・物色》。

言的。

接著在第二段，詩人對於這「曠野」的空間景象，做了具象描述：空曠的原野，有花香著，有樹蔚然成蔭，綠出一片生機；仰首望著蒼穹，無所遮攔，彷彿那宇宙之門正敞開著，涵容著天地間的一切……如是一個立足空間，而這匹豹——這曾嘯過／獵食過的／豹，卻是無所知覺，第三段的「不知」，是主體意識移入客體的「不知」。第四段的「不知」是首段經驗的重複，豹依然在曠野之極蹲著，花仍香著，樹仍綠著，蒼穹仍開放著，然而由於觀照者精神注意力的轉移，蒼穹顯得默默了，花樹顯得寂寂了，原先一直持續的寧靜變得死寂了。

末尾一段只簡單四字：

曠野

消　失

曠野消失當然指著在觀照者的視界消失，這由「有」而「無」的成因是很難了解，它有以下幾種可能：1.由於時間持續已久，黑夜降臨，一切隱入暗中；2.由於觀照者的視覺焦點集中於豹的身上，整個視界唯有豹在，其他都消失了；3.觀照者因內心的變化而導致對象的全然消失（視覺作用消失）。按照詩意的進行，後二者的可能性較大，於此我們寧取其三，表示辛鬱求「知」的思維過程無法達成標的，喻示一種希望的幻滅。他的關心縱使及於這匹獸亦僅止於靜觀，誠然辛鬱對於豹是關心的，但是萬物靜觀皆自得，而辛鬱究竟是得著些什麼？難道他只是對於眼前景象做了記錄或攝影的工作？張默說這首詩的象徵是屬於批判的[9]，果如是，辛鬱究竟是批判了些什麼？

---

[9]見〈孤鶩與野煙——關於辛鬱的詩〉，文載《創世紀》第 31 期，收入《飛騰的象徵》（臺北：水芙蓉出版社，1976 年）。

在辛鬱早期的一首題為〈獸皮〉[10]的詩中，曾做過如下的表露：

> 而我需要
> 裝飾一個全新的立姿
> 為我的赤裸
> 我似乎需要，獸皮
> 　　及豹的精神

這首詩在面對自我上提出了嚴厲的批判，旨在追求另個新型的人生意義。所謂「獸皮」，所謂「豹的精神」，無非是「君子豹變，其文蔚也」[11]、「虎豹以炳蔚凝姿」[12]的傳統意識的再呈現，但是在〈豹〉詩中卻不見這種精神意識的湧現，更準確的說，只要是「獸」，不管它豺狼虎豹，在這首詩中均具有相同的意旨，我們這麼說，正表示辛鬱此詩具有充分的普遍性：曾嘯過曾獵食過的獸，終也有靜靜「蹲著」的一天，花再杳，樹再綠，一切原足以誘惑牠躍動的外物都不再吸引牠了。獸是如此，人又何嘗不然呢？縱使曾經龍騰虎躍，叱吒風雲，而終有一天也必須「蹲著」，最後在人間世的這個曠野消失於無形，看來這就是辛鬱所欲表現的主旨，不細心觀察，這隱於「文外之重旨」[13]是無法彰顯的。

附錄：〈豹〉詩三首

車法肇宗周　　颺文闖大獸
還將君子變　　來蘊太公籌
委質超羊鞟　　飛名列虎侯

---

[10]見辛鬱第一本詩集《軍曹手記》（臺北：藍星詩社，1960 年）。
[11]《易經‧革卦‧象辭》。
[12]《文心雕龍‧原道》語。
[13]語見《文心雕龍‧隱秀》，原文是「隱也者，文外之重旨者也」。

若令逢雨霧　　長隱南山幽

——唐·李嶠,〈豹〉

此詩取自《全唐詩》卷 60,原詩在「籌」字下有一夾註:一作「謀」(籌、謀二字義同,在唐韻中均屬下平聲十一尤韻),而「霧」字《全唐詩》作「露」。顯然是形誤,茲從《淵鑑類函》卷 429 所載改正。

> 他的目光穿透過鐵欄
>
> 變得如此倦態,什麼也看不見。
>
> 好像面前是一千根的鐵欄,
>
> 鐵欄背後的世界是空無一片。
>
> 他的闊步做出柔順的動作,
>
> 繞著再也不能小的圈子打轉,
>
> 有如圍著中心的力之舞蹈,
>
> 而一顆強力的意志昏迷地立在中央。
>
> 只有偶而眼瞳的簾幕,
>
> 無聲地開啟——那時一幅形象映入,
>
> 透過四肢緊張不動的筋肉——
>
> 在內心的深處寂滅。

——里爾克(R. M. Rilke, 1875-1926),〈豹——巴黎植物園〉

此詩取自李魁賢譯《里爾克詩及書簡》(臺北:商務),李氏在〈譯記〉中說:「詩人化身入豹中,從獸籠的欄後來窺看空無的世界,表達了他的苦悶與悲哀」,頗能指出里爾克所欲表現的題意。此詩在國內另有多種譯文,張漢良在〈現代詩的比較研究〉文中說:

我們可以找出里爾克的〈豹〉（資料來源），某年某月經過方思、葉泥、
余光中等人，透過英文或日文翻譯成中文，刊登在《創世紀》、《藍星》
等刊物上（媒介學），可能某些位詩人看過，受到啟發寫出一系列的
〈豹〉。（此事必須小心求證，如辛鬱便否認與里爾克有關，他的〈豹〉
資料來源是電影《桑吉巴獅》。）

這是一個相當嚴肅而有趣的問題，只是未經考證，不敢妄言。

> 牠的內心的風景，就是望不盡的天涯
> 蔓草萋萋，遮斷牠的瞳孔的去路
> 從空無的背後出發
> 世界還是空無一片
>
> 牠抖擻著矯健的身子
> 牠偵伺著自己的方位
> 牠撥弄著隱藏的欣喜
> 牠搖曳著心靈的風雨
>
> 橫在牠的腳下的，是一片
> 無端的空白，寒冷以及顫慄
> 當人類鼎沸著某些淒絕以及毀滅的吶喊
> 只有牠是不言不語的
> 唯一的醒者
>
> ——張默，〈豹〉

此詩取自張默詩集《無調之歌》（臺北：創世紀），張默在客體形象的形容
上和里爾克有異曲同工之妙，至於它們之間是否有血緣的關係，同樣需要
小心求證的。

　　另外馬覺有一首詩〈豹〉，發表在《創世紀》第 20 期（1964 年 6 月），文長不錄。

　　　　　　　　　　　　　　　　——選自李瑞騰《新詩學》
　　　　　　　　　　　　　　　　臺北：駱駝出版社，1997 年 3 月

〈豹〉評析

◎李豐楙*

一匹
豹　在曠野之極
蹲著
不知為什麼

許多花　香
許多樹　綠
蒼穹開放
涵容一切

這曾嘯過
　　　獵食過的
豹　不知什麼是香著的花
或什麼是綠著的樹

不知為什麼的
蹲著　一匹豹
　　蒼穹默默
　　花樹寂寂
曠野

*發表文章時為政治大學中國文學系副教授，現為政治大學華人宗教研究中心講座教授、中央研究院中國文哲研究所兼任研究員。

消　失

————〈豹〉

　　辛鬱除〈演出的我〉一類的主題[1]，還處理了另一種田園模式，即現代人對原始田園的鄉愁，〈桑吉巴獅子〉、〈探〉、〈失去的地平線〉以及〈豹〉等屬之，這種感受為生活在現代社會常有的一種懷鄉病。有時，現代人在這樣忙碌的競爭的生活方式中，習於撕殺，久而久之，連一些田園的習性也消失殆盡，就是麻木，就是自我禁圄的人。〈豹〉寫的應該就是這種複雜的情緒，而不是單純的回歸的呼喚。辛鬱訴說他的創作：「我寫一首詩必讓觀察事物後內心的感應藉想像之力越過一般常情的局限，而使它具有自己的生命。」以此而觀，〈豹〉，就是觀察事象後一種整合的形象。

　　〈豹〉為五節小詩，用語準確而明朗，而無 1970 年代的冷澀之病。一節突現一匹豹蹲在曠野之極的形象，這形象是孤絕，抑是倨傲，誰也不知，但又可深深體會。「不知為什麼」一句，蘊含著許多言外之意：鏡頭是採遠而視角廣的攝寫，豹與曠野二者才對比得強烈；豹不是奔躍，而是蹲著，因此，引出不知為什麼的疑問。二節鏡頭一轉，這種淡入淡出的處理，具有蒙太奇效果，「許多花　香／許多樹　綠」，注意那空格，如作「花的香、樹的綠」，不但太散文化，而且減低花香樹綠諸象紛然並列之效。有此萬象森羅，生機勃發，始顯出宇宙生命的莊嚴——「蒼穹開放／涵容一切」，就是一種鳶飛魚躍的自然景象，它是自爾如此。三節拴合前二節，慢慢點出主題，「這曾嘯過／獵食過的」為豹的性格，一寫狂傲之姿，一寫凶殘之象。對豹而言，其血管中滾滾的自是一種霸性的血食的血液，所以「不知什麼是香著的花／或什麼是綠著的樹。」原本和諧自存、生機汩汩的花樹，至此失去其莊嚴的存在，這節只點逗出這缺憾，四節始揭示其「果」：豹為什麼要嘯呼、要獵食，這是進化論者要解說的，也是生物生

---

[1]《中外文學》第 7 期的〈自己的寫照〉，有更露骨的敘述。

態學要詮釋的。不管如何，鏡頭中映象的對於悲天憫人的心卻是一種難堪，辛鬱重組了一節的文字，調整為：

> 不知為什麼的
>
> 蹲著　一匹豹

一節先出現豹的蹲著之象，然後提出「不知為什麼」；此句因已了然其生命，再出現設問句式，就隱隱有一種價值判斷，有種反諷的意味。因為，蹲踞的豹對比「蒼穹默默／花樹寂寂」，這種死沉沉的景象豈是花香樹綠，蒼穹開放可比。至此境地，詩人乃有置之死地而後生的想法：

> 曠野
>
> 消　失

不只是映象的消、失，更是撞擊內心的一種深沉悲願。

　　總之，〈豹〉詩，觀察到自然的消失，社會的墮落，這是田園的失落，「暗示造物從伊甸園的墮落」[2]，或許它代表現代詩人的一種控訴吧！

——選自林明德等編著《中國新詩賞析3》

臺北：長安出版社，1987年2月

---

[2]《八十年代詩選》，張漢良序中之語。

導讀辛鬱的〈順興茶館所見〉

◎張漢良[*]

坐落在中華路一側
這茶館的三十個座位
一個挨一個
不知道寂寞何物

而他是知道的

準十點他來報到
坐在靠邊的硬木椅上
濃濃的龍井一杯
卻難解昨夜酒意

醬油瓜子落花生
外加長壽兩包
──他是知道的
　　這就是他的一切

不　尚有那少年豪情
溢出在霜壓風欺的臉上
偶或橫眉為劍
一聲厲叱　招來些落塵

[*]發表文章時為臺灣大學外國語文學系副教授，現為臺灣大學外國語文學系名譽教授。

　　他是知道的　　寂寞是

　　時過午夜

　　這茶館的三十個座位

　　一個挨一個⋯⋯

　　詩人在創作時，首先面臨到敘事觀點選擇的問題，亦即作者（或敘述者）與素材以及讀者的關係。一般說來，抒情詩不寫客觀對象，只發洩主觀的情緒；詩裡面沒有物，只有我。和它相反的寫實作品，以對象為主，不寫自己。後者可分兩種情況：1.作者盡量泯除自我，讓對象客觀地呈現，最理想的手法便是摹擬（mimesis）的戲劇；2.把主觀的我（情緒）投射到事物上去，如傳統的詠物詩。

　　根據種種敘事觀點的選擇，語言的運用可功能性地分為許多層次。現在我把它分成兩種。1.敘述（narratio），此處的敘述是廣義的，包括客觀的描述（descriptio），因為詩與小說不同，純敘述時間性行動的作用較小。運用這種語言時，作者隱身在舞臺後面，讓景物呈現，不加詮釋；2.陳述（discourse），作者介入到事物中，把自己的情緒與理念加進去。由於陳述往往是純敘述之外的語言，因此亦可稱為形上或後設陳述（meta-discourse）。

　　現在我們根據這種語言的二分法來看看〈順興茶館所見〉。首段的前三行：「坐落在中華路一側／這茶館的三十個座位／一個挨一個」；三段的前三行：「準十點他來報到／坐在靠邊的硬木椅上／濃濃的龍井一杯」；以及四段的前二行：「醬油瓜子落花生／外加長壽兩包」是客觀實物的呈現，作者所用的語言是敘述或描述。但是首段第四行「不知道寂寞何物」很明顯地是作者意識的介入，他把人的情緒投射到「三十個座位」上，使它們擬人後「不知道寂寞何物」。嚴格說來，作者或敘述者「不知道」，而非座位「不知道」。因此這一句是陳述而非敘述。同樣的情形，二段、四段三行，以及六段一、二、四行，皆反映作者的介入。他選擇了局限的敘事觀點，

把個人意識委托給主角。因此引導出五段的意識流：

　不　尚有那少年豪情
　溢出在霜壓風欺的臉上
　偶或橫眉為劍
　一聲屬叱　招來些落塵

　　在這種情形之下，表面上看來是客觀的社會寫實詩，反倒反映出作者主觀情緒的投射。這點與作者避免採用抒情詩的第一人稱陳述，而採用寫客體的第三人稱敘述發生衝突。因此我們只能判定作者用的是全知的內在的觀點（Omniscient interior point of view），這首詩便應歸於心理寫實詩。

　　以上的觀察有兩個積極的作用：1.我們可以根據作者的觀點，以及敘述或陳述成分在詩中運用的程度，來決定某件作品究竟是抒情還是寫實；2.純粹的寫實詩是不太可能的，因為敘事觀點（即使是全知的、客觀的、掃描性的）的選擇，使意味作者不可能客觀──尤其當他要選擇語言時。鏡裡反映的人生固然是客觀的；但攬鏡的人卻是主觀的。文學作品不同於自然現象便是由於它是人為的，反映出人的意圖（intentionality）。詩既然抒情，詩人透過思維習慣所呈現的世界，與外在世界絕對不是相同的。

──選自張漢良、蕭蕭編著《現代詩導讀（導讀篇一）》
臺北：故鄉出版社，1979 年 11 月

評〈金甲蟲〉

◎張默

在老一代詩人中，辛鬱的「使命感」是頗為壯闊的。特別是他的寫作範疇，也因生活圈的逐漸擴大，而呈現一片花紅柳綠的多重景致。

撇開他的小說、散文小品不談，僅就詩的創作一項而言，他的適度的產量，也令老友們欣喜，他自己曾在一篇自述性的文章中供稱：「寫詩迄今，大概通得過自己心靈審視的作品，不會超過十首。」從〈母親啊！母親〉、〈同溫層〉、〈青色平原上的一個人〉、〈原野哦〉、〈豹〉、〈順興茶館所見〉、〈演出的我〉……到晚近在聯合副刊發表的〈金甲蟲〉，辛鬱踽踽緩緩的腳印，還是很鮮明地烙在一些有識讀者的心坎上。

「努力塑造自我的風格，且不排斥同行詩友的優點。」這大概可以約略表明辛鬱創作時的心境。其實在創作的路上，每個從事寫作的朋友，都有他自己行進的軌跡，雖然這個軌跡，不一定是直線的，有時跳躍，有時遲滯，但總會不斷地時緩時速地向前探索著。

一個真誠的創作者，日積月累所追求的，就是如何把自己的詩寫得更好，你的語言是否確切創新，你的意象是否鮮明突出，你的節奏是否徐急自如，你的結構是否無懈可擊。而這四者，在辛鬱近期的作品裡，似乎都能揉合得很好，他的〈金甲蟲〉諒是最具體的例證。

> 打右首飛來一隻
> 金甲蟲
> 打左首飛來一隻

金甲蟲
前前後後飛著的
金甲蟲

帶著尖銳的鳴叫
使生的痛楚
成為永恆

時間的金甲蟲
密密麻麻的飛來
囓蝕著生的綺麗
一點也不留情

　　詩人面對無限的時間，面對川流不息的滔滔的時間，內心的焦慮與不安是可想而知的。尤其步入中年之後，展開在他面前的詩的道路，似乎是很平坦，亦復十分的崎嶇，如果他不想更上一層樓，使自己創作的藝術品，更加燦亮更加深沉的話，當然他的創作表面一定是很平坦的；反之，如果他並不滿足目前的作為，他希冀再去尋求其更好的創作方法與途徑，那麼他的詩路，也許就不是這樣的單純了。老一代詩人目前所面臨的創作課題可能是：他還能再繼續走自己的老路嗎？或者是另闢蹊徑。他應否把自己創作的視野擴大，而不必永遠固守這塊曾經耕耘過的苗圃。面對人類精神文明的日益潰敗，物質文明的急驟抬頭，一個詩人應如何塗抹清洗此種虛浮不實的觀念，讓他的詩真正變成一記宏亮的鐘聲。然而可能嗎？在對人性不斷挖掘與剖析這幾點上，我們又該如何去展示自己獨具的創見呢？前面所舉〈金甲蟲〉，大概就走辛鬱透過一己十分澄明的觀察之後所發出來的真正的聲音。

　　〈金甲蟲〉全詩一共只有 13 行，前面九句以金甲蟲的動作、聲音，來預示時間的流逝，不管牠是何處飛來，左首還是右首，前面還是後頭，其

實牠們面對龐大無匹的時空，一些飛來飛去的金甲蟲，又算得了什麼？換言之，人生活在這個雲雲霧霧的大千世界裡，儘管你跑得再遠，跳得再高，你也無法穿出時間的界限。生命，本就是一種無法言述的痛楚，那是看不見的也是摸不著的痛楚。但是我們既然不聲不響地來到這個世界，總得為這個世界釀製一些甘美，一些情趣，一些悅樂……。作者在第一段中也可能另有暗示，即是大家都在拚命追求自己的理想與目標，是不是也像金甲蟲一樣在到處亂鑽、亂飛、亂闖呢？尤其人到中年之後，把一切看得真透徹了，唯有對時間的捕捉是最敏感的。嘆年華之流逝，以及個人之一無所成，而無端地發出像作者那樣的慨嘆，乃是很自然的事。「金甲蟲／帶著尖銳的鳴叫／使生的痛楚／成為永恆。」前面筆者指證過，痛楚有時是與生俱來的。即使金甲蟲不在我們眼前亂飛，不在我們耳畔鳴叫，我們依然會感覺出時間是一去不復返的。只是作者用金甲蟲來比喻時間，見證時間，使我們猶如親身觸及，儘管某些物體再銀亮，再堅固，可是它也無法擋住時間的腳步啊！所以作者在第二段中才有這樣的詮釋：「時間的金甲蟲／密密麻麻的飛來／囓蝕著生的綺麗／一點也不留情。」因為作者發現，我們曾經有一段很長的綺麗歲月，可是怎能經得起金甲蟲不眠不休的囓蝕，我們到頭來勢必要學做江上的清風，山間的明月，人生何其匆匆，這樣一代代的來，一代代的去，時間的金甲蟲真的會給我們留下一些標記嗎？我想，作者企圖在本詩中詮釋一些什麼，甚至捕捉一些什麼，無奈時間永遠是那麼平平靜靜地走過，我們還能再說些什麼呢？

　　在語言的運用上，這首詩是相當的精省。一開頭，作者即直接切入他所要表現的對象，使讀者得以親身去經歷作者所創造的情境——一種相當惱人而又十分矛盾的情境。它們甚至是不需述說的，你只有去感去悟它們，也許會有某種意想不到的收穫。……

　　在節奏上，它們是屬於中速度，雖然前段有三個「飛」的動作，實際上，這些「飛」字的節拍，以我讀詩的經驗，它們似乎從從容容，不急不徐，開始四句略慢，從第五句開始，稍稍加快，因為那在作者眼前飛舞

的，已經不是一兩隻金甲蟲，而是一群群的了。第二段的「密密麻麻的飛來」與第一段的「前前後後飛著的」有首尾相呼應的感覺。它們在音響上的效果可能是不同的，前者略為快速，後者稍為深沉。從節奏上，也可體驗得出作者對時間的敏感與負荷量，是愈來愈沉重了。……

　　作者有意讓〈金甲蟲〉在時間的地平線上突出、閃現，相信是有其最牢不可破的理由，那就是所有具備金亮的、堅固的形象的生命，應該可以使之導入永恆。且讓詩人永遠年輕，且讓時間的乳液永遠新鮮，即使如作者自嘲是一杯再生的汁，我們也不能輕易把它冷卻，把它扔棄。

——選自辛鬱《在那張冷臉背後》

臺北：爾雅出版社，1995 年 5 月

魚川讀詩——〈布告牌〉

◎梅新[*]

　純粹為了觀望　為了

　觀望中的滿足或不滿足

　為了觀望後的有所思

　或無所思　我昂首引頸

　成三十度斜角

　且已成慣性　已成

　一項人生的負擔

　可是　那天大的布告牌上

　給我的　總是那個黑色的

　空白

——〈布告牌〉

　　所謂「純粹經驗」這個詩的理論，在〈布告牌〉這首詩裡，似乎可以獲得部分驗證。

　　在二、三十年以前，大眾傳播媒體不甚普遍的時代，看布告牌是我們生活的一大部分。看報紙要走向街邊的布告牌，因為那時家庭收入低，有報紙的家庭並不多；租房子、房子買賣要去看布告牌，因為刊登不起廣告；那時政府也窮，很多公告都藉布告牌知會大眾了事。那時大

---

[*]梅新（1933～1997），本名章益新，以筆名「魚川」發表詩評，浙江縉雲人。詩人、散文家、評論家，曾主編《中央日報・副刊》。

街上布告牌之多，簡直像崗哨，三步兩步就可以看見一塊布告牌豎立在牆邊。這種景象，現在已沒有了，即使公教機構亦已不多見。因此，辛鬱「昂首引頸」，歪著「三十度」的頭「觀望」布告牌，是過去生活的再現。

　　辛鬱有過一段相當長時間的軍旅生涯，做的是文書工作，還算清閒。一個具有強烈詩人性格的人，對軍人生活之厭惡不難想像。同樣的，軍中對這種視紀律為枷鎖的人，亦敬謝不敏。在彼此之間如此不協調的環境裡生活，辛鬱之不快樂，必定是與日俱增。我讀此詩時，想像他一日在太陽西斜的時候，坐在營房內望著窗外布告牌神思，布告牌內貼的是什麼他並不知道，也無意知道。就像詩裡說的，只是「純粹為了觀望」。再說，當年的一個小兵，以及他現在這樣的一個小老百姓，對世事、對戰爭，儘管你如何關心，除了「純粹觀望」又能如何呢！我將此詩與他的生活作這樣的聯想，讀此詩的內容感覺上好像豐富多了。

　　下面還有幾個問題，有必要釐清。也許有人要問，既然是「純粹為了觀望」，就不應該有「滿足或不滿足」，以及「觀望後有所思」這些目的。不錯。但我要舉自己最近發生的一件事來加以說明。5月29日，星期日下午，反核的遊行隊伍經過我家樓下，我好奇地走至窗前向樓下四處「觀望」了幾分鐘。這便是辛鬱詩中所說的「純粹為了觀望」。而我對核電的興建與否，一貫有我自己的看法，因此觀望之後，便產生情緒的反應，為了從遊行隊伍中得到「滿足」或「不滿足」，為了對自己以往的觀點藉此得到深一層的思考，我便如同辛鬱「昂首引頸」伸頭向窗外細心專注的觀望了。因此，依我自己的例子看來，這幾句詩顯然無問題，在意象的演進上還相當有連續性。

　　我認為這首詩最重要地方，是「那天大的布告牌上／給我的　總是那個黑色的／空白」這幾行。辛鬱不是觀看布告牌，而是在觀看「天象」，這是詩人寫這首詩真正的目的。在「那天大的布告牌」上，他看到的「總是黑色的空白」在此清楚的指出，是一個沒有星光的夜晚，天空

中沒有星斗，便無法判定吉凶、預測未來了。詩人在失望之餘，詩也就再發展不下去了。這就是詩的結構，詩的結構在於意象的完整，不在於形式的起承轉合。

——選自辛鬱《在那張冷臉背後》
臺北：爾雅出版社，1995 年 5 月

輯五◎
研究評論資料目錄

作家生平資料篇目

自述

10 月　頁 86—96

17. 辛　鬱　　談自己的詩　辛鬱自選集　臺北　黎明文化公司　1980 年 6 月　頁 235—238

18. 辛　鬱　　略談寫詩經驗　現代詩入門　臺北　故鄉出版社　1982 年 2 月　頁 191—194

19. 辛　鬱　　《龍變》——後記　中華文藝　第 134 期　1982 年 4 月　頁 208

20. 辛　鬱　　後記　龍變　臺北　文史哲出版社　2003 年 7 月　頁 315—317

21. 辛　鬱　　詩人書簡——辛鬱答季紅　創世紀　第 60 期　1983 年 1 月　頁 91

22. 辛　鬱　　鐵刺網與野菊花——說說我的第一本詩集　陽光小集　第 12 期　1983 年 8 月　頁 184—186

23. 辛　鬱　　行徑之一　心的風景——中國暨義大利當代詩人的詩話新境　臺北　時報文化公司　1984 年 12 月　頁 26

24. 辛　鬱　　自由的濫用　人生船　臺北　爾雅出版社　1985 年 7 月　頁 56—57

25. 辛　鬱　　後記　豹　臺北　漢光文化公司　1988 年 8 月　頁 237

26. 辛　鬱　　旅菲詩抄二首——〈落日大道〉後記　創世紀　第 70 期　1987 年 4 月　頁 43

27. 辛　鬱　　旅菲詩抄二首——〈鞋子〉後記　創世紀　第 70 期　1987 年 4 月　頁 42

28. 辛　鬱　　詩與工作　創世紀　第 70 期　1987 年 4 月　頁 48—49

29. 辛　鬱　　我如何創作現代詩　文藝天地任遨遊　臺北　光復書局公司　1988 年 4 月　頁 233—243

30. 辛　鬱　　返鄉手記第一頁　四十年來家國　臺北　文訊雜誌社　1989 年 4 月　頁 53—60

31. 辛　鬱　　「豹」變：談談我與《現代文學》的一段交往　文訊雜誌　第 49 期　1989 年 11 月　頁 81—82

32. 辛　鬱　　「豹」變：談談我與《現代文學》的一段交往　臺灣文學觀察雜誌

第 4 期　1991 年 11 月　頁 149—152

33. 辛　鬱　「豹」變：談我與《現代文學》的一段交往　現文因緣　臺北　現文出版社　1991 年 12 月　頁 129—135

34. 辛　鬱　「豹」變——談我與《現代文學》的一段交往　白先勇外集・現文因緣　臺北　天下遠見出版公司　2008 年 9 月　頁 167—172

35. 辛　鬱　〈豹〉變——談我與《現代文學》的一段交往　現文因緣　臺北　聯經出版公司　2016 年 7 月　頁 143—148

36. 辛　鬱　詩的表現——代序　因海之死　臺北　尚書文化出版社　1990 年 4 月　頁 5—12

37. 辛　鬱　吃著甜的要想到苦的　文訊雜誌　第 68 期　1991 年 6 月　頁 4

38. 辛　鬱　兩場婚禮　文訊雜誌　第 77 期　1992 年 3 月　頁 8—9

39. 辛　鬱　兩場婚禮　結婚照（第二輯）　臺北　文訊雜誌社　1992 年 8 月　頁 75—80

40. 辛　鬱　生命中巧遇恩師的詩人——辛鬱　激勵人生的一句話　臺北　幼獅文化公司　1994 年 4 月　頁 80—87

41. 辛　鬱　辛鬱論辛鬱　聯合報　1995 年 1 月 7 日　37 版

42. 辛　鬱　《在那張冷臉背後》後記　在那張冷臉背後　臺北　爾雅出版社　1995 年 5 月　頁 145—146

43. 辛　鬱　辛鬱小傳　在那張冷臉背後　臺北　爾雅出版社　1995 年 5 月　頁 177—179

44. 辛　鬱　辛鬱詩創作觀　中華新詩選　臺北　文史哲出版社　1996 年 3 月　頁 351

45. 辛　鬱　陌生的緣份——《未終曲》引起的　中華日報　1998 年 1 月 2 日　16 版

46. 辛　鬱　我的「詩」歷程　中華日報　1999 年 6 月 18 日　16 版

47. 辛　鬱　辛鬱詩話　爾雅詩選　臺北　爾雅出版社　2000 年 4 月　頁 193

48. 辛　鬱　詩人近況　九十年詩選　臺北　臺灣詩學季刊雜誌社　2002 年 5 月

頁 240

49. 辛　鬱　詩人近況　九十一年詩選　臺北　臺灣詩學季刊雜誌社　2003 年 4 月　頁 264

50. 辛　鬱　寫在前頭　找鑰匙　臺北　文史哲出版社　2003 年 7 月　頁 1—2

51. 辛　鬱　寫在前頭　鏡子　臺北　文史哲出版社　2003 年 7 月　頁 1—2

52. 辛　鬱　寫在前頭　演出的我　臺北　文史哲出版社　2003 年 7 月　頁 1—2

53. 辛　鬱　寫在前頭　龍變　臺北　文史哲出版社　2003 年 7 月　頁 1—2

54. 辛　鬱　校對手記　龍變　臺北　文史哲出版社　2003 年 7 月　頁 316—317

55. 辛　鬱　詩人近況　2003 臺灣詩選　臺北　二魚文化公司　2004 年 6 月　頁 304

56. 辛　鬱　在戰火下留影　文訊雜誌　第 226 期　2004 年 8 月　頁 116

57. 辛　鬱　關於〈號訊〉　他們怎麼玩詩？——創世紀五十周年精選　臺北　二魚文化公司　2004 年 10 月　頁 38

58. 辛　鬱　詩人近況　2004 臺灣詩選　臺北　二魚文化公司　2005 年 3 月　頁 257

59. 辛　鬱　「垃圾詩系列」自剖　創世紀　第 143 期　2005 年 6 月　頁 33—34

60. 辛　鬱　詩人近況　2005 臺灣詩選　臺北　二魚文化公司　2006 年 2 月　頁 250

61. 辛　鬱　我這個人——《我們這一伙人》後記　文訊雜誌　第 299 期　2010 年 9 月　頁 33—35

62. 辛　鬱　我這個人——《我們這一伙人》後記　我們這一伙人　臺北　文訊雜誌社　2012 年 7 月　頁 251—254

63. 辛　鬱　事出有因——我寫〈曾經文學過——《科學人》的〈一段美好回憶〉緣起　文訊雜誌　第 315 期　2012 年 1 月　頁 39—40

64. 辛　鬱　〈風貌〉作者自述　2012 臺灣詩選　臺北　二魚文化公司　2013
　　年 3 月　頁 31

65. 辛　鬱　辛鬱小輯——老來生涯不落單　詩人・論家的一天　臺北　文史哲
　　出版社　2014 年 10 月　頁 144—151

66. 辛　鬱　我的《創世紀》歲月　文訊雜誌　第 348 期　2014 年 10 月　頁 79
　　—80

他述

67. 〔彭邦楨，墨人編〕　　辛鬱簡介　中國詩選　高雄　大業書店　1957 年 1 月
　　頁 43

68. 沈甸〔張拓蕪〕　　冷冽的光輝——詩人辛鬱素描　自由青年　第 37 卷第 8
　　期　1967 年 4 月 16 日　頁 23

69. 張拓蕪　冷冽的光輝——詩人辛鬱素描　民眾日報　1982 年 6 月 6 日　12
　　版

70. 張孝惠　並非「辛苦而憂鬱」的辛鬱　純文學　第 49 期　1971 年 1 月　頁
　　103

71. 周伯乃　緊握生命繩纜的人——辛鬱　自由青年　第 46 卷第 1 期　1971 年
　　7 月 1 日　頁 119—127

72. 沈臨彬　辛鬱・如日中天　中華文藝　第 60 期　1976 年 2 月　頁 218

73. 涂靜怡　冰涼的詩人——辛鬱先生給我的印象　秋水詩刊　第 23 期　1979
　　年 7 月　頁 10—15

74. 涂靜怡　冰涼的詩人　怡園詩話　臺北　康橋出版公司　1982 年 1 月　頁
　　193—203

75. 羅　禾　辛鬱　幼獅文藝　第 309 期　1979 年 9 月　頁 203

76. 蕭　蕭　辛鬱　現代詩入門　臺北　故鄉出版社　1982 年 2 月　頁 107—
　　108

77. 張　默　辛鬱的詩——編者的按語　感月吟風多少事　臺北　爾雅出版社
　　1982 年 9 月　頁 335

78. 季　紅　　詩人書簡——季紅致辛鬱　創世紀　第 60 期　1983 年 1 月　頁 91

79. 項青〔應鳳凰〕　　訪辛鬱談十月出版社[1]　文訊雜誌　第 14 期　1984 年 1 月
　　　頁 283—290

80. 應鳳凰　　辛鬱與十月出版社　五○年代文學出版顯影　臺北　臺北縣文化局
　　　2006 年 12 月　頁 266—276

81. 張騰蛟　　火線上的嗜詩者——反芻二十七年以前的一段詩生活〔辛鬱部分〕
　　　臺灣新聞報　1984 年 10 月 25 日　8 版

82. 東　皇　　軍曹歌手——辛鬱側影　中華文藝　第 58 期　1985 年 12 月　頁
　　　127—128

83. 李豐楙　　辛鬱　中國新詩賞析 3　臺北　長安出版社　1987 年 2 月　頁 183

84. 黃錦珠　　辛鬱歌趣深長　文訊雜誌　第 36 期　1988 年 6 月　頁 229—230

85. 心　岱　　一曲小調歌情趣，辛鬱「原音」重現，自娛娛人　民生報　1989 年
　　　2 月 16 日　24 版

86. 宓秉中　　唱的比說的好聽——給我爸辛鬱畫像　聯合報　1990 年 5 月 27 日
　　　29 版

87. 張　默　　在冷與熱之間巡弋——側寫辛鬱　文訊雜誌　第 61 期　1990 年 11
　　　月　頁 111—113

88. 王晉民　　辛鬱小傳　臺灣文學家辭典　南寧　廣西教育出版社　1991 年 7 月
　　　頁 320—321

89. 瘂　弦　　現代詩人與酒——飲者點將錄〔辛鬱部分〕　國文天地　第 81 期
　　　1992 年 2 月　頁 44—45

90. 盧文麗　　通向太空的無限鄉愁——記臺灣著名詩人辛鬱　杭州日報　1992 年
　　　10 月 6 日　4 版

91. 古繼堂　　辛鬱小傳　臺港澳暨海外華文新詩大辭典　瀋陽　瀋陽出版社
　　　1994 年 5 月　頁 123

---

[1]本文後改篇名為〈辛鬱與十月出版社〉。

92. 龍彼德　一汪純碧・滿腔渴慕——臺灣著名詩人辛鬱九回大陸紀行[2]　情繫中華　第 57 期　1997 年 9 月　頁 22—25

93. 龍彼德　鍾情這一汪碧水　龍彼德散文選　北京　新華出版社　1998 年 1 月　頁 135—144

94. 舒　蘭　六〇年代詩人詩作——辛鬱　中國新詩史話（四）　臺北　渤海堂文化公司　1998 年 10 月　頁 43—45

95. 劉建化　突出的風格——贈詩人辛鬱　詩瀾東迴　臺北　文學街出版社　1999 年 3 月　頁 116--117

96. 魯　蛟　勤懇樸實的戀詩者——我看詩人辛鬱　葡萄園　第 144 期　1999 年 11 月　頁 79—81

97. 〔姜耕玉選編〕　辛鬱　20 世紀漢語詩選（三）　上海　上海教育出版社　1999 年 12 月　頁 202

98. 〔編輯部〕　辛鬱小傳　辛鬱・世紀詩選　臺北　爾雅出版社　2000 年 5 月　頁 1—2

99. 〔蕭蕭主編〕　詩人近況　八十九年詩選　臺北　臺灣詩學季刊雜誌社　2001 年 4 月　頁 246

100. 〔蕭蕭，白靈編〕　辛鬱簡介　臺灣現代文學教程——新詩讀本　臺北　二魚文化公司　2002 年 8 月　頁 215—216

101. 夏　行　作家的成績單（上）——辛鬱：「和南寺玄想系列」陸續完成　中央日報　2006 年 1 月 27 日　17 版

102. 〔蕭蕭主編〕　詩人簡介　優游意象世界　臺北　聯合文學出版社　2006 年 6 月　頁 88

103. 〔封德屏主編〕　辛鬱　2007 臺灣作家作品目錄　臺南　國立臺灣文學館　2008 年 7 月　頁 371

104. 封德屏　交情老更親——序《我們這一伙人》　我們這一伙人　臺北　文訊雜誌社　2012 年 7 月　頁 3—6

---

[2]本文後改篇名為〈鍾情這一汪碧水〉。

105. 周美惠　《我們這一伙人》‧辛鬱速寫老友　聯合報　2012 年 8 月 18 日
　　　　　 A8 版

106. 林欣誼　張拓蕪擅燒菜、管管重情義──辛鬱溫情寫老友‧唏噓近半離世
　　　　　 中國時報　2012 年 8 月 18 日　A16 版

107. 李宗慈　幕後推手辛鬱‧熱心參與詩畫聯展　文訊雜誌　第 333 期　2013
　　　　　 年 7 月　頁 130

108. 張騰蛟　辛鬱：《軍曹手記》　書註　臺北　爾雅出版社　2013 年 11 月
　　　　　 頁 32—33

109. 郭佳容　辛鬱病逝‧文壇痛失史料庫　中國時報　2015 年 4 月 30 日　A14
　　　　　 版

110. 郭佳容　詩文俱佳‧熱愛當代藝術　中國時報　2015 年 4 月 30 日　A14 版

111. 古　月　冷公遠行──悼辛鬱　聯合報　2015 年 5 月 1 日　D3 版

112. 古　月　冷公遠行──悼辛鬱　文訊雜誌　第 356 期　2015 年 6 月　頁 46
　　　　　 —48

113. 劉正偉　在那張冷臉背後──悼辛鬱　中華日報　2015 年 5 月 4 日　B4 版

114. 封德屏　豹，在曠野盡頭消失　文訊雜誌　第 356 期　2015 年 6 月　頁 1

115. 應鳳凰　辛鬱第一部詩集：《軍曹手記》　文訊雜誌　第 356 期　2015 年
　　　　　 6 月　頁 3

116. 向　明　冷臉後面的那一把烈火──冷公辛鬱驟逝有感　文訊雜誌　第 356
　　　　　 期　2015 年 6 月　頁 49—51

117. 洛　夫　懷念辛鬱　文訊雜誌　第 356 期　2015 年 6 月　頁 52—53

118. 夏婉雲　走入「背景」的辛鬱　文訊雜誌　第 356 期　2015 年 6 月　頁 54
　　　　　 —56

119. 張孝惠口述；心岱執筆　一本日記　文訊雜誌　第 356 期　2015 年 6 月
　　　　　 頁 57—59

120. 張拓蕪　同溫層與五公〔辛鬱部分〕　文訊雜誌　第 356 期　2015 年 6 月
　　　　　 頁 60—61

121. 張　堃　　羽杯未空歌聲遠——悼詩人辛鬱　文訊雜誌　第 356 期　2015 年
　　　　　　　6 月　頁 62—64

122. 張　默　　從一封信到歷歷在目的往事——悼念老友辛鬱瑣談　文訊雜誌　第
　　　　　　　356 期　2015 年 6 月　頁 65—69

123. 紫　鵑　　無調之歌——悼辛鬱先生　文訊雜誌　第 356 期　2015 年 6 月
　　　　　　　頁 70—71

124. 須文蔚　　帶著詩穿越彩色防空洞——懷辛鬱老師　文訊雜誌　第 356 期
　　　　　　　2015 年 6 月　頁 72—75

125. 落　蒂　　詩人已乘黃鶴去　文訊雜誌　第 356 期　2015 年 6 月　頁 76—77

126. 葉樹奎　　豹隱有聲——追懷詩人辛鬱　文訊雜誌　第 356 期　2015 年 6 月
　　　　　　　頁 78—79

127. 管　管　　他不該走他提前仙了　文訊雜誌　第 356 期　2015 年 6 月　頁 81

128. 趙玉明　　詩生命永不止息——送辛鬱老弟　文訊雜誌　第 356 期　2015 年
　　　　　　　6 月　頁 82—83

129. 趙玉明　　詩生命永不止息——送辛鬱　筆墨因緣：大兵習文六十年　臺北
　　　　　　　文訊雜誌社　2015 年 9 月　頁 107—112

130. 劉源俊　　他是《科學月刊》的保母與守護人——懷念辛鬱　文訊雜誌　第
　　　　　　　356 期　2015 年 6 月　頁 84—87

131. 魯　蛟　　四個字的震撼——懷辛鬱　文訊雜誌　第 356 期　2015 年 6 月
　　　　　　　頁 88—89

132. 蕭　蕭　　詩的大提琴裡不可或缺的一個低音——懷念詩人辛鬱　文訊雜誌
　　　　　　　第 356 期　2015 年 6 月　頁 90—91

133. 龔　華　　默然凝望——懷念詩人辛鬱老師　文訊雜誌　第 356 期　2015 年
　　　　　　　6 月　頁 92—93

134. 張瓊文　　詩人辛鬱逝世　文訊雜誌　第 356 期　2015 年 6 月　頁 210

135. 向　陽　　曠野盡頭的一匹豹：詩人辛鬱的冷與澀　鹽分地帶文學　第 58 期
　　　　　　　2015 年 6 月　頁 123—132

136. 林錫嘉　　懷念辛鬱　華文現代詩　第 6 期　2015 年 8 月　頁 9—11

137. 心　岱　　冷面郎君——鐵漢辛鬱的秘辛　跨國‧跨語‧跨視界——臺灣文學史料集刊第五輯　臺南　國立臺灣文學館　2015 年 8 月　頁 216—224

138. 蕭　蕭　　那張冷臉背後的生命昇華　2015 臺灣詩選　臺北　二魚文化公司 2016 年 3 月　頁 226—227

訪談、對談

139. 劉　菲　　詩與生活——辛鬱訪問記　創世紀　第 31 期　1972 年 12 月　頁 109—114

140. 方　生　　詩人辛鬱訪問記　幼獅文藝　第 263 期　1975 年 11 月　頁 97—115

141.〔編輯部〕　　巴山夜雨翦燭時，與當代作家一夕談——訪辛鬱　興大法商 第 36 期　1977 年 6 月　頁 75—78

142. 辛鬱等[3]　　豹，在曠野之極蹲著——辛鬱作品座談實錄　創世紀　第 49 期 1978 年 12 月　頁 9—15

143. 辛鬱等　　豹，在曠野之極蹲著——剖析辛鬱作品　現代名詩品賞集　臺北 聯亞出版社　1979 年 5 月　頁 141—158

144. 辛鬱等[4]　　中國詩人的道路　現代名詩品賞集　臺北　聯亞出版社　1979 年 5 月　頁 3—26

145. 雪　柔　　流暢的哲思沉逸的詩者　臺灣日報　1980 年 6 月 16 日　12 版

146. 向明，辛鬱　　在無限的時空裡流動——與辛鬱談現代詩　中華文藝　第 136 期　1982 年 6 月　頁 96—105

147.〔編輯部〕　　訪辛鬱談〈同溫層〉　心臟詩刊　第 1 期　1983 年 3 月　頁 16—17

---

[3]與會者：辛鬱、羅門、張默、羊令野、碧果、梅新、商禽、管管、李瑞騰、周鼎、張漢良；紀錄：蕭蕭。
[4]主持人：羊令野；與會者：商禽、向明、張默、蓉子、高大鵬、蘇紹連、桓夫、管管、吳望堯、羅行、羅門、辛鬱、岩上、碧果、陳家帶、梅新、向陽、彭邦楨；紀錄：蕭蕭。

148. 辛鬱等[5]　《藍星》·《創世紀》·《笠》三角討論會　臺灣精神的崛起——《笠》詩論選集　高雄　文學界雜誌　1989 年 12 月　頁 350—375

149. 李郁蕙　流到天涯的一滴淚——臺灣著名詩人辛鬱訪談錄　當代家庭報　1999 年 5 月 26 日　8 版

150. 林峻楓　再生的菩提葉——訪詩人辛鬱　青年日報　1999 年 9 月 3 日　15 版

151. 辛鬱等[6]　平面詩和網路詩的趨勢——辛鬱 VS 白靈　創世紀　第 123 期　2000 年 6 月　頁 12—23

152. 林麗如　冰河下的暖流——專訪辛鬱先生[7]　文訊雜誌　第 180 期　2000 年 10 月　頁 68—71

153. 林麗如　書寫人生——關切現實的辛鬱　走訪文學僧——資深作家訪問錄　臺北　文訊雜誌社　2004 年 10 月　頁 215—223

154. 解昆樺　早期創世紀軍旅詩人創作心理與發展——專訪辛鬱　臺灣詩學學刊　第 1 期　2003 年 5 月　頁 238—242

155. 王偉明　在豹那張冷臉背後——辛鬱答十二問　詩人密語　香港　瑋業出版社　2004 年 12 月　頁 85—98

156. 紫　鵑　十月風動——訪詩人辛鬱　文學人　第 14 期　2008 年 5 月　頁 42—48

157. 紫　鵑　魚米之鄉的遊子——專訪前輩詩人辛鬱　乾坤詩刊　第 51 期　2009 年 7 月　頁 6—12

158. 紅袖藏雲　以信念撐起天地——強者詩人辛鬱　有荷文學雜誌　第 9 期　2014 年 8 月　頁 4—11

159. 〔蕭仁豪主編〕　對話——辛鬱╳楊渡　鄉愁與流浪的行板　臺北　中華

---

[5]主持人：白萩；與會者：羅門、向明、張健、張默、辛鬱、管管、張漢良、張堃、林亨泰、白萩、李魁賢、李敏勇、郭成義、陳明台、季紅、喬林、羅青、向陽；紀錄：陳明台。
[6]主持人：張默；與會者：白靈、辛鬱；紀錄：林峻峰。
[7]本文後改篇名為〈書寫人生——關切現實的辛鬱〉。

文化總會　2014 年 11 月　頁 81—95

160. 楊富閔　詩歌研究會與文學志業——訪詩人辛鬱　文訊雜誌　第 353 期　2015 年 3 月　頁 88—90

年表

161. 辛　鬱　年表　辛鬱自選集　臺北　黎明文化公司　1980 年 6 月　頁 1—4

162. 辛　鬱　辛鬱年表　豹　臺北　漢光文化公司　1988 年 8 月　頁 238—239

163. 辛　鬱　辛鬱寫作年表　因海之死　臺北　尚書文化出版社　1990 年 4 月　頁 253—255

164. 辛　鬱　辛鬱寫作年表　在那張冷臉背後　臺北　爾雅出版社　1995 年 5 月　頁 181—183

165. 辛　鬱　辛鬱年表　演出的我　臺北　文史哲出版社　2003 年 7 月　頁 134—137

其他

166. 高惠琳　辛鬱榮獲中山文藝獎　文訊雜誌　第 123 期　1996 年 1 月　頁 75—76

167. 雷顯威　尹雪曼・張默・辛鬱——捐贈作品文物給文資保存中心　聯合報　2000 年 10 月 5 日　14 版

168. 雷顯威　尹雪曼、張默及辛鬱捐出作品・臺灣文學館辦文物展　聯合報　2000 年 10 月 8 日　14 版

169. 趙家麟　尹雪曼、張默、辛鬱：捐文學文物二千冊件　中國時報　2000 年 10 月 8 日　11 版

170. 〔編輯部〕　辛鬱追思紀念會暨文學展　自由時報　2015 年 6 月 10 日　D9 版

171. 張瓊文　辛鬱追思紀念會暨文學展　文訊雜誌　第 357 期　2015 年 7 月　頁 228

作品評論篇目

綜論

---

[8]本文後改篇名為〈瘂弦批評集錦——論辛鬱〉。

1976 年 9 月　頁 117—121

184. 季　紅　　觀察心靈的觸鬚與運作——引辛鬱的詩為例（上、下）　臺灣時
報　1982 年 1 月 21—22 日　20 版

185. 蕭　蕭　　詩人與詩風——辛鬱　臺灣日報　1982 年 6 月 25 日　8 版

186. 蕭　蕭　　詩人與詩風——辛鬱　現代詩縱橫觀　臺北　文史哲出版社　1991
年 6 月　頁 76

187. 古繼堂　　創世紀詩社和臺灣的軍中詩人〔辛鬱部分〕　臺灣新詩發展史
北京　人民文學出版社　1989 年 5 月　頁 278—282

188. 古繼堂　　創世紀詩社和臺灣的軍中詩人〔辛鬱部分〕　臺灣新詩發展史
臺北　文史哲出版社　1989 年 7 月　頁 315—321

189. 杜榮根　　試論早期《創世紀》的詩〔辛鬱部分〕　創世紀　第 89 期　1992
年 7 月　頁 118—126

190. 劉登翰　　洛夫、瘂弦與「創世紀」詩人群〔辛鬱部分〕　臺灣文學史
（下）　福州　海峽文藝出版社　1993 年 1 月　頁 192—194

191. 〔張超主編〕　　辛鬱　臺港澳及海外華人作家辭典　江蘇　南京大學出版
社　1994 年 12 月　頁 541

192. 李郁蕙　　在那張冷臉背後　爾雅人　第 88 期　1995 年 5 月 20 日　1 版

193. 李郁蕙　　在那張冷臉背後　在那張冷臉背後　臺北　爾雅出版社　1995 年
5 月　頁 169—175

194. 章亞昕　　辛鬱：詩人的良知與夢想　在那張冷臉背後　臺北　爾雅出版社
1995 年 5 月　頁 155—168

195. 章亞昕　　辛鬱：詩人的良知與夢想　文訊雜誌　第 119 期　1995 年 9 月
頁 11—16

196. 章亞昕　　詩人的良知與夢想：辛鬱論　情繫伊甸園——創世紀詩人論　臺北
文史哲出版社　2004 年 10 月　頁 149—160

197. 沈　奇　　冷臉豹影——辛鬱詩散論（上、下）　中央日報　1996 年 2 月 19
—20 日　2 版

198. 沈　奇　　冷臉‧詩心‧豹影──辛鬱詩散論　臺灣詩人散論　臺北　爾雅
出版社　1996 年 11 月　頁 220—241

199. 沈　奇　　冷臉‧詩心‧豹影──辛鬱詩散論　沈奇詩學論集──臺灣詩人
論評　北京　中國社會科學出版社　2005 年 8 月　頁 163—178

200. 張　默　　拉開嗓門唱佔領之後──辛鬱的詩生活探微[9]　聯合文學　第 141
期　1996 年 7 月　頁 176—183

201. 張　默　　在那張冷臉背後──辛鬱的詩生活　夢從樺樹上跌下來──詩壇鈎
沉筆記　臺北　爾雅出版社　1998 年 6 月　頁 73—90

202. 牧野、童心　　在那張冷臉背後──記臺灣著名詩人辛鬱　寧波日報　1996
年 12 月 25 日　8 版

203. 陳仲義　　敘述：言說的視角與姿態[10]　臺灣詩歌藝術六十種──從投射到拼
貼　桂林　漓江出版社　1997 年 12 月　頁 101—108

204. 陳仲義　　敘述：言說的視角與姿態　現代詩技藝透析　臺北　文史哲出版
社　2003 年 12 月　頁 88—94

205. 簡政珍　　《創世紀》詩刊八、九〇年代詩風的改變〔辛鬱部分〕　創世紀
第 116 期　1998 年 9 月　頁 113

206. 陶保璽　　在那張冷臉背後，且聽豹的嘯吟──兼論辛鬱詩歌中自我形象的
塑造（上、下）　臺灣詩學季刊　第 27—28 期　1999 年 6，9 月
頁 128—138，112—124

207. 陶保璽　　在那張冷臉背後，且聽豹的嘯吟──兼論辛鬱詩歌中自我形象的
塑造　臺灣新詩十家論　臺北　二魚文化公司　2003 年 8 月　頁
131—160

208. 管　管　　吾喜歡那一首一首像蔡文穎不銹鋼雕塑的詩──讀辛鬱的詩　辛
鬱‧世紀詩選　臺北　爾雅出版社　2000 年 5 月　頁 8—19

209. 鍾怡雯　　故土與古土──論臺灣返「鄉」散文〔辛鬱部分〕　解嚴以來臺

---

[9] 本文後改篇名為〈在那張冷臉背後──辛鬱的詩生活〉。
[10] 本文論述現代詩敘述角度與敘述姿態，並以辛鬱詩作為例，歸結出現代詩敘述本質是一種言說、
獨白、對話的語體。

灣文學國際學術研討會論文集　臺北　萬卷樓圖書公司　2000 年
9 月　頁 489—490

210. 陳祖君　詩人小說家的逍遙與拯救——辛鬱論　創世紀　第 133 期　2002
年 12 月　頁 129—142

211. 陳祖君　詩人小說家的逍遙與拯救——辛鬱論　兩岸詩人論　南寧　廣西
人民出版社　2004 年 9 月　頁 403—423

212. 桑　川　辛鬱的純情守望——辛鬱的詩作，往往展現出一個詩人對生命深
刻的思考和探索　臺灣時報　2004 年 7 月 6 日　23 版

213. 洪子誠，劉登翰　現代主義詩潮及詩人——「創世紀」詩人群〔辛鬱部分〕
中國當代新詩史（修訂版）　北京　北京大學出版社　2005 年 4
月　頁 335

214. 洪子誠，劉登翰　現代主義詩潮及詩人——「創世紀」詩人群〔辛鬱部分〕
中國當代新詩史　北京　北京大學出版社　2010 年 5 月　頁 407
—408

215. 丁旭輝　論辛鬱詩中的自我審視與現實觀照　創世紀　第 148 期　2006 年
9 月　頁 164—174

216. 曾萍萍　太陽兀自照耀著：《文學季刊》內容分析——讓戰爭在雙人床外進
行：現代詩及其他文類表現〔辛鬱部分〕　「文季」文學集團研
究——以系列刊物為觀察對象　中央大學中國文學系　博士論文
李瑞騰教授指導　2008 年 7 月　頁 120—121

217. 丁旭輝　堅實的自我、底層的觀照：貼近辛鬱詩作[11]　現代詩的風景與路徑
高雄　春暉出版社　2009 年 7 月　頁 175—194

218. 隱　地　唱出人生的蕭索　人人都有困境，讀一首詩吧！　臺北　爾雅出
版社　2010 年 9 月　頁 220—221

219. 林明理　辛鬱的抒情詩印象　行走中的歌者——林明理談詩　臺北　文史

---

[11]本文探討辛鬱詩創作的來源與動機，兼論其所形成的詩風格。全文共 2 小節：1.昂揚堅實的自我
審視；2.生活底層的現實觀照。

分論

◆單行本作品

詩

《軍曹手記》

《豹》

---

[12] 本文以道家美學談述辛鬱的詩學。

月 27 日　11 版

231. 〔書評小組〕　　《豹》　臺灣日報　1988 年 12 月 24 日　8 版

232. 簡政珍　　自我的辯證：評辛鬱《豹》　聯合文學　第 50 期　1988 年 12 月　頁 191—193

233. 馬森等[13]　　77 年度 9 本文學好書〔《豹》部分〕　聯合文學　第 57 期　1989 年 7 月　頁 16—17

《在那張冷臉背後》

234. 焦　桐　　憂鬱的男中音──評辛鬱詩集《在那張冷臉背後》　聯合文學　第 130 期　1995 年 8 月　頁 152

《辛鬱‧世紀詩選》

235. 吳　當　　嚴肅的心，熱切的情──讀《辛鬱世紀詩選》　明道文藝　第 301 期　2001 年 4 月　頁 74—80

236. 吳　當　　嚴肅的心，熱切的情──讀《辛鬱‧世紀詩選》　兩棵詩樹　臺北　爾雅出版社　2001 年 12 月　頁 67—68

237. 落　蒂　　補虹的浪子──從《辛鬱‧世紀詩選》看詩人生命的火花燦亮　兩棵詩樹　臺北　爾雅出版社　2001 年 12 月　頁 43—50

《輕裝詩集》

238. 魯　蛟　　生活是詩的礦源──讀《輕裝詩集》兼談作者辛鬱　輕裝詩集　斑馬線文庫公司　2018 年 4 月　頁 1—9

239. 魯　蛟　　生活是詩的礦源──讀《輕裝詩集》兼談作者辛鬱　文訊雜誌　第 390 期　2018 年 4 月　頁 173—175

240. 封德屏　　編後記　輕裝詩集　斑馬線文庫公司　2018 年 4 月　頁 215—218

241. 楊宗翰　　生活在詩方──辛鬱遺作《輕裝詩集》編後記　輕裝詩集　臺北　斑馬線文庫公司　2018 年 4 月　頁 219—223

---

[13] 主持人：馬森；與會者：黃碧端、瘂弦、張漢良、金恆杰、洛夫、林亨泰、蔡源煌、方瑜；紀錄：陳維信。

散文

《我們這一伙人》

242. 張騰蛟　辛鬱：《我們這一伙人》　書註　臺北　爾雅出版社　2013 年 11 月　頁 276—277

單篇作品

243. 彭邦楨　論〈土壤的歌〉　幼獅文藝　第 179 期　1968 年 8 月　頁 96—100

244. 彭邦楨　論〈土壤的歌〉　詩的鑑賞　臺北　臺灣商務印書館　1971 年 8 月　頁 60—68

245. 彭邦楨　論〈土壤的歌〉——辛鬱作品　彭邦楨文集‧卷三　武漢　長江文藝出版社　1993 年 11 月　頁 91—100

246. 彭邦楨　地籟與天窗〔〈土壤的歌〉部分〕　彭邦楨文集‧卷四　武漢　長江文藝出版社　1993 年 11 月　頁 81—84

247. 唐　代　淺談辛鬱〈不是駝鳥〉　青年戰士報　1969 年 6 月 22 日　7 版

248. 林鍾隆　現代詩的散文性帶來的「斑點」〔〈春歌〉部分〕　現代詩的解說與評論　臺中　現代潮出版社　1972 年 1 月　頁 105—110

249. 張　羽　閒話辛鬱兼介他的作品〈佛事種種〉　文藝月刊　第 35 期　1972 年 5 月 1 日　頁 71—75

250. 李瑞騰　釋辛鬱的〈豹〉　中華文藝　第 79 期　1977 年 9 月　頁 53—63

251. 李瑞騰　釋辛鬱的〈豹〉　詩的詮釋　臺北　時報文化公司　1982 年 6 月　頁 91—103

252. 李瑞騰　釋辛鬱的〈豹〉　臺灣文學觀察雜誌　第 4 期　1991 年 11 月　頁 143—149

253. 李瑞騰　釋辛鬱的〈豹〉　新詩學　臺北　駱駝出版社　1997 年 3 月　頁 204—216

254. 張　默　徐緩與急速——談現代詩的節奏〔〈豹〉部分〕　無塵的鏡子

臺北　東大圖書公司　1981 年 9 月　頁 67—68

255. 羅門，碧果　略談辛鬱的〈豹〉　民眾日報　1982 年 6 月 6 日　12 版

256. 李豐楙　〈豹〉評析　中國新詩賞析 3　臺北　長安出版社　1987 年 2 月　頁 193—195

257. 伍洪淵　〈豹〉鑑賞　中外現代抒情名詩鑑賞辭典　北京　學苑出版社　1989 年 8 月　頁 697—698

258. 王春煜　〈豹〉鑑賞　中國新詩名篇鑑賞辭典　成都　四川辭書出版社　1990 年 12 月　頁 703—705

259. 葛乃福　關於臺灣現代詩〈豹〉的通信　臺灣文學觀察雜誌　第 4 期　1991 年 11 月　頁 140—152

260. 伍　慷　〈豹〉賞析　臺灣新詩鑑賞辭典　太原　北岳文藝出版社　1991 年 12 月　頁 520—521

261. 蕭　蕭　略論現代詩人自我生命的鑑照與顯影〔〈豹〉部分〕　臺灣詩學季刊　第 1 期　1992 年 12 月　頁 70

262. 蕭　蕭　略論現代詩人自我生命的鑑照與顯影〔〈豹〉部分〕　評論十家 1　臺北　爾雅出版社　1993 年 12 月　頁 173—207

263. 古繼堂　〈豹〉賞析　臺港澳暨海外華文新詩大辭典　瀋陽　瀋陽出版社　1994 年 5 月　頁 516

264. 蕭　蕭　〈豹〉鑑賞與寫作指導　中學生現代詩手冊　臺南　翰林出版公司　1999 年 9 月　頁 157—161

265. 〔文鵬，姜凌主編〕　辛鬱〈豹〉　中國現代名詩三百首　北京　北京出版社　2000 年 1 月　頁 526—527

266. 馬金錄，任超榮　辛鬱和里爾克同名詩〈豹〉意象分析　兵團教育學院學報　第 13 卷第 2 期　2003 年 6 月　頁 21—24

267. 張　默　單一與豐繁——談現代詩的意象（上、下）〔〈同溫層〉部分〕　臺灣時報　1978 年 11 月 29—30 日　12 版

268. 張　默　單一與豐繁——談現代詩的意象〔〈同溫層〉部分〕　無塵的鏡

子　臺北　東大圖書公司　1981 年 9 月　頁 58—59

269. 張漢良　現代詩導讀（下）〔〈順興茶館所見〉部分〕　中外文學　第 8
卷第 3 期　1979 年 8 月　頁 55—58

270. 張漢良　導讀辛鬱的〈順興茶館所見〉　現代詩導讀（導讀篇一）　臺北
故鄉出版社　1979 年 11 月　頁 209—212

271. 蕭　蕭　一聲厲叱招來些落塵〔〈順興茶館所見〉〕　感人的詩　臺北
希代書版公司　1984 年 12 月　頁 256—259

272. 蕭　蕭　現代詩裡「鄉」的面貌〔〈順興茶館所見〉部分〕　現代詩學
臺北　東大圖書公司　1987 年 4 月　頁 9—10

273. 伍　慷　〈順興茶館所見〉賞析　臺灣新詩鑑賞辭典　太原　北岳文藝出
版社　1991 年 12 月　頁 523—525

274. 古繼堂　〈順興茶館所見〉鑑賞　臺港澳暨海外華文新詩大辭典　瀋陽
瀋陽山版社　1994 年 5 月　頁 511

275. 吳　當　〈順興茶館所見〉賞析　新詩的呼喚　臺北　國語日報社　1995
年 1 月　頁 97—103

276. 喬　林　辛鬱的〈順興茶館所見〉　人間福報　2011 年 11 月 28 日　15 版

277. 蕭　蕭　〈原野哦──一個大陸同胞的訴願〉　現代詩導讀（導讀篇一）
臺北　故鄉出版社　1979 年 11 月　頁 215—217

278. 周伯乃　詩的音樂性〔〈原野哦──一個大陸同胞的訴願〉部分〕　現代
詩的欣賞（一）　臺北　三民書局　1985 年 2 月　頁 59—62

279. 文曉村　〈我鄉的小河〉評析　寫給青少年的新詩評析一百首（下）　臺
北　布穀出版社　1980 年 8 月　頁 333—334

280. 文曉村　〈我鄉的小河〉評析　新詩評析一百首（下）　臺北　黎明文化
公司　1981 年 3 月　頁 374—376

281. 張　默　再生的汁──談辛鬱的〈金甲蟲〉[14]　民眾日報　1981 年 6 月 16
日　12 版

---

[14]本文後改篇名為〈評〈金甲蟲〉〉。

282. 張　默　　再生的汁——讀辛鬱的〈金甲蟲〉　無塵的鏡子　臺北　東大圖書公司　1981 年 9 月　頁 130—134

283. 張　默　　評〈金甲蟲〉　在那張冷臉背後　臺北　爾雅出版社　1995 年 5 月　頁 149—154

284. 張　默　　〈金甲蟲〉賞析　中國新詩鑑賞大辭典　南京　江蘇文藝出版社　1988 年 12 月　頁 1136—1137

285. 張　默　　辛鬱的〈金甲蟲〉　藍星詩刊　第 22 期　1990 年 1 月　頁 46—47

286. 張　默　　〈金甲蟲〉賞析　臺灣新詩鑑賞辭典　太原　北岳文藝出版社　1991 年 12 月　頁 518—519

287. 向　明　　〈無調樂章〉的啟示　臺灣新聞報　1983 年 12 月 23 日　9 版

288. 向　明　　〈無調樂章〉的啟示　詩人坊　第 7 期　1984 年 1 月　頁 87—88

289. 苦　芩　　鄉關何處——看一九八三年現代詩中的鄉愁〔〈石頭人語〉部分〕　1983 臺灣詩選　臺北　前衛出版社　1984 年 4 月　頁 149

290. 蕭　蕭　　〈石頭人語〉編者按語　七十二年詩選　臺北　爾雅出版社　1985 年 6 月　頁 80

291. 張中見　　〈石頭人語〉賞析　世界華人詩歌鑑賞大辭典　太原　書海出版社　1993 年 3 月　頁 352—354

292. 向　明　　〈自己的寫照〉編者按語　七十三年詩選　臺北　爾雅出版社　1985 年 3 月　頁 105

293. 伍　慷　　〈自己的寫照〉賞析　臺灣新詩鑑賞辭典　太原　北岳文藝出版社　1991 年 12 月　頁 529—530

294. 張　默　　〈自己的寫照〉解析　天下詩選 1——1923—1999 臺灣　臺北　天下遠見出版公司　1999 年 9 月　頁 43—46

295. 張　默　　辛鬱〈自己的寫照〉　臺灣現代詩筆記　臺北　三民書局　2004 年 1 月　頁 207—208

296. 張　默　　〈髮〉編者按語　七十一年詩選　臺北　爾雅出版社　1985 年 6

月　頁 158

297. 李豐楙　〈演出的我——第二齣〉評析　中國新詩賞析 3　臺北　長安出版社　1987 年 2 月　頁 185—192

298. 張　默　辛鬱／〈墓誌七行〉　小詩選讀　臺北　爾雅出版社　1987 年 5 月　頁 86—88

299. 向　明　偷窺墓誌銘〔〈墓誌七行〉部分〕　走在詩國邊緣　臺北　爾雅出版社　2002 年 11 月　頁 54—55

300. 仇小屏　辛鬱〈墓誌七行〉　世紀新詩選讀　臺北　萬卷樓圖書公司　2003 年 8 月　頁 239—241

301. 〔沈花末主編〕　〈靜止〉賞析　鏡頭中的新詩　臺北　漢光文化公司　1987 年 7 月　頁 75

302. 張漢良　〈家書〉編者按語　七十六年詩選　臺北　爾雅出版社　1988 年 3 月　頁 124

303. 葉　櫓　〈家書〉賞析　世界華人詩歌鑑賞大辭典　太原　書海出版社　1993 年 3 月　頁 351—352

304. 落　蒂　子彈般的黑字——析辛鬱〈家書〉　詩的播種者　臺北　爾雅出版社　2003 年 2 月　頁 75—78

305. 洪淑苓　現代詩中「家國」經驗的轉變——以 1987 年以後的「返鄉詩」及相關作品為例〔〈家書〉部分〕　創世紀　第 146 期　2006 年 3 月　頁 167

306. 蕭　蕭　〈即興兩題〉編者按語　七十八年詩選　臺北　爾雅出版社　1990 年 2 月　頁 202—203

307. 蓉　子　辛鬱的〈髮之二〉　青少年詩國之旅　臺北　業強出版社　1990 年 10 月　頁 140—142

308. 李瑞騰　〈在全然的黑中〉編者按語　七十九年詩選　臺北　爾雅出版社　1991 年 2 月　頁 112—113

309. 伍　慷　〈關渡渡口〉賞析　臺灣新詩鑑賞辭典　太原　北岳文藝出版社

1991 年 12 月　頁 526—527

310. 伍　慷　〈板門店望鄉〉賞析　臺灣新詩鑑賞辭典　太原　北岳文藝出版社　1991 年 12 月　頁 533—536

311. 李瑞騰　〈一九九一年八月某日莫斯科〉編者按語　八十年詩選　臺北　爾雅出版社　1992 年 4 月　頁 183—184

312. 易　水　有無之間：評辛鬱的〈風〉　創世紀　第 89 期　1992 年 7 月　頁 125—126

313. 易　水　有無之間：評辛鬱的〈風〉　創世紀四十年評論選 1954—1994　臺北　創世紀詩雜誌社　1994 年 9 月　頁 309—313

314. 張　默　〈謁泰山無字碑〉編者按語　八十一年詩選　臺北　現代詩季刊社　1993 年 6 月　頁 45

315. 向　明　〈老龍渡口的梢公〉編者按語　八十二年詩選　臺北　現代詩季刊社　1994 年 6 月　頁 136

316. 梅　新　魚川讀詩——〈布告牌〉　在那張冷臉背後　臺北　爾雅出版社　1995 年 5 月　頁 119—121

317. 杜十三　〈訪嚴子陵釣臺有歌〉小評　八十三年詩選　臺北　現代詩季刊社　1995 年 5 月　頁 227

318. 張雙英　九〇年代：詩人自我定位的努力——新詩人的自覺——年輕詩人（所謂「新世代」、「新新世代」，或「X 世代」詩人）追求自我肯定的努力〔〈訪嚴子陵釣臺有歌〉部分〕　二十世紀臺灣新詩史　臺北　五南圖書出版公司　2006 年 8 月　頁 436—440

319. 向　明　〈在那張冷臉背後——給自己畫像〉小評　八十四年詩選　臺北　現代詩季刊社　1996 年 5 月　頁 72

320. 蕭　蕭　〈關於三月〉小評　八十五年詩選　臺北　現代詩季刊社　1997 年 6 月　頁 97—98

321. 陳義芝　〈三峽行腳〉賞析　八十六年詩選　臺北　現代詩季刊社　1998 年 5 月　頁 139

322. 商　禽　〈心事二寫〉賞析　八十七年詩選　臺北　創世紀詩雜誌社
　　　1999 年 6 月　頁 172—173

323. 大　荒　凋零之喟——略論辛鬱的〈別了，順興茶館〉　中華日報　1999
　　　年 7 月 4 日　16 版

324. 李桂芳　冥界的深淵：論戰後臺灣現代主義詩潮的變異符號（上）〔〈母
　　　親，母親〉部分〕　藍星詩學　第 3 期　1999 年 9 月　頁 156—
　　　157

325. 向　明　評〈一九九八年歲末詩稿三題〉　八十八年詩選　臺北　創世紀
　　　詩雜誌社　2000 年 3 月　頁 12

326. 蕭　蕭　〈采風兩則〉編者按語　八十九年詩選　臺北　臺灣詩學季刊雜
　　　誌社　2001 年 4 月　頁 143

327. 孫家駿　〈寫詩〉點評　中國詩歌選 2001 年版　臺北　詩藝文出版社
　　　2001 年 6 月　頁 113

328. 焦　桐　〈三訪奉化溪口鎮有歌〉編者案語　九十年詩選　臺北　臺灣詩
　　　學季刊雜誌社　2002 年 5 月　頁 53

329. 白　靈　〈一顆子彈的制式歷程〉編者案語　九十一年詩選　臺北　臺灣
　　　詩學季刊雜誌社　2003 年 4 月　頁 66

330. 羅　門　詩眼中的引爆點——探索人類內外的生存空間〔〈垃圾世家〉部
　　　分〕　青年日報　2003 年 7 月 16 日　10 版

331. 〔向陽編〕　〈垃圾世家〉賞析　2003 臺灣詩選　臺北　二魚文化公司
　　　2004 年 6 月　頁 114—118

332. 向　明　垃圾也能入詩〔〈垃圾世家〉部分〕　文訊雜誌　第 233 期
　　　2005 年 3 月　頁 16—17

333. 向　明　垃圾也能入詩〔〈垃圾世家〉部分〕　詩中天地寬　臺北　臺灣
　　　商務印書館　2006 年 3 月　頁 55—56

334. 琹　川　以一生的純情守望——讀辛鬱的〈歲月篇〉　秋水詩刊　第 121
　　　期　2004 年 4 月　頁 26—27

335. 陳素英　　壯遊大西北情懷——群體旅遊詩探析——由時空角度對應詩歌心理〔〈登樓〉部分〕　創世紀　第 140、141 期合刊　2004 年 10 月　頁 123—124

336. 白　靈　　〈淚——遙寄故友大荒〉賞析　2004 臺灣詩選　臺北　二魚文化公司　2005 年 3 月　頁 42

337. 蕭　蕭　　〈聖誕紅〉賞析　2005 臺灣詩選　臺北　二魚文化公司　2006 年 2 月　頁 124

338. 蕭　蕭　　辛鬱〈寫給兒子的詩〉賞析　揮動想像翅膀　臺北　聯合文學出版社　2006 年 6 月　頁 62—65

339. 〔蕭蕭主編〕　　〈讀報之什〉詩作賞析　優游意象世界　臺北　聯合文學出版社　2006 年 6 月　頁 89

340. 焦　桐　　〈微山湖偶拾〉作品賞析　2006 臺灣詩選　臺北　二魚文化公司　2007 年 7 月　頁 267

341. 向　陽　　〈斷想〉編案　2007 年臺灣詩選　臺北　二魚文化公司　2008 年 3 月　頁 45

342. 向　陽　　〈臺北速寫〉作品導讀　青少年臺灣文庫 2——新詩讀本 2——太平洋的風　臺北　國立編譯館　2008 年 12 月　頁 105

343. 陳貴麟　　臺灣地區浙江籍的現代詩人作品賞析——辛鬱〔〈銅像四寫〉〕　浙江月刊　第 41 卷第 5 期　2009 年 5 月　頁 8—10

344. 林芙蓉　　內心的靈動力——讀辛鬱〈一根白頭髮〉　文學人　第 20 期　2009 年 11 月　頁 61—62

345. 〔李瑞騰主編〕　　〈除夕夜想〉——手稿／九歌出版社蔡文甫捐贈　神與物遊——國立臺灣文學館典藏精選集（三）　臺南　國立臺灣文學館　2012 年 12 月　頁 29

346. 琹　涵　　惆悵的情懷〔〈髮香與風〉〕　秋水詩刊　第 158 期　2013 年 7 月　頁 201—205

347. 許其正典藏　　華文新詩私房典藏寶庫　華文現代詩　第 6 期　2015 年 8 月

頁 60—61

多篇作品

348. 菩　提　　淺析辛鬱的詩〔〈豹〉、〈順興茶館所見〉〕　中華文藝　第 110
期　1980 年 4 月　頁 49—52

349. 向　陽　　〈豹〉、〈順興茶館所見〉賞析　臺灣現代文選・新詩卷　臺北
三民書局　2005 年 6 月　頁 111—113

350. 李　弦　　試析辛鬱詩二首〔〈豹〉、〈演出的我——第二齣〉〕　長廊詩
刊　第 7 號　1980 年 6 月　頁 50—58

351. 上官予　　夢土上的坐月人——辛鬱〔〈自己的寫照〉、〈土壤的歌〉、
〈順興茶館所見〉、〈板門店望鄉〉〕　中國新詩淵藪（中）
臺北　正中書局　1993 年 7 月　頁 1966—1977

352. 蕭蕭，李瑞騰講；趙圶記　　現代名詩講座（第一回合）〔〈順興茶館所
見〉、〈別了，順興茶館〉部分〕　臺灣詩學季刊　第 5 期
1993 年 12 月　頁 14—15

353. 〔張默，蕭蕭編〕　　〈豹〉、〈順興茶館所見〉、〈訪嚴子陵釣臺有歌〉
鑑評　新詩三百首（一九一七——一九九五）（上）　臺北　九歌
出版公司　1995 年 9 月　頁 479—488

354. 張　默　　從辛鬱到林群盛——九歌版《新詩三百首》入選八家鑑評——辛
鬱〈豹〉、〈順興茶館所見〉、〈訪嚴子陵釣台有歌〉〕　臺灣
現代詩概觀　臺北　爾雅出版社　1997 年 5 月　頁 335—337

355. 梅　新　　辛鬱的〈布告牌〉、〈鑰匙〉　魚川讀詩　臺北　三民書局
1998 年 1 月　頁 21—25

356. 向　明　　「一九九八年歲末詩稿三題」賞析〔〈潛在的音符〉、〈我很想
安靜的躺下〉、〈碰頭——贈汪啟疆〉〕　八十八年詩選　臺北
創世紀詩雜誌社　2000 年 3 月　頁 12

357. 王　泉　　靈感的活力——辛鬱海洋詩三首賞析〔〈海岸線〉、〈鷗和日
出〉、〈感知〉〕　中國海洋文學大系——二十世紀海洋詩精品賞

析選集　臺北　詩藝文出版社　2002 年 4 月　頁 291—292

358. 陳幸蕙　〈髮香與風〉、〈銅像四寫〉芬多精小棧　小詩森林——現代小
　　　　　詩選 1　臺北　幼獅文化公司　2003 年 11 月　頁 92—93

359. 林瑞明　〈來自某地界的呼喚〉、〈豹〉、〈順興茶館所見〉賞析　國民
　　　　　文選・現代詩卷 2　臺北　玉山社出版公司　2005 年 2 月　頁 62

360. 陳幸蕙　〈金甲蟲〉、〈心事二寫之一〉向星輝斑斕處漫溯　小詩星河——
　　　　　現代小詩選 2　臺北　幼獅文化公司　2007 年 1 月　頁 92

361. 林明理　寒泉清音・直響入雲（外二篇）——讀辛鬱〈豹〉、〈鷗和日
　　　　　出〉、〈風〉　時代文學　2009 年第 23 期　2009 年　頁 30—38

362. 陳素英　敘事筆法在詩中運用及藝術呈現——以《創世紀》張默等詩人為
　　　　　例——辛鬱——〈順興茶館所見〉、〈讀報之什〉、〈豹〉　創
　　　　　世紀 60 社慶論文集　臺北　萬卷樓圖書公司　2014 年 10 月　頁
　　　　　186—191

作品評論目錄、索引

363. 辛　鬱　作品評論引得　辛鬱自選集　臺北　黎明文化公司　1980 年 6 月
　　　　　〔1〕頁

364. 〔張默主編〕　作品評論引得　感月吟風多少事　臺北　爾雅出版社
　　　　　1982 年 9 月　頁 334

365. 〔創世紀詩雜誌社資料室〕　辛鬱作品評論索引　創世紀　第 97、98 期合
　　　　　刊　1994 年 3 月　頁 138—145

366. 辛　鬱　辛鬱評論索引　辛鬱・世紀詩選　臺北　爾雅出版社　2000 年 5
　　　　　月　頁 138—139

367. 〔張默編〕　作品評論引得　現代百家詩選　臺北　爾雅出版社　2003 年
　　　　　6 月　頁 191

368. 〔封德屏主編〕　辛鬱　臺灣現當代作家評論資料目錄（二）　臺南　國
　　　　　立臺灣文學館　2010 年 11 月　頁 1325—1338

369. 王為萱，陳姵穎，陳恬逸　「《文訊》300 期資料庫」作家學者群像——辛

鬱　文訊雜誌　第 334 期　2013 年 8 月　頁 71

其他（選、編、譯）

《八十年代詩選》

370. 觀哲〔高準〕　　《八十年代詩選》的「奧秘」　詩潮　第 1 期　1977 年 5 月　頁 40—45

371. 高　準　　《八十年代詩選》的奧秘（一九七七）　異議的聲音——文學與政治社會評論　臺北　問津堂書局　2007 年 8 月　頁 243—250

《中國當代十大小說選集》

372. 鄭世仁　　落英繽紛——評介《中國當代十大小說選集》　出版與研究　第 24 期　1978 年 6 月 16 日　頁 3

《八十四年詩選》

373. 白　靈　　詩的夢幻隊伍《八十四年詩選》上場　聯合報　1996 年 5 月 28 日　37 版

《九十年代詩選》

374. 洪淑苓　　開向新世紀的花朵——《九十年代詩選》　文訊雜誌　第 190 期　2001 年 8 月　頁 40—41

《創世紀・創世紀：1954—2008 圖像冊》

375. 陳芳明　　創世紀的半世紀與跨世紀——評《創世紀・創世紀：1954—2008 圖像冊》　文訊雜誌　第 280 期　2009 年 2 月　頁 92—93

376. 陳芳明　　創世紀的半世紀與跨世紀——評《創世紀・創世紀：1954—2008 圖像冊》　創世紀　第 158 期　2009 年 3 月　頁 29—30

國家圖書館出版品預行編目資料

臺灣現當代作家研究資料彙編. 109, 辛鬱 / 陳義芝編
選. -- 初版. -- 臺南市：臺灣文學館, 2018.12
面；　公分
ISBN 978-986-05-7172-1 (平裝)

1.辛鬱　2.傳記　3.文學評論

863.4　　　　　　　　　　　　　　　107018458

【臺灣現當代作家研究資料彙編】109

辛鬱

發 行 人　蘇碩斌
指導單位　文化部
出版單位　國立臺灣文學館
　　　　　地　　　址／70041 臺南市中西區中正路 1 號
　　　　　電　　　話／06-2217201　　　　　傳　　真／06-2218952
　　　　　網　　　址／www.nmtl.gov.tw　　　電子信箱／pba@nmtl.gov.tw

總 策 畫　封德屏
顧　　問　林淇瀁　張恆豪　許俊雅　陳義芝　須文蔚　應鳳凰
工作小組　呂欣茹　沈孟儒　林暄燁　黃子恩　蘇筱雯
編　　選　陳義芝
責任編輯　蘇筱雯
校　　對　何佳穎　林暄燁　蘇筱雯
計畫團隊　財團法人台灣文學發展基金會
美術設計　翁國鈞・不倒翁視覺創意
印　　刷　松霖彩色印刷事業有限公司

著作財產權人　國立臺灣文學館
　　　　本書保留所有權利。欲利用本書全部或部分內容者，須徵求著作財產權人
　　　　同意或書面授權。請洽國立臺灣文學館研究典藏組（電話：06-2217201）

經銷展售　國立臺灣文學館藝文商店（06-2217201 ext.2960）
　　　　　國家書店松江門市（02-25180207）
　　　　　一德洋樓羅布森冊惦（04-22333739）
　　　　　三民書局（02-23617511、02-25006600）
　　　　　台灣的店（02-23625799）　　　　府城舊冊店（06-2763093）
　　　　　南天書局（02-23620190）　　　　唐山出版社（02-23633072）
　　　　　後驛冊店（04-22211900）　　　　五南文化廣場（04-22260330）
　　　　　蜂書有限公司（02-33653332）

初版一刷　2018 年 12 月
定　　價　新臺幣 390 元整
　　　　　第一階段 15 冊新臺幣 5500 元整　　第二階段 12 冊新臺幣 4500 元整
　　　　　第三階段 23 冊新臺幣 8500 元整　　第四階段 14 冊新臺幣 5000 元整
　　　　　第五階段 16 冊新臺幣 6000 元整　　第六階段 10 冊新臺幣 3800 元整
　　　　　第七階段 10 冊新臺幣 3200 元整　　第八階段 10 冊新臺幣 3600 元整
　　　　　全套 110 冊新臺幣 33000 元整

GPN　1010702072（單本）　　ISBN　978-986-05-7172-1（單本）
　　　1010000407（套）　　　　　　　978-986-02-7266-6（套）